漫漫何其多

Whisper Evil 著

FOG 迷雾之中

WHISPERXEVIL

廣東旅游出版社
GUANGDONG TRAVEL & TOURISM PRESS
悦读书·悦旅行·悦享人生

中国·广州

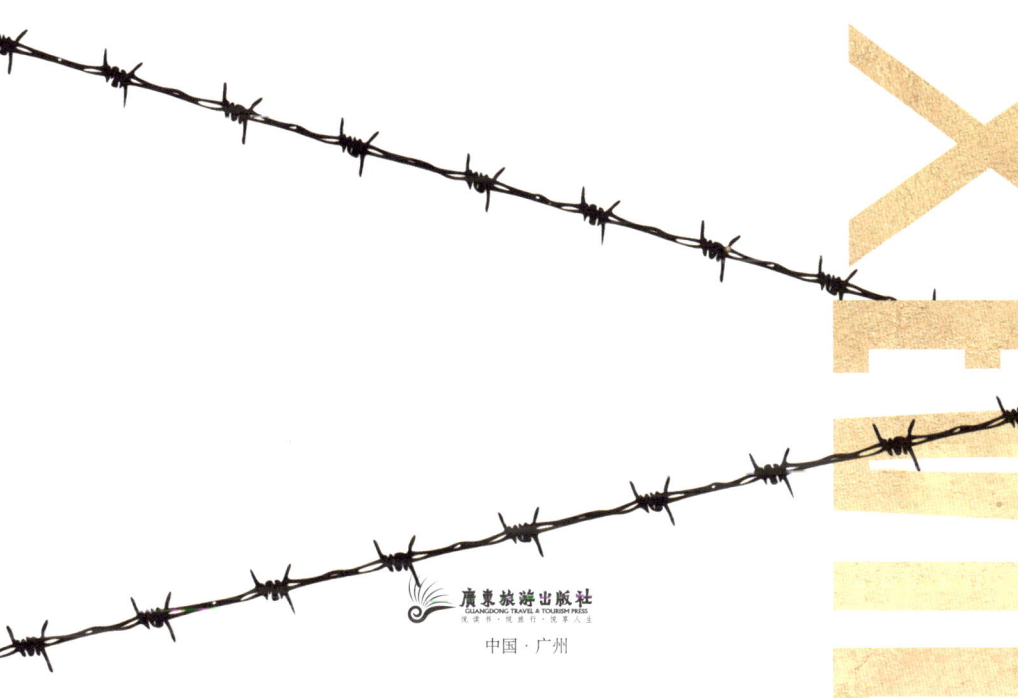

本土赛区，一脉骨血

≡ FOG ≡

漫漫何其多

— 作品 —

第四章 转会 167

第五章 应战 225

第六章 和解 307

目录

第一章 归来 001

第二章 回忆·上 045

第三章 回忆·下 111

分享过你的荣光,也同你一起被千夫所指过。

为你惋惜过,为你欢呼过,因你哭过笑过。

系统提示：您的特别关注玩家Free-Luo上线了，距该玩家上次上线已时隔757天。

系统提示：您的特别关注玩家Free-Whisper上线了，距该玩家上次上线已时隔757天。

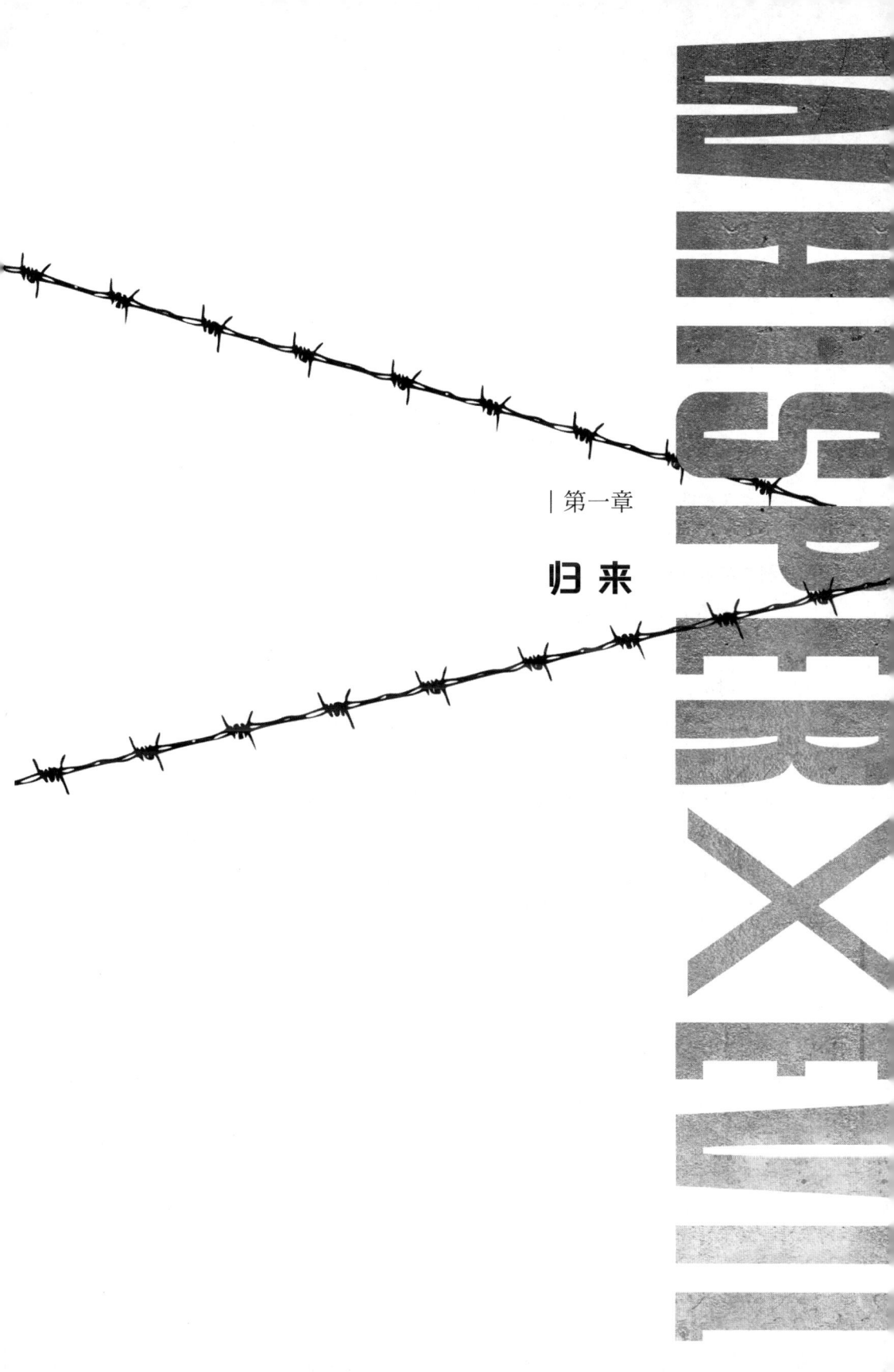

| 第一章

归 来

1

凌晨两点，S市IAC电子竞技俱乐部FOG分部基地中灯火通明。

练习赛刚结束，这会儿是自由活动时间，基地内的队员们洗漱的洗漱、点外卖的点外卖，训练室中只剩下时洛一人还在自己机位前打排位。

倒不是时洛多勤奋，只是正值月末，他还欠了签约的直播平台二十多个小时的直播时长。

时洛，Evil，十九岁，年轻、技术过硬，不巧还长得帅，出道两年已是国内一线电竞明星，是IAC战队如今的看家门面、摇钱树和台柱子。

台柱子本人并不喜欢直播，可按签约合同他每月至少要直播三十个小时，所以不出意外，其中至少二十九个小时他都是在月末播的。

刚才练习赛结束后俱乐部经理又来催过，时洛拖不过去了，终于开始补作业。

开了直播不过两三分钟，时洛的直播间人气已过三百万，弹幕密密麻麻、层层叠叠，堆在一起几乎没法辨认。

意料之内的开播，哈哈哈哈哈……
哈哈哈哈哈，又到了美好的月末，时神被迫营业时间开始了。
29号了，留给时洛选手的时间已经不多了。
29号了，留给时洛选手的时间已经不多了。+1
每月的月末就是我老公日日夜夜陪伴我的日子，没算错的话，老公你还要陪我25个小时！你开心吗？你快乐吗？
看我看我看我，过了下个月预热赛就又到转会期了，老公下赛季还在IAC吗？今年转会吗，转会吗？

对哦，又要到一年一度的转会期了，今年据说各个战队都会有大动作哦，等一场圈内地震。

IAC老板的心思根本就没在电竞上，只想赚钱，只会耽误队员，老公早转，我们粉丝早放心，求一个转会！

带节奏的停一停，每年一到转会期就发疯，消停会儿行不行？

临近转会期，圈内粉丝人心浮动，弹幕莫名其妙地就掐了起来，不过时洛没受分毫影响，他根本就没开弹幕界面。

时洛打开FOG游戏客户端，登录自己的小号点了"等待游戏"，不一会儿就进了游戏。

FOG，国内译名《迷雾之中》，自公测到如今历经六年多，热度逐年增加，如今已稳居全球最火爆的游戏top3（前三名）。

FOG是一款四对四对抗游戏，每局游戏中，玩家和队友被投放于充斥着浓雾的地图一端，地图另一端则是这一局游戏中要对抗的四名对手，组队的四名玩家分职业有不同的能力和任务，最终目的是一步步清除对方地图一侧的迷雾，让对方无处遁形，而后领先将敌对玩家杀尽且毁掉对方转生石的一队获胜。

每队玩家由三种职业构成，两个突击手、一个狙击手、一个医疗师，时洛玩的职业是突击手，顾名思义，就是冲在最前面血拼的职业。

时洛直播时习惯上小号，今天上的这个小号这赛季他打得不多，段位极低，匹配到的队友水平自然也就一般。时洛倒是无所谓，路人局甚少有能跟上他节奏的，他习惯自己solo（指电子竞技游戏中的单挑），队友只要送得不厉害都能赢，若是送得太厉害了……那就当负重训练了。

比如，现在这　局。

队内另一个突击手开场就让对方拿了人头，走位飘忽、毫无意识不算，还乱开枪暴露位置，开局不到十分钟，这人半分贡献也没有，还累计送了对面三个人头。

低分局，多呆萌的队友都匹配得到，时洛并不在意，这局他已收了对方两个人头，枪支配件也升级了，他自己可以1V4，队友挂机也无所谓。

但狂送人头的队友显然没这么好的心态，在第四次死掉后，他开始挂机打字骂人了。

【贼猛贼强】:"医疗师怎么回事？梦游呢？不给套光子盾、不给补血，要你有什么用？"

【贼猛贼强】:"看着我被打了一直不来帮忙，你玩什么呢？不会玩就退！滚滚滚！"

【贼猛贼强】:"现在上不去分的是不是都开始玩医疗师了？靠混上分？"

时洛正和人贴脸 1V2，干掉对方两人后扫了一眼队内聊天界面。

人菜嘴还欠。

队里的医疗师虽说算不上犀利，但比这个"贼猛贼强"强多了，刚才给时洛套盾也很及时，根本没什么问题。

医疗师大概年纪小或是脾气好，被喷了半天才打字说了一句："我没混，刚才是在帮另一个突击手。"

一石激起千层浪，"贼猛贼强"宛若受到了刺激，队聊又叮咚叮咚地响了起来。

【贼猛贼强】:"你就能帮一个突击手？你只有一只手？你残疾？"

【贼猛贼强】:"你到底会不会玩？不会玩能不能别坑人？"

【贼猛贼强】:"傻子一样，想带你上分都带不动！"

这人游戏玩得不行，打字倒是挺快，医疗师队友不会骂人，替自己解释了几句后就没再打字了。

时洛看着队聊界面，指尖顿了顿，最后还是没打字说什么。

所以他不乐意直播。

开了直播占网速、影响操作就算了，最烦的是联赛有规定，在役职业选手不得在游戏中有任何负面行为，包括但不限于和人对喷。

直播时这么多人看着，聊天记录铁证如山，被处罚是板上钉钉的事。

因为这点事儿被处罚，不值当的。

时洛更新了一下装备，继续独自往前摸。

这个"贼猛贼强"见没人理他，又愤愤地甩了一句："一晚上遇见三个傻子医疗师，连输了三把，玩医疗师的都是傻子、傻子、傻子！"

聊天提示叮咚一响，时洛眯眼看着聊天界面，一秒钟后，他把鼠标往旁边一推，开始打字。

从时洛打出第一句"别喷医疗，来，咱俩比画比画"开始，直播间内弹幕疯狂刷了起来。

扑哧，我就知道他要忍不住了。

当年国服第一喷子是跟你开玩笑的？打职业了从良几年，真以为他不会喷人了？

跟 Evil 对喷，是不是找死？谁能喷得过他，哈哈哈……

这人也太会踩雷了，不知道你时神当年第一职业是医疗师吗？骂医疗师他能忍？

哈哈哈，时洛用的是小号，这人也不知道这是时洛啊。

好久没见小少爷喷脏了，好怀念啊，看这职业的手速，看这庞大的词汇量，看这对脏字的灵活运用！哎……舒服。

不是吧，职业选手喷人了？不怕处罚吗？

处罚肯定会处罚啊，等一个俱乐部官博的处罚公告。唉，一万块钱，说没就没了。

我的天，还在骂？他这什么魔鬼手速，哈哈哈……

时洛面无表情，打字飞快。

又不是按字数处罚，骂一句是罚一万，骂一百句也是罚一万，反正这一万块钱已经没了，为什么不多骂这个菜鸟几句？

这个"贼猛贼强"显然跟不上时洛的手速，不过几分钟就被骂蒙了，时洛喷够了，拿起鼠标，继续这一局游戏。

这种低分段，少一个队友帮忙也没什么问题，时洛和其他两个队友快、准、狠地毁了游戏中敌方的转生石，游戏内弹出一个大大的"win（胜利）"。

聊天界面里另外两个队友纷纷向时洛道谢，时洛没回复，刚要点退出的时候，挂机了快二十分钟的那个"贼猛贼强"又阴阳怪气地酸了一句："赢了又怎么样？是对面太菜！这种医疗师最好别再排上我。"

【贼猛贼强】："不会医疗师就多学学，平时多看看职业选手的操作，如 Whisper 的。"

【贼猛贼强】："看看人家医疗师是怎么玩的，只能帮一个队友？别笑死人了。"

【贼猛贼强】："正好 Whisper 也要回国了，到时候多看看人家直播吧，呵呵，希望再也不见！"

这个"贼猛贼强"给自己找了场子后退出了本局游戏，其他两个队友马上相互安慰说不要理他，时洛看着聊天记录，怔然。

几分钟后，时洛取消了继续排位，起身下楼。

一楼休息室内，战队经理赵峰正看微信，见时洛来了叹道："告状的都告到我这里来了，又跟路人骂起来了？跟你说过的，你自己私下玩怎么喷都随便，直播的时候能忍就忍，这光天化日的，人家来问我，我能说什么？想帮你遮掩一下都遮不住，你……"

赵峰看着微信唠唠叨叨，说罢抬头一看时洛的脸，愣了一下："你怎么了？脸色怎么这么差？我、我这也没说你什么啊……"

时洛脸色阴沉，一言不发，转身要回楼上，走到一半，又折返。

赵经理心惊肉跳地看着时洛："你到底怎么了？！"

时洛站定，冷声问道："余邃要回国了？"

赵峰语塞。

赵峰小心翼翼地点了点头："是，这会儿没准已经回来了。"

时洛嘴唇动了动，好一会儿才慢慢道："没人跟我说。"

"谁敢跟你说啊，都知道你俩……嗐，我是准备跟你说的！这不是最近忙，又要到转会期了，那么多事就没顾上。"赵峰底气越来越不足，赔笑道，"为了你，我们就没考虑去签他，说不说都没事吧。"

休息室内进来其他几个队友，队友感觉出休息室内气氛不对，莫名其妙地看了看赵峰和时洛。

时洛也意识到自己有点失态了，片刻后他嘴角半挑不挑地动了一下，道："没什么，回来就回来，随便问一句。"

说罢他上楼，宛若方才的事没发生一般，继续去直播了。

一楼休息室内，时洛的队友们颇摸不着头脑，纳罕道："出什么事了？谁回来了啊？"

赵峰撇了撇嘴："Whisper，余邃，从欧洲赛区转回来了。"

队内的医疗师吓了一跳："Whisper！！！"

赵峰眼神示意医疗师别这么大声，医疗师忙捂住嘴，然后小声道："Whisper回咱们赛区了？！他要去哪个战队？我的妈，今年转会期是真的要地震了。"

赵峰摇头："去哪儿还不知道。"

队内最年轻的狙击手入行晚，不明所以道："余神嘛，以前的国服第一医疗师,现在的欧服第一医疗师,世界赛三连冠……谁不知道他啊,所以呢?他回来怎么了?和时哥有什么关系?"

赵峰叹了口气:"太有关系了。

"两年前,余邃是咱们赛区的最强选手,时洛还是个没人认识的普通高中生。

"时洛本来没想入这行,是余邃亲手把他签进自己的俱乐部,说要签他一辈子,然后又亲手……

"把时洛包装好,高价卖给了别的俱乐部。"

2

队友们面面相觑。

赵峰换了个舒服的姿势坐好,缓缓道:"今天一气儿说了,你们了解一下情况,免得不清不楚的,说话触他霉头。

"打职业前,时洛在学校成绩很好,非常好的那种,时洛本来没想走这条路的,就偶尔直播一下,他家里当然也不同意他干这个。

"时洛到现在也不跟家里联系,不知道是不是因为这个跟家里闹翻的,没人敢问。

"他当时直播已经挺有名气了,国服排名又靠前,很快就被几个俱乐部发现了,时洛那会儿还是玩医疗师的,玩得好的医疗师永远是稀缺资源,联系他的俱乐部应该不少,他全推辞了,包括我。当时给我的说法是他不想打职业,但后来不知道为什么,他进了Whisper的战队。

"因为这个,他得罪了好几个俱乐部,前脚信誓旦旦地跟我们说,绝对不可能打职业,不用在他身上浪费时间,转头就去了Whisper那边,呵……"

"后来的事你们都知道了,没过多久,Whisper不知道哪根筋不对了,叛出赛区,带队出走,弄得声名狼藉……"经理赵峰往楼上的方向看了一眼,撇嘴,"不能这么说,说得好听点。"

赵峰一摊手:"当时欧洲赛区在组银河战舰队,缺个顶级的医疗师,Whisper突然决定去欧洲赛区发展,把自己战队的人能带走的带走,带不走的就高价卖了,时洛就这么被卖去NSN战队了。"

房间内众人哑口无言。

半晌，一个队员低声道："……时洛被人纯当赚钱工具了。"

一人纳罕道："余邃当时的战队已经是国内最强了，也拿过世界赛冠军，何必呢？"

"那谁知道，人各有志吧，那边给的签约费确实更高，运营得也很完善。"赵峰继续慢悠悠道，"因为两年前的那次顶层选手大出走，咱们赛区受创严重，连着两年和世界赛无缘。Whisper倒是一直混得不错，他去德国第一年就拿了世界赛亚军，第二年银河战舰磨合好了，直接拿了世界赛冠军，人家确实牛，在哪儿都能发光。"

队内的狙击手撇撇嘴："跑去敌对赛区打比赛，算什么发光。"

"嗐，别这么局限，咱们是俱乐部赛区对抗，又不是国籍对抗，扯这个没意思，不过……"赵峰体谅道，"话是这么说，但大家肯定还是希望这种选手能留在咱们本土赛区，你看Whisper现在粉丝很多吧？但这只是剩下的十之一二了，当初他突然转赛区，实实在在地把咱们赛区的粉丝惹毛了，千人杀、万人骂的，看看他现在还这么多死忠粉，就能知道这人当初有多牛了。"

一个队员往楼上看了一眼，小声道："不牛也不能让时洛为了他拒绝了那么多俱乐部，哎，不对，不是说时洛得罪了很多战队吗？那时洛是怎么又去别的战队的？"

"得罪了一样能签啊。"赵峰失笑，"利益当头，谁在意这个？他当初可是号称'小Whisper'的医疗师，听说Whisper要卖他，哪家不想要？NSN战队队长顾乾和Whisper的关系一直不错，Whisper就把时洛卖给NSN战队了。"

队内另一个突击手喃喃："……时洛一定恨死Whisper了。"

"大概吧……谁知道，那会儿Whisper风评很差，但时洛一直没说过Whisper什么，别人还不能当着他的面说，一提Whisper他准急眼。"赵峰耸耸肩，"再然后时洛转职突击手了，NSN倒是厚道，转职就转职，没硬性要求他必须打什么，但NSN到现在缺的一直都是医疗师，根本不缺突击手，但又不想让时洛看饮水机浪费大好光阴，高层讨论后就决定把他卖给我了。"

赵峰精明一笑："当然，是我占便宜了，谁能想到时洛突击手玩得更逆天，不到半年就国服登顶了，又磨合了不到半年就已经是咱们赛区首席突击手了，Whisper要是知道估计得后悔死，之前居然三百万就把他给卖了。"

大家笑了起来，一个队友叹息："怪不得时哥这么大反应……以前只听说时哥曾经在 Whisper 战队待过几个月,没想到还有这么多事。"

赵峰跟着叹气:"我知道的也有限,不过两年前那会儿是真的乱腾,咱们圈子近几年被资本冲击得晕头转向,闹出不少事来,现在互有梁子的这些选手,多半是那会儿结下的。"

队内的医疗师听了半晌,试探道:"经理,Whisper 现在回来,不会来咱们战队吧?"

赵峰若有所思,闻言拍了拍医疗师的肩膀,爽朗一笑:"你怕什么?几乎没可能的,你看你时哥,像是能和 Whisper 和平相处吗?"

大家笑了,又聊起了别的八卦。

二楼,时洛坐回自己机位前,点了游戏客户端上的"继续排位"按钮,等着随机组排。

直播还开着,弹幕还在激情讨论。

回来了,回来了。

他不会刚知道 Whisper 回国了吧?刚才是因为这个离开的吗?

战队这么多人,圈里这么多人,都没人跟他说吗?

是没人敢说吧……

话说 Whisper 会去哪个战队啊?不会来 IAC 吧?

不可能的,真要来了,第二天 IAC 基地必然会抬出去一具尸体,时洛和余邃,肯定会死一个。

哈哈哈哈,来 IAC 吧,想看热闹。

想让 Whisper 进 IAC 的想什么呢?新粉能不能闭嘴?

陈年旧账懒得算,别招人不痛快了。

刚才这把刀插得我持续掉血,急需姐妹互暖安慰。

看不懂弹幕了,到底怎么了?

居然只是离开了五分钟,现在就能照常打排位了,我崽成熟了,欣慰。

也没完全不受干扰吧,我好像听到了打火机的声音,举报了,Evil 又仗着没开摄像头偷偷抽烟!

时洛默不作声,游戏排进了,他深吸了一口烟后将烟头摁灭在烟灰缸里,继续给小号上分。

　　打这种分段时洛不需要什么脑子，凭着肌肉记忆就能上分，他打了两个小时，排了五局，连胜五局，每一局都是MVP（指最有价值游戏者）。时洛的亲妈粉们纷纷欣慰不已，小崽子成熟了、稳重了，虽然还会跟人对喷，但是已经不会再被轻易影响了，看看这云淡风轻的姿态，看看这从容不迫的气度，看看这处变不惊的操作！

　　自然，时洛这种热度的选手，直播间里从来不缺黑粉，弹幕里不断有人复读机一般反复刷，带节奏地说时洛只能在低分局里虐菜。

　　黑粉们一会儿就刷一遍，时洛等排队的间隙里看了一眼弹幕，正巧看见了一条——

　　每次直播都玩小号，只敢让人看你在低分局里秀操作？有本事上大号秀啊。

　　这种低级节奏时洛早就免疫了，他扫了一眼，没在意，继续等排队，不巧排队超时，系统自动取消排队了，时洛索性下了小号，登了联盟专门给每个选手派发的国服大号。

　　直播间里自然是一片欢呼。

　　大号在国服排位已经登顶了，排队更慢，时洛点了"排队"，倚在电竞椅中，拿了一根烟叼着，静静地等着进入游戏。

　　等排位的时间里，时洛看着自己游戏界面里的人物角色，有片刻出神。

　　时洛确实被余邈回国的消息影响到了。

　　这也不是什么丢人的事，没什么不能承认的，时隔两年，自己曾经的队长、曾经的职业领路人、曾经的终极职业目标……以及曾经最憎恨的人回本土赛区了，心情有点波动不是很正常的吗？

　　时洛之前预料到余邈会回国，但没想到会这么快。

　　余邈的签约年限时洛还是清楚的，如果他没记错，余邈和德国那边应该还有三个月的合同期。

　　时洛轻轻敲了敲键盘，在心里默默道：提前了三个月。

　　不过这也说得通，余邈既然回来了，必然是要继续打比赛的，两个月后新赛季就开始了，余邈需要在新赛季开始前签下新战队，然后用一个月左右的时间磨合新队友，适应本土赛区的节奏，再以最完美的状态迎接新赛季。

他把一切都安排得很周全。

直播还开着，不方便用电脑，时洛拿起手机来输入几个关键词，搜了一下相关信息。

余邃回国的新闻是三天前在国内最热的电竞论坛爆出来的，消息传得铺天盖地，大家更多的争论还是围绕余邃曾经"叛出"赛区的事，不过如今本土赛区缺医疗师，他能回来，玩家还是乐见的。除此之外，真有料的内容寥寥，翻来覆去就是说，据传Whisper已脱离欧洲赛区，不日将回归注册本土赛区。

什么时候回归，回归后会加入哪个战队……有用的新闻一条也没有。

时洛将手机丢在一边，脑内无数个战队名字依次浮现。

除了一样以医疗师为核心打法的Saint战队希望不大，其他几个一线战队，都有可能。

包括自己效力的IAC战队。

赵峰说得好听，为了自己，不会去签余邃，这话时洛自己听了都想笑。

或是为了俱乐部整体商业价值，或是为了战队成绩，又或者仅仅是为了话题度，只要能给IAC带来可变现的红利，赵峰和其他高层都不会考虑自己的感受。

纯商业的俱乐部，自己也不过是个比较能赚钱的选手而已，这些破事儿时洛两年前就看透了，现在说这些让人尴尬的漂亮话未免太可笑。

余邃这么一棵摇钱树转回来了，赵峰必然联系过了，现在只是看能否谈下来罢了。

若真谈下来了……

时洛嘴唇动了动，他无意识地看向电脑屏幕，游戏还没排进去。

时洛顺便看了一眼弹幕，弹幕也正在讨论Whisper会加入哪个战队，分析得倒也头头是道。

底层战队就不要加入讨论了，买不起的。

Saint也不用讨论了，最不缺医疗师的战队就是他们了，或者说，只有他们不缺顶级医疗师。

IAC也可以排除了吧？虽然IAC的医疗师一般，但Whisper要是来IAC，那今年转会期就不是地震而是末日了。

别了吧，真来 IAC 了，我很担心时洛会在半夜潜入余邃的宿舍一刀捅了他。

NSN 有点可能，余邃和他们队长有交情，就是不知道 NSN 愿不愿意花钱。

综合分析，野牛战队才是最有可能的吧，俱乐部老板有钱，完全吃得下余邃，就是让余邃来配合野牛战队那俩垃圾突击手有点浪费了。

哈哈哈哈哈，反正野牛老板不差钱，可以把时洛也买去啊。

对啊，哈哈哈哈，一起买了吧，只要他们打不死彼此，明年世界赛咱们赛区夺冠就稳了。

虽然很想让时洛转会去野牛，但能不能别总把时洛和 Whisper 扯到一起？带节奏的烦不烦啊！

求求你们别奶了，这俩人去一个战队，粉丝就真疯了。

时洛面无表情地看着弹幕，顺着粉丝的思路计算自己下个赛季和余邃同队的可能性。

余邃来 IAC。

或是自己和余邃同时被野牛买下。

然后这个概率是……

不等时洛列个公式，他的游戏终于排进了。

顶层分段总会遇到认识的人，时洛这局排到的另一个突击手队友是 NSN 的队长，顾乾。

时洛曾短暂地在 NSN 待过两个月，那会儿的他很受顾乾照顾，只可惜 NSN 盛产突击手，队内多得装不下，时洛在转职突击手以后没法继续留在 NSN，也是顾乾帮忙联系了现在的俱乐部，尽量给了时洛一个比较合适的转会合同。

因为当初的这份照应，时洛对顾乾一向尊重。

时洛进入地图一看见顾乾的 ID（账号），第一时间打了招呼。

【IAC-Evil】："顾队。"

顾乾不知是没看到还是怎么，一直没回复，时洛没在意，在地图上做了标记开始往前摸，过了半分钟顾乾也没跟上，队内聊天提醒倒叮咚响了一下，时洛侧眸看了一眼。

【NSN-GU】："余邃回咱们赛区了，知道了吗？"

时洛看着屏幕，片刻后打字："刚知道。"

时洛扫了一眼弹幕，刚要打字提醒顾乾自己开直播了，队内消息又是叮咚一声。

【NSN-GU】："他来我战队了。"

NSN，全联盟最不缺突击手的战队。

时洛看着顾乾的队内聊天文字静默了好半晌。

想着刚才弹幕上头头是道的分析，时洛突然忍不住笑了一声，而后难以自抑地扶着键盘笑了起来。

余邃去了NSN，彻底没了和自己同队的可能。

粉丝们可以放心了。

3

顾乾还在不断发消息。

【NSN-GU】："下周一跟你们战队的预热赛他会过去，上不上场待定。"

【NSN-GU】："到时候见着了别闹事。"

【NSN-GU】："你也不是小孩了。"

【NSN-GU】："原本不该说的，担心你到时候乍然知道这事影响比赛。"

【NSN-GU】："虽然预热赛输赢都不影响战队全年积分，但我不想胜之不武，你提前调整好心态。"

时洛笑够了，看着屏幕出神。

不知此时此刻的NSN基地中，余邃是不是就在顾乾的电脑旁边。

他是不是正在看着顾乾给自己打预防针？

时洛揉了揉自己的后颈，打字反问："调整什么？"

【NSN-GU】："？"

【IAC-Evil】："我难道会在比赛场馆跟他打起来？"

【IAC-Evil】："陈年旧事，早就全忘了。"

【IAC-Evil】："顺便好心一提，顾队你带了你们战队一个大节奏，我开着直播呢。"

【NSN-GU】："……"

【NSN-GU】："……你。"

时洛一笑，打字："顾队手速太快啊，拦不住。"

知道时洛在直播后顾乾没再开口了，时洛也没再说话，两人沉默地平推了对面，然后在这局游戏结束后招呼也没打就退出了地图。

自然，同一时刻的各电竞论坛就没这么平静了，顾乾自暴了一个这么大的消息，论坛即刻炸了。

玩家要讨论的点太多了，有畅想NSN下赛季世界赛夺冠有望的，有遗憾NSN还缺个厉害的狙击手的，有看热闹不嫌事大，惋惜余邃没能跟时洛同队的，还有旧恨难忘，仍在骂余邃这个叛出赛区的人不配再回来的。理智讨论和人身攻击齐飞，中间夹带私货趁机造谣黑选手的更是数不胜数，论坛管理员们一时间封帖封得手都要断了，直到凌晨四五点钟，"修仙党"逐渐熬不住歇下了，讨论才渐渐平息下来。

吵够了骂够了，剩下的人冷静下来突然意识到一个问题：今天已经是周六了。

周六了！

也就是说，再有一天就是下周一了！

每年FOG世界联赛结束后到新赛季开始前都有三个月的休整期，这三个月里，其他战队要明里暗里给自己内部换血，去年保级失败的职业联赛队要去打预选赛，新转会的队员、教练们要熟悉新战队、新队友……乱糟糟的三个月里，联盟为了让玩家保持足够的关注度和黏着度，插入了为期一个月的季前赛，即顾乾口中的"预热赛"。

预热赛的输赢不影响战队积分，纯粹是为了利润、为了维持话题度，还有让转会后的选手练手，为下赛季做准备。

预热赛是单循环的BO1赛制，一局定输赢，除去去年保级失败的两支战队，仍在联赛的十支队伍都会参加，轮流和其他战队打一遍，而下周一的季前赛揭幕战正是时洛所在的IAC战队对战顾乾所在的NSN战队。

IAC对NSN，原本热度就颇高的一局比赛如今因为余邃的加入而话题度迅速飙升，不过两日，两个战队的粉丝和余邃的本土粉丝就将这场预热赛的票价炒得翻了十倍不止。比赛当日，比赛场馆外更是被粉丝们围了个水泄不通，时洛的粉丝和余邃的粉丝还有点争高低的意思，两边的应援牌一块赛一块地大。

IAC战队的保姆车上，经理赵峰透过副驾驶的窗户往外看了看，啧啧称奇：

"吓人……时洛，你的粉丝小姐姐们今天一反常态有点不温柔啊，这剑拔弩张的。"

时洛一言不发，闭眼倚在车椅靠背上，戴着耳机，将口香糖吹得啪啪作响。

赵峰回头看看时洛，道："又戴耳机，听得到吗？哎……不瞒你说，老板今天也要看比赛直播的，他挺关注的，刚才还在给我发微信。你给我交个底，你觉得今天咱们胜率有多大？"

时洛嚼着口香糖，摘了一边的耳机，片刻后道："百分之二十。"

赵峰闻言苦了脸，车内其他队员倒瞬间轻松了下来，时洛都说赢的希望不大，那输了也正常！不用背锅，不用挨骂！

其余三个队友的表情放松了许多，开始说笑打趣，赵峰不太死心："别啊，长他人士气可还行？NSN 的狙击手一般啊，而且他们队伍还没磨合，我看咱们希望还是挺大的，那什么……都跟你说了，老板在看的。"

"老板看也是百分之二十，不看也是百分之二十。"时洛一点儿也不想为了哄俱乐部老板开心而下军令状，"我们以前打 NSN 胜率就是百分之五十而已，现在……"

时洛停顿片刻后继续道："现在他们换了医疗师，修补了战队的短板，我们的胜率必然变小，这不是事实？"

道理赵峰自然清楚，他笑了一下："赛场上不还有超常发挥这一说嘛，好了好了，不给你们压力，一会儿尽力就行。"

粉丝应援声渐远，保姆车驶进地下车库，时洛穿好队服准备下车："自然尽力。"

IAC 的队员和随行人员在比赛场馆工作人员的指引下前往自己的休息室，穿过长长的走廊，经过贴有 NSN 战队标志的休息室时，时洛脚步一顿，侧眸看了 NSN 紧闭的大门一眼。

经理赵峰的心瞬间提到了嗓子眼。

虽然这两天时洛一切如常，但好歹也共事了两年，赵峰能明显地感觉到小少爷自得知余邈回国后一直压着火，而且这火气绝对不小。

他现在很担心时洛会一言不合突然踹开 NSN 休息室的门，搞个社会新闻。

还好，时洛只是看了一眼。

时洛戴着耳机，面无表情地吹了个大大的口香糖泡泡，背着自己的外设包进了 IAC 战队的休息室。

IAC 的教练抓紧时间给每个队员强调重点，调整众人的赛前情绪。对时洛一向是没什么可嘱咐的，教练一般不会浪费时间跟他废话，今天却一反常态地问时洛："Evil 有什么想法？"

时洛一直在低头看手机，闻言抬头："什么想法？"

教练没赵峰那么谨慎细腻，直白道："咱们队都是新人，只有你熟悉 Whisper，有什么要提的点吗？需要注意的。

"Whisper 的打法，你应该最清楚吧？"

时洛收了手机。

没人能比他更熟悉了。

时洛当年的医疗师是余邃手把手，一点一点、一个细节一个细节带出来的。时洛那会儿号称"小 Whisper"，不只是因为他医疗师玩得好，更因为他的游戏路数几乎完全复制了余邃的。

余邃的习惯打法，没有人会比时洛更了解。

时洛点头："自然。"

教练放心道："这是我们的一大优势。一会儿前期都听时洛指挥，一定要注意 Whisper 这点，绝对不能把他当作一个医疗师来看，他是能杀人的，千万不要被他拿人头，前期最好是连辅助分都不要让他吃到。这人一旦可以动用公共经济就会很可怕，后期要是让他买了三面光子盾就更没法打了，多注意一点，时洛……"

时洛抬头，教练强调道："今天和 NSN 打就不要再把全部注意力放在顾乾身上了，多看看他们的医疗师，针对一下 Whisper，没问题吧？"

赵峰心惊肉跳地看着教练，一脸"一直提 Whisper，你不怕死吗"的表情。

出乎赵峰意料的，时洛神态如常道："针对 Whisper，没问题。"

教练又强调了几点需要注意的，在还差十分钟就要上台时，场馆的工作人员最后一次来确认队员信息，而后通知道："对面 NSN 战队本场首发，狙击手 ROD、突击手顾乾、突击手信然、医疗师瓦瓦。"

时洛侧眸："什么？"

IAC 众人愣了，赵峰确认道："对面医疗师是 Awa 瓦瓦？ Whisper 不上？"

工作人员点头："是的。"

赵峰不甚明白，又追问道："Whisper 来了吗？"

工作人员道："来了，刚还看见了。"

"哎嘿。"赵峰笑了，"奇了，NSN不知道花了多少钱才把余邃买来，干摆着好看，不让他上场？难不成是不想在预热赛暴露太多战术？不至于吧，余邃难道不用熟悉一下队友吗？"

工作人员笑了笑没说什么，确认信息后就走了，赵峰对众人喜道："加油加油啊，Whisper不上，这好打多了，时洛……"

赵峰问道："现在胜率有多少了？"

时洛眉头微皱，他不清楚NSN葫芦里卖的什么药，闻言道："百分之四十。"

赵峰不满："刚才车上你还说咱们对没有余邃的NSN是百分之五十的胜率呢，怎么一小会儿就变成百分之四十了？"

时洛打开外设包取出自己的键盘和鼠标，道："气势加成。"

"气势"指的是谁，自然不必多言。

赵峰一想也对，手握Whisper这张王牌，不管王牌上不上场，整支队伍的底气都是足的，赵峰无所谓地一笑："罢了，大家尽力就好，这已经是个好消息了。预热赛的揭幕战，大家都加油！"

众人点头，赵峰又看了一眼时洛，确认他情绪平稳后放下心来，赵峰自嘲地叹了口气，没准只是自己多想了，时洛明明看上去再正常不过。

几分钟后，工作人员再次来通知队员上场，众人起身随着工作人员往台前走。

时洛走在最前面，他如往常一般一面往台前走一面跟队内另一个突击手最后讨论几句，长长的走廊，没走到一半，时洛脚步微微一顿，立在了原地。

距他们不足五米处，NSN的休息室门开了。

NSN的教练和队员依次走了出来。

NSN的教练走在最前面，跟在教练身后的是顾乾，在顾乾后面的是勾肩搭背的ROD和信然，两人之后是瓦瓦，再后面……拍了拍瓦瓦肩膀的，是一个穿着私服的人。

也许是入队仓促的缘故，印有他ID的队服还没赶制出来。

这人似乎两年都没剪短过头发，褐色头发长得已过肩膀。

德国人概伙食不行，人也瘦了许多。

变化实在太多了、太多了，以至于IAC其他人都一脸迷茫地问："瓦瓦身后那个高个子帅哥是谁啊？"

只有时洛一眼透过这个完全变了的背影，认出了他曾经的队长。

时洛看着余邃的背影，活活地被钉在了原地。

从知晓余邃回国的消息开始，时洛自认为还算淡定，他始终未失态，并没有闹出什么动静，没给战队添什么麻烦，没让黑粉看什么笑话。他没激动、没暴躁，没再像两年前一般要死要活、大吵大闹。

时洛原本以为这是因为自己成年了，成熟了，已经能平静地面对过往，面对这个人了。

可惜，这只是"时洛自认为"。

时洛胸膛起伏微微加剧，右手将鼠标攥得咔咔作响。

"时洛、时洛？"赵峰皱眉，轻轻地拍拍时洛，"怎么了？"

时洛深深吸了一口气，不慎呛了一下。

赵峰一脸迷茫，往前看了一眼："那谁啊？"

时洛神情逐渐恢复，道："Whisper。"

"我的天！！！"

IAC众人都吓了一跳，赵峰哑然："这、这……"

众人动静不小，走在前面的NSN队员纷纷回头，包括余邃。

余邃一眼看见时洛时怔了一下。

时洛胸膛起伏加剧，他侧眸避开余邃的目光，忍无可忍、目不斜视地拎着自己的外设大步越过了NSN众人。

时洛一路往前走，没理会让他等等队友的工作人员，几步穿过等候区直接走进灯光刺眼的台前，外面观众席上瞬间爆发出一阵山呼海啸的欢呼。

4

"……Evil？"

进了玻璃隔音房，IAC的四名选手纷纷落座，狙击手一边调试麦克风一边不甚放心地问道："你没事吧？"

队内语音里时洛压抑地道："没事。"

三个队友不约而同地看向时洛的方向，他现在看上去一点儿都不像是"没事"。

自从在走廊里见到余邃后时洛就像变了个人似的，脸色铁青，神情完全变了，仔细留意一下就能看出来他的手都在发抖。

方才安键盘的时候队友们就注意到，时洛因为手抖，试了几次才安装好，用力之大让他身边的医疗师都害怕，担心他一怒之下会把主机的 USB 接口暴力破坏了。

这和平时的时洛差太多了。

队内狙击手试图缓和一下赛前气氛，可惜这人脑子不太行，哪壶不开提哪壶道："刚、刚才那居然真是 Whisper 啊！哇，也变太多了吧！我还是他半个粉丝呢，刚才都没看出来，还是时哥眼力好。"

医疗师心惊肉跳地瞪了狙击手一眼，尽力找补道："……那是当然，时洛当年和 Whisper 同队过，肯定比别人熟悉。"

狙击手点头："是是是，毕竟是同队的关系。"

时洛原本紧绷着脸，这会儿听着耳机里队友欲盖弥彰的试探忍不住自嘲一笑，别人这会儿看自己大概就像看个疯子。

不过是同队过，不过是两年未见，不过是刚刚重逢。

职业选手转会、转赛区的多了，聚散离合都是常事，好似今天的对手 NSN，还曾是时洛的老东家呢，赛场上见到以前的队友，这不是家常便饭？

这么失态，至于吗？

时洛终于勉强调试好外设，打开客户端上了自己的账号，登录比赛服后距正式比赛还有十分钟左右，选手都在热身，时洛亦打了一梭子子弹，操作差得没眼看。

情绪大起大落时双手会因供血不足而僵硬发凉，生理性的问题，没办法的，纵然时洛已经在努力克制了。

时洛放开键盘，轻轻搓了搓僵硬的手，吐了一口气，这样不行。

时洛看着屏幕，静默了一会儿后对着麦克风低声道："我和他，不只是同队的关系。"

队友们听着耳机里时洛的声音俱是一惊，不知道时洛这又是唱哪出。医疗师干巴巴地接嘴道："呃……赵经理之前跟我们说了一点，好像是 Whisper 把你带入行的。"

时洛道："不只。"

队友们面面相觑，监听着 IAC 队内语音的裁判也偏头往时洛的方向看了一眼。众人都不明白时洛这是怎么了，时洛一向话少，对 Whisper 更是从来都闭口不谈，今天这是受什么刺激了？

"和 Whisper 的关系……"时洛努力让自己的语气平和，"这么说吧，当年，我就差把命给他了。"

医疗师呛了一下，不安地看看四周，压着嗓子护着麦，小声提醒道："时哥，你应该还记得有比赛语音记录存档这件事吧？什么话能说，什么话不能说，你……斟酌一下。"

时洛双手交替捏自己的手臂，干脆道："我当然清楚。"

"最初知道这件事，是打第一场职业比赛的时候 Whisper 告诉我的。"时洛一面搓着逐渐变暖的双手，一面缓缓道，"那会儿我刚入队不久，我们战队赛季常规赛只剩最后一场了，我要是想跟着战队去见识见识季后赛，就必须打那一场。"

FOG 联赛赛事组明文规定，职业选手要在常规赛赛程时替自己所在战队至少打满一场 BO3，才能在季后赛时以首发或替补身份跟进季后赛。

"当时我们战队常规赛全联盟积分第一，已经是稳进季后赛了，所以让我打一场也无所谓，只是为了给我争取一个季后赛的名额。"时洛十指交扣，活动了一下关节，"战队是没压力，但对我来说那完全是赶鸭子上架，什么都没准备好，莫名其妙地就上场了。"

"我连比赛都没看过，上来就要打首发，人都是蒙的，Whisper 说什么我就做什么。"时洛将手重新放在键盘和鼠标上，"他告诉我赛前要试麦，我就试麦；他告诉我试麦最好是唱歌，我就唱歌。我虽然觉得这事儿挺蠢的，但想着听队长的没错，就照做了，我真唱了两句，然后第二天，我那两句歌就上了赛时语音集锦。"

三名队员倒吸一口凉气，怜悯地看看时洛，无法想象那是怎样可怕的画面。

"我那时候太小了，比瓦瓦还小一岁，刚十七，什么都不懂……"时洛嗤笑，"傻子似的。"

医疗师勉强道："不不不，不是你傻，你是新人，Whisper 不该欺负你的。"

"欺负？"时洛重新给枪上子弹，不紧不慢道，"一场已经影响不了排名的常规赛，牵条狗上来打都行，没人在意我，也没人关注那场比赛。"

"他是医疗师，我当时也是医疗师，其实我顶替他的位置随便上去打打就行了，但……"

时洛上好子弹，预瞄了一下继续道："但他偏偏不放心，怕我没经验、怕我怯场、怕没人照顾我、怕队里的突击手瞧我是新人不会好好配合我，他一个医疗师，那场第一次打了突击位。"

队友们震惊地看着时洛："Whisper还打过突击位？！"

队内另一个突击手弱弱地道："我好像记得，Whisper采访的时候明确说过他不喜欢玩其他职业。"

余邃从出道就只玩医疗师，平时就是娱乐直播也不玩其他职业，以前参加活动，主办方亲自请他展示一下其他职业余邃都会婉拒，他本人也在很多次采访里说过自己不喜欢操作其他职业。

时洛点头："是不喜欢，但不玩突击手的话，怎么作为队友陪我上场？"

队内医疗师眼神复杂："这么看，Whisper以前对你……"

"很好。"

"比赛首秀他陪我，不会的他教我，事无巨细。"时洛脸色恢复，声音终于平稳如常，"好比现在，在情绪波动很大时不回避问题，将让自己痛苦的事说出来，通过聊天发泄迅速让自己平静下来，也是他教我的。"

医疗师忍不住继续问道："之前对你这么好，你俩怎么就走到这一步了？"

"问题就在这儿了，就因为他之前对我太好了。"时洛握着鼠标，淡淡地道，"所以后来他轻轻松松一把将我推开，才会让我耿耿于怀到现在。"

时洛笑了一下，喃喃自语："如果我不曾见过光……"

时洛没再往下说，屏息两秒，随着乒乒乓一阵枪声，稳稳地将一梭子子弹打入了同一个弹孔。

队友们险些惊掉了下巴。

"和有这么一段过往的前辈再次相遇，不巧他送瓦瓦上场的那个画面又让我想起了他当年送我第一次上场的场景，没控制好情绪，让大家见笑了。"时洛放开鼠标，揉了一下肩膀，神色已恢复如常，"行了，我状态没问题了。"

队友们看着时洛这一套流畅的操作感叹："……这个情绪调整，牛。"

比赛马上就要开始了，狙击手问道："他们队员没更换，咱们还是用以前打NSN的那套打法，全程针对两个突击手？"

时洛道："不，今天盯医疗师。"

狙击手讶异:"今天要盯瓦瓦?你跟他关系不是不错吗?"

"关系好才多照顾。"时洛调整了一下麦克风,"无限针对他们的医疗师,最好让他一露头就死,没有任何操作空间。"

突击手笑了:"玩这个吗?不过瓦瓦前期一般不会冒头的,针对不了吧?"

时洛盯着屏幕:"我猜他会。"

突击手挑眉:"那行!我就喜欢无脑针对一个人。"

队内的医疗师瑟瑟发抖:"你们太恶意了!"

比赛开始。

不出时洛所料,瓦瓦今天果然开场就随着突击手摸到了地图交接处,那套走位路线时洛实在太熟悉了,时洛都没让狙击手开镜做确认,直接一套连发收掉了瓦瓦的一血。

一血收到,时洛可以升级枪支配件了。

IAC医疗师哑然:"毒雾还没清呢,你怎么看见的啊?"

"没看见,听的。"时洛屏息,"他接下来会绕后,去西边替突击手套光子盾,狙位注意一下。"

瓦瓦宛若在听从时洛指挥一般,两分钟后,在地图西侧又被IAC的狙击手拿到了人头。

狙击手失笑:"他都摸到西边来了,你还听得到?"

"没听见,猜的。"

"丢了两个人头了,接下来他不敢自己去清雾,要跟着突击手蹭辅助分了。"时洛快速道,"医疗师跟着我,要拼正面了。"

队内医疗师闻言先给狙击手套了个光子盾,随后紧跟在时洛身后,果然没错,三秒钟后丢了两个人头的NSN按捺不住,直接来冲时洛正面了。

时洛早有预料,且他的配件比顾乾好,并不怕开场拼正面,时洛第一时间开枪,命自己的医疗师往身后掩体躲避,靠着一个先手扫中了顾乾两枪。顾乾倒也没"硬刚",发现时洛已预判到自己位置后马上退回方毒雾中,没丢人头,在躲进掩体前还打中了时洛一枪。只可惜NSN另一个突击手信然就没顾乾这么好的意识了,他躲避不及时,直接被时洛拿到了人头,想救信然的瓦瓦不慎露了个头,又被时洛的突击手队友拿到了一个人头。

"Nice(漂亮)!"

开场不到五分钟，IAC突击手、狙击手都已拿到人头，医疗师也蹭到了辅助分，全队装备升级。

队内狙击手满脸不可思议："你到底是怎么知道他们的动态的？"

时洛点开升级界面购买子弹："没什么，这套打法我太熟悉了。"

前期以医疗师为饵，给足突击手和狙击手发挥空间，让他们可以安心在前五分钟抓点杀人，只要医疗师不丢人头，他们就可以在前期抢到极大的优势。

这就是余邃的打法。

但可惜，瓦瓦的操作不足以支撑这一打法。

这点NSN也察觉到了，到底是老牌战队，在前期对方取得压倒性优势后心态也没崩，第一时间调整战术，改回他们以往最熟悉的突击位打法，没让IAC继续扩大优势，但前期到底是小崩盘了一次，纵然中期、后期发挥如常，还是全程被IAC压着打。三十二分钟后，IAC击杀掉了NSN的全部队员，毁了NSN的转生石，拿下了这一局比赛。

结算界面出来的时候，时洛看了一眼，瓦瓦死亡次数：13次。

队内医疗师一面收拾外设，一面看着结算界面咂舌："心疼瓦瓦，全程被你们针对，我要是他就自闭了。"

时洛收好自己的外设："十三次而已。"

医疗师嘴角抽搐："时神，在热血漫里，你这种性格是要做反派的。"

时洛并不在意："挺好，我本来也不是好人。"

获胜战队照常要接受赛后采访，IAC战队几人被请到前台，担心有心人会带时洛的节奏，赵峰已提前找过主持人，故而采访时主持人没问什么敏感的问题，几个不疼不痒的问题后，IAC四人鞠躬谢过到现场来看比赛的粉丝们，转头往后台自家休息室走。

刚赢了比赛，队友们都蛮兴奋，推推搡搡地商量着晚上吃什么。时洛的脚步有点沉，经过NSN休息室时，时洛偏头看了一眼。

"时洛，时哥？"

医疗师疑惑地看着时洛："你怎么了？"

时洛回神："什么？"

医疗师笑道："我们商量着晚上去吃小龙虾，你去不？"

"这个点儿去要排队，我不去了。"时洛将外设包丢给医疗师，"你们先走，我有点事。"

　　医疗师接过时洛的外设包，迷惑地道："采访都结束了，还有什么事？"

　　时洛转身，在队友们震悚的目光下一把推开了NSN休息室的大门。

　　休息室屋门大敞，屋里空空如也。

　　屋里只有一个正在打扫的工作人员一脸迷茫地看着时洛："您有什么事吗？NSN的人已经走了。"

　　时洛好不容易聚起的一口气一散而尽，他闭上眼，摇摇头："抱歉，没事。"

5

　　时洛到底也没跟战队去聚餐，他独自回到基地叫了一份外卖吃了，冲了个澡后去了训练室。

　　聚餐的还没回来，训练室内空无一人，时洛坐在了电脑桌前。

　　战队集体活动一般都没时洛什么事，他在IAC并没有朋友，别人倒不敢孤立他，是他不爱同人相处，纯商业战队，高层也没闲心同俱乐部选手交心，都是面上情。

　　比起同战队的人费心周旋，时洛更喜欢自己训练，偶尔心烦了想跟人聊聊天，也不会是跟队内的人。

　　比如现在。

　　时洛坐在电脑前，点开了瓦瓦的直播间。

　　直播间里，瓦瓦开着摄像头，正声泪俱下地控诉时洛。

　　"十三杀！！！

　　"在季前赛开幕战的第一场比赛中，我被十三杀！！！

　　"死了十三次那是什么概念？意思就是这一场比赛，我全程就做了一件事！一件事！！！从转生石往前线跑！！！跑到前面，被Evil突突死，然后不断重复这个过程！

　　"我宛若一个劣质代练脚本！！！不断复活送人头、复活送人头、复活送人头！！！

　　"真的，我心态崩了，哎哟，我心口疼……"

　　时洛拿起鼠标，点了几下。

直播摄像头里，瓦瓦捂着脸哭，听到特殊音效他抬头看了一眼，抽了一下鼻子："有打赏？谢谢时爸爸的三个流星雨，哇！三个！！！谢谢时爸爸的打赏……哎，不对！"

瓦瓦怒道："时洛！！！"

时洛笑了。

瓦瓦咬牙切齿："已经有人觉得我今天是收你们 IAC 的钱在打假赛了！！！你还打赏！！！"

时洛莞尔，顺手又打赏了瓦瓦五个单价三千的流星雨。

"好了好了，真别送了，回头请我吃好吃的吧。"瓦瓦是个老实人，心疼时洛被直播平台扣除的手续费，不让他再打赏，道，"你要是没事儿，咱俩组排一会儿？抱你大腿上上分，算你给我赔罪了。"

时洛没回应，把平台附赠的免费涨人气礼物一股脑儿丢给瓦瓦，关了直播平台，打开了游戏客户端。

时洛组上瓦瓦，两人在国服排队。

瓦瓦发了个语音请求过来，时洛接了起来。

瓦瓦还在嘤嘤嘤："你们今天太恶毒了、太恶毒了，我被你们凌辱得毫无还手之力……"

两人排进了地图，时洛道："故意的。"

瓦瓦哭唧唧："看出来了，我又没惹你。"

时洛道："跟你无关。"

瓦瓦入行刚一年，是真的不知道时洛和余邃之间的恩怨，茫然道："那能跟谁有关？傻子也看出来你今天针对我了。"

时洛买了初级装备："刚才给你赔罪了，还不行？"

"行吧。"瓦瓦叹气，"不怪你，换我，我也要针对医疗师，我今天前期打得太烂了，我根本学不来余神那一套，技不如人，心服口服。"

时洛一顿。

时洛不再说话，带着瓦瓦去清雾。

瓦瓦还在自怨自艾："唉，　样的打法，余神就发挥得酣畅淋漓，他教我的时候给我秀晕了。真的，他一个医疗师，居然压着对面突击位打，给我看得热血沸腾的！雄赳赳、气昂昂地就找你们实战去了，然后被你们教育了。"

时洛收了对面一个人头，依旧没说话。

"余神是真的厉害，唉，我放弃了，不玩刺客医疗师那一套了，玩不起，我还是老老实实当个保姆奶妈吧。"

时洛好似心不在焉道："你现在就挺好的，没必要学别人的套路。"

瓦瓦叹气："我们队长让学的啊，哪能不听？我们队长说，趁着我年轻，路数还没完全固定，可以尝试着学学别的路子，我是真的认真学了。"

"我本来挺怕余神的，但好意外，余神脾气很好，被我问东问西也没不耐烦，应该是看在我们队长的面子上吧。"瓦瓦无奈，"余神是好老师，但我不是好学生，真的努力了，但学不会就是学不会。"

时洛道："那就算了。"

"我们队长也觉得算了，但我们经理还不死心，非要我继续练。罢了，也是为了我好，让我练，我就练吧。"瓦瓦惨兮兮的，"说到这个……时哥，我能用你练手吗？我来打前排，照顾我一下呗。"

时洛听着瓦瓦方才的话若有所思，回神道："成。"

白天刚在赛场上虐了瓦瓦，时洛心里本来有那么一点点愧意的，故而这会儿瓦瓦要用他练手，时洛想也没想就答应了，但不过十分钟时洛就后悔了。

原因无他，瓦瓦的刺客医疗师玩得实在是太菜了！

除了直播玩小号的时候，时洛已经很久没遇到这么菜的医疗师了！

时洛从玩这个游戏第一天开始就没喷过医疗师，但今天差点就破戒了。

"你……"时洛咬牙把骂人的话憋回肚子里，"太突进了……你能不能，稍微地判断一下对面的人数呢？"

"你……慢慢走，不行吗？"

"我……草地，去草地西边听到没？！去啊！！！没听到吗？！"

两人双排了三个小时，时洛的大号排名从国服第一以蹦极的姿态迅速俯冲到了国服第十七。

又打完一局后，时洛打开国服前一百排名界面，看着排名第十九的自己久久说不出话来。

时洛不想骂街，点了根烟。

瓦瓦小心翼翼地问："时哥？咱们还……还打吗？"

时洛吐了一口烟，许久后道："你知道我为了保持国服第一，每周要打多少场高分局吗？

"我第一的排名已经连续保持四个月了，如果今天不掉，只要再保持半个月我就能破纪录了……"

时洛开始怀疑瓦瓦这个老实人了："你演我的？"

瓦瓦欲哭无泪："我宁愿是我演你，但我是真的菜，你先抽烟，消消气消消气。"

时洛叼着烟摇头："不不不，你找顾队陪你练手吧，我不陪了。"

瓦瓦愁断了肠："他早就不陪我了，我这刺客医疗师，又打退了一个突击手。"

时洛道："看在你是我为数不多的朋友的分上，真心劝你，放弃吧。"

"我也觉得，刺客医疗可遇不可求，我不想努力了……哎！"瓦瓦突然想起什么来，"时哥，你转职之前，不就是刺客型医疗师吗？"

时洛吸了一口烟，含糊地"嗯"了一声。

"这么难得的天赋！你当时怎么就转职了？多浪费啊！！！"瓦瓦思索片刻，又道，"不过你玩突击手也登顶了，不能说浪费，可好的医疗师本来就少，刺客型医疗师更难得，这也太可惜了。"

时洛退出地图："没什么可惜的。"

瓦瓦还是觉得肉疼："真是被偏爱的有恃无恐……到底为什么转职啊？啊啊啊啊啊，可惜死了。"

时洛没理瓦瓦，抽完一根烟后准备关电脑下了，奈何瓦瓦还在那边鬼叫，追问个没完，时洛失笑："我自己都不觉得可惜，你替我心疼得着吗你？"

"就是觉得浪费啊啊啊……"瓦瓦捶胸顿足，"你要是没转职，肯定也没转会，那现在NSN首发医疗就是你，我给你当个替补也不错啊！我心甘情愿地给大哥提鞋啊啊啊……"

时洛嗤笑。

瓦瓦突然被勾起好奇心："说说啊，当时是为什么啊？"

时洛又点了一根烟。

"因为……"

时洛不耐烦道："当时有官方公告啊，自己查去。"

瓦瓦着急道："你直接跟我说呗，我入行太晚了，好多以前的事都不知道。"

时洛道："官方说法……"

时洛回忆过往，缓缓道："由于 Evil 选手本人对游戏的理解已经和医疗师的职业目标相悖，继续下去于彼此都是折磨，所以……"

瓦瓦试探道："稍等，我用口语直白地翻译一下啊，这意思就是……Evil 玩医疗师玩急眼了，决定弃医从武，对吧？"

时洛道："你其实可以说得更直白一点。"

瓦瓦重新翻译："去你的医疗师，老子不奶了。"

时洛首肯。

"牛，real（真的）牛。"瓦瓦缓缓鼓掌，真心实意地赞叹道，"我其实每隔一段时间都有这个想法，只是到现在也不敢真的这么做。"

时洛一笑，继续道："……在 NSN 俱乐部 FOG 分部管理层和 Evil 选手充分友好的沟通下，经俱乐部和选手一致决定，Evil 选手即日起转职为突击手。

"由于 NSN 目前一队突击位已满，对于 Evil 选手后续的去留问题，俱乐部将本着 Evil 选手的个人意愿进行下一步的安排。"

时洛叼着烟："以上。"

瓦瓦一面同时洛聊着一面打开 FOG 联赛中国赛区官网，输入时洛的游戏 ID，搜索有关他的两年前的公告，这会儿终于找了出来。

时洛当时虽是新秀，但已经是半个明星选手了，当年的转职公告联赛官方做得很正式，还专门绘制了海报。

海报里，时洛身后立着两个游戏角色，站在阴影里手持三面六棱光子盾的是时洛之前的医疗师游戏角色，立在灯柱下拎着冲锋枪的是时洛新建立的突击手游戏角色。

瓦瓦迟疑道："虽然我能理解你玩医疗师玩急了的情况，但那会儿你也不知道自己转突击手以后一样能登顶啊，就这么贸然地转了……这也太傻……嗯。"

时洛替他说了："太傻了。"

时洛又吸了一口烟："我当时是傻，没错，不过转职的原因确实不是这个。"

瓦瓦瞬间更好奇了："那到底是为什么？！"

时洛掐灭了烟头："不告诉你，我下了。"

时洛说罢关了电脑，睡觉去了。

时洛说走就走了，瓦瓦直播间里听两人聊天听得正起劲的粉丝直接炸了，瓦瓦怕自己一不小心说错话带了时洛的节奏，手忙脚乱地关了直播。

NSN战队训练室内，队长顾乾起身倒水，瓦瓦摘了耳机顺口问了一句："队长，时神当年在咱们战队的时候，为什么突然转突击手了？"

顾乾脚步一顿，偏头看了看窗户边一直玩手机的人："他害的。"

瓦瓦目瞪口呆："余神？"

瓦瓦一想道："不对啊，当时余神不都已经去欧洲赛区了吗？怎么还能……"

"就是因为不在一个队伍了。"顾乾一脸平静，"当时咱们赛区和欧洲队约了练习赛，恰巧轮到我们和余邃刚组的新队上场，时洛是我的医疗师。打了三局输了三局，整整三局时洛全程被针对，最后一局的时候……时洛好像除了游戏刚开始的时候，就一直没能出转生石。"

瓦瓦惊恐："那不是比我今天还惨？！"

"你今天这算什么。"顾乾道，"当年欧洲队是踩着我们的转生石虐，复活了就杀，复活了就杀，还故意让他们的医疗师来杀人，就他，余邃。

"当时最后一局我们已经投了退地图了，确实打不过，浪费时间没意义。只有时洛一直不投，他一个人在地图里，死了站起来，站起来再死……"

FOG游戏中玩家角色受伤后会有伤痕，会留有血迹，同一局游戏中即使复活，角色身上的伤痕和血迹也不会消失，不断被击杀而后复活的话……

瓦瓦想了一下那个画面，艰难地问道："死了……多少次啊？"

"三十四次。"顾乾看向还在玩手机的余邃："对吧？"

瓦瓦不敢相信："三十四次？！"

余邃还在看手机，闻言"嗯"了一声。

当年那局游戏里，时洛的游戏角色浑身上下全是伤，半张脸被血浸透，面目全非。

瓦瓦艰难道："……他当时可是刚被你卖了，余神，热血漫里，你这是要做反派的。"

余邃出神片刻，一笑后自言自语："不在热血漫里，我也早就是反派了。"

"是了。"顾乾道，"我印象里，国内电竞圈的喷子们只有两次同仇敌忾过。第一次是因为余邃带队转会去欧洲，第二次是因为时洛三个月内被卖了两次。

"论坛的喷子们齐心协力一致对外，做节奏视频、P遗照、到处刷黑称……就差一起筹钱雇凶去欧洲废了余邃的手了。"

顾乾默默总结："统一电竞喷子的第一人，Whisper，余邃。"

余邃莞尔:"排面儿。"

瓦瓦尴尬地看看余邃,不敢跟着调侃,自己继续去排游戏了。

6

时洛和瓦瓦双排直播后的几天,论坛里又是一阵血雨腥风。许多陈年旧事被翻腾出来重新清算,余邃粉、时洛粉、余邃黑、时洛黑搅在一起吵得不可开交。

时洛趁训练间隙看了看论坛,赵峰一眼看见了时洛的电脑屏幕,忙来拦:"有空玩点什么不好,看论坛做什么?嫌自己命长?"

"我又不怕喷。"时洛慢慢地拉着网页,"长期在风口浪尖上面对疾风,习惯了。"

赵峰哭笑不得:"你这个心态倒是不错,行吧。对了,我跟你说件事。"

赵峰看了训练室的其他人一眼,时洛会意,一推键盘,起身跟着赵峰出了训练室。

两人就近去了隔壁的会议室,时洛随手拉过一张椅子坐下,双手插在裤兜里,两条长腿自然而然地搭在了桌上:"又是直播的事?我不会再续时长了,每月三十个小时是极限。"

赵峰靠着桌子无奈地笑道:"别的战队有签四十五个小时的,还有六十个小时的呢。"

时洛摇头:"不可能。是你们不让我暴露战术,让我直播的时候随便混混打几场就行,但混多了,你们又怕我摸鱼多了操作退步。你们自己就矛盾着,还让我加时长?"

赵峰自知理亏,也清楚时洛不缺钱,可俱乐部里除了钱,没别的什么能打动人,只得道:"好吧,那至少别三十个小时都压到月底,这行吧?"

时洛心不在焉,敷衍地点点头。

"然后还有一件事得跟你说。"赵峰拉过椅子坐了下来,语气放轻了些,"我看你自己都去看论坛,那应该是已经无所谓了,我就直说了,免得你临时知道,又出什么岔子。"

时洛皱眉看向赵峰。

赵峰缓缓道:"就那什么,也是你以前的队友,宸火……"

赵峰小心地观察着时洛的脸色,道:"他马上也要回国了。"

时洛微抬着下巴,闻言表情没有丝毫变化,只道:"哦。"

赵峰有点意外:"你没不高兴?"

时洛语气平静:"意料之中。"

赵峰笑了:"你是怎么猜到的?"

时洛淡淡道:"瓦瓦嘴上没把门儿的,那天跟他聊了几句,就全清楚了。"

"啊?"赵峰迷茫,"你是说上次瓦瓦直播,你跟他双排的时候?"

时洛倚着椅背眼神空洞地看着会议室的天花板,道:"是啊。"

赵峰这下彻底不明白了:"你俩那天的直播我去看录播了啊,从头到尾,一分钟没跳,全看了,我怎么没察觉出什么来?"

时洛侧头看了赵峰一眼,眼睛微微眯了一下,道:"想听?"

赵峰是真的好奇,点头道:"说说,反正这会儿没训练。"

时洛掏出手机看了一眼,确实还有点时间,他将手机往会议桌上随意一丢:"那近期别再催我直播。"

赵峰无法,犹豫了一下,点头:"行行行,不催你了。"

时洛得到保证后把腿放了下来,看向赵峰:"NSN 既然有了 Whisper,为什么那天还让瓦瓦上?"

赵峰迟疑:"也是怕暴露战术吧,咱们每赛季稳入季后赛后也会酌情让替补换你下来,就是怕你在季后赛之前暴露太多。一场不算积分的预热赛,不上 Whisper 也说得通吧?"

"说得通。"时洛点头,"有了余邃,NSN 不会直接把瓦瓦卖掉我能理解,或者出于情谊,或者想充实他们队伍的套路。

"余邃的招牌是刺客医疗,瓦瓦一直是奶妈医疗,他们有两个截然不同的医疗位,多了一重套路,是不错,但既然如此,顾队为什么还要逼瓦瓦跟余邃学?强行把两个套路同化成一个?"

赵峰一愣:"那……自然是因为余邃是最好的医疗师……"

"你也说了,他是最好的,那还需要瓦瓦练什么?他怎么练也比不上余邃的。"时洛嘴角泛起嘲讽的笑意,"顾队放弃后,NSN 的高层也不放弃,依旧逼瓦瓦,瓦瓦这会儿还在国服高分局掉分呢,这是为什么?"

赵峰干巴巴道:"能是为什么?"

"因为他们着急，他们在抓紧一切时间，让瓦瓦在有限的时间里尽力学，尽力尽力学。"时洛眯着眼睛看着赵峰，"你说 NSN 的高层为什么着急？宸火又为什么在这个时间回国？"

赵峰咽了一下口水："为、为什么？"

时洛垂眸，冷声道："因为余邃马上就要离开 NSN 了。"

赵峰不慎咳了起来。

"他根本就没进 NSN，现在教导瓦瓦不过是偿还顾队一个人情，顺便在 NSN 落落脚。"时洛起身，"不出意外，余邃马上就要组自己的战队了。"

"不是。"赵峰满目震惊，不可思议地看着时洛，"你这都是怎么猜的？"

时洛回头，上下看了赵峰一眼："也用不着装震惊，他要组战队，必然早就向联盟递交申请了。我不知情很正常，你一个经理，一点儿风声都没听到？"

赵峰下意识地避开时洛的目光，干笑了一下："我能知道什么？"

"你如果真的什么都不知道，那为什么要在这个时候试探我？又为什么去查我和瓦瓦的直播？三个半小时的录播，你是多闲，能一分钟不跳地看我陪着他送人头玩儿？"时洛审视着赵峰，戳破了最后一层窗户纸，"宸火是突击手，余邃要组新战队，还缺一个突击手。你在担心，你担心余邃已经联系了我，所以今天借着直播来刺探我。"

时洛双手插在裤兜里："我说的话有一句错的，你现在指出来，我马上给你签一份一个月直播六十个小时的合同。"

赵峰被揭了老底也不尴尬，摇头笑了起来："时洛，真的，我就喜欢你这份聪明！年纪不大，平时不言不语的，心里其实什么都清楚，你这点真的比同龄人强太多。"

时洛自嘲地一笑，转身往门口走。

已经被看透了，赵峰也不惭愧，索性直接追问道："那余邃……"

"放心。"时洛握着会议室门的把手，好一会儿道，"从始至终，他没联系过我。"

出了会议室，时洛指尖有些发麻，他从裤兜里掏出蓝牙耳机塞进耳朵里，闭眼倚在墙上待了好一会儿，待情绪彻底平复后才回训练室。

训练还在继续，预热赛还在继续。

无论近日网上纷争如何激烈，时洛的比赛状态始终稳定。接下来半个月的预热赛赛程里，IAC 四场比赛赢了四场，算上之前赢了 NSN 的那次，IAC 已连胜五场。IAC一骑绝尘，领跑其他战队，稳在了联盟预热赛第一的位置。

预热赛每日两场。这日，上半场NSN对战狂刀，下半场IAC对战工蜂。

虽不是直接对战，但IAC和NSN又避无可避immediately要同时出现在同一个场馆了。这次赵峰的抵触情绪明显比时洛更强烈，从进场馆的那一刻开始赵峰就警惕了起来，严防死守地跟在时洛身边，拒绝一切工作人员的帮忙，凡事亲力亲为，提防着所有人，生怕哪个工作人员把友好和善的面皮一撕露出了余邃卧底的身份，趁自己不慎，巧舌如簧地拐跑了时洛。

时洛看着赵峰认真检查自己的矿泉水瓶标签里是否被夹带字条，欲言又止。

时洛想好心跟赵峰说一句，不用担心了，真没骗你。

回国大半个月，有那么多机会，但余邃确实从始至终没有联系过自己。

一个暗示都没有。

IAC的比赛在下半场，时间充裕。时洛半躺在休息室的沙发上，将棒球帽压得极低，挡住了半张脸，但还是觉得不适。时洛深呼吸了一下，强迫症一般地找出耳机戴上，精神终于稍稍放松了一些。

片刻，时洛刚刚好了一些就感觉自己身边窸窸窣窣的。他不耐烦地睁开眼，见赵峰正在试探地要碰自己的背包。

时洛摘了一边的耳机，皱眉："干吗呢？"

赵峰瞬间缩手，笑了一下："刚才工作人员送你的干果不知道是什么牌子的，怕你吃不习惯，想给你看看。"

时洛压着火，自己将包里的干果取出来丢在桌上，重新闭上了眼。

赵峰检查了干果后无奈地道："别生气，你也知道我担心什么。余邃稍微说点什么你肯定跟着走了，我这得小心啊。"

时洛撩起眼皮，冷声道："他稍微说点儿什么我就跟他走？我脸上是不是写着犯贱两个字？"

赵峰失笑："你这话也太难听了，我可没这么说你。别发火别发火，一会儿就要上场了，别动火啊。你睡你的，你睡你的，我肯定不动你的东西了。"

时洛压着火，调大音量重新闭上了眼。

半个小时后，上半场NSN赢了比赛，轮到了IAC和工蜂战队。工蜂战队整体实力在联盟下游，时洛和队友二十三分钟就干脆利索地结束了比赛。

赢了实力处于下游的队伍也没什么可采访的，被问了几个平平淡淡的问题后，IAC 四人回了后台往自己休息室走。无独有偶，在并不宽敞的走廊里，众人又碰上了 NSN 战队。

只是这次余邃不在。

时洛抬手跟顾乾打了个招呼，没走两步，顾乾开口道："时洛。"

时洛停下脚步，IAC 剩余的三人左右看了看，估计没自己什么事，先行回了休息室。

时洛背着外设包，侧头："怎么？"

顾乾道："宸火回来了，刚下飞机，我订了地方给他接风，以前的朋友都去，你……"

明白时洛忌讳什么，顾乾提前打招呼："余邃自然也在，你……去吗？"

时洛漠然地看着顾乾："我跟宸火以前关系很一般。"

似乎早就料到时洛会如此说，顾乾也只是礼节性地问一句，他听了这话就要走。时洛道："我去。"

7

晚八点，NSN 常聚会的会所顶层，一群刚吃了火锅的网瘾少年三三两两地进了包间，摊在沙发上。

之前余邃回国是自己一个人悄无声息回来的，曾经关系好的职业选手也是看了爆料才知情，一直没能见面，这次趁着宸火回国，人来得挺全，算是替两人一起接风了。

"唉……"宸火满足地摊平双腿，"想这顿火锅想太久了，舒坦，哎，你们这么拘束做什么？唱歌啊……"

余邃、顾乾还有一些老人都在玩手机，没人理宸火的聒噪，瓦瓦、信然还有几个新人看着这么多大神聚在一起，不太放得开，缩在一起喝饮料，也不太好意思点歌。宸火自己起身点了十几首，把麦克风硬塞进瓦瓦怀里，又跟服务生点了啤酒和夜宵，这才重新坐回沙发上。

宸火环视四周，唏嘘："当年我人缘也算不错，今天回来，没粉丝接机就算了，怎么才来这么几个人？算了，不说这伤心的了，今天能来的都是亲兄弟，大家一起走一个……"

老人们依旧各自玩各自的手机，没人理会宸火，几个新人忙不迭地跟宸火喝，又被宸火嫌弃喝软饮，众人半推半就地换了啤酒。

宸火干了半罐冰啤，摇摇晃晃地拍着瓦瓦的肩膀道："你叫什么来着？娃娃是不是？娃娃！以后你就是我弟弟了！你……那边那个小个子叫什么来着……"

"嫌人少？"顾乾看了宸火一眼，"忘了说，时洛一会儿也来。"

一直低头玩手机的余邃指尖一顿。

"时洛？！"宸火呆滞，他左右看了一下，"刚没注意，这会所……有安检吗？他一会儿要是带着钢管进来，保安拦得住吗……"

顾乾平静道："拦不住，他打架什么样，你又不是没见识过。"

"就是见识过才害怕啊！十个我也不够那个小崽子打的！"宸火崩溃，他看了余邃一眼，下意识地咽了一下口水，"先说好了，冤有头，债有主啊……他来了该找谁找谁，别连累我。"

余邃低头继续看手机："尿货。"

宸火摸摸自己的脖颈，忍不住抱怨顾乾："好好走路都恨不得绕着他，你没事找事招惹他干吗？"

"确实没想到他会答应，不过我也希望他能来，你回来了，早晚会跟他见面。"顾乾看着宸火，话对着余邃，"这么僵着有意思？早点把误会说清楚了不好？"

余邃自然清楚顾乾的用意，无奈地摇摇头，叹气道："我俩的问题在于……根本就没什么误会。"

余邃看向顾乾："就他那个脑子，你觉得我骗得了他什么？瞒得住他什么？"

顾乾顿了一下，不说话了。

有人在唱歌，包间里杂音太重，不远处的小孩们根本没听到三人的话。瓦瓦拿了几罐啤酒放在顾乾面前的小桌上，看看面色不太好的三人，呆呆地道："不是喝酒吗？"

"喝喝喝……"宸火脑中灵光一闪，"对！我先把自己灌蒙了，然后找个地儿装睡，我不信他能把我揪起来打……"

就是顾乾也有些受不了宸火了："能别这么尿吗？"

"你懂什么。"宸火拉开一罐啤酒，抽气，"那个小崽子……哒……别提了。"

瓦瓦茫然："是在说时哥吗？时哥人很好啊。"

宸火上下看看瓦瓦："娃娃你跟时洛关系很好哦？"

瓦瓦点头:"我刚入行那会儿时神很照顾我,人是冷了点,但好是真的好。"

宸火难以置信地看看瓦瓦,想象不出那个画面来,摇摇头:"罢了,反正他对我一点儿也不好,你想不想知道他以前……"

宸火话音未落,包厢门打开了。

看清门口来人,包厢内瞬间安静了下来。

宸火面容僵硬地吞了口中饮料,心道,还好,至少没拎着钢管来。

时洛换了私服,反戴着棒球帽,冷漠地看了包厢内一圈后目不斜视地径直走到宸火面前,随手拿起一罐啤酒拉开,下巴微抬,一口气直接干了一整罐。

宸火喉结动了一下,干巴巴道:"那、那我陪你走两罐吧,我、我……我喝得慢,你、你先坐。"

时洛将空啤酒罐放在桌上,面无表情地走到一边无人的吧台前坐下来,又跟服务生要了几罐啤酒。

宸火僵硬地看向顾乾,崩溃地小声道:"他、他刚才那是在给我接风吗?!"

顾乾不忍直视,推了宸火一把,让他老实在沙发上坐好,对队里的新人道:"你们玩你们的。"

新人们继续唱自己的"嗨"自己的,顾乾看了看时洛的背影,犹豫了一下,没上前说什么。

宸火面前的啤酒一下少了好几罐,瓦瓦又拿了几罐过来,也递给了余邃一罐冰啤。余邃正出神,见状礼貌一笑:"谢了,我不喝。"

瓦瓦一愣,宸火在一旁摆摆手道:"别多心,他滴酒不沾。"

瓦瓦忙道:"没事没事,我懂,我其实酒量也不好,一样的。"

"这还真不一样。"宸火终于将一罐啤酒饮尽,打了个嗝,"他那个酒量……"

宸火畅想当年,怅然怀念道:"当年!就这、这,还有这……"

宸火用下巴点了点包间里的众人,感叹:"这一屋子,再把这两年退役的那几个都抬来,全加一块都喝不过他,余神谁啊?衡山路小王子!跟他认识这么多年,我就没见他醉过。"

瓦瓦讶然地上下看了看余邃,小声道:"那怎么……"

余邃微微蹙眉,看了宸火一眼。

宸火吧唧了一下嘴,继续道:"那句话怎么说来着?对,美人迟暮!你余神,在十九岁的时候,看着自己的体检报告单,决定戒烟、戒酒、戒脏话,从此做个好男孩，将来找个好人就……"

瓦瓦更震惊了："余神以前还吸烟？！"

一旁的顾乾开口道："老烟枪。"

宸火点头，接道："比赛间隙都会抽空去洗手间偷偷吸一根的那种。"

瓦瓦敬畏地看着余邃："瘾这么大，说戒就戒了，果然是余神！余神当时身体是怎么了？严重吗？"

宸火面色沉重："……大出血，人差点就没了。"

瓦瓦陡然色变。

余邃不得不开口："……那是胃出血。"

"哦，对，胃出血。"宸火指了指自己的肚子，唏嘘，"这里，出了老多血，连着一个月，脸惨白惨白的，幸好没啥别的事。"

瓦瓦松了一口气："没事了就好。"

"好是好了，但从那开始好多东西不能吃不能喝了，不然又是急诊室一月游。"宸火坐起身来拿起瓦瓦放在余邃面前的啤酒，拉开喝了两口，"想看你余神喝酒，等他结婚喝交杯酒吧，也就未来的余夫人能有这荣幸让你余神破戒了。"

瓦瓦瞬间抓住了关键词："结婚！是有女朋友了吗？都要结婚了？！"

宸火本是随口一说，见瓦瓦这么起劲儿，笑道："那不早晚的事儿？到时候请你喝喜酒，去不去？"

瓦瓦兴奋："肯定去啊！"

包厢不远处的吧台前，始终背对着众人的时洛仰头将一罐啤酒一口气灌了。

偏偏瓦瓦还在没完没了地叨叨："我不知道这些，抱歉，余神，胃出血确实需要谨慎，只有余夫人值得余神冒一次险了，哎呀，将来余神的女朋友要是知道了得多感动？余神只会为她喝酒！一想就好甜啊好甜……"

时洛面若冰霜，拉开一罐啤酒，又是一口气灌下，继而手指微微用力将啤酒罐捏扁，看也不看，反手一扔，正正地砸进了包厢隐蔽处的废纸篓中。废纸篓本是装饰性的，里面空空荡荡的，被易拉罐一砸，蓦地哐当一声，把距废纸篓最近还在叽叽喳喳的瓦瓦吓了一跳。

宸火离瓦瓦远，没留意到什么，还一脸"直男"地费解道："他惨得一辈子就只能喝一次了，这有什么甜的？"

瓦瓦瞬间被拉回注意力，眼睛亮晶晶的："只有一次，只为了她啊！余神只肯为了一个人喝酒，不甜吗？"

宸火鄙夷："甜个头。"

余邃微微皱眉，抬眸看了一眼时洛的背影。

时洛连灌几罐啤酒，眼神已有些迷离，他揉了揉眼，慢慢地抬起手来，包厢中的侍应生忙走了过去。

侍应生微微弯腰，时洛侧脸沉声吩咐了几句，侍应生点了点头，出去了。

时洛从兜里掏了一盒烟出来，叼了一根，给自己点上，深深吸了一口。

这边余邃看着时洛点烟动作熟练，眉头微微皱起，他忍了忍，还是侧头看向顾乾："他什么时候会抽烟了？"

顾乾反应过来"他"说的是时洛，反问："他以前不抽吗？"

余邃摇头。

顾乾道："两年前来我们战队的时候，就在抽了。"

余邃抿了一口西瓜汁："……小小年纪。"

宸火转过脸来嫌弃道："有脸说人家？您是几岁开始抽烟的，还记得吗？"

余邃道："不记得了，怎么了？"

"没怎么，人家现在成年了，也混得好好的，这不跟你没关系了吗？"宸火满不在意道，"人家想喝酒就喝酒，想抽烟就抽烟，不关你事了。"

宸火撇撇嘴："再说人大心大，你现在也猜不透人家想什么了，还操什么心？"

余邃看着时洛的背影，尽力忽略空气中只有他能感受到的山雨欲来风满楼的气息，自言自语道："猜不透他想什么……最好是。"

余邃的第六感一向是好的不灵，坏的灵，这次亦然。

十分钟后，侍应生将一个托盘放在了余邃的面前，托盘中满满摆着十大杯不明饮品。

宸火正跟顾乾聊转会期的事，转过头来看了一眼，迷茫地问道："这是什么？"

侍应生迟疑道："蒸馏伏特加，这其实是我们调酒用的，九十多度，我们建议不要直接饮用……"

"没人要直接喝啊。"宸火完全摸不着头脑，"谁点的？"

时洛将烟熄了，拎着一罐啤酒走了过来，平静地看着余邃，道："我。"

宸火和瓦瓦面面相觑，余邃收起手机轻轻吐了一口气，终于来了。

8

半个包厢安静了下来。

包厢远处的人其实听不清这一桌人在说什么,但凝重的气息瞬间蔓延开来,众人依稀察觉出什么,纷纷侧眸看了过来。

包厢内一时安静得犹如图书馆。

余邃和时洛之间的事,细枝末节大家不清楚,但大恩大怨都是摆在明面上的,彼此心照不宣。

这俩人的关系,说句水火不容都是轻了。

就算时洛这会儿掏出一把西瓜刀来跟余邃真人对拼,大家也不会太意外。

从得知余邃回国那一刻起,众人隐隐料到了早晚会有这一出。

唱歌、喝酒、玩骰子的人纷纷停下了手,侧眸屏息留意着这边,神经都有点紧张。

时洛已经半醉,脖子上的红晕一路蔓延进了低低的T恤领口里,衬得他又多了几分戾气。时洛抬手揉了揉脖颈,长腿微微一拨,将一旁的一个小矮凳钩了过来,自己屈腿坐在余邃面前,同余邃隔桌相望。

"回来这么久了。"时洛紧紧地盯着余邃,一面拉开手中的啤酒,一面慢慢道,"还一直没能跟余神打声招呼。"

不等余邃说话,明白时洛来者不善的宸火笑着打岔道:"这不就打了?哎,你上周比赛可太狠了!我复盘了你们那局比赛,看的你的视角,给瓦瓦安排得明明白白的,我跟你说……"

时洛目不斜视,完全当宸火不存在,看着余邃问道:"余神在组新俱乐部?"

余邃意外地看着时洛,随之释怀。

时洛实在是太聪明了。

顾乾警惕地看着已显醉意的时洛,沉声道:"时洛,你喝得有点多了,我帮你叫你们战队的助理?或者我送你回去,有话改天再说……"

顾乾曾经关照过时洛,时洛这两年性格虽然越发孤僻,但对顾乾一直很尊敬,这会儿也顾不上了,时洛充耳不闻,眼中只有余邃:"余神,建新俱乐部的事,没错吧?"

余邃知道今天自己是躲不过去了，片刻后道："是。"

时洛点点头，自言自语："看，我又猜中了。"

时洛喝了一口啤酒，又问道："那缺突击手吗？"

众人都愣住了。

坐在远处的选手们面面相觑。

时洛这是什么意思？难不成他想进余邃战队？不是早就同余邃老死不相往来了吗？

他这是喝了多少，居然主动问余邃缺不缺突击手？这俩人要是将来同队了，岂不是一言不合就能捅对方一刀？

那会是什么水深火热的战队？

顾乾和宸火对视一眼，都没明白时洛这是什么意思，小狼崽子前一刻不还恨不得一口咬死余邃吗？

相较众人的震惊，余邃倒还算镇静，他沉默了片刻后道："缺。"

时洛直视着余邃的双眼："现在的我，配和你做队友了吗？"

自认早已万箭穿心无所感的余邃看着时洛，忽然觉得呼吸有点艰难。

余邃点头："配。"

时洛扑哧一声笑了出来，眼中尽是讥讽。

宸火脸色登时变了。

时洛笑了片刻，点头："那就好，配就好……"

"他们那边刚玩骰子呢。"时洛又喝了一口酒，看着余邃，"余神，要不要跟我也玩个游戏？"

宸火语气不佳，抢先道："跟你玩什么？"

时洛眼中似乎只剩余邃一个人了，他目不斜视，长长的中指点了点大理石桌面，缓缓道："这盘子里，有九杯是他们调酒用的烈酒，九十多度的那种……还有一杯是柠檬茶。"

时洛看着余邃，嘴角微微勾起："余神，你直接挑一杯干了，如果选中了柠檬茶……"

"放屁！"宸火忍无可忍，"谁有病啊，跟你玩这个？十分之一的概率，谁挑得中？再说，挑中了图什么？就图你一杯柠檬茶？别神经……"

"你挑中了。"时洛打断宸火，"我免签约费去你的新战队。"

包厢内瞬间鸦雀无声。

时洛眼神凌厉："一分钱不要，给你卖命，给你打满一整个赛季，玩不玩？"

宸火一怔，被这份突如其来的大礼砸得有点蒙圈，瞬间忘了自己要骂什么，结巴道："但要是挑……挑中的是酒呢？"

时洛看着始终不作声的余邃，几乎藏不住眼中恨意，他从牙缝里缓缓道："挑中什么，就得喝干净什么。"

"喝干净？！"宸火彻底炸了，"你疯了吧？这一大杯少说也有四百毫升！九十度的酒正常人喝这么多都得出事，你让他喝？！别人不清楚，你不知道他的病？！"

"他的命值钱，我一个赛季的签约费就不值钱？"时洛平静地道，"高风险，高回报，挺公平。"

顾乾警告地看着时洛："Evil。"

时洛充耳不闻，自己摸了一根烟出来叼着，低头点烟："余神，十分之一的概率，玩不玩？"

时洛吸了一口烟，语气没那么耐烦了："不玩，我就让服务生把酒撤了。"

宸火烦躁道："不玩！撤了！"

时洛刚要起身……

余邃道："玩。"

时洛手指微微一颤，险些让烟灰烫了手。

"你没毛病吧？！"宸火呆滞片刻后彻底怒了，厉声道，"你找死？你那胃什么情况，你自己没数？还想再去一次急救室？！"

余邃面容平静，再次道："我玩。"

时洛吐了一口烟，无声地骂了句脏话。

时洛将手中的半支烟丢进方才喝的啤酒罐里："先说好了……"

时洛抬眸看着余邃："再重复一次游戏规则，不管选中了什么，你都得喝干净。"

余邃点头："明白。"

"余邃。"顾乾万万没料到今晚能来这一出，早知道时洛会如此，他绝对不会擅自叫时洛过来，顾乾皱眉道，"别闹了，今天大家都喝多了，开玩笑没数了，都散了吧。"

"承情了。"余邃拿过桌旁不知谁放的一瓶牛奶，拧开瓶盖灌了几口，"不用劝，我玩。"

"你玩什么玩？！临时喝这么几口奶能有什么用？那是伏特加！都能当炸药用了！"宸火简直想把这俩人都掐死，狠狠地瞪了余邃一眼，上前一步压低声音磨牙道，"你……你真想要他，我们找IAC买不就得了！多少钱，我们买！多少钱比命重要？"

余邃缓缓摇头："买不来。"

时洛听得一清二楚，嘲讽一笑："现在想买了？抱歉，出了这门，我不可能再去你们战队，永远。"

宸火气得肺都要炸了："小崽子你！"

一旁的瓦瓦坐不住了，胆怯地小声劝道："时哥……不至于的，就算以前有什么矛盾误会，也没必要真闹得进医院吧？有点过了……"

时洛没理瓦瓦。

余邃低头拿起手机给自己国内的私人医生发了条信息，随即把手机放到一边，垂眸盯着桌上的十大杯饮品。

时洛大约早就吩咐了侍应生，每杯里都铺了满满一层调鸡尾酒用的新鲜薄荷叶，严严实实地遮盖住饮品上层可能冒出的气泡，又遮挡了液体的颜色；似是怕通过酒气分辨，放着十杯饮品的托盘里也倒满了伏特加，扑鼻的酒气混在一起，根本无从辨别。

余邃沉默地看了一分钟，放弃了凭经验挑选。

十杯这么放在一起，就是调酒师也分不出来。

宸火气得脸都红了，他咬牙道："你是不是疯了？概率这么小，这就不可能挑中！还没明白？这个小狼崽子在报仇！他是想名正言顺地送你去医院！"

时洛又给自己开了一罐啤酒，并不反驳。

余邃抬眸看着抽烟、喝酒姿势都无比娴熟的时洛，一时出神。

才两年而已。

隔着宽宽的桌子和九杯要命的烈酒，两人对视片刻。

才两年而已。

"之前走的时候有点匆忙，有句话一直忘了说。"

余邃看着时洛："是哥不好，说话不算话。"

时洛眼睛瞬间就红了。

时洛喉结艰难地动了一下，哑声道："喝。"

余邃点头，挑也没挑，随手拿起一大杯饮品，赶在宸火他们夺之前仰头喝了一口，整个人一怔。

"是什么？你吐出来！不是柠檬茶就吐！"宸火急得要上房，"你这脸色怎么回事？车就在楼下，起来，我带你去医院……"

余邃慢慢地又喝了一口："……柠檬茶。"

包厢内众人瞬间松了一大口气，都后怕得冷汗涔涔。

宸火犹不相信，自己抢过来闻了闻，喃喃："……你这什么欧皇运气？"

余邃缓缓地将柠檬茶饮尽。时洛深呼吸了一下，将手里的啤酒罐丢在一边，愿赌服输："转会的事，我之后会跟你联系，让你们法务提前拟合同。"

包厢内众人窃窃私语，忍不住替余邃惊叹，这已经不只是单纯运气好了，一分钱没花，就这么直接签下了国服第一的突击手！

顾乾擦了擦额间的冷汗，生怕再出什么状况，起身道："行了，具体怎么处理，你们私下联系，今天不早了，就这样吧。"

围观了这么一场大戏，众人也没心情再唱歌了，纷纷点头称是，开始往外走，只有时洛还沉默地坐在桌前，静静地看着桌上剩余的九杯伏特加。

"走了！"宸火后背全是汗，他惊魂甫定，催促余邃，"走了走了，回去商量怎么安排。"

余邃动作迟缓，跟着人流一起下了电梯，又跟着人流等在了会所大堂门口。

宸火心脏还在怦怦跳，他摸着自己的胸口："吓死我了……你也是！他疯了，你也疯了？平时那么惜命！刚才是怎么了？真的再进一次医院就不是一个月那么简单了！"

余邃不知在想什么，一言不发。

"你觉得把他赢过来是好事？他刚才还憋着劲儿想喝死你呢。"宸火越想越心惊，"以前就不是个善茬，现在更难缠，直接要人命了。这就是你当年领回来养的小崽子！"

余邃眼中忽然闪过一抹光，转身就往回走。

宸火着急："我的天，你又怎么了？！"

宸火正要跟着余邃，奈何一边去了地下车库的顾乾折回来问他要车钥匙，宸火无法，忙不迭地从自己包里翻出不知是谁误丢进来的车钥匙，疾步给顾乾送了过去，另一边余邃已进了电梯。

电梯升至顶层，叮咚一响，余邃大步出了电梯，重新回了方才的包厢。

空荡荡的包厢内，时洛还保持着刚才的动作。

时洛抬眸看了一眼，不适地皱眉："赢了还不走，回来看我笑话？"

余邃盯着桌上剩余的九杯饮品，指尖微微发颤。

时洛意识到了什么，厉声道："已经完事儿了，滚！！！"

余邃充耳不闻，不等时洛来拦，上前拿起一杯未动的"酒"灌了一口。

余邃眼神瞬间就变了。

余邃眸子颤动，转头难以置信地看向时洛。

时洛眼睛通红，宛若要杀人，上前一把攥住余邃的手腕，声音沙哑，一字一顿道："我、说、了……滚。"

余邃嘴唇微微抖动，他慢慢地、坚定地推开时洛的手，又拿起一杯未动过的"伏特加"灌了一口。

余邃整个人僵在原地。

片刻后，余邃又拿起一杯新的，喝了一口放下，再拿起一杯喝了一口，又放下。

时洛紧紧咬着牙。

余邃就这么一杯又一杯，手腕发着抖依次拿起酒杯，将剩下的九杯饮品喝了个遍。

十杯饮品，每一杯都是柠檬茶。

| 第二章

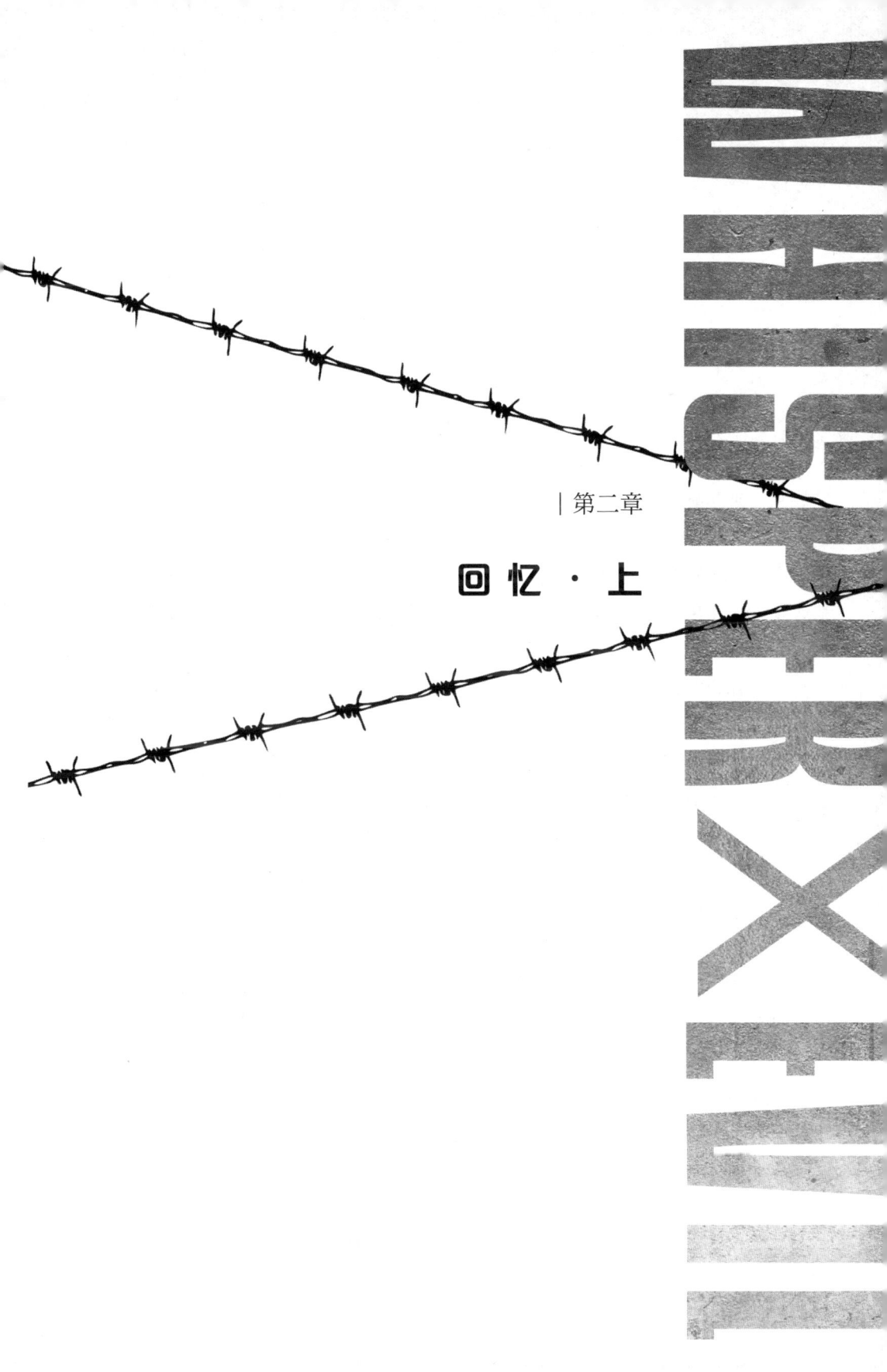

回忆·上

9

两年前。

余邎将喝剩的半杯柠檬茶放在桌上，放松地躺在了床上。

S市FS战队基地队长的宿舍中静谧无比，午后暖阳正好，房间窗户没关，窗帘被微风吹得轻轻晃动，扫过桌上的柠檬茶，桌子另一旁的床上，余邎渐渐睡着了。

床边的手机不断嗡嗡作响，响一次就往床边滑一点，一点一点，终于滑落到了地板上。

余邎微微睁开眼，偏头往床下看了一眼，翻身继续睡。

一个小时后，补足觉的余邎起身，弯腰抄起地上的手机放回床上。

余邎洗了把脸，坐到窗边点了根烟，拿起手机看了看。

微信里堆着许多条有用没用的消息，余邎逐一翻过去，将必要的消息回复了一下，有点意外地，看到了几条来自柯昊的未接语音通话。

柯昊是余邎的同学兼发小。

俩人现在联系得不多了，但感情一直不错。余邎给柯昊回拨了过去，那边很快接了起来，余邎叼着烟慢吞吞道："刚没看见，怎么了？"

手机那头的柯昊好似抓着了救命稻草，惨兮兮道："祖宗，你怎么失联了？我正想去你家堵你呢。"

"你去我家可找不着我。"余邎一笑，"我一年也回不去几次，什么事找我？"

柯昊寒暄了几句后试探道："帮哥们儿几个忙行不行？"

余邎抽了一口烟："你说。"

柯昊叹了口气："我堂弟，最近彻底跟家里闹翻了，离家出走不说，学也不上了,听说最近在打游戏当主播,我叔叔的肺要被气炸了,我家这回头要是出了个网红……那可真是光宗耀祖了。"

柯昊家是做生意的,但家里往前倒十八代都是文化人,正经书香门第,家里人古板又保守。余邃忍不住笑了一下。

不过,不想上学、离家出走的网瘾少年太多了,余邃身边的朋友大部分是这样的,早就见怪不怪了。

柯昊发愁道:"他正在上高三啊,再过俩月就高考了,成绩还不错,你说这个时候他真退学了……这、这算什么事儿呢,而且是因为玩游戏,就是你们那个FOG《迷雾之中》!我的天,我叔都不敢跟我爷爷说,生怕我爷爷直接进医院。"

不等余邃说话,柯昊忙道:"别多心!我不是说你们这行不好,他要真能混到你这一步我也愿,但你们这行真的能混出头的才几个?而且他也不是真的去打职业啊,他是做直播!主播!主播,你懂吗?!"

"我懂。"余邃吐了口烟,"我偶尔也直播啊,怎么了?"

柯昊惨兮兮道:"真不成,他这高中都还没毕业呢,真干这个去,哪行?你……能不能帮帮忙?"

余邃道:"帮什么?"

柯昊道:"他要是死活不读书了,也没法强迫他,都这么大了,拴不住的。实话说了吧,我堂弟从小就叛逆,从来就没听过话,我叔叔这些年被他折磨得也快死心了,但是……真的不能做主播去,我爷爷知道了怕是挺不住。"

"我也劝我叔叔了,不然各退一步,折中一下。"柯昊无奈道,"真那么喜欢那游戏,跟你一样打职业去,别把直播当主业。我是想着我爷爷本来也喜欢你,要是知道跟你做同行去了,没准还能接受。"

余邃叼着烟,嘴角微微挑起:"你以为我们这行,会玩游戏就能来?"

"不不不,我知道比考清华还难!"柯昊忙赔罪,"我是被我叔叔嚷嚷得脑子乱了,我的意思是辛苦你替哥们儿看看,我弟弟是不是这块料。"

柯昊道:"不是这块料再说,真的能往这边发展,那就放他做职业选手去得了。"

余邃不乐观道:"提前给你打个预防针,一千个嚷嚷着要打职业的里面,能有一个真的有资质打职业都算概率高了。"

柯昊忙道:"懂,不过他打得好像真不错,而且跟你玩的是一个职业,都是那个、那个……"

余邃挑眉："医疗师？"

柯昊一拍大腿："对！"

余邃点头："行吧，你把他ID发我，我看看他国服排名。"

柯昊结巴："什……你说的是什么？"

余邃简练道："就是把他的游戏账号，发我。"

柯昊茫然："啥？"

余邃叹气："你原话告诉他就行，他明白。"

柯昊惨兮兮道："他早把我拉黑了……"

余邃无法，道："那你把他直播间地址发我，我去他直播间自己看。"

柯昊咳了一下："实不相瞒……我不知道他在哪儿直播。"

余邃被气笑了："那滚吧，帮不了你。"

"别啊！"柯昊语无伦次道，"这真不怪我！我叔叔只跟我说他去做主播了，但没跟我说去哪儿啊！我问我叔叔，他气得发抖，反问我直播到底是什么，我能怎么办？！我知道你可能懂行，但怕你在比赛，也没敢打扰你，就去问了我国内的同学。

"国内同学跟我说了半天，但……我根本就听不懂你们那些黑话啊，没头苍蝇一样找了好几天，我叔、我爸又来催我，我这周的小组作业还没写完呢，脑子都要炸了。余邃，帮帮忙啊……"

余邃又点了根烟，摇头："没办法，你什么都不知道，我上哪儿找去？"

"你肯定有办法，帮帮忙行不行？"柯昊生怕余邃不管了，也不要脸了，道，"唉……我真不想翻旧账，但你回忆一下，你刚打职业那会儿，跟家里闹翻的那一年，是谁给你出学费、生活费，让你一边青训一边上学的？"

余邃反问："学费才多少钱？"

"学费是没多少啊，您敢算算您那生活费吗？"柯昊想起前事，气不打一处来，"您每个月生活费大几万！花的谁的零花钱忘了？！我妈当时都怀疑我小小年纪包了个明星！"

余邃扑哧一声笑了一下："早还你了好不好？"

"是还了，但我当时替你受的罪不是假的啊！我省吃俭用攒了那么多年的零花钱，全供你献身电竞事业了！"柯昊气得语调不稳，"你自己出去问问，哪个离家出走的能有你当年过得那么滋润？"

这事儿余邃确实承柯昊的情，他无奈点头："我……我想想办法。"

余邃一松口，柯昊瞬间放心了："大恩不言谢！"

柯昊自认理亏，嘿嘿笑道："知道你是大忙人，但我真是没法儿了，等我回国，请你吃饭。"

"行吧。"余邃心道，得亏我最近也是闲，"把他联系方式发我。"

柯昊忙发了一串信息过来，道："姓名、年龄、手机号码、qq号码全给你了，手机我估计是够呛了，关机半个月了，社交软件上也不加陌生人，你……还是先从直播间开始找吧。"

余邃退出语音界面看信息："时洛。你姓柯，你堂弟姓时，咱家这是从哪一辈开始绿的呢……"

"呸！"柯昊笑骂，"家丑不方便外扬，回头再跟你说吧。"

余邃本也没打算问，正要挂电话，柯昊又忙道："他脾气是真不好，叛逆期，你多担待啊。"

余邃"嗯"了一声挂了电话，又收到了好几条来自柯昊的信息。

柯昊把有关自己堂弟能找到的资料全发了过来，连平时成绩都没落下。

余邃眯眼看了一下。

时洛，男，17岁，身高181。

柯昊婆婆妈妈地，还连带发了好几张照片，余邃看着照片，眉毛挑了一下。

帅。

真帅。

照片里的17岁少年头发剃得极短，漂染成白色，耳朵上打着洞，戴了好几个环。即使折腾成这个"贵族"模样，还是能让人透过现象看穿本质，看得出来他是真帅。

这个叛逆的小年轻眉眼有几分阴鸷不驯，就差把"生人勿近"写在脸上了。

余邃给这个时洛打了个电话，关机。

加微信，没回应。

只能从直播间开始找了，余邃给自己俱乐部的老板兼前队长季岩寒发了条消息，大概说了一下情况，把时洛的姓名、年龄发了过去，拜托季岩寒问问几家熟识的直播平台的负责人，看看能不能直接查出时洛直播间的地址。

季岩寒正在外面谈生意，但接到信息马上就回复了，让余邃等消息。

余邃将手机丢在床上，去洗手间冲凉，等他洗过澡又将换下的衣服放进脏衣篓送去给基地的阿姨后，再回来一看，季岩寒已经回复了消息。

季岩寒："没找到这人，要不就是没在这几家主流直播平台上直播，要不就是在主流直播平台，但他根本没签约，没上传真实的个人信息，所以无从查找。这是你什么人？"

余邃挺意外，这都找不着？

余邃让季岩寒忙，不用管自己了。

那就真的要从直播间找了，这还得有点幸运加成，这个时洛必须正在直播才行，不知道要查几轮才能撞上。余邃本不欲再管，但想想之前家都回不了，大年三十在柯昊家吃柯昊妈妈包的饺子的场景，余邃叹气，下楼去训练室开了电脑。

余邃的队友宸火正巧从外面回来，见余邃进了训练室也跟了进来："今天不是休息吗？又训练？"

余邃摇头："私事。"

宸火耸耸肩膀，好不容易有个短短的假期，他才不会碰电脑，在训练室晃了两圈就出去了。

空荡荡的休息室里只有余邃一个人，他打开第一家直播平台，打开FOG游戏分类。

男生，年纪不大，玩医疗师的。

余邃筛掉自己认识的职业选手，根据柯昊给的这点少得可怜的信息，开始逐一排查……

半个小时过去了。

一个小时过去了。

三个小时过去了。

余邃放下鼠标，低头捏了捏眼角。

他要瞎了。

宸火出门跟隔壁战队撸串都回来了，见余邃还坐在电脑桌前，好奇道："没开游戏客户端，也没直播，你在这儿干吗呢？"

余邃面无表情："挨家挨户帮我一哥们儿寻找走失儿童。"

"啊！"宸火悚然，"谁丢了？！小孩多大？多高？"

余邃又打开一个直播间:"十七,一米八一。"

宸火满脸震惊:"……脑子怕是不行。"

"我估计也是。"余邃拿过新的一包烟拆了,叼了根烟,"我还就不信了,小兔崽子……"

宸火生怕自己被余邃拉了当苦力,踮着脚尖又跑了。

余邃抽了一口烟,继续排查。

两个小时后,余邃看着自己屏幕上的直播间,脸色铁青。

直播间内直播的游戏——FOG,没错。

主播正在玩的职业——医疗师,没错。

直播间开摄像头了,余邃看着手机上柯昊发来的照片,再看正在直播的人——也没错。

就是这个人。

什么都没错,直播间人气还很高,按理来说是很容易找到的,但……

余邃很想在直播间打字问问这个时洛:你,一个技术游戏主播,为什么……要把自己分类在宅舞频道呢?

"你……"

余邃一晚上没吃饭,这会儿被气得胃疼。

他刚才是真的较劲了,在排查了所有可能后,只能去相信不可能。

余邃逐一点开一些奇奇怪怪的频道,然后终于在宅舞频道一群猫耳女仆里面,看见了时洛独树一帜的游戏界面和一张冷漠的"直男"脸。

余邃气得想给平台超管打电话举报这个主播恶意串台,但一想又收手了。

时洛就没签约,超管根本管不了他的分类。

余邃深呼吸了一下,打开自己的游戏客户端。

余邃重新打开直播间,扫了一眼直播间中时洛的游戏ID,而后打开了客户端的国服排名,搜索栏输入:2000-Luo。

搜索结果瞬间出来了——

2000-Luo,国服排名第179。

余邃一怔。

新赛季刚开始不到两个月,这会儿大把职业选手都还没进国服前三百,这个时洛居然已经打到了一百七十九。

当然，也不能排除代练的可能。余邃关了自己的客户端，打开直播间看他打了一局，结合直播间的摄像头判断，余邃基本排除了代打的可能。

就是他自己打的。

余邃又看时洛打了一局，而后给柯昊发了消息："找着你弟了，有打职业的可能。"

柯昊马上回复："什么叫有可能？你不是能看排名吗？"

余邃："排名高的不一定能打职业，没必然的关系。"

柯昊："那还怎么判断？"

余邃懒得跟这个门外汉多解释，道："要确定的事多了。"

柯昊回复："那你帮我确定确定成吗？"

余邃："不成。"

余邃说罢要关直播间，那边柯昊急急忙忙地发了信息过来："零花钱！！！过年的饺子！！！端午的粽子！！！中秋的月饼！！！"

余邃顿了一下，打字："给我几天时间……我需要自己跟他交流。"

那边柯昊瞬间安心了，又发过来信息："太好了，我要是能联系上他就好了，但他说跟我这种老男人没话聊，那什么，你……你跟我同岁，你、你……注意点这个。"

余邃忍着火气，把手机丢到一边，重新打开游戏客户端，申请了一个小号。

回想柯昊刚才说的那句"他说跟我这种老男人没话聊"，余邃建小号的时候把年龄改成了十五岁，他使劲儿回想了一下自己还小时的青春潮流，又综合了一下这个叛逆期少年的审美和志趣，迅速地给自己修改了昵称和签名。

余邃用小号在游戏里给时洛发了一条好友邀请，自言自语："职业考核来了，少年，要是不通过，这损失可太大了……"

同一时刻的某网咖中，时洛游戏里的好友申请闪了一下。

时洛点开——

【①個心碎の杺（一个心碎的人）】申请加您为好友，申请理由："ｘｉａｏ哥歌，螚不恁，ｗｅｎ暖一下伤了芯嘚窝？（小哥哥，能不能，温暖一下伤了心的我？）"

时洛看着这个ID，略显锋利的眉毛抽动了一下，然后在下一秒直接点了"拒绝"。

10

等着时洛来磕头的余邃看到拒绝消息一时反应不过来。

自己这是被拒绝了?

太久太久没有人拒绝过 Whisper 的好友位了。

余邃看着好友拒绝提示深深自省,难道是因为自己还不够"葬爱"?

余邃看着直播间里时洛挑衅又嚣张的模样,觉得自己可能是有点保守了,人家这样的"贵族"看不上。

余邃嫌丢人,不想管了,但想想上学那会儿柯昊对自己的照顾,再想想自己这一晚上无疾而终的辛苦,咬咬牙,继续给自己修改昵称,添加时洛为好友。

余邃凭经验揣测,像时洛这样一只耳朵上穿三个环的,什么大风大浪都见识过,那必然是轻易看不上这种小打小闹的。

需要加大力度。

正在直播的时洛看了一眼屏幕左下角的好友提示,点开了。

系统提示:【残酷血色之夢(残酷血色之梦)】申请加您为好友,申请理由"wo 的無理取闹,你还能俗忍多久?(我的无理取闹,你还能容忍多久?)",是否同意?

时洛:"……"

时洛一秒钟也不想忍受,直接点了"拒绝",但不过半分钟,新的好友提示又出现了。

系统提示:【芯痛到-麻痹叻(心痛到麻痹了)】申请加您为好友,申请理由"心已千瘡百孔,流吥出血了,wo 已习惯了……(心已千疮百孔,流不出血了,我已习惯了……)",是否同意?

时洛再次点了"拒绝",十几秒钟后……

系统提示:【过嘚不好(过得不好)】申请加您为好友,申请理由"——为妳赌过醉过伤过痛过,窝买定离手从吥后悔。(——为你赌过醉过伤过痛过,我买定离手从不后悔。)",是否同意?

时洛飞速点了"拒绝",十秒钟后……

系统提示:【①切为了兜弟(一切为了兄弟)】申请加您为好友,申请理由

"誰敢折斷我兄弟之翅膀，窩定然毀他整個天堂！（谁敢折断我兄弟之翅膀，我定然毁他整个天堂！）"，是否同意？

时洛闭上眼，辣眼睛。

时洛再次点了"拒绝"，新一局游戏排进去了，他不再看系统提示，专心打这一局游戏。

FS 基地中，余邃看着屏幕眉头紧锁。

挺意外的。

今天遇到硬茬子了。

这个小孩为什么不加自己？

他不就喜欢这种调调吗？

这力度还不够顶？

再脑残一点也不是不行，可余邃自己也有些扛不住了。

太傻了。

余邃今天本来是能开个直播混个查房的直播时长的，他就是考虑到成功加上这个小崽子可能需要用点非常手段，才荒废了这一晚上的宝贵时间。

余邃自少年出道就是电竞明星，其实偶像包袱挺重，是绝对不会让自己这种脑残黑历史传出去的。

但这会儿不加，小兔崽子下回直播还不知道是什么时候，今天放了他，下回难道要挨家挨户再找一次？万一他改天流窜去了吃播频道怎么办？

余邃不能放虎归山。

余邃犹豫间，只见直播间摄像头里时洛趁着替人套盾读条的间隙拿出手机开机，拨了个电话出去。

余邃挑眉，这个小崽子刚才果然没开机。

不过这是在给谁打电话？是在订餐吗？

如果是订餐，那必然是要报网吧地址的。余邃迅速调大直播间音量，准备记下时洛的地址发给柯昊。

余邃俯身拿起隔壁桌的一支笔，准备一会儿时洛电话接通后做笔记，不等他再找张纸，直播间里时洛语气冷漠道："柯昊，你是不是就这点儿本事了？把我的信息发到非主流交友论坛里让一群妖怪来网暴我？呵……你觉得我会怕吗？"

拿好纸和笔的余邃："……"

余邃心道，你当然不怕，你就是他们当中的一员，你找到组织了开心还来不及，你怕什么。

不等余邃把纸笔放回去，柯昊的电话又来了。

余邃无法，接了起来。

柯昊茫然无措："你都干吗了？！好端端的，我堂弟突然打电话过来骂我！"

余邃头疼无比，拿起烟盒低头叼了一根，皱眉："没什么，我想加他好友跟他谈谈……"

柯昊更迷茫了："那他骂我做什么？"

余邃点上烟："他看出来是你让我找他的了。"

"哦。"柯昊忍不住抱怨，"你怎么暴露得这么早？他知道咱俩认识，还能加你？"

"我……"余邃懒得跟柯昊说自己一晚上到底有多辛苦，"不想细说，挂了，我再试一次。"

余邃不等柯昊再多话，挂了电话，重新上了自己的小号，又买了一张改名卡。

余邃嫌注册新号麻烦，只不断买改名卡来修改昵称，两百块钱改名一次，一个小号，余邃这一晚上已经充值过千了。

余邃看着直播间，磨牙，只能顺着时洛的剧本往下演。

余邃更改昵称和签名，再次给时洛发了一条好友申请过去。

网咖中，再次打完一局游戏的时洛继续点了"排位"，看着闪烁的系统提示标志，冷笑了一下，点开。

系统提示：【網戀，玩伕吗？（网恋，玩心吗？）】申请加您为好友，申请理由"论壇有人發帖说骚扰你一次可以拿十块钱，小哥哥窝没钱吃明天早饭了，可以让我加你壹次吗？哥哥幫幫忙！（论坛有人发帖说骚扰你一次可以拿十块钱，小哥哥我没钱吃明天早饭了，可以让我加你一次吗？哥哥帮帮忙！）"，是否同意？

时洛准备按下拒绝的手停顿了一下。

十块钱……

时洛面色不善地看着好友提示，脸黑如锅底。

半分钟的犹豫后，时洛点了"通过"。

时洛点开游戏内对话框，冷着脸给刚加的好友打字："你跟刚才那些人一伙的？"

那边飞快回复："坏是！（不是！）我只葬爱自己的，没有进家族。"

时洛被"雷"得胳膊痒痒。

时洛强忍着直接删了对方的冲动，打字："随便，别打扰我。"

"網戀，玩伈吗？"马上回复："好，坏过哥哥窝也玩这亇游戏，能带窝一起玩①局吗？（好，不过哥哥我也玩这个游戏，能带我一起玩一局吗？）"

时洛打字："不能。"

"網戀，玩伈吗？"又道："那哥哥你能加我的微信吗？等你什么 shi 候想跟窝玩的时候叫我。（等你什么时候想跟我玩的时候叫我。）"

时洛压着火，迟疑了足有一分钟后，打了一串数字上去，叮咚一声，那边好友请求发过来了。

时洛迅速关了游戏内聊天界面，专心打游戏。

FS 基地内，余邃同样忍着恶心看着自己的游戏小号和刚改了昵称的微信，长吁了一口气，压着火给柯昊打了电话。

"游戏好友加上了，等我有空的时候跟他玩两局试试吧，现在不行。"余邃身心俱疲，"微信也加了，先替你盯着，你家人实在联系不上他的时候、有什么要紧事的时候，我可以帮你传个话……他有地方住吧？"

柯昊连忙道谢："多谢多谢！还是你周到，住哪儿……我也不知道啊。"

余邃失笑："亲弟弟？他一个学生，离家出走，不知道在什么黑网吧弄直播，你不担心他没地方住？万一是钻桥洞去了呢？"

"嗐，这个放心。"柯昊道，"他从十三四岁起就总闹离家出走，一开始我们也是全家出动满城找，这……这每年都闹好几次，一直闹到现在，他自己习惯了，家里人也早就习惯了。"

余邃皱眉："从小就闹？有什么想不开的？"

柯昊叹气："反正他自己也有零花钱，肯定有地方住，其他的……一句两句说不清。"

余邃本来也没什么兴趣听，道："那就先这样吧，纯粹是为了还你当年的人情，替你确定之后我可就删了他了，没时间替你带孩子……"

柯昊忙道："那当然、那当然。"

余邃挂了电话,看了一眼时洛的直播间,时洛已经下播了。

余邃揉了揉酸疼的眼,手机又响了。

是季岩寒打过来的。

余邃靠在电竞椅上,将两条长腿摊开,懒懒道:"队长。"

"刚跟人家吃完饭。"季岩寒笑吟吟的,"你那个找主播的事儿处理得怎么样了?我这会儿有空了,替你联系一下,找人专门帮你查查?"

余邃摇头:"不用,我自己处理好了。"

季岩寒大约是喝了不少,挺有谈兴:"说说呗,是你自己看上哪个打得好的玩家了?玩什么职业的?"

余邃道:"跟我没关系,玩医疗师的。"

季岩寒笑道:"打得好吗?"

余邃蹙眉:"……还行吧。"

季岩寒道:"还行是什么意思?比你呢?"

余邃嘴角微微挑起,笑而不语。

季岩寒也笑了:"我这就是废话,不过就算比不上你,也能招来啊,给你当个替补吧。"

余邃挑眉:"真喝多了?咱们这薄情寡义的战队向来是能打就首发,菜了就滚蛋,连个二队都没有,什么时候有过替补这么温柔的玩意儿?"

"别人没有,你可以有。"季岩寒半认真半开玩笑道,"怎么样?给你找个替补,你腾出空来,慢慢地把战队的事接手下来……余邃,我真的有点顾不上了,替我搭把手?"

余邃想也不想道:"不可能。"

季岩寒再次道:"你真不想要替补?"

余邃干脆道:"不需要,手不断就能打。"

季岩寒笑道:"行行,听你的,不乐意就不要,哎哟,对了!你们常规赛的赛程表我是不是没发你?"

余邃道:"没。"

"哎哟!"季岩寒狠狠拍了拍自己额头,"怪我、怪我、怪我……你们经理最近请假,他们就把赛程发给我了,前天就发给我了,我最近谈生意给忙忘了!"

余邃皱眉:"你……"

"全怪我。"季岩寒忙道歉,"我这几天真累得够呛,我马上微信发给你。"

余邃无奈:"发给我,我替你给后勤,让他们早点去定行程。"

余邃挂了电话,正准备叫个外卖的时候,季岩寒又打了过来。

余邃接起电话:"嗯?"

季岩寒一头雾水道:"邃啊,我有点眼花,我微信上怎么找不着你了呢?你把我删了?"

余邃烦躁道:"你到底喝了多少?"

季岩寒忙赔罪:"我的错、我的错、我的错。"

余邃道:"我先用微信给你发条信息。"

季岩寒自知理亏,迭声答应着:"好好好。"

余邃那边挂了电话发了微信。几千公里外,满身酒气的季岩寒站在酒店大堂光线最好的正中央,眯着眼举着自己的手机郑重以待,半分钟后他的手机一振——

【網戀,玩伱嗎?】:"赛程表,速度。"

11

季岩寒今天触了好几次余邃的霉头,这会儿不懂也不敢问,麻利地给人家把赛程表发了过去,唏嘘:"这叛逆期来得也太晚了……"

就这样,余邃在不自知的情况下丢人丢出了圈,一天一夜后他才想起来为了加时洛,改了自己微信昵称的事。

担心改回昵称会在时洛那边掉马,余邃忍着没改回去。

余邃这种情况太过诡异,电竞圈里的朋友不太敢开口问,余邃连个解释的渠道都没有,只能憋着火背锅。

"明天开幕战,新赛季又开始了,大家打起精神……"

战队经理有事回了老家,季岩寒这俱乐部老板早就当了甩手掌柜,余邃身为队长不得不扛起大旗,象征性地在开幕战之前给队员开个动员会。

老板和经理都不在,队员们也心不在焉的,理直气壮地开会玩手机。余邃本来也没心情,开会刚说个开头就不耐烦了:"常规赛马上开始,我们……打得好有奖金,打得不好被喷,就这点事儿,散会。"

"这就完了?"临时被抓来做会议记录的领队刚坐稳就接到了散会通知,一头雾水，慌张道，"我、我、我刚写了两行！经理让我会后把会议记录给他，这么少，不行吧？"

"有什么不行的？你自己看着编点。"余邃糊弄这些事儿颇有经验，他叼了根烟，含糊道，"多写点，免得他们又说我敷衍。行了，散了。"

队员们乐得如此，纷纷拿起手机出了会议室。

"哦，还有一件事。"领队追了出来，对众人道，"这个季度的奖金发了，大家看一下自己的收款记录，有问题一星期内上报，辛苦大家了。"

余邃拿起手机扫了一眼六位数的收款记录，没太在意，刚要把手机放回裤兜里时，手机振了一下。

【Luo】："还缺早饭钱吗？"

余邃挑眉。

连着忙了几天，差点把这个叛逆少年忘了。

原以为要等自己找他呢，不想叛逆少年居然还记得早饭的事。

余邃靠在走廊墙边，右手捏着烟，左手单手打字："哥哥你还记得wo？（哥哥你还记得我？）"

【Luo】："……问你话呢。"

余邃嘴角噙着笑，打字："缺，哥歌你要给窝钱吗？！（缺，哥哥你要给我钱吗？！）"

余邃抽了口烟，正要再逗时洛一句时，他手机振了一下，时洛给他发了个红包。

十元整。

余邃的微信零钱是实时存入银行卡的，他收下红包，下一秒收到一条短信。"您的账户*8888于04月27日16:05存入￥10.00元，可用余额5372937.46元。"

"哇哦。"余邃笑了，"巨款。"

余邃边抽烟边打字："谢谢哥哥！明天早饭钱有了。"

那边不回复了，余邃手欠，又打字："哥哥，后天呢？"

余邃手机振了一下。

【Luo】："后天的明天再给。"

余邃又问："大后天？"

【Luo】："大后天的后天给。"

余邃笑了，继续手欠："每天都给？"

【Luo】："……你这是赖上我了？"

余邃忍着笑打字："哥哥我饿。"

【Luo】："……给。"

余邃打字："真的？哥哥你怎么这么好？"

【Luo】："因为我没钱的时候也吃不上早饭。"

余邃失笑："你家地板都是金镶玉的，你说你没钱，骗谁呢……"

余邃并不戳破，配合道："榭榭哥哥！哥哥你要是怕麻烦，不如直接给我①个星期的？（谢谢哥哥！哥哥你要是怕麻烦，不如直接给我一个星期的？）"

【Luo】："给你一个星期的，然后你一天全花在网吧？"

余邃挺意外，这小叛逆还挺有生活经验，这都能想到。

【Luo】："还有，能别叫哥哥吗？肉不肉麻！"

余邃："那叫什么？"

【Luo】："叫时哥。"

余邃从善如流："时哥。"

余邃逗够了，开始说正事："时哥能陪我打①局游戏嚜？（时哥能陪我打一局游戏吗？）"

【Luo】："我不带小孩玩。"

余邃打字："陪陪我吧，我太菜了，没人带我。"

【Luo】："着急给大号冲分，没时间带你。"

过了好一会儿，时洛又发了条消息："等几天。"

余邃并不勉强："好。"

就这么又过了快一个星期，这天余邃刚结束了训练赛，时洛在微信上给他发了一个陌生账号过来，道："加这个号。"

余邃了然，时洛的大号这会儿排位太高了，已经没法和自己的小号组排，这是申请了个小号用来带自己。

小叛逆居然还记得要带自己的事。

队友们都散了，余邃重新坐回自己机位前开机，登录自己的小号后加上时洛发来的新账号，那边已经在线了，时洛打字让余邃接语音，余邃以隔壁房间有家人在睡觉为由拒绝了。

时洛倒不坚持，让余邃自己上直播间听指挥。

直播间里时洛一脸麻木道："今天带个小孩打低分局，不爱看炸鱼（游戏术语，指高水平玩家长期恶意欺负低水平玩家）的可以关了。"

余邃笑了一下，组队邀请时洛。

两人开始排队，等待的间隙里时洛开麦淡淡道："最基础的应该知道吧？算了……今天就当教学局了。"

时洛已过了变声期，但声音还是很清亮，他好像是嫌声音大了耗电多似的，将音调压得很低，透过耳机传过来的是少年人特有的怠懒的声音，余邃觉得很好听。

"咱们四个人一组，我是医疗师，你和另一个人是突击手，压在最后的那个是狙击手，对面配置和我们一样。

"地图一半是咱们家，一半是对面家，咱们看自己家这一半没雾，看对面全是毒雾，对面看我们也是这样。

"不能走到对面的雾气里，接触秒死，我给你套光子盾也没用，毒雾是化学攻击，没有任何装备能抵抗，只能驱散。

"突击手和医疗师能驱散毒雾，你看一下你的背包里，那个无限取用的净化皿就是用来驱毒的。走到毒雾前放下净化皿，三秒钟后净化皿半径2.5米范围内的毒就驱除干净了，你……听着了吗？"

余邃这边久久没有回应，直播间中时洛眉头微微皱起。

余邃在游戏内打字："做笔记呢。"

时洛不信任地瞥了摄像头一眼，继续道："你、我，还有另一个突击手的前期任务就是驱毒和防止对面驱我们的毒，一路驱到他们基地的转生石前，毁了他们的转生石，再把他们人全杀了，就算赢了。"

余邃打字："明白了。"

游戏开始了。

时洛漠然道："跟着我。"

时洛带着余邃往前摸，边走边道："对面也会在地图交界处埋伏我们，一会儿要小心，别被收人头，尽量拿他们人头，你现在只有基础装备，你是突击手，只有击杀了对面的人才能升级配置，不然这一整局就是个废物。"

余邃打字："医疗师怎么升级？"

时洛懒懒道："你杀人的时候，我只要距离你不超过五米就能有辅助分，有了辅助分就能升级。我现在只有原始光子盾，最窄的这种四边形光子盾，有了辅助分后我就能买大很多的六角形光子盾，比原始盾抗揍，当然，蹭不到辅助分也能升级，就是……"

游戏内，时洛的医疗师人物角色抽出长匕首，擦着毒雾边缘卧倒躲过对面突击手的子弹，而后卡在对方换弹夹的时候，一个匕首旋切加侧踢再接匕首旋切，干脆利索地收了对面突击手的一血。

"医疗师没有枪，但可以用匕首收人头。"时洛平静道，"杀人后就能直接买三折六角光子盾了，给你套一个，往边上靠靠。"

FS基地中，余邃的眼睛渐渐亮了。

医疗师这个职业是个辅助职业，俗称奶妈职业，一般还是玩保姆流的多，如自己一般玩刺客流的少之又少，玩得好的，就更是凤毛麟角了。

现在玩的虽然是低分局，对面被收了一血的突击手也确实菜，但时洛刚才那一连串的走位和操作不是假的，余邃自己也是医疗师，所以看得最清楚，刚才对面就算是自己的队友，很大概率也会被时洛吃掉半管血。

小叛逆确实玩得好。

就是打法还是稍微粗糙了一点。

余邃同时洛打了三个小时七局，其间余邃连蒙带骗地向时洛问东问西，趁机将时洛的底摸了个透。

余邃想知道的已经都了解到了，他假称玩的时间太长，父母要揍自己了，在游戏里打字对时洛说不能玩了。

直播间中时洛面无表情道："哦？那以后还用带吗？"

余邃莞尔，应该不用了。

等下了游戏给柯昊打个电话交代清楚，还了柯昊当年的人情，这次的事就算是正式画上了句号，自己和这个小叛逆应该不会再有交集了。

常规赛马上开始了，余邃不再只是余邃，他还是Whisper。

他是上赛季世界冠军战队队长，CN赛区之盾、赛区之光，还是FS最强底牌。

新赛季马上就正式开始了，很多双眼睛在盯着余邃，他不可能有时间逗孩子玩。

余邃在游戏内打字："谢谢时哥，我今天学会了不少，以后应该能自己玩了。"

直播间里时洛看着队内聊天记录不屑地哼笑，似乎是在想余邃刚才各种辣眼操作，不予置评。

余邃看着直播间里时洛的小表情笑了一下。

直播间里时洛已下了自己的小号转而上了大号："被虐得心态崩后希望你还能这么说，你爸不是要揍你了，还不走？"

余邃下了小号。

余邃拿起手机给柯昊拨了过去。

柯昊很快接了起来。

余邃揉了揉脖颈："稍微改改脾气，可以打职业的。"

柯昊喜出望外："真的？他真的玩得那么好？"

"结合年纪，算是比较突出的，当然，路人王能不能打好比赛还要看心理素质、临场发挥这些，这个我判断不了。"余邃道，"是骡子是马，还是要真上了赛场才清楚，但我初步判断……应该不会差太多。"

柯昊连声道谢："那我去跟我爸和我叔叔说，唉……总算能给他们个交代了，我最近被催得头大，多谢你了。"

"小事。"余邃道，"那我就把他的微信删了？我顶着那个微信昵称一个星期了，有点扛不住。"

柯昊笑出了声："行行，这次真欠你人情了，等我回国，请你吃东西。"

"行了，不知道哪天呢。"余邃缩小通话界面，在微信里翻找到时洛，顺口道，"对了，你堂弟每天给我十块钱早饭钱，已经给了好些天了。"

余邃看着自己同时洛的聊天记录，忍不住笑了一下："这钱我是私吞呢，还是退给你呢？"

电话那边柯昊安静了片刻，迟疑道："他……每天给你早饭钱？"

余邃点头："是啊。"

柯昊欲言又止。

余邃笑笑："什么意思？心疼我又花你家钱了？这一共不到一百块钱，还你？"

柯昊苦笑道："不是这意思。

"就是……我叔叔家里，没人做早饭。"

"以前都是让我堂弟自己出门买早饭。"

"我叔叔那人又太马虎，时洛刚上初中那会儿，我叔叔曾经连着一学期忘了给时洛早饭钱。"柯昊低声道，"我堂弟也是犟，没人给，他就不要，生生连着一个学期不吃早饭，最后因为低血糖进了医院，家里人才知道……"

余邃以为自己耳朵出问题了。

"你……"

余邃难以置信："你上学那会儿，卡里的钱都能买半套房了，都是你家的孩子，你堂弟怎么可能一分钱都没有？每天的早饭钱还要自己要？"

柯昊那边安静了片刻："跟你说了家丑不可外扬，我叔叔怕他偷家里的钱，所以……"

余邃怔住了。

怕时洛偷钱？！

余邃忍不住道："那他偷过吗？"

柯昊沉默片刻："好像没有。"

余邃哑然："没偷过那你们……"

柯昊打断余邃道："唉，真的，不说了。"

柯昊挂了电话。

余邃坐在自己机位前怔怔地看着未关的直播间，一时有些反应不过来。

FS战队的狙击手Puppy溜达进了训练室，见余邃还没走就晃了过来，看看余邃显示器上的直播间，意外道："Luo？"

余邃抬眸："你知道他？"

"知道啊，最近的路人王。"Puppy看着直播间里的时洛道，"隔壁老顾联系过他，老顾缺医疗师，想把他买进NSN，他不去，这小孩儿挺傲的，老顾要个联系方式他都不给，冷艳高贵……哎！你咋有他微信？"

Puppy低头看着余邃的手机界面，喃喃："不应该啊，他说了，谁也不加的。"

Puppy看向余邃："怎么会加你？"

时洛怎么会加自己？

余邃想起揍个直播间找时洛的那天，自己唯一一次成功加上时洛好友时的申请理由。

"論壇有人發帖說騷擾你一次可以拿10塊錢，小哥哥窩沒錢吃明天早飯了，可以讓我加你壹次嗎？哥哥幫幫忙！（论坛有人发帖说骚扰你一次可以拿十块钱，小哥哥我没钱吃明天早饭了，可以让我加你一次吗？哥哥帮帮忙！）"

Puppy见余邃神态不对，皱眉问道："你怎么了？"

余邃摇摇头，深吸了一口烟，退出了微信界面。

饶是比谁都清楚自己已没时间分心管别的事，余邃最终还是没能按下那个"删除"键。

12

包厢内，时洛的胸腔剧烈起伏。

余邃眼神复杂地看着时洛，缓缓地放下手中的酒杯。

"是不是觉得似曾相识？"

时洛眼睛通红，语调不稳："当年……知道我为什么会给你早饭钱的时候，也良心不安过吧？"

"把我卖到NSN之前的那晚，见我终于对你敞开心扉，可能也有过那么一点犹豫？"

"杀了Evil三十四次后才知道那是我新ID的时候，应该也后悔过一两秒？"

时洛尽力让自己看上去云淡风轻一点，竭力压着喉间的哽咽："没猜错吧？但……你当时不都装得挺好的吗？"

时洛加入FS后，提起早饭钱的旧事，余邃面上毫无愧意，只是从那日开始，他再没让时洛在早上饿过肚子。

"现在是怎么了？"时洛攥着余邃的手腕，眼中尽是恨意，"和以前一样，装作你也觉得其他九杯里全是酒不好吗？明明没人发现、明明没人看出来……装作你不知道，不回来核实，很难吗？"

"余神……"时洛恨不得将眼前人生吞活剥了，"大家都是成年人了，就没人跟你说过，有些事看破不说破比较好吗？"

那样我不用尴尬，你也不用被良心谴责。

余邃看着时洛，许久后压抑道："时洛，这和我走之前，你跟我说的不一样。"

"说话不算数怎么了？"时洛声音发抖，"你说的那些话就算过？我真好奇你怎么说得出这种话……你这样的人，居然好意思怪别人说话不算数？"

余邃深呼吸了一下，只是片刻便已恢复平静，他抽出被时洛攥着的手："今天的赌约不算数。"

时洛倏然睁大眼："你……"

"你转会的事，我会通过正常流程和你们俱乐部谈。"余邃看着时洛，"就算今天十选一的赌约是真的，我也不会让你免签约费来我的战队。"

时洛怒极反笑："你觉得 IAC 会放我走？你觉得你谈得下来？"

余邃已恢复平静，道："那就是我的事了。"

酝酿多日的一拳最终砸在了棉花上，时洛一时竟不知还能说什么。

时洛尽力忍着眼泪，不让自己更狼狈，半晌哑声道："……我就当最后一次被你耍了，你当我今天没来过吧。"

时洛拿起棒球帽戴好，压低帽檐，拾起桌上的手机，转身走了。

回到 IAC 基地时，天已经蒙蒙亮了。时洛没直接回基地，转头去了基地附近一家开门很早的早餐店。

时洛坐在早餐店靠窗的最里侧，给自己点了一碗馄饨。

馄饨的热气蒸腾起来，熏得时洛眼眶微微发红。

当年早饭钱那点破事，时洛其实早就释怀了。

当初的余邃并无恶意，完全是误打误撞，没带一点其他想法，却不巧正撞到了自己心口上。

巧合而已。

更何况，那之后余邃也替自己出了早饭钱的恶气。

那是时洛刚进 FS 不到一个星期的时候。

那会儿时洛的爸爸柯春杰还不死心，见时洛听了余邃的劝，从黑网吧搬去 FS 基地做了职业选手，又动了心，觉得能再进一步，将时洛劝回学校去念书。

能做职业选手，不在莫名其妙的平台上弄什么直播当然是好多了，但还不够，柯春杰心中始终觉得做职业选手也不是正途，更别提有柯昊珠玉在前，时洛如此叛逆，柯春杰在时洛爷爷面前很抬不起头来。

柯家就两个孙子，相较早进了名校大门的柯昊，自己儿子就太上不了台面了。

于是在时洛搬去 FS 后没几天，从柯昊那探听到 FS 基地地址的柯春杰登门了。

正经的亲爸爸来了，余邃没道理不让人家进门，而且他那会儿也心念不定，想着时洛真能同意回去上学也不错，遂没多说什么就将柯春杰请进了门。

不过余邃没将人带到时洛宿舍去，只将人请进了训练室。

余邃坐回自己机位前，戴上耳机玩游戏，示意两人随意。

空荡荡的训练室里，余邃照常训练，父子俩之间暗潮涌动，气氛诡异。

十七岁的时洛愤愤地瞪了一眼余邃的背影，戒备地看着柯春杰，一句话也不说。

有外人在，柯春杰也很克制，环顾训练室内的环境，微微皱了皱眉。

还没到中午，其他队员还睡着，打扫基地的阿姨也没来得及收拾，训练室内乱糟糟一团。除了余邃的机位前整洁点，别人的机位前都是各种外设线随意缠在一起，各种手办乱放，训练室中间的地上还摊着不知谁的拼图，小沙发的靠垫落在地上，沙发前的桌上还放着外卖盒，还有几杯喝剩下的奶茶。

柯春杰不着痕迹地按了按自己的鼻子，刚勉强在沙发上坐下来又瞬间站起身。

沙发上放着不知谁的几个键帽。

柯春杰坐都不想坐了。

时洛眼中闪过一抹冷笑，他一把抓起那几个键帽坐在了沙发上，两腿搭在了前面的小桌上，低头看手里的键帽。

柯春杰叹口气："洛洛，我都听你哥说了，这边是挺好的，但人家并不缺你啊，你完全可以先上学，和这边保持一个良好的联系，有你哥哥的人情在，这边的关系也不会断。"

时洛抬眸，看了柯春杰一眼，嗤笑着，没说话。

柯春杰完全不知道自己这话有什么不对，也丝毫不觉得自己戳在这有多格格不入，继续劝道："马上就要高考了，你成绩那么好，不参加高考，你不觉得可惜吗？"

时洛捏着键帽，抬头反问："可惜什么？"

"可惜你的成绩啊！"柯春杰气不打一处来，"十年寒窗才有这个成绩，你不觉得浪费？"

"不啊。"时洛坦然地看着柯春杰，有一说一，"我成绩好又不是因为我努力，只是因为脑子太好了而已，我又没为了念书吃什么苦，这有什么浪费的？"

柯春杰气结："时洛！"

时洛将手里的键帽抛来抛去，嘴角微微勾起："这是实话，我一点儿也不觉得心疼。"

柯春杰压着火："那你还觉得挺光荣是不是？！"

"不光荣，但也不至于觉得丢人。"时洛眼睛黑亮，盯着柯春杰，"是有人觉得丢人吧？在爷爷那边，有点交代不过去了？"

柯春杰被戳中心事，一时无言。

时洛眼中闪过一抹快意，他点到即止，没继续说下面的话，收起腿，转而蹲在沙发上低声吹口哨。

"我明白了。"柯春杰不再虚头巴脑地打官腔了，"你纯粹是为了报复我对吧？时洛，用自己的前途来气你亲爸爸，你蠢不蠢？你将来不会后悔？你气的是我吗？你耽误的是你自己！"

时洛嘴唇动了动，并没有说什么。

"幼稚！可笑！"柯春杰厉声道，"等你成年，等你真的成熟了，你就知道现在自己的行为有多不负责任！不是对我！是对你自己不负责任！"

时洛吐了一口气。

"别让我把话全说出来，不太好听。"时洛微微眯起眼，"我退学害的到底是谁，你心里最清楚，爸……有些话全说开了就真没劲了，我也不想诅咒爷爷，咱们差不多就得了。"

柯春杰语塞。

时洛冷笑一声，不说话了。

柯春杰忌惮地看着时洛，原地走了几步，深呼吸了一下，放缓了语调："我明白，你还是恨着我，是不是？"

"爸爸太忙了，这些年照顾你照顾得不好，但你看看柯昊，你伯伯、伯母就好好照顾他了？他比你还不如，没成年就自己出国念书了，这些年都是自己照顾自己。"柯春杰轻声道，"但你看你堂哥，他怪过你伯伯、伯母吗？人家挣的第一笔钱，一分没动，全给你伯伯、伯母买了礼物，这时候你怎么不看看人家？"

时洛笑了。

时洛认真道："那真对不起，我赚的第一笔钱全买早饭了，比起给你买礼物，我得先让自己吃饱饭。"

柯春杰有些绷不住了，下意识地看了余邃一眼，低声道："就这点儿事，你要翻旧账翻到什么时候？"

"永远。"时洛淡淡道,"抱歉,我就是喜欢翻旧账,尴尬的又不是我,为什么不能翻?"

"行,行。"柯春杰竭力让自己声音温和些,"爸爸知道错了,爸爸保证,以后绝不限制你的花销,好吧?生活费给你翻倍,让你随时有钱用,好不好?"

柯春杰拿出手机来看了一眼道:"两千……翻倍是四千,我给你再添一千,五千,足够了吧?"

柯春杰忍无可忍地看了一眼桌上隔夜的外卖,低声道:"家里阿姨做的好饭、好菜不想吃,你就想来过这种日子?而且你就算在这打游戏了,他们又能给你多少钱?!"

时洛一顿。

来得匆促,余邃还没跟他谈过这个,他确实不知道会有多少钱。

柯春杰见时洛不说话了,又道:"明白过来没有?爸爸供着你,你不愿意,就非要来这里昼夜颠倒吃些三无外卖,喝这种不知成分的饮料,然后在大好年华里赚点小钱糟践你自己?!"

咔嗒一声,训练室另一边,余邃摘了耳机,父子俩下意识看了过去。

"不好意思,叔叔。"余邃微笑,"无意打扰您和您儿子交流,就是看您好奇,一直在问,回答您一下。

"我们FS俱乐部FOG分部这边比较无情无义,从来没有给选手一个精神缓冲的传统,所以我们只有一队,没有二队,没有替补。时洛选手过来是个意外,他现在名义上是我的替补,也是我们这边这些年第一个替补,所以在年薪上没有参照,耽搁了点时间,但在刚才已经定了。

"替补而已,拿我年薪的十分之一应该就可以了,他现在的经纪约不在我们手里,所以其他广告费、直播签约费之类的待定,单说基础签约费……"余邃一笑,"应该是三百五十万,折合月薪不到三十万。"

电竞门外汉柯春杰听到这个数字呆在原地,脸逐渐绿了。

时洛强忍着,咳了两下。

余邃拿起耳机:"顺带一提,桌上的外卖是我们常去的私房菜的店家专门送来的,不是用手机App能订的那种,食材绝对没您家的好,但也全是当天从日本空运过来的,绝对吃不坏时洛,您放心。"

余邃看向时洛:"还有,那几个限量键帽是Puppy的,一个四千多,玩玩可以，别弄丢了。"

余邃戴上耳机，继续打游戏了。

时洛攥着手里总共价值五位数的键帽，抬头看向柯春杰："您刚……说一个月给我几千来着？"

13

有关时洛家里的事，余邃虽疑惑，但一直没问过时洛什么。

时洛当时那个情况，有眼睛的人都看得出来他家庭关系很复杂。余邃不善于替人解开心结，也不想探听别人的隐私，就那么一直心照不宣地搁置着。直到有天余邃自己开车带着时洛走了十来公里才找到一家馄饨店后，他终于忍不住道："柯昊初中时手头就非常宽裕了，怎么你……"

怎么你能那么惨，到现在了每天不吃早饭就没安全感？

"队长，你家的所有亲戚里，是不是有那么一个……"时洛被馄饨烫得舌头麻，呲呲地抽着气，"极品亲戚？或者相对极品的？"

余邃迟疑，点了点头。

时洛道："我爸，就是我家所有人眼里那个极品亲戚。"

"从小不学无术，长大胡作非为，恋爱关系混乱，结婚一时冲动，婚后不负责任，在我爷爷给他安排的职位上尸位素餐、偷财捞钱……"时洛嗤笑，"五毒俱全，说的就是他。"

余邃微微皱眉。

余邃少年时偶尔会去柯昊家里，离家那年去得更频繁，几乎每个月都会去蹭吃蹭喝一次。

柯昊当时和父母三个人住着，家里不算很大，但一看就是那种很讲究的家庭。

柯昊的父亲儒雅温和，柯昊的母亲温柔优雅、待人有礼，知道余邃的职业后表示很理解，还时常劝余邃要勤于同父母沟通，争取早日将矛盾解决，一家人总归是一家人。

那年的柯昊家给了年少的余邃许多慰藉，所以在知道柯昊还有叔叔和堂弟后，余邃本能地以为同本同宗，就算比不上柯昊家，应该也差不到哪儿去。

事实却并非如此。

时洛口味重，吃碗馄饨要放不少作料，一碗馄饨快倒了半瓶醋，他一面继续添醋，一面问道："你是不是觉得我爸比起我伯父寒酸很多？"

余邃没说什么。

时洛自己满不在乎："没什么不能说的，他确实没什么钱，就这么一个人，你自己说，你要是我爷爷，你放心把重要职位给他？你放心把大笔钱交给他？"

余邃笑而不语。

"也许给过他不少，但他太能败家了，总是在我都觉得不行的事儿上投钱，赔大了就是我爷爷兜底，兜多了，我伯父、伯母面上不说，心里……"时洛自嘲一笑，"我都替他脸红，偏偏他不觉得，还总是跟我爷爷要钱，我爷爷也觉得这样下去不行，太对不起我伯父，所以在五年前我爸赔了小半个公司后，再也不给他钱了。"

时洛飞速地吃了半碗馄饨，道："不过他每个月还是能领些红利的，只要老老实实地拿钱花钱当个闲人，也不会有什么事，偏偏他不甘心，总想搞点什么大新闻让我爷爷承认他，重新把家业交给他，结果你能猜到的，我爷爷对他越来越失望，给他的红利份额都减少了。"

余邃眼中闪过什么，他嘴唇动了动，还是没说话。

时洛喝了一口汤，挑眉："所以，我爸现在唯一拿得出手的就是我了，我爷爷虽然也不喜欢我，但我总归是他孙子，成绩还那么好，他要多考量一下的，然后……我爷爷今年已经八十了，你明白了吧？"

余邃默默地看着时洛："所以你退学了？"

"对。"时洛漠然，"我不可能帮我爸争遗嘱份额，就算将来真的能拿到什么，他也不可能给我，更别提我本来也不想要。"

时洛捧着大大的馄饨碗挑眉："所以还是早早破罐破摔的好，让我爷爷把我们父子一块儿放弃了，一分钱都不留给我们就最好了，我已经能养活自己了，他……

"他也饿不死，只是要在我伯母的白眼下靠着我伯父的救济过下半生憋憋屈屈的日子。"

时洛畅想了一下那个场景，爽得拍大腿："真能这样的话，那我得多开心！"

余邃叼着根没点燃的烟，含笑地看着时洛。

若是别人，这会儿必然或急切或苦口婆心地劝时洛不要因为一时痛快而耽误自己，前程是自己的，不能为了报复而伤害自己、耽误自己，更何况那是自己的亲爸爸，父子之间哪有什么血海深仇呢？

可时洛面前的是余邃。

余邃当时道："你的选择，你的自由。"

前途是自己的，爸爸是自己的，自小受的伤痛和折磨也是自己的。

余邃不想干涉，没和时洛吃过一样的苦，余邃就不想替时洛原谅什么。

不过余邃也确实不喜欢时洛自杀式的报复和攻击，他当时警告了时洛，类似的事不要再有下一次。

余邃刚替自己在亲爹面前长了面子，时洛对余邃言听计从，忙点头，答应得好好的。

之前答应得好好的，转眼两年，时洛又疯狂地以白给余邃一个赛季的签约费为代价，送了余邃十杯柠檬茶。

时洛骨子里就是这样的人。

时洛这会儿也不后悔，唯一的遗憾就是这次的事做得不够漂亮，亦无当年的痛快和缱绻。

时隔两年，重新坐在这家装修过的早餐店里看着同样的一大碗馄饨，时洛轻轻抽了抽鼻子想，不是自己两年不到就变弱了，也不是自己脑子变木，安排得不周全了，只是当年的助攻，现在站到自己对立面去了。

那年那天，柯春杰前脚出了训练室，上一秒还很嚣张的时洛后脚慌忙把手里的键帽好好地放在桌上，并请余邃这个唯一的目击证人替自己做证，自己只是玩了玩，绝对绝对没碰坏，也没给那几个键帽造成任何磨损。

余邃那局游戏正进行到后半段，忍笑忍得胃疼，"嗯"了一声："给你做证。"

"四千一个、四千一个……"时洛环顾四周心茫然，越来越不懂这边的物价了，他敬畏地看着桌上平平无奇的外卖袋，不敢小觑，看了许久，逐渐被外卖袋上的字吸引，缓缓道，"队长，虽然……但是，这家贵得要死的私房菜不应该有那种带干冰的特定食盒什么的吗？为什么……他们要用红铠甲的外卖盒和外卖袋？"

余邃拿了根烟点上了，一面盯着屏幕，一面道："因为那就是红铠甲小龙虾的外卖。"

时洛语塞："你刚才说……"

"编的，怎么了？"余邃面不改色，"我刚说的那家私房菜馆确实经常给咱们基地送餐，只是不巧昨晚我们点的是小龙虾而已，这又不是我无中生有硬要装的，怎么了？"

余邃的理论似乎很站得住脚，时洛却不由得狐疑地再次看向桌上的键帽："那这几个小东西……"

余邃道："那是真的四千一个，不信你自己拿起来看看，键帽里面应该有刻字，全是特定编码的。"

时洛一点儿也不想碰那一万多块钱了，忙摇头："不用不用，我信了。"

余邃眼中含笑，抽了一口烟，继续玩自己的。

那会儿的余邃嘴里没几句真话，尤其喜欢逗时洛玩，偏偏时洛还处于少年人什么都信的耿直年纪，分不清玩笑和正经话，有些话无论多扯，只要是余邃说的，时洛全都深信不疑。

余邃那会儿虽然也很年轻，但在电竞圈里已是元老级别的人物了，更是医疗师天花板、赛区最强护盾，无数光环加身后，余邃要糊弄一个人实在是太容易了。所以从那又过了许久，时洛进了NSN，又进了IAC，被现实连番捶打了好几轮，正经领过两家工资后才知道，工资这东西原来应该是由俱乐部的财务部代缴税后打到自己卡上，而不是由队长用支付宝直接转账给自己。

那会儿时洛才知道，自己当年在FS领的那俩月的工资，走的全是余邃的私账。

曾经的FS高层们到现在也不知道，自己的俱乐部有过一个领着那么多年薪吃闲饭的替补。

那两个月领的高额月薪，不过是余邃在柯春杰面前替自己强撑的面子。

后知后觉的时洛也曾想去质问已远走欧洲的余邃，想把那几十万块钱退给余邃，当然只是想想而已。

俩人早已彻底决裂，彼此说过再也不联系。

那会儿时洛看着余邃给自己的转账记录心里难受得喘不上气来，忽然就明白了为什么余邃在当时的那种情况下，伤了那么多人的心后还能有那么多死忠追随者。

有些人，就是能一面对你好一面做着最决绝的事，然后让你在之后的岁月里对他恨之入骨却总难以释怀。

时洛有段日子恨余邃恨得发疯，很想跟每个人说，千万千万别被这个人蛊惑，不要让他对你好，不然以后被坑得爬都爬不出来就要后悔死了。可后来时洛又逐渐发现，被坑在回忆里爬都爬不出来的，好像只有自己而已。

　　时洛的眼睛被馄饨的热气熏红了，他有点吃力地将全部馄饨吃下后端起海碗，埋头将馄饨汤喝得一干二净、一滴不剩。

　　时洛抽过纸巾擦了擦嘴角，低头扫码付款，转身出了早餐店，走回了 IAC 基地。

　　刚刚早上七点钟，基地里一片寂静，时洛拖着步子往楼梯走，经过一楼会客室时，会客室的门打开了。

　　时洛侧眸，是赵峰。

　　赵峰上下看看时洛，时洛的眼睛、耳朵和脖颈都是红的，嘴唇却微微发白，眼底微微发青，整个人的状态差到了极点，赵峰咂舌："你、你这是……"

　　"喝多了，今天下午的训练让替补上，我补一觉。"时洛声音沙哑，"没事别叫我。"

　　赵峰忙点头。

　　时洛转身往楼上走，赵峰犹豫了一下道："Evil。"

　　时洛皱眉："还有事？"

　　赵峰咽了一下口水："不太敢打扰你，但是这事儿瞒也瞒不住，就……"

　　时洛头疼欲裂，烦躁道："能不能一口气说完？"

　　赵峰道："晚上 Whisper 会过来，要……叫你吗？"

　　时洛僵在原地。

14

　　余邃这个时候来 IAC 的目的是什么，不言而喻。

　　时洛一时不知道是该发火还是该释怀，满身疲惫，索性直接坐在了楼梯上，拿了一根烟点上，一时无言。

　　赵峰苦着一张脸："你应该猜到了吧，Whisper 是来谈你的。我说什么来着，他还是要买你，我早就猜到了，不过……"

　　赵峰迟疑道："虽然按规定，俱乐部管理层是不能私下联系其他俱乐部选手的，但大家都清楚，私下稍微通个气，暗示一下转会费之类的……人之常情，我现在就想知道，余邃给你开过价了吗？"

时洛抽了口烟，摇头。

赵峰根本不信，又追问道："真的没有？是不是暗示不明显，你没发现？真的，我肯定不追究你们私下联系的事，我就想知道他给你多少签约费而已。人家晚上就来了，我知道个底，也有点准备啊。"

时洛依旧摇头："没暗示，不知道。"

赵峰不信任地看着时洛。

时洛头疼欲裂："一分钱不给，信了吧？"

赵峰诧异地看着时洛："怎么可能？！"

时洛心烦道："不信，你还问什么？"

"行吧，我就当他真的没联系过你，那你自己给我交个底吧。"赵峰也坐在了楼梯上，"你是愿意留在咱们俱乐部，还是去 Whisper 那儿？先告诉你个秘密，Whisper 这人做事很绝，我这边打听到，他没直接买现成的战队抢名额，而是准备自己组次级战队，然后从预选赛一路打上来。"

赵峰警告地看了时洛一眼："也就是说，一旦他的新战队在预选赛中失利，这一整个赛季他的新战队就只能在次级联赛混着了，你自己想想这个风险。

"时少爷，你之前被转手过两次，可能觉得自己有点惨，但你见识过真惨的吗？见过明明有实力，但被黑心老板按在次级联赛战队爬都爬不起来的选手吗？人家不比你们少什么，可能是因为商业价值不够，可能是因为得罪了高层，也可能只是因为玩的是突击手这种选手溢出的职业，明明有来一线战队的能力，但只能在次级联赛战队中间来回转，打点儿城际赛规格的比赛。你见过城际赛是什么样的吗？知道有时候整场比赛可能一张票都卖不出去，场馆里只有选手的父母在看吗？"

赵峰深呼吸了一下："那种根本走不到台前来的选手才是真的惨，Evil，你这个履历真的不算虐的，你惨什么？你想想你在哪儿出道的？那可是曾经的电竞圣队 FS！你还未成年就在 FS 出道了，之后去的 NSN 也是超一线，然后又来了咱们 IAC。"

时洛沉默地抽了一口烟："一家不如一家……不惨吗？"

赵峰一腔鸡血被时洛冷冷地撑了回来，猛地咳嗽了起来。

IAC确实比不上曾经的FS和NSN,赵峰憋得脸通红也说不出什么来。

"行,我们不说这个。"赵峰不断顺自己胸口,"我跟你说这些,只是在帮你评估风险,Whisper这个举措在我看来非常不明智,你要考虑考虑这方面。"

时洛面色如常:"风险?他去预选赛就是满级号炸新手村,能有什么风险?"

赵峰尴尬道:"我就是说有这种可能,你也得承认吧?只要是比赛就有输的可能,他Whisper也不是从没输过比赛,不过……我也不懂他这是图什么,他又不差钱,底层战队那么多,全是空占着名额在赔钱,他只要愿意买,据我判断,能轻松拿下的至少有两个,直接买了名额多省事,还不用辛苦打预选。"

时洛嘴唇动了动,他心里清楚余邃如此是为什么,只是懒得同赵峰说。

道不同,不相为谋。

赵峰摆摆手:"行了,不说这个了,你自己都不怕去次级联赛战队,我能说什么?我现在问你,你是真的想去Whisper的战队吗?"

时洛沉默。

赵峰叹口气:"我就知道,他稍微勾勾手,你就走了。"

赵峰纠结的点还在钱上:"所以他到底给你提了多少签约费?你说个数,咱俩之间不是不能谈啊,只要还在能负荷的范围内,我去帮你和总部谈,不就是提价吗?"

"我承认,这两年咱们俱乐部给你的签约费是偏低,但这都是你自己首肯的。去年这个时候我也问过你要不要签长一点,长一点我就能去总部替你申请一份特殊合同,顺便把签约费提一提,是你自己拒绝的,对吧?"提起前事来赵峰恨铁不成钢,"你但凡听我的,签约费早就提上去了,我有多想留下你,你不是不清楚啊,哎,不对!你一直都是一年一年地签,是不是就等着Whisper回国?"

时洛当没听见最后一句,抬头:"签三年?"

时洛头太疼了,他不愿意再兜圈子,索性把话说开:"你现在之所以这么谨慎,之所以还不跟我翻脸,只是因为我的合约期只有两个月了,过了这两个月,我想去哪儿就去哪儿,你彻底管不了我了。"

赵峰语塞。

时洛抬眸:"听你的,直接签三年,签约费是高了,三年卖身契交给你后,你还会这么好声好气地跟我说话?"

"在FS那几个月,我就学会了一件事……这件事被我刻在骨子里,时刻也不敢忘，那就是绝对绝对不要签超过一年的合约。"时洛重新拿了一根烟叼着，冷冷道，"卖身契一旦交出去，就什么自由都没了。"

赵峰自知糊弄不了时洛，只能道："那行吧，所以你是确定我们不可能开出比余邃更高的签约费，一定要跟他走了？"

时洛实在是懒得再重复了："我说了，他没给我开价。"

"行了，我懂了，就是开多少你都要去了，说清楚了好，我才能跟你继续聊再退一步的方案。"赵峰翻脸比翻书还快，"我确实很想留下你，但也要尊重你自己的意思，现在这个情况……我有个办法，让咱们双方都不吃亏，你觉得怎么样？"

时洛现在只想回自己房间睡觉，使劲儿揉了揉眉心："你说。"

"Whisper 有钱，这你肯定也知道，所以我的转会费、你的签约费，咱们都不能少要。"赵峰看着时洛的脸色，忙道，"不全是为了钱，也是为了看看 Whisper 到底是否重视你！签约费都舍不得给，以后能好好对你吗？！"

时洛使劲儿点头："你说得都对，能快点吗？我头疼得要吐了。"

"马上马上。"赵峰忙道，"我想了，晚上他来了，我就说我不想放你走，然后我跟他叫价，你一句话都别说。"

"你现在的签约费是一年八百万，这个瞒不了他，我就从这个价格往上加，我帮你抬价！"赵峰眼睛发亮，"他想要你，就只能开比我高的价，等他开到一千五百万左右我就收手，这样，我也不坑你，高于八百万的部分，百分之七十算你自己的转会签约费，剩下的百分之三十归我，怎么样？"

时洛抬起被他揉得通红的额头，失笑："你现在是……伙同我，一起骗他的钱？"

"这话说得……"赵峰摆摆手，"怎么能是骗呢？那他之前算不算骗你？咱们至少把他之前卖你的钱要回来，对吧？"

时洛一笑："赵经理，你是不是又忘了，我只有两个月的合约期了？我混过两个月后自己去谈不更好？那时不管谈下多少，都进我自己卡里。"

"就你自己，你能谈下什么价来？你姿态得放高点！你得让他觉得我会出高价留你！而且……你肯定也不想跟他因为钱的事撕扯吧？这恶人我来做最合适。"赵峰丝毫不觉得自己缺德，搓搓手，"再说 Whisper 有钱，没事儿。"

时洛起身："随意吧。"

赵峰喜形于色："就这么定了？"

时洛没说话，上楼去了。

时洛进了宿舍，澡都没洗，衣服也没脱，一头扎在了床上。

他一夜没睡，这会儿困极了、累极了，好不容易摆脱了赵峰躺回床上，却又睡不着了。

满脑子全是余邈。

两年没见，余邈变了许多。

沉默了许多，不爱说话了。

在FS俱乐部那会儿时洛最怕余邈不说话。以前的余邈话很多，突然不说话了，就是要发火了。

时洛在FS短短几个月闯过不少祸，小事儿余邈会睁一只眼闭一只眼，真惹了大事，余邈就会沉默地看着时洛，思量该如何处理。

每当那个时候，时洛表面装作毫不在意，心里却会慌成一团。

他很担心余邈会把自己这个几乎没上场可能的替补丢回学校里。

时洛太熟悉余邈那个表情了，他沉默地看着你，心里往往在翻江倒海。

而重逢后，余邈似乎一直是那个表情。

心里藏着许多许多事的时候，反而会闭口不言了。

以前，余邈也会动怒，也会骂无法入耳的脏话。

现在大概不会了。

时过境迁，很多事也说不清了，千言万语最终都免不了俗地汇成了一句"算了"。

时洛之前觉得余邈对自己也是算了，不想他却又选择和赵峰正面谈。

赌约明明可以算数的。

无论是之前还是现在，时洛给余邈提供的都是最优解，可惜他一次也没要。

时洛把脸埋进了枕头里。

时洛迷迷糊糊地睡着，没过多久就醒了，他看了一眼手机，刚过了一个小时。

时洛再次睡着，这次不到两个小时又醒了。

时洛明明没做梦，但依然反复地被惊醒。他无法，吃了一片止疼药，再次睡了过去。止疼药逐渐见效，宿醉后的头疼倒是缓解了，只是翻来覆去还是睡不着，他看了一眼手机，刚刚下午五点。

时洛起身去冲了个冷水澡，下楼看了一眼，训练室里队友们在打训练赛，二队时洛的替补在他位置上。

训练赛已经耽误了，再睡也睡不着，时洛索性去二队的训练室随便找了个公共机位开直播。

时洛本就气不顺，开场又遇到了个脑残狙击手队友。

狙击手队友同时洛都拿了人头，不等时洛换配件，狙击手在对聊频道疯狂打字，让时洛不要动用公共经济。

时洛一时以为自己看错了，确认狙击手是在警告自己不要花公共经济后时洛嗤笑，直接把配置升满、子弹买爆，顺便把有用没用的小配件全升级了一下。

狙击手队友见状火了，在对聊频道骂了起来，时洛现在巴不得找个人对喷，把鼠标一丢，直接跟狙击手对骂了起来。

一万块钱而已，又不是罚不起！

时洛一面继续游戏一面对喷，不到十分钟狙击手队友就退图了，时洛舒了一口气，在队聊频道打字跟队友承诺这局没狙击手一样能赢。

"脾气这么暴呢？"

赵峰不知何时过来了，看着电脑屏幕无奈道："也不怪你，职业选手就这点不好，只能被喷，不能回喷，可惜又要罚钱了。"

时洛冷着脸："罚就罚。"

"你看咱们战队多宽松，你们违纪了，只罚款，不批评，也不额外罚钱。你不知道吧？很多俱乐部在选手违纪后要扣他们奖金的。"赵峰见缝插针道，"现在后悔还来得及，以前在 FS 和 NSN，是要扣吧？"

时洛摇摇头。

"NSN 不知道，他们队内管得最严，队内训练的时候脏话都不能说，我那会儿在看饮水机，自己没机会违纪，也没见过别人违纪，所以不清楚。"时洛淡淡道，"FS……"

赵峰好奇："FS 呢？"

时洛垂眸："FS 的人玩游戏时和别人对喷起来是常事，但他们很少会被罚。"

赵峰不相信："怎么可能？就算不直播也会被队友截图举报吧？"

时洛道："小号。"

赵峰迟疑："你们这种操作，高分局里是个人就能知道你们是职业选手，用小号也不完全安全啊。"

"安全。"时洛犹豫了一下,不太想说,但还是松口了,"余邃以前和人对喷,骂到最后被威胁要举报的时候,他就说……"

赵峰好奇:"说什么?"

时洛不忍回忆,片刻后才道:"老子大号 FS 宸火,不举报的是孙子。"

赵峰:"扑哧……"

余邃当年那套流畅的操作也曾让时洛震惊得半天反应不过来,后来时间长了,时洛逐渐摸出了规律,训练室谁不在,大家和人对喷的时候就报谁的大名,余邃、宸火由于训练时间最短,背锅的次数最多。

自己后来被带坏了,好像也报过别人的 ID。

时洛嘴角不自觉地勾起,忍不住笑了一下。

"赵经理?"

训练室的门被推开了,IAC 的工作人员探头道:"有人找。"

时洛脸上笑意散去。

来了。

赵峰起身,他整了整自己的西装,对时洛低声道:"别掉链子……看我给咱俩抬价。"

时洛默默地跟在赵峰身后。

千算万算料不到,只过去了一夜,自己竟摇身一变,要来帮赵峰抬价了。

时洛点了根烟,心道,你自找的。

15

会议室内,余邃和赵峰分坐圆桌两侧,时洛面无表情地半坐半蹲在一旁的沙发上。

气氛尴尬又诡异。

余邃又换了一套私服,简简单单的 T 恤和休闲裤,看上去比时洛大不了多少。赵峰看着脸上还带着几分少年气的余邃总有点错乱感,两年不见,余邃除了头发长了些,还是一副少年模样,这就马上是俱乐部老板了?

相比余邃和时洛的休闲着装,赵峰穿的三件套就太过正式了,赵峰自己似乎也觉得别扭,脱了西装外套,笑了一下:"有些事电话里说不清,还是得当面谈。不过,Whisper,你提的那件事真的不太好办,实不相瞒……"

"谈这些……"余邃打断赵峰的话,偏头看了看时洛,"选手本人没必要在场吧。"

"没关系没关系,别的俱乐部都是暗箱操作,但我们 IAC 喜欢开诚布公地来,我们更希望尊重选手本人的意见,就这么说吧。"赵峰一笑,含沙射影,"我们是不会违背选手本人的意愿,强行让他去其他俱乐部的。"

余邃听了这话低头一笑,并不在意。

时洛皱眉骂了一句脏话。

余邃看向时洛,两人目光交会,不过片刻就分开了。

余邃看向赵峰:"可以,那就谈吧。"

"是这样,你联系过我以后,我马上就跟我们总部那边沟通了,大家一致的意见是——"赵峰表情坚定,满嘴谎话但面不改色,"不同意,我们不可能让 Evil 转去你的次级战队。"

赵峰正色道:"就算是让联盟官方人员介入,他们也肯定支持我们的做法。Evil 表现稳定,虽然偶尔有小违纪,但从来没犯过重大错误,没理由让这样一个优秀的选手突然被降级,这是赛区的损失。"

"这一点不用担心。"余邃想也不想道,"买下时洛后,他依然会效力 IAC,真正的转会程序会在预选赛结束后进行,如果我的战队无法打进联赛,他可以毁约,由他本人选择继续留在 IAC 或者是去其他战队。"

"不可能。"

"那太好了!"

时洛和赵峰同时开口,余邃侧眸看向时洛,时洛一时有点尴尬,心烦道:"这算什么意思?预购?购买后寄存?"

"怎么说话呢?!"这样还能不花钱地留时洛一段时间,白捡着一个便宜,赵峰非常满意,笑道:"Whisper 考虑得很周全啊,Evil 确实没必要去次级联赛转一圈。行,那这个就先不讨论了。"

赵峰看向余邃:"这只是个预先承诺,但现在的情况是,我们高层也不想放人,我还是那句话,我们一切问题都尊重选手自己的意见,去留还是由 Evil 选手自己定,他现在的态度是无所谓,既然如此……我的意思是,大家都是生意人，价高者得吧。"

"明人不说暗话，时洛现在的签约年费是这个数。"赵峰比了个"八"，"我们这边肯定是要提一下签约费的，Whisper你那边呢？"

赵峰紧张地盯着余邃，已经盘算好了接下来如何把控局面，一步步激得余邃开出超过一千万的高价来，然后自己坐收渔利，借此赚个盆满钵满。

余邃道："一千五。"

时洛手一抖差点摔了手机。

赵峰默默地咽了一下口水。

赵峰和时洛视线交会，眼神都有点复杂。

早上的时候，赵峰说的拍价最终价就是这个数。

千算万算，没想到余邃完全不按正常套路出牌。

时洛这会儿很想问问余邃，你玩斗地主的时候，是不是都开场先扔王炸？

赵峰本以为这次叫价要耗尽自己半生功力，毕竟是从八百万开始磨，上千万都是个坎，不想余邃上来就叫了最终价，赵峰狐疑地看向时洛，甚至怀疑这即将泼出去的水提前跟余邃通过气了。

时洛一眼看出赵峰怀疑自己什么，磨牙低声道："……没有！"

没有通气就好，赵峰被这一千五百万晃得头有点晕，想笑又不太敢笑，努力控制着自己的表情，尽量让自己语调平稳，片刻后道："一千五百五。"

时洛眉头皱起。

什么情况？不说最终价是一千五百万吗？

余邃随之道："一千七。"

时洛忍不住道："不……这什么意思？"

申请一个次级联赛的名额不单要消耗选手的自身职业积分，还需要向联盟提供巨额保证金，然后花天价购买联盟硬性提供的比赛场地，再斥巨资购买基地进行装修，另外还要签约正式注册的选手……万事俱备，经过联盟工作人员逐一核实这些并通过后，新战队才算是正式成为被联盟官方认可的俱乐部，才具备正式参赛的资格。

这也是赵峰不解余邃为什么不干脆买正式联赛战队的原因，麻烦就算了，花钱也是如流水，消耗太大了。

时洛清楚余邃很有钱，但这次组建俱乐部对他来说绝对也是要伤筋动骨的，这会儿不知剩了多少家底，还要这么拍？

"你别打扰我们，刚才说了，让你选个价最高的啊。"赵峰脸色逐渐发红，他忍着逐渐上扬的眉毛，道，"一千七百五。"

余邃道："一千九。"

赵峰眼睛兴奋地闪着光："一千九百五。"

余邃道："两千一。"

赵峰手心冒汗："两千一百五。"

余邃直接道："两千五。"

时洛难以置信地看向余邃："两千五？！"

赵峰的脸和脖子都红了，他舔了舔嘴唇："两、两千……两千六！"

眼看着余邃还要跟，时洛忍无可忍怒道："成交！！！"

会议室内瞬间安静了。

余邃一怔，赵峰呆了。

赵峰脸上的冷汗唰地就下来了。

这……怎么回事？

成交？！

不是在抬余邃的价吗？怎么在自己这儿成交了？

而且自己去哪儿卖身能拿来两千六百万？俱乐部老板听说时洛要转会后，做的唯一的挽留举动只是同意把时洛的签约费提高到一千万，剩下的一千六百万要从哪儿来？

赵峰反应过来，也顾不上其他了，脸色煞白地起身急道："时洛你怎么回事？！"

时洛也急眼了，站在沙发上怒道："你怎么回事？！两千六！你疯了吧？你看我哪儿值两千六？！"

赵峰吼道："那是 Whisper 开的价！"

"那是你抬的！"时洛实在忍不住了，"两千六百万！你怎么不去卖老婆呢？！"

赵峰现在确实很想卖老婆了，胡搅蛮缠道："不行，你说的不算……我们 IAC 根本就不想续约了。"

时洛怒道："你刚才还说尊重选手意愿呢！"

赵峰气不打一处来，控制不住地翻旧账："时洛，咱们早上怎么说的？"

"你还敢提早上？那是谁说的抬到一千五以上就算了的？"时洛压不住火了，"我一开始多嘴了吗？没让你吃亏吧？差不多就得了，你还没完没了了？！"

"你……"赵峰语塞，心虚地看了余邃一眼，不敢再多说出什么来，他脸憋得紫红，半晌道，"总之……这不行。"

"凭什么不行？"时洛一脸暴躁，彻底放弃了，"两千六百万，快点儿打我卡上！我这辈子就是 IAC 的人了！"

赵峰气得浑身发抖："我去哪儿弄这么多钱？！"

时洛吼道："我管你呢！"

"现在……"默默看着两人对喷的余邃缓缓道，"这是流拍了？"

时洛和赵峰语塞。

时洛这才反应过来刚才自己嘴快了，闭上眼，恨不得让时间倒流。

怎么就……没控制住呢？

时洛咬唇，想要跟余邃解释自己根本没想伙同赵峰坑他，但……

时洛薄唇紧闭。刚才赵峰一次次抬价是不争的事实，这会儿已经说不清了。

每次都是这样。

又说不清了。

"要不……"赵峰亦觉得颇下不来台，这次真是丢人丢到姥姥家了，他勉强让自己不太失态，委婉地想送余邃出门，"我、我们和 Evil 有些细节没沟通好，转会的事先搁置吧，以后有缘再说，就……就这样吧。"

余邃起身道："我大概明白了，其实没什么，赵经理刚才可能也是因为舍不得时洛，情绪稍微激动了点，正常。"

余邃道："当年和 NSN 谈时洛的转会手续的时候，我也不是很平静，可以理解。"

时洛闻言偏头看向余邃，眼睛突然红了。

当年和 NSN 谈转会合同时，余邃同 NSN 周旋了整整一个星期。

时洛刚开始也是歇斯底里地同余邃闹，砸主机，摔键盘，把余邃的车钥匙丢到池塘里，堵着基地大门不许余邃出门，跑到 NSN 基地撒泼打滚，甚至还想让 NSN 经理觉得自己是个狂躁症患者而拒绝自己。

但还是拦不住。

余邃就是可以屏蔽时洛的一切干扰，继续同 NSN 经理详谈转会的合约细节。

逐条逐条，余邃全部亲自和律师审核过。

时洛记得正式签合同那天，自己怒火攻心失去理智，在NSN基地门外，捡了一块砖头用尽力气砸进了NSN基地的玻璃窗内。

NSN基地内，只有余邃受伤了。

余邃随手抹了一下被碎玻璃划伤流血的额头，签下自己的名字，跟NSN经理和队长顾乾低声道："以后拜托了。"

时洛事后也后悔过当时的冲动，想去看看余邃的伤，但等他下定决心再回到FS基地时，偌大的基地只剩了满地狼藉。

人早走了。

时洛眼睛发红地看着马上要离开IAC基地的余邃，心里难受到了极点。

两年过去，自己再次把一切都搞砸了。

一切都被自己搞砸了。

"既然只是一时冲动，那我可以当最后一次叫价没发生过。"余邃继续道，"你的最后一次叫价作废，以我的最后一次出价为准，怎么样？"

时洛一怔。

赵峰眼睛瞬间就亮了。

余邃最后一次出价，两千五百万！

赵峰忙点头，喜形于色："可以可以，当然可以啊！"

"不过……"余邃看着赵峰，又道，"因为时洛在预选赛之前都不会来我这边，等我们这边万事俱备的时候，我猜他在IAC的合约也到期了，所以这个价格，算是我给他出的签约费，就不算转会费了。"

赵峰一窒，这不等于自己什么也拿不着了？

余邃又道："但出于感情层面的考虑，还是该给IAC一点补偿的，两百万，如何？"

赵峰眼睛一转，忙拍板："那就这样了！！"

余邃点头，看向时洛。

时洛双目赤红。

余邃的表情没方才淡然了，他迟疑地看着时洛，欲言又止。

半晌余邃低头用T恤下摆擦了擦手机屏幕，低声道："……等新俱乐部的一切安置好，我来接你。"

16

时洛看着余邃,喉结动了一下,没再说什么,转身出了会议室。

赵峰送余邃出了门,时洛自己回到二队训练室。刚才见赵峰过来,他只把直播关了,游戏客户端还登着,时洛慢慢地坐在机位前,在继续给大号冲分和关机睡觉之间犹豫,游戏客户端的好友频道亮了起来。

时洛点开一看,是瓦瓦。

【Awa】:"时哥,能带我打几局吗?'卑微.jpg'。"

【Awa】:"宸哥本来说要带我上分的,但跟我组排了三局就不打了,说再打就要退役了。"

【Awa】:"哥,我又打自闭了一个突击手。"

时洛心里那些烦扰瞬间清空,他看着聊天记录脑仁疼。

曾经瓦瓦还是个保姆医疗的时候,时洛特别喜欢跟瓦瓦组排,瓦瓦脾气好、配合好、任劳任怨地给时洛当奶妈,技术也不错,两人也血虐过国服,但自打瓦瓦开始学余邃那套打法后,时洛随机组排遇到瓦瓦就想退图。

时洛想装没看见,直接下线,但已经睡了一个白天,这会儿回房间也睡不着,时洛在干躺着失眠和同瓦瓦组排中间权衡了一下,还是选择了后者。

时洛在游戏好友频道打字:"我换小号。"

那边瓦瓦马上回复:"谢谢时哥!给时哥磕头!嘻嘻嘻!"

瓦瓦又迅速道:"不过时哥,你小号分段够吗?能跟我组排吗?"

时洛打字:"小号也在国服前200,您呢?现在还在前1000吗?我担心的是您的大号没法跟我的小号排。"

瓦瓦那边自闭了,时洛下了大号,换了小号给瓦瓦打字。

时洛上了自己的乱码小号,【Jyhbdhs】:"组我。"

瓦瓦迅速同时洛组队,他嫌打字麻烦,给时洛发了条语音邀请。

时洛犹豫了一下接了起来,蹙眉道:"今天心烦,没什么好话,你要连语音就别直播。"

"没问题!"瓦瓦答应得很痛快,他跟直播间的粉丝招呼道,"那今天就这样啦,我先下播了,大家明天晚上见!"

直播频道的粉丝一听是在同 Evil 组排都哀号求不下播，瓦瓦嘿嘿一笑安抚了粉丝几句，还是关了直播。

直播一关，俩人都放松了许多，瓦瓦也敢随意说话了，低声道："时哥……你没什么事吧？"

时洛安静片刻道："能有什么事？"

瓦瓦犹豫着问道："今天晚上余神出门了，宸哥说是去找你了，你们……谈下来了吗？"

时洛点了一根烟。

片刻后他道："应该过不了一个月，官方就有宣传了。"

瓦瓦长舒了一口气："那就好……说真的，虽然听说你跟余神以前有过不太好的事，但相比之下，余神的新战队肯定比 IAC 强多了。"

两人排进了图里，瓦瓦一面给时洛和另一个突击手队友套原子盾，一面道："我听我们队长说，当年转会的时候他其实不太建议你去 IAC 的，我跟我们队长意见一样，怎么说呢……这种纯商业化的俱乐部，总感觉不是太好。"

时洛抽了一口烟，缓缓道："各有利弊，我虽然有时候也心烦，但 IAC 有一点让我很喜欢。"

瓦瓦问道："啥？"

时洛道："放松。"

瓦瓦满头问号："放松啥？连个能交心的朋友都没有，特别是你们那个经理……反正没开直播，你也要走了，我就直说了，你们那个经理哪儿让你放松了？去年季后赛的时候，都四进三了！淘汰赛的前一天居然给你们组织了一场线下粉丝握手会！握手会内场票票价一千多，几百个粉丝！他一气儿赚了个够，然后还说得特别好听，说这是让粉丝们给你们誓师，真是个营销鬼才。"

瓦瓦难以置信："那可是四进三的前一天啊！你知道我们作为 IAC 的对手，在听说了这个消息后有多开心吗？我们觉得四进三淘汰赛肯定能捏死你们，喀……虽然最后还是被你们捏死了吧，但确实也影响你们状态了吧？"

时洛承认："影响了，后面没讲决赛……可能也有点原因。"

瓦瓦鄙夷道："所以我瞧不上他，完全不把选手当人，就是个工具也没那么用的，类似的事太多了，我都数不过来……哪儿轻松了？"

"我问你，"时洛装好子弹，在地图上标了个点后道，"同样的事，如果是你们经理做的,你会怎么样?"

瓦瓦本能地护着把自己当亲儿子的经理:"不可能!我们经理从来不折腾我们!我们一年也做不了几次活动,而且活动都是在休赛期!"

时洛叼着烟:"我说假设,你会怎么样?"

瓦瓦犹豫了一下:"……心寒吧,要伤心死了。"

时洛道:"看,我就不伤心。"

"这样的俱乐部不管有什么操作,你只会生气,不会寒心。"时洛道,"信我,生气要比寒心好过一万倍。"

时洛协助瓦瓦,让他收了一个人头:"大家没有任何感情上的牵扯,合则聚,分则散,彼此都轻松,所以我对 IAC 其实没什么怨气。"

瓦瓦安静了片刻,小声道:"我是不是又提到不该提的事了?"

时洛一笑:"你以为我在说我自己?说我当初离开 FS 的事?还真不是。"

瓦瓦不太懂了,不是这个,还能是什么?

瓦瓦回想昨夜会所里的事,满肚子好奇,抓心挠肝的,只是不敢问。

两人有一搭没一搭地聊着天,打了两局游戏后瓦瓦离开了一会儿,时洛独自边玩手机边等他。片刻后瓦瓦回来了,低声道:"余神回来了,回他自己房间了。"

时洛恍若未闻:"继续排。"

瓦瓦答应着,过了一会儿,瓦瓦又小声道:"时哥,我有个问题想问,但怕问了后你揍我。"

"问吧。"时洛无动于衷,"我还有什么怕问的。"

瓦瓦吭哧了半天,把声音压得很低很低:"时哥,你和余神是不是……"

时洛闻言静了两秒:"是不是什么?"

瓦瓦声音更低了:"就是……"

时洛笑了。

瓦瓦被吓得够呛:"对不起对不起,你当我没问!!!"

时洛问道:"你怎么会想问这个?"

"就……你知道的。"瓦瓦哆哆嗦嗦道,"我关注了好多选手的超话,每天都签到的那种……我最近看你和余神的超话,看到好多不知真假的料,回想你俩昨晚的状态,我就突然有了这么一个大胆的想法……"

不等瓦瓦说完,时洛道:"没有。"

瓦瓦放松道："那就好那就好，不然可太狗血了，不过……"

瓦瓦按捺不住心里的小兴奋，急切道："哥，我能再问一个问题吗？！"

时洛自认坦坦荡荡、光明磊落，没什么不能答的："随意。"

瓦瓦竭力压着声音问道："超话里还有人说宸哥和余神……真的假的？！"

时洛："……"

故事逐渐走向了惊悚悬疑，时洛突然也想去那个什么鬼超话看看了。

不等时洛回答，瓦瓦又低声道："其实大家一开始是讨论余神这些年有没有交过女朋友，八卦了半天没找到痕迹，然后又开始八卦你，发现你更刚正不阿！连个女性朋友都没有，男性朋友也不多，走得最近的就是我了，然后……"

"打住！"时洛脑壳子疼，"略过这一段！"

瓦瓦忙答应着："好好，重点来了，然后有个 FS 的老粉爆料，说是 FS 以前有次聚会玩得挺晚，好像是宸神当时喝大了，然后抱住了余神……当时传得还挺多的。"

瓦瓦不敢多问又憋不住："所以……真的假的？"

游戏里时洛毁了对面的转生石，道："超话里那些爆料你也信？"

瓦瓦迟疑："人家说得有鼻子有眼，连当时聚会的地方都知道……"

"我明天去你们 NSN 超话爆料，说顾队其实对你别有用心，也说得有鼻子有眼的，你猜会不会也有你的粉丝信？"时洛嗤笑，"或者一会儿我去宸火超话爆料，说宸火昨天喝多了醉闹葡萄架，是不是也有人信？"

瓦瓦扑哧一声，忍笑忍得肚子疼。

时洛退出地图："平时少看这些，无不无聊。"

时洛同瓦瓦组排了一晚上，凌晨两点的时候瓦瓦扛不住去睡了，时洛下了游戏，看着电脑屏幕发呆。

老粉的爆料，并不是假的。

只是有些细节偏差。

两年前，余邃生日当天因为急性胃出血进了医院，原本筹备很久的生日宴自然不了了之。一个月后，FS 众人给余邃补过了个生日。

说是余邃的生日宴，但余邃来得最晚，众人等得无聊，在 Puppy 的撺掇下玩起了真心话大冒险。

时洛运气不好，开局就输了。宸火罚他喝酒，但那会儿的时洛滴酒不沾，说什么也不喝，宸火遂换了个惩罚方式，时洛更不同意了。可 FS 众人都在起哄，时洛那会儿还不禁激，被逼无奈的时候，姗姗来迟的余邃推门进来了。

脸色还有些苍白的余邃，就这么被时洛半强迫地抱住了。

宸火的另一个惩罚是：随便找个人抱一下。

时洛到现在还记得余邃当时错愕诧异的表情。

那天整个包厢都在疯狂起哄，宸火万万没想到余邃不早不晚正好这个时候来了，笑了个半死，队友笑得岔气，恨不得发微博告诉余邃的粉丝们，她们的 Whisper 终于不是一块未染之地了。

余邃笑笑，转头问时洛是不是他之前没有跟其他人这么亲近过。

时洛当时看着众人笑余邃笑得那么疯，少年人莫名其妙的羞耻心突然作祟，他梗着红透了的脖子道："当然不是。"

余邃怔了一下，而后笑着抄起抱枕砸了时洛。

陈年旧事，因为是从宸火嘴里说出来的，传着传着，故事渐渐就变了主角。

真真假假，一样也是说不清了。

17

之后相安无事地又过了几天，FS 原狙击手 Puppy 也回国了。

Puppy 人气一直不如余邃和宸火，回国也回得悄无声息，没引起什么节奏来，只有个别敏感的粉丝嗅到了一丝不寻常的味道。

原 FS 的这几个人，回国的时间太一致了吧？

而且之前传闻加入了 NSN 的余邃到现在也没正式被 NSN 官网录入，几乎是个自由人的存在。宸火更夸张，回国后虽也住在了 NSN 基地，但连一场训练赛都没打过，从始至终只给瓦瓦当过几局陪练，总感觉他在等什么。

能等什么？

粉丝们小范围地讨论了一下，大胆预言了一拨，Whisper 这不是要组自己的战队吧？

粉丝发在自己微博的预测被有心人截图挂到了电竞论坛里，瞬间引爆了炸药桶，又撕了起来。

余邃不愧是曾经统一电竞圈所有喷子的男人，一点风吹草动就能带起千万流量，不到一下午的时间，论坛就被他的节奏帖"屠版"了。很奇妙地，关于这件事，余邃的粉丝和"黑"难得地统一了意见，大家都不乐见。

"黑"的理由当然很充分，叛出赛区的人回来了，随便去哪个强队帮帮忙，给本土赛区做点微薄的贡献用来赎罪还差不多，还敢自己组建新战队？拆队狗也配姓赵？！呸！！！

粉丝的理由也勉强能站住脚，叛逃锤、拆队锤、逼队友退役锤、卖队友锤……那么多锤，早把粉丝们砸得躺平任嘲了，随便你们骂吧，我们又不解释什么，风风雨雨这么多年过去了，能留下的都是佛系粉，现在我们只希望余神能在NSN平静地度过退役前最后的几年，也享受一下正常电竞选手应该有的生活，然后在本土赛区低调退役，除此之外，粉丝们已经别无他求了。

余邃粉丝的姿态足够低了，但余邃本身就是原罪。NSN的粉丝看到这些言论后迅速一分为二，一部分希望余邃快点离开NSN基地，哪儿来的滚回哪儿去，剩下一部分一边辱骂余邃，一边还是希望他留下来代替瓦瓦打首发。

仔细辨别一下，让余邃滚蛋的所谓NSN战队粉丝里，不少还是披着NSN粉丝皮的"反串黑"，真正身份竟是其他战队的粉，最迷幻的是，甚至有的还在其他帖子里表示过希望余邃去他家战队……

骂余邃还是要骂的，但他个人实力摆在那儿，别家战队粉，特别是对自家战队医疗师不满意的粉还是忍不住眼热，觉得可以一边继续骂余邃，一边让他来自家战队赎罪效力。

训练赛间隙，时洛蜷在电竞椅里刷论坛看黑粉大战，再一次对贴吧"带哥们"佩服得五体投地，就这个作战能力，当年没把余邃直接喷得心态崩溃退役，真的是苍天不佑。

组建新战队的事，能不被"黑"和粉丝任何一边期待，也算是圈里头一份了。

时洛其实早就对贴吧、微博这些地方的言论免疫了，无论话说得多难听都可以不为之所动，但方才看到余邃粉丝的话，莫名地，心口还是有点堵。

前事不提，余邃确实是时洛所知的，唯一一个从出道就血雨腥风，没能过过一天消停日子的选手。

时洛还在网吧做直播的时候余邃就曾装未成年小孩子来套路他，后来有天两人组排的时候，对这个非主流未成年已有了疑心的时洛突然开了直播，余邃在不知情的情况下掉马了。

时洛不看比赛，不关注选手，所以不清楚，直播间的粉丝们不可能不知道，余邃的声音一出来，整个直播间都快炸了。

那是时洛初次接触电竞圈。

时洛顺藤摸瓜地进了一个电竞论坛，搜索Whisper这个ID，打开了新世界的大门。

就论坛那些历史帖来看，余邃的职业生涯虽勉强算是顺遂，但真的不轻松。

余邃也是年少成名，但比时洛还早，为他的第一个签约战队刀锋战队打第一场职业赛的时候，余邃过了十六岁生日不到一个星期。

刚刚卡在了FOG联赛要求的最低年龄线上。

年少出道的不少，但年少出道就能在一线战队打首发的太少了，余邃自此就活在话题中心。早些年，喷子们先掐他太年轻德不配位，不该顶替老队员打首发，之后发现他能力确实很强，有这个资格，就改掐他的刺客流医疗师打法压榨了突击手队友的资源，无端给团队整体增加了难度，是团队毒瘤。

好不容易团队磨合好了，余邃的能力终于被喷子们承认，还不等他在国际赛事上打出成绩，战队高层又不做人了，过分程度让现在的IAC和当年的刀锋一比都成了慈善家。

刀锋老板原本没想能打出什么成绩来，不想余邃出道那一年战队成绩突飞猛进，竟隐隐有成为赛区第一的趋势，谁也没能想到一个以医疗师为核心打法的战队竟能出这样的成绩，一切全是意外之喜。

刀锋俱乐部的老板惊喜之余看准这个形势，突然要求全部队员在选手约外再补签一份内容较苛刻的经纪约。这本来也没什么，其他战队也有不少是这样签的，但当时刀锋战队的选手们都明白，老板这是要把他们当小明星一样经营。

这个苗头早在半年前就已经有了，俱乐部的宣发部门一天发八条选手个人微博，不是拍起床就是拍吃饭，过分的时候连选手入睡前都要拍。

那会儿余邃和其他几个人气较高的选手，每天几点起床、穿了什么衣服、中午吃了什么、晚上吃了什么、睡前穿的什么颜色的睡衣……粉丝全都能知道，半点隐私也没有。

只是这样也就罢了，选手们还总要在赛期为各种活动站台拍宣传视频。战队唯一干正事的领队和运营部门天天因为选手的时间表吵架，队内乌烟瘴气，没片刻安宁。

刀锋战队的几个选手年纪都不大，几乎都是十几岁的男生，再这么折腾下去，身体都要被拖垮。在一次连着四十八个小时没能休息的活动后，当时刀锋战队最年长的队长季岩寒忍无可忍，带着几个队员一起解约，自己另行组建了战队。

这就是后来的电竞"圣队"，FS战队。

那会儿选手的解约费还没那么高，有几个选手还没来得及续约，且队长和另一个老选手打比赛多年，已攒下了家底，拼拼凑凑地帮几个小的队员也凑足了解约费，解约得还算顺利。新战队组建初期自然贫苦一点，但终于不用再去参加各种没完没了、奇奇怪怪的商业活动，不用二十四个小时毫无隐私地被拍生活视频。

余邃也终于能沉下心来，在新俱乐部的庇护下安静打磨自己的战术，在又磨合了一年多后，一穷二白的FS拿下了世界赛冠军的奖杯，一时轰动了整个电竞圈，奠定了自己的江湖地位。

余邃也正式成为赛区利刃，一直以来的质疑声终于要消失了。

可好日子没过几年，余邃又出了至今轰动整个电竞圈最大的一件事。

回想当年远走欧洲的风风雨雨，时洛也有些心疼余邃的粉丝。

粉上Whisper，真的是特别受罪的一件事。

"现在我们只希望余神能在NSN平静地度过退役前最后的几年，也享受一下正常电竞选手应该有的生活"，这话绝对不是在卖惨平息节奏，真能粉余邃这么多年的，大概都是这个心态了。

为你惋惜过，为你欢呼过，因你哭过笑过。分享过你的荣光，也同你一起被千夫所指过。对你失望过，也心疼过，大风大浪都陪你走过了，现在还能留下来的早已淡然，也只希望你能过几天平和的正常生活了。

可余邃偏偏不。

训练赛又开始了，时洛自己并不打，他在OB（观察）他的替补选手。马上就要离开IAC了，时洛愿意做好离队前的一些交接工作，帮替补选手尽快地融入比赛节奏。

在OB时精神并不用太集中，时洛只要记录好失误点和改正点，在训练赛后交给教练就行。时洛一心二用，越想越觉得头疼。

现在只是刚传出了余邃要组建新战队的消息，一切还没定论，就已经撕成了这样，等官方正式发了公告呢？最可怕的是，等官方再发公告告诉大家自己也要转入余邈战队时呢?

自己的粉丝和余邈的粉丝撕了这么多年,早就水火不容了,听了这消息怕是要互相铲了对方的祖坟。

时洛都不敢想象将来自己和余邈同队比赛时,观众区里自己的粉丝和余邈的粉丝互忍着恶心勉强坐在一起的画面会有多美。

真能维持表面情谊也可以,怕就怕哪个大哥玩狠的,直接炸了新战队基地。

时洛一点儿也不想上社会新闻,他担心自己亲爹看见了会高兴坏了。

得想个办法……

时洛看着屏幕,想了片刻拿起手机来,想要给余邈发条消息,突然想起来自己和余邈自两年前互删后一直没加上。

余邈曾经的手机号时洛早就忘了,就是记得也没用,大概早就销号了。时洛皱眉,他微信里倒是还有宸火的好友,但又不太想跟宸火说话。

时洛仔细翻了翻,意外地发现自己还有 Puppy 的好友。

时洛跟 Puppy 关系也一般,但比起宸火来就好多了。Puppy 是个厚道人,时洛对他印象一直很好。时洛打开聊天界面,迅速给 Puppy 发了条消息。

【Evil】:"跟 Whisper 说一声,暂时别公开我会转入你们新战队的事,我自己有安排。"

时洛发完消息把手机放在一边,继续盯替补的训练赛,一局打完后时洛拿起手机,Puppy 回了一条语音消息。

时洛点开……

余邈的声音传了出来:"可以。"

时洛垂眸看着手机屏幕,半分钟后,没忍住,又点了一次听了一遍,然后点了第三次,又听了一遍。

18

车上,余邈拿着 Puppy 的手机。

Puppy 的手机上,给时洛的好友备注还是"Luo"。

时洛的第一个联赛注册 ID。

那边时洛没再回复,余邈将手机还给了 Puppy,自己闭上眼继续补眠。

"余邈……"Puppy看着自己的手机,犹豫了一下道,"时洛自己都知道回头宣传他来咱们这边,论坛那边又要爆炸,你……"

余邈闭着眼一笑:"我做什么论坛不爆炸?"

Puppy无奈,继续道:"何必呢?突击手这种溢出职业,好选手多得是,比不上他,那正好甘心给宸火打配合啊,对咱们来说也是个非常合适的选择。回头时洛过来,跟宸火肯定又有的掐,这个先不说,后续的麻烦也多,我都怀疑时洛的粉丝会来咱们基地下毒,你说你好好的,非惹这个麻烦……"

Puppy回来得晚,并不知道那夜会所赌酒的事,余邈也不愿再提,只道:"没什么麻烦的,而且不是我凭空找事,他如果没有想回来的意思,我不可能再打扰他。"

Puppy耸耸肩:"不懂你俩……好好地做一对王不见王的宿命对手不好吗?当初撕成那样,现在还不长记性。不是我翻旧账,你当年真的就不该让时洛进队,人家好好一个小孩儿,去哪个队不比给你当替补强?当初我就劝过你,直接把他给老顾,顾乾都说了,去了直接打首发,你非不听……"

余邈不说话了。

Puppy念叨了几句叹口气,慢悠悠地戴上耳机,继续听相声。

时洛刚去FS基地没几天的时候,余邈确实有过把他送去NSN的想法。

当时战队里除了老板季岩寒,其他人也都觉得应该把时洛送走。

时洛对当时的FS而言,实在是没有任何意义。

但人是余邈弄来的,最后做决定的还得是余邈。

余邈犹豫了许久,那几天烟抽得都凶了。

"熏蚊子呢?"

十七岁的时洛推开余邈基地宿舍的门,眉头紧皱:"你不嫌呛?"

余邈发愁地看着自己捡来的这个半大小子,又吐了一口烟。

时洛替余邈把窗户打开,不解道:"你年纪也不大,哪儿来的这么大烟瘾?"

余邈弹了弹烟灰:"马上就是四年的老将了,我年纪不大?"

"比我那是大点儿……"时洛坐没坐相,半蹲在余邈对面的沙发上,左右看看道,"你还玩高达呢?"

时洛拿起一边的手办,摆弄了一下,嘟囔:"这是不是就是那个死贵死贵的……"

余邈道:"是,就是弄坏了,你绝对赔不起的那个。"

时洛忙把手办好好地放回原地,老老实实地重新蹲回沙发上。

余邃也懒得在时洛面前在意形象,坐久了浑身疼,他左腿屈起,脚踩在沙发上,左手搭在自己膝盖上,继续表情凝重地吞云吐雾。

两个少年就这样面对面蹲着。

时洛表情麻木道:"能不能别抽了?"

余邃把烟熄灭了:"抱歉,女士。"

时洛气结,突然道:"在发愁我的事吧?"

余邃本能地不想跟时洛谈这些,不动声色道:"跟你没关系。"

时洛确定了:"就是我的事。"

时洛尽量让自己表情轻松点:"你……怎么考虑的?"

余邃迟疑,没说话。

时洛道:"柯昊太缺德了……"

余邃嗤笑:"关他什么事?"

"把我这个烫手山芋扔给你了,不缺德吗?"时洛眯着眼,"你以前欠过他人情?"

"欠过。"余邃干脆道,"但不完全是因为人情,他是我朋友。"

时洛点点头,反问:"那你最近怎么不跟你的好朋友联系了?"

余邃抿了抿嘴唇,又想拿烟,不等他动作,时洛先一步把烟盒抢到了手里:"没必要藏着掖着的吧?让我替你把话说清楚?"

余邃失笑:"哪儿有什么藏着掖着的?"

时洛眼中闪过一丝讥讽神色:"行了,别替你好朋友兜底了。"

"我跟柯昊……这些年见过不到十次面,说过的话不超过二十句,说实话,现在走到大街上我都不一定能认出他来。"时洛捏着余邃的烟盒,问道,"他对我也是这样,请问他哪儿来的好心这么操心我的破事?"

余邃顿了一下,不等他开口,时洛又道:"好,就算他是真心为我好,那应该是想让我回学校吧?我伯父、伯母挺有办法的,给我转个管理严格的寄宿学校,找几个人把我捆进去很难?再不成,把我关家里,找几个家教、保镖二十四个小时地盯着我,也关不了多久,熬过了高考大关就行,很难?"

余邃没说话,因为他心里清楚这并不难。

时洛笑了:"为什么不这么做呢?因为柯昊还有我伯父、伯母,根本就不想让我回学校。"

"但是放任我在外面飘着也不成,因为他们都清楚,玩玩直播不会长久,随时可以中断,说不准哪天我一开心回学校了,或者又去做别的事,让他们不放心了。"时洛看向余邃,"所以柯昊想到了你,为什么找你呢?因为相比直播,打职业这事儿可以长久,可以延缓我走上他们所谓的正途的时间,而且你……"

时洛挑眉:"你看着脾气好,但做事挺强势的,他们清楚我一旦来了这边,我爸爸就没法从你手里抢人了……事实也是如此。"

就在前几天,余邃一拨明嘲暗讽,成功地让柯春杰短期内不想再登门了。

"只要我爸爸没法把我带回去,那家里的一切将来都是柯昊的,他和我伯父、伯母就不用担心了。"时洛轻松道,"那天我爸爸走后你明白过来了,一边不满柯昊利用你,一边又没法真的对柯昊说什么,毕竟他对你是真心好,一码归一码,你心情复杂,所以不再主动联系他。"

时洛坦然道:"不过你真的不用纠结这个,就我爸这些年造的那些孽,我大伯家只是这样对我,已经是仁至义尽了,大家都是人,是人就有私心,正常。"

余邃看着时洛,一时不知道该说什么。

时洛眯眼观察着余邃脸上的细微神色:"不喜欢把这些东西摊开来说?可我喜欢。"

时洛恶劣地拣着余邃最不想听的说:"你们老板也有私心,对不对?"

余邃无奈一笑。

"这里……撇开你不说,除了你们老板季岩寒,没人想我留下,都觉得这事儿麻烦又多余。"时洛在沙发上坐好,两条长腿舒展开,"我听过几次季岩寒跟你的电话……他现在生意太大了,顾不上也不太想管这个俱乐部了,几次跟你说,想把这个俱乐部交给你,是不是?插一句,你这个老队长对你好像还可以,我看过论坛,当年你跟第一个战队解约的时候,违约金也是他给你付的吧?"

余邃淡淡道:"因为这个,他女朋友差点和他分手。"

"我一开始以为他是真心想让你跟他一起做生意,让我来顶替你,但这又被你拒绝了,所以这应该只是季岩寒最初的想法,已经过去了,不提了。"时洛继续道,"你已经明确说不想要替补了,那他为什么还想留下我呢?"

时洛得意道:"因为他觉得我很厉害。

"如果我没记错,他是在知道好几支战队在抢我的时候才明确表态要留下我的。

"每个战队都缺医疗师，季岩寒为了让自己的战队稳坐赛区第一，宁愿高薪养我吃白饭也不愿意让我去给其他战队效力。

"你的队友们没有这些乌七八糟的花花肠子，所以都觉得与其让我在这里看饮水机，不如去其他战队物尽其用，这里其实是你那些队友心思最单纯。"

时洛一口气说完后微微向前倾身，眼睛乌黑发亮地看着余邃："最后说你。"

余邃垂眸看着时洛，低声警告："闭嘴。"

余邃一点儿也不想被时洛这样把心剖开明明白白地分析。

"我偏不。"时洛看着余邃，眼中宛若带着星光，"只有你的立场最复杂，因为你目的既不单纯，又不是从利益出发，你帮我注册了选手信息，但犹犹豫豫到现在也不愿意让我签合同，是因为……"

时洛道："你过不去心里那道坎。"

"你想让我回学校，又觉得应该尊重我自己的选择；你想签我，又不想让我给你当万年替补，觉得我在其他战队才真的能有自己的天地；但要真的放我去其他战队呢……"时洛痞气一笑，"你又担心我这种情况去了别处没人盯着，会误入歧途真的长成一团烂泥……这些天快愁死了吧？"

余邃微微往后靠了一些，半晌无奈一笑："刚十七岁，有必要这么聪明吗？"

"从小练出来的。"时洛淡然道，"每个人对我揣着什么小心思，我一眼就能看出来。"

时洛看向余邃，迟疑了一下："除了你……你对我无所图，所以不太好猜。"

余邃表情复杂地看着时洛，头疼道："你呢？你自己选，想去哪儿？"

时洛想也不想地痛快道："我当然还是想回去直播气我爸啊！"

余邃头更疼了："那你还是给我当替补吧。"

时洛蜷在沙发上闷声笑。

余邃很清楚，时洛也是在逼自己，但还能如何？

不过那会儿的余邃还年少，气量也不大，被时洛坑了一次，他必然也要憋着劲儿报复回去。

那是时洛正式上场的第一次比赛，余邃本就不太放心，前一天好死不死，时洛和宸火因为一根烤串还在基地大吵一架并互放了狠话，宸火说明天比赛绝对不会掩护时洛，时洛发誓明天绝对不给宸火套任何一个光子盾，吵架的结果是余邃让宸火休息一场，由自己代替宸火上突击位，反正FS已经稳坐常规赛积分第一的宝座了，输一场就输一场。

宸火被惊掉了下巴："你不是不玩其他职业的吗？"

余邃确实很烦玩其他职业，但该有的意识还是有的，那场常规赛他们还是赢了。

那是时洛的第一场比赛，赛后时洛满脸通红，虽尽力掩饰了，但眼中的兴奋还是藏不住。余邃含笑看着时洛，等后台人少的时候对时洛低声道："别告诉别人，我带你单独庆祝一下。"

时洛怔了一下，忙点头。

两人避开所有人，悄悄去了赛事场馆的地下车库，上了车。

"地方有点远。"余邃自己开车，"至少八个小时，你睡一觉吧，明早一醒就到了。"

时洛心中诧异，这是要去哪儿？

少年人总是喜欢惊喜的，所以有些事，余邃不说，时洛不问。

未知的旅途，最值得期待。

时洛在欣喜和期待中，度过了非常美好的八个小时。

两人上了高速，走过休息区，穿过山，经过水，最后在清晨又进入嘈杂的城市，穿过有点拥挤的街道，穿过更拥挤的街道，穿过十分拥堵的街道，等终于活活被堵在路边的时候，时洛察觉出不对了。

时洛困惑："这儿怎么这么多车？但没什么人，什么情况？"

余邃将车停好："时间刚好，下车。"

车外，拿着一个透明公文袋的季岩寒摆摆手："这里。"

余邃带着时洛迎了上去，余邃对时洛道："手机。"

时洛茫然地掏出自己的手机，交给余邃。

余邃检查了一下时洛身上的几个口袋，点头，而后把季岩寒手里的透明公文袋塞给时洛，又突然想起什么来，从自己裤子口袋里拿出一块价值十三元的儿童手表给时洛戴好，殷切叮嘱："注意时间，要用的东西都在这个文件袋里。"

时洛看看手中文件袋里装的东西，再看看左右，终于觉察出不对了。

不等时洛逃跑，余邃一脚将他踹进了他户籍所在地的高考考点。

时洛急道："我不考！！！"

季岩寒宽慰道："哎呀，余邃当年也考了的，考上大学，办个休学一样能逐梦电竞圈，无所谓，快去快去，为了找你的考点和这些资料，你知道老子麻烦了多少人吗？！"

时洛来得算晚的了，考点所在的学校外面已没什么人了，看门的大爷不耐烦地一把将时洛扯进学校里而后锁上大门："要封考点了知不知道？不考试，不考试你能做什么？"

时洛怒道："我能打比赛！我国服已经前五十了！我刚拿了FOG常规赛MVP！！！"

大爷："……"

"什么P也得考试！"大爷看疯子一样地上下打量着时洛，"小小年纪，不考试、不上学，将来要饭去？！"

时洛气结："我一个月基础工资二十万！！！"

大爷诧异地看向铁栏外，余邃指了指脑子，无奈道："您体谅一下。"

大爷了然点头："明白。"

时洛难以说服大爷，又不敢吵闹，怕影响别的考生，最终还是在余邃慈和的眼神中被扭送进了考场。

"我一个月二十多万……"时洛坐在自己的考位上，咬牙拿出透明文件袋里的2B铅笔，又拿出黑色签字笔，屈辱地低声说，"我刚拿了常规赛MVP……"

监考老师冷冷地看了时洛一眼："考生请不要讲话。"

时洛气得浑身发抖："对……对不起。"

19

高考面前，众生平等。

在电竞新秀Luo选手忍辱负重地做语文试卷的时候，余邃和季岩寒不能免俗地同众多家长一般，没能放心地离开考场，而是顶着骄阳殷切又期待地等在了考点外，身心与考生同在。

当然，他俩在车里放平车椅、枕着靠垫、吹着空调、喝着饮料，酷暑并没有伤害到他们。

季岩寒吸了一口可乐，透过车窗看看外面，觉得这样傻兮兮的："咱们真有必要在这儿等着？"

"当然。"余邃戴着墨镜躺着看手机，"那个小崽子万一窜出来了怎么办？"

季岩寒摇头："我刚等你们的时候看了看考场说明，好像是说不能提前交卷……"

"凡事有万一，万一装病出来了呢？"余邃懒懒道，"真跑了，下面三科谁替他去考？"

季岩寒一想也是，眯着眼看看余邃的手机界面，凑近了些皱眉道："你还玩儿自拍呢？"

"没。"余邃摘了墨镜，对手机露出了营业的笑容，"今天没训练，给大家做个户外直播，季神也在，队长，来打个招呼！"

季岩寒："……"

季岩寒简直崩溃："你会不会看气氛？里面那个小崽子正准备出来砍了你呢，你还有心情直播？你这和那些直播人家办丧事的有什么区别？"

"我做个高考直播怎么了？"余邃催促，"快点儿的！我这月还差二十个小时时长呢，今天至少要混十个小时。"

季岩寒没脾气了，勉强笑着跟余邃一起比了个"yeah"，跟粉丝打了个招呼后忙嫌丢人地戴上了墨镜。

余邃分毫不觉得这有什么丢人的，左右等人无聊，开一下直播怎么了？

"我们出门做什么？送 Luo 考试，对，高考。"余邃把腿舒展开，浑身散发着浩然正气，"义务教育的圣光会不偏不倚地平等照耀在每一位学子身上，也包括我们的电竞选手。

"Luo 自己愿意啊，为什么不愿意？考试这么好的事，当然愿意，进去的时候，他满脸都写着感激，还给我深深地鞠了一躬呢。

"砍了我？你们听错了，季神开玩笑。Luo 非常感激母校没有放弃他，给了他参加高考的宝贵机会，他也非常珍惜这次机会。真的，我没编啊，怎么都不信？

"为什么都说我嘴里没一句实话？

"他考得好不好我就不知道了……"

余邃突然想到了什么，问季岩寒道："能不能催一下，让他们快点把 Luo 的直播合同敲定？他的第一次直播就给粉丝直播高考查分怎么样？刺激，惊喜。"

"直播高考查分……"季岩寒一言难尽地看着余邃，破罐子破摔道，"我现在让宣发部的飞过来，全程给他拍摄，然后剪辑一下，后期做个高考纪录片怎么样？你猜时洛会不会砸了咱们基地？"

这还真有可能，余邃只能遗憾作罢。

余邃继续跟粉丝逗贫。他是个话多的人，不用跟弹幕互动，自己就能对着手机干聊不冷场，聊开心了自己还能乐半天。等时洛的时间里，余邃先是兴致勃勃地举着手机聊，继而半倚半靠地躺下来对着手机侃，又过了一个小时，余邃歉然一笑："不行了，早上没吃饭，有点低血糖，今天就这样吧。"

余邃唇色发白，粉丝也觉得不太对了，忙让他快点去吃东西，余邃匆匆关了直播。

把手机放到一边，余邃飞速拉开车门，走到路边的垃圾桶前干呕了起来。

车里的季岩寒摘了墨镜，拿了一瓶矿泉水跟了出来。

"人家医生早就说了，得注意休息，一整晚不睡觉又伤胃了。"季岩寒皱眉，"什么也吐不出来，早上又什么都没吃呗？"

余邃漱了漱口，揉了揉绞痛的胃部，勉强一笑："吃东西？我一点儿时间没敢耽误，还差点误了考试呢。"

"所以我之前就说让你们飞过来，坐高铁也行啊，你非要玩自驾。"季岩寒简直无法理解，"刚打完比赛又连开了一夜的车，谁受得了？"

余邃喝了两口水："飞机……他一看见机票上的落地点就能知道怎么回事，还会跟我走？机场里他要跑，我也抓不住，更麻烦。"

季岩寒皱眉："你对他是不是太好了？"

余邃用手背抹了一下下巴上的水渍："自己造的孽……不说这个了。"

季岩寒无法，道："那你怎么办？在这附近给你买点药？买什么药？板蓝根行吗？"

"板蓝根真的不能救死扶伤……"余邃半死不活道，"吃药没用，给我来杯热水就行。"

季岩寒道："行，你先上车，我去便利店给你弄点热的来。"

余邃点头，拎着矿泉水瓶上了车。

不多时，季岩寒拿了一份在便利店热好的汤上了车："没什么东西，凑合喝两口。"

余邃并不挑,慢慢地喝着汤,轻松道:"好多了。"

季岩寒看着余邃,片刻后道:"不然你就慢慢退下来,然后……"

余邃头疼:"又来了,谁没点儿胃病,整天查,就是小毛病,至于吗?"

季岩寒继续道:"不乐意管理也没事,都是慢慢学的,我当初刚组战队的时候也是两眼一抹黑,后来自己开公司更抓瞎,幸亏有敏敏和她爸爸一直帮着……不说这些了,这事儿我每次一提,你就不往下听了。有些话一直没说清,我不是让你来给我打下手。"

"下个月就生日了吧?"季岩寒慷慨一笑,"生日礼物,FS俱乐部,整个送你了。"

余邃想也不想:"不要。"

季岩寒疲惫地摊在座位上:"我没开玩笑,送你吧,我确实不想管了,真的交给别人我又心疼,不如留给你。"

余邃摇头:"不可能。好的管理人才多得是,自己找去。"

季岩寒无奈:"怎么这么犟呢?关直播了吧?"

余邃看了一眼手机,点头:"关了。"

季岩寒说话更放得开了:"打职业就几年的事,你现在是无所谓,觉得自己能再打个十年没问题,我当年也是这么想的,结果呢?好,我就算你还能打十年。"

季岩寒认真地看着余邃:"十年后你做什么?想过吗?正好这两天咱俩都有空,你跟我说说你的想法。"

余邃看神经病一样地看着季岩寒:"你是不是开会开多了?真的,上一个跟我这么说话的还是我高中的教导主任……"

"我现在是在对你传授我宝贵的人生经验!"季岩寒无奈,"不比你白白地老八岁行吧?有些事儿你没想到,我可以替你考虑一下,不要整天只想着训练和比赛,要为自己的以后打算一下。"

余邃淡然道:"已经想好了。"

季岩寒道:"那你跟我说说。"

余邃笑而不语。

季岩寒怒道:"不知好歹!"

余邃笑笑:"行了,敏敏姐因为当年违约金的事一直不太喜欢我,这两年好不容易对我有好气了,别再破坏我俩感情了。人家看上你,也够倒霉的,这么多年一直不离不弃的,别多事了。"

季岩寒无法,只得再次将这件事搁置。

说话间车外的人渐渐多了起来,余邃看看车外,眼睛一亮:"马上就要出来了吧?来来来,迎接一下。"

季岩寒叹口气,跟着余邃下了车,打开车后备厢拿出了两束花。

余邃接过季岩寒手里的花,眉头一皱,谨慎地表达了一下疑惑:"这种绣球花,好像是特定场合才用的……"

季岩寒不太自信地看了看自己手里的花:"是吗?我又不懂这个,不是你让我买最贵的吗?!就这种贵!两千多块钱一束呢。"

"行吧。"余邃自己也不十分确定,"可能我猜错了,拿好。"

余邃和季岩寒并排站在一起,五分钟后,时洛满身戾气地从考场走了出来,好似射了九个太阳的后羿,又好似从炼狱中出来的勇士,全身都散发着熊熊燃烧的滔天火焰。

余邃微微吸了一口气,将手里的捧花递给了时洛,轻声安抚:"没经验,我看其他家长都举着向日葵,说是一举夺魁……这个你凑合一下。"

季岩寒把自己手里的捧花也递给了时洛:"明天我们也举朵向日葵。"

时洛活活被气得说不出话来了,甚至想直接转头回考场。

"走,吃饭去,中午休息一下,下午还得考。"余邃催着时洛上车,"外面太热了。"

时洛气得浑身发红,四肢僵硬地上了车,独自坐在一边自闭,拒绝跟余邃说话。

"唉……这有什么的?我当年考试的时候不比你挣得多?"余邃忍笑,"我可没跟你似的,跟人家说我年薪几千万,还要来这儿考试。"

时洛根本不理余邃。

"真生气了?"余邃笑笑,"还是嫌我们没给你举向日葵?"

时洛气得冒烟,还是不说话。

不过这个倒是提醒了余邃,余邃道:"不然下午拉个横幅,更有排面儿一点,还来得及吗?"

正在开车的季岩寒偏头问道:"横幅?写什么?热烈欢迎 FS 替补选手 Luo

莅临本考点？"

"为什么非要强调替补？"余邃摇头，"算了，大横幅太招摇了，你带工作人员来了吗？咱们一起举一下手幅，搞一个小应援应该还行。"

季岩寒还是更在意内容："那手幅上你写什么？"

余邃想了一下："高考一次，幸福一生。"

时洛："……"

季岩寒从善如流："可以，不过最好再来点不一样的。"

"简单。"余邃戴好墨镜倚在靠背上，"下了赛场上考场，十年寒窗不苦读。"

时洛："……"

余邃又道："磨刀不误砍柴工，高考之后再打工。"

余邃简直文思如泉涌："一人高考，全队光荣。"

"余……邃……"时洛终于说话了，压抑地磨牙，"再说一句……我就跳车……"

余邃忍笑忍得胃疼，摆摆手示意时洛快休息。

20

考点这边车太多了，纵然有专门的交警来疏导，路还是堵了。都是送考生的车，都着急，路越堵越死，一时半会儿怕是回不了酒店，余邃看看外面，对时洛道："不然你先眯一会儿？下午考数学，犯困不太好吧？"

时洛皱着眉，"嗯"了一声，闭上了眼。

时洛昨夜虽比余邃强，睡了几个小时，但之前比赛的疲惫还未散尽，又经历了一上午的惊吓和考试，精力确实不济，过了没几分钟，居然真的睡着了。

季岩寒转过头来看了一眼："睡眠质量挺好……还不错，居然老老实实上车了，我之前还担心他要跑，不考下面几科了。"

"他肯定想过要跑，但考虑了一下发现不行才捏着鼻子上车的。"余邃嘴角微微勾起，压低声音道，"手机、钱包都在我这儿，往哪儿跑？而且他一个未成年人，去酒店都没法办入住。"

提起这个，季岩寒笑了起来。

三年前，FS去外地打比赛，季岩寒当时已经不跟队了，可那天不巧领队、教练都不在。FS组建不久，工作人员配备根本不完善，没其他人能带队了，季岩寒脑子短路，大手一挥说你们四个自己去吧，反正只是一场常规赛。

余邃几人也没多想，落地后自己打车去了酒店，进了酒店面面相觑不知所措，四个未成年人，没一个能办入住的。

最后还是季岩寒临时飞过去，匆匆赶到酒店的时候，四个未成年网瘾少年各自坐在自己的行李箱上，满脸写着不高兴。

季岩寒感叹："当时什么都乱七八糟的，咱们居然也挺过来了。"

余邃无所谓道："成绩好，什么都扛得住。"

季岩寒道："那是，余神最牛。"

余邃刚要说什么，外面突然传来一阵刺耳的鸣笛声，余邃下一秒侧身靠向时洛身侧，将两手捂在了时洛耳朵上。

时洛是真的困疯了，这都没醒，动了动，顺势倚在了余邃的手掌上。

余邃索性一手揽在时洛的肩膀上，让他靠得更踏实些。

季岩寒从后视镜里看了两人一眼："……你是不是缺个弟弟？"

"谢谢。"余邃声音很轻，"不缺。"

还好，路没堵多久，三人匆匆吃了点东西后去酒店，只是到了酒店又出了问题，季岩寒错估了情况，考点附近像点样的酒店几乎全满，根本就没什么多余的房间了。

平时没什么人订的最大套房也只剩了两间。

"我本来说是一人一间的……"季岩寒无奈，"这怎么办？要是标间就算了，至少是两张床，套房都是大床。"

余邃想也不想道："时洛自己一间，我跟你挤挤。"

余邃对时洛道："你自己一整间套房，好不好？"

时洛皱眉："好什么……你不嫌挤？"

"这有什么挤的，我一开始那个战队的宿舍还是一米宽的上下铺呢。"余邃拿过时洛的身份证递给前台，"什么罪没受过。"

时洛撇撇嘴："这算受罪？我没处住的时候还睡过网咖的沙发呢，怎么说？"

三人中唯一一个真正吃过苦、受过罪的季岩寒忍无可忍："行了，少爷们，四千多一晚上的行政套房让你们睡一下真是委屈死你俩了！都怪我没安排好，对不起！"

季岩寒拿了房卡驱赶着两人上了电梯，目送时洛去了自己房间后季岩寒不放心道:"他不会跑了吧?"

余邃道:"放心吧,又不是真的不知好歹。"

时洛当然不是不知好歹的人。

进了自己的套房后,时洛一头扎在床上趴了许久。

他实在不好意思说,余邃是唯一一个接过他放学的人。

虽然从考点出来时并不是放学时间,但也差不多,时洛确确实实是第一次从校门口出来,看到外面有个人在等自己。

旁边一同站着的季岩寒可以忽略,总之余邃就是第一个接自己放学的人。

也是第一个开了八个小时的车送自己去学校的人。

劳心劳力地辛苦折腾这一趟,就为了逼自己高考捡个乐子玩儿?骗鬼呢。

时洛轻轻吐了一口气,突然明白这些天他心里那股说不清、道不明的感觉是什么了。

是踏实的感觉。

时洛第一次在一个地方,有了踏实的感觉。

老板虽私心重,但也很愿意花钱让自己看饮水机,从某种程度上来说也是认可了自己的能力。

队友……跟宸火虽然总吵架,但说到底只是嘴欠互掐,今天吵,明天忘。

队里另一个突击手老乔,还有突击手Puppy则和自己连吵架的交集都没有,虽然话都没说过几句,但两人对自己没有任何恶意,如此时洛就已经满足了。

最后是余邃……

时洛心口有点胀。

昨夜余邃开了一夜的车,途经一个服务区时,时洛躺在车里半睡半醒,中间睁开眼往外看看,不远处收费站的路灯下,余邃拎着个塑料袋,里面装着刚从服务区超市买来的几瓶饮料,他没直接上车,正拎着塑料袋背对着自己吸烟。

那会儿的余邃已经二十几个小时没休息过了,那么久没睡过觉又连续开了五百多公里的夜车,有多疲惫,可想而知。

在灯光的晕染下,余邃拿着烟的手臂显得特别细,让他整个人看着有点单薄。

时洛那会儿在车上看着远处的余邃,眼睛莫名其妙地就红了。

认识余邃时间也不算很短了,时洛始终不太能摸清余邃在想什么,也永远无法预测余邃会对自己做什么。

再多的蛛丝马迹也无利益交叉点,对方只是单纯地对自己好而已。

时洛活了十七年,头一次遇到这种事儿,有点无措。

时洛搓了搓脸,从床上坐起来,拨开季岩寒送给他的那束花,拿起余邃递给他的,低头闻了闻。

时洛抽了抽鼻子,起身把季岩寒的那束花扔进垃圾桶里。

把季岩寒那束花丢掉,余邃就又成了唯一一个送过自己花的人了。

走廊另一头的套间内,季岩寒打了个喷嚏。

余邃躺在床上,边玩手机边漫不经心道:"要板蓝根吗?"

"不用。"季岩寒揉揉鼻子,"你真跟我睡一张床?"

"当然不。"余邃道,"我刚看了,这沙发不小,而且是折叠的,一会儿把沙发展开给你睡。"

季岩寒:"……"

季岩寒实在是想不明白:"替补一个人一间套房,队长睡大床,我这个老板睡沙发?"

"怎么总是强调人家是替补?"余邃低头看着手机,"人家是脆弱又敏感的考生行不行?我今天太累了,睡不了沙发,明天换我睡沙发,床给你。"

季岩寒敬谢不敏:"不用了,明天我就走了,我是正巧这边有事才来给你送东西的,明天没事就不陪了。"

余邃点头:"行,你忙自己的。"

"接下来俩月我这边都忙,战队的事真顾不上了,我跟你们经理说了,有大事联系不着我的时候就问你。"季岩寒摊在沙发上,"这就别推了吧?就当帮忙了。"

余邃只得答应着:"嗯。"

"其实也没什么事,季后赛咱们还是稳的啊。"季岩寒放松地拍了拍肚子,"决赛我肯定去,前面的……你多看着点吧,其实没咱们的比赛,也没什么可盯的,就是拍拍宣传片,录几句话,然后……"

季岩寒揉了揉眉心,努力想想还有什么要交代的:"对,时洛一是新人,二是第一次参加大型赛事,等于白纸一张,注意事项什么的跟他提一提,别出岔子,他的选手个人积分是零,经不起出事……哦,不,刚打了一场常规赛,有两分了,但两分顶什么用,一个小违规都不够扣的。"

FOG联赛有规定，通过注册的职业选手可以通过参加各类联赛认可的比赛获得个人积分，比如时洛刚刚打的那场常规赛，打一场BO3就自动积累一分，赢了比赛再积累一分，所以时洛现在的个人积分是两分。

这个积分不会随着赛季结束而清空，会终身保留，平时也没什么用，只有在选手违纪时，联赛官方人员才会依据事件大小酌情扣除选手积分，事态严重或选手个人积分是负数的会有禁赛处罚，少则一场，上不封顶，视情况而定。

禁赛处罚期满后，选手个人积分若还是负数，就要靠一场场比赛打回正数，在此之前都是观察阶段，稍不留意就会再次受到更严厉的处罚，严重了，终身禁赛都有可能。

时洛这种个人积分为数不多的选手，最怕的就是这个。

"昨天比赛前该说的都说了。"余邃打了个哈欠，"有官方镜头的时候，不管是不是在比赛都要穿队服，不得遮挡队服上的赞助商logo，特别是游戏赞助商的logo……不得在公共场合说联赛或者俱乐部的坏话，不得抹黑官方，比赛时一切听从随队裁判安排……比赛时不能窥看队友屏幕，比赛时无特殊情况不能起身，有特殊情况先叫暂停，暂停时间以裁判说了暂停为准……比赛时不能在公共频道打字，说'你好吗'也不行……"

"我能想到的都说了……"余邃困得抬不起眼，"他记性挺好，全记住了，昨天比赛时一点儿错也没犯，季后赛绝对不会出问题……"

余邃打比赛打了这么多年了，该注意的问题早就烂熟于心，季岩寒想了想道："也对，跟着你应该不会出错。"

可惜，季岩寒放心得太早了。

| 第三章

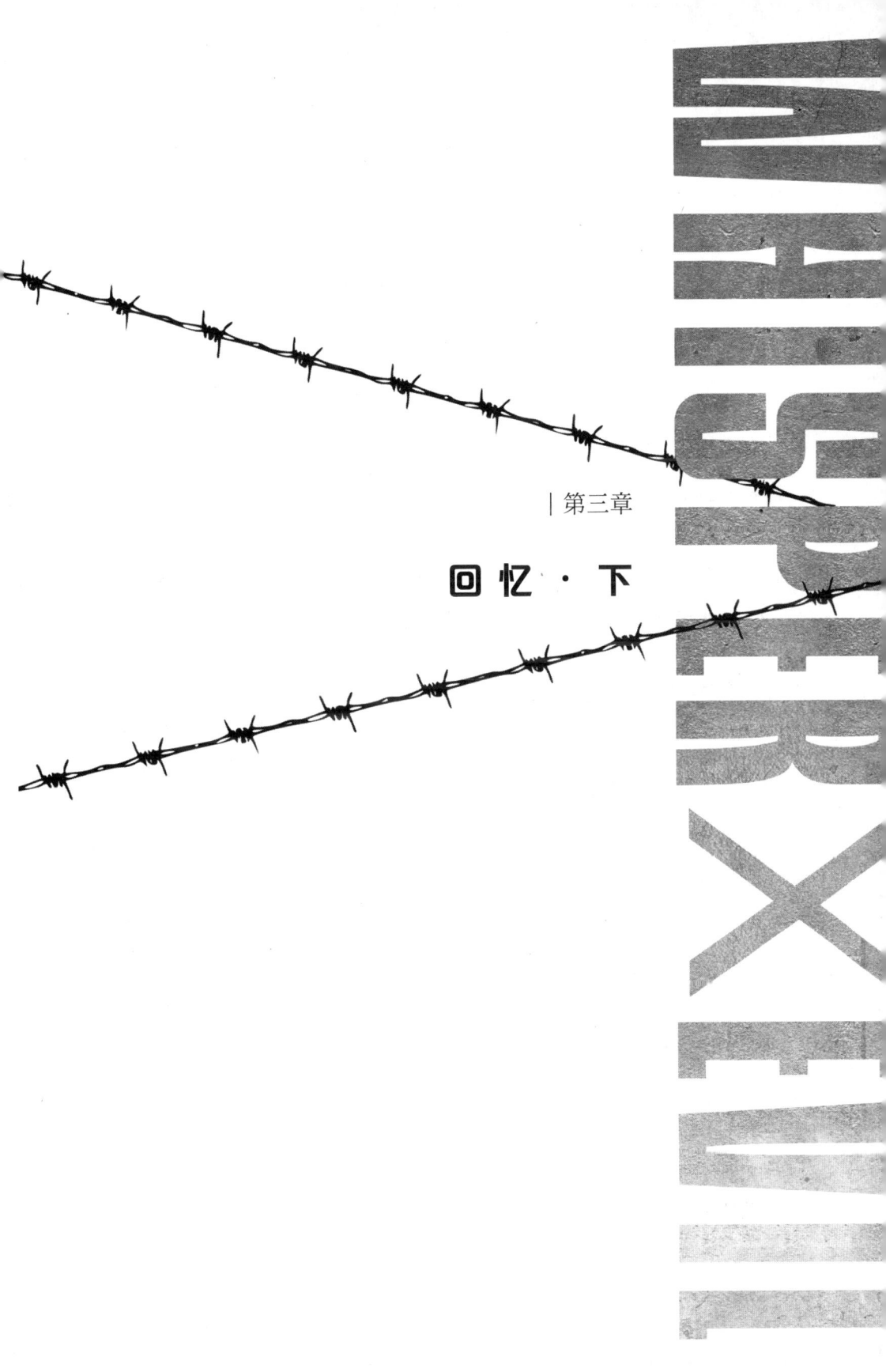

回忆·下

21

转过天来季岩寒就飞回 S 市了，余邃独自陪着时洛进行第二天的考试，又兴致勃勃地开了一天的直播。

已经考过一天了，时洛的情绪逐渐稳定，没再做出情绪强烈的抵触行为，在被余邃要求同直播间的粉丝打个招呼的时候，时洛甚至还强行扯了扯嘴角，挤出了一个狰狞凶狠的敷衍的笑。

余邃挺满意，不管时洛本人开心不开心，他反正是挺开心的。

待时洛考完最后一科英语从考场出来后，余邃想带他去吃晚饭，余邃本意是让时洛休息一天，隔日两人再回 S 市，不想时洛出了考场就催促道："给酒店打个电话，我们退房，直接去机场，快点回基地。"

余邃没明白："怎么了？"

时洛心急如焚："两天没碰账号了！我排名没准已经掉出前五十了！！！"

余邃："……"

余邃叹为观止："洛洛，一个替补，爱岗敬业到你这份上，我真是第一次见，你这个昂扬的斗志会让我觉得你是想篡位抢我首发。"

时洛不停地催促："没跟你开玩笑，快点，回去回去。"

余邃只得点头，把车拜托给季岩寒留在本地的工作人员，给自己和时洛订了回 S 市的机票。

两人直接去了机场，在机场随便吃了两口饭后登机，一路无话，飞机快落地的时候时洛终于按捺不住，摘了眼罩，犹犹豫豫道："你……你就不问问我考得好不好？"

余邃没睁眼，低声反问："可以问？"

两天了，余邃从不问一句试卷难不难、考得好不好之类的话，时洛十分想嘚瑟，奈何没有空间发挥，早就要憋死了。时洛装得十分云淡风轻，矜持道："可以问。"

余邃睁开眼，想了想，问道："数学……难吗？"

时洛尽力让自己表现得淡然一点，摇头："不难。"

余邃点头，放心了："题不难就行。"

时洛眉毛皱起，片刻后不自在地纠正道："……是对我来说，不难。"

时洛的重点在"对我"两个字上。

余邃抬眸看向时洛，他嘴角一点点挑起，然后终于忍不住扑哧一声笑了出来。

时洛脸都憋红了："笑什么……"

余邃努力忍笑："能考多少？"

时洛尽力保持矜持："一百三左右吧。"

"厉害。"

余邃挨个科目问了过去，时洛措辞婉转地吹了自己一拨，小脸开心得红扑扑的。

"哎……"余邃坐直上身，"考得这么好，你也不怕查分吧？回头玩个直播查成绩怎么样？"

时洛想也不想："我不，太傻了。"

不等余邃再说话，时洛道："除非你让宸火直播做今年全国卷的数学试卷。"

余邃只得作罢："杀了他吧，把你理综卷给他，说那是数学卷他都信。"

飞机平稳落地，两人打车回了基地。

回了基地，余邃就不再是时洛一个人的队长了。

自回基地那天起，时洛几乎见不到余邃了。

季后赛马上开始了，余邃对冠军势在必得，不再浪费时间，每天给自己加了整整两个小时的训练时间，整天泡在训练室里。时洛这个替补没训练赛可打，也懒得去训练室看人家四个队友默契训练，只窝在宿舍里专注在国服冲分。

一直以来，时洛对自己的国服排名都特别满意，还不是职业选手的时候他就能脚踩许多职业选手上分，如今受到了职业战队的训练，水平稳定上升，已经能冲进国服前五十，发挥得好的时候，偶尔还能冲进前四十。

对一个医疗师来说，这基本就是封顶成绩了。

当然，不包括余邃。

时洛点开国服排名，看着稳居第一的 Whisper 久久无言。

什么叫职业天花板？余邃就是。

最可怕的是余邃的具体数据，时洛点开看了一眼余邃的 KDA，一个医疗师，场均击杀数是 3.2。

也就是说，他平均每场比赛要拿 3.2 个人头。

这个数字有多可怕呢？国服排名第二十七的宸火，身为突击手，场均击杀数也不过是 6.8。

前提是身为突击手的宸火比余邃多一把重型枪械，而余邃这个医疗师只有一把贴身手枪和一把军用匕首。

余邃为了尽量把公共资源留给队友，还甚少用手枪，更多地使用匕首这些不会消耗任何资源的冷兵器。

FOG 和边战斗边获得战术资源的游戏不同，别的游戏的玩家大多是随着对敌方的侵略和对地图的攻陷而获得资源。FOG 恰恰相反，游戏伊始，一共一万经济会直接分配给玩家。

开局一万经济，狙击手一千，医疗师一千，两个突击手一人两千，还有四千公共经济全队共享。

当然，公共经济也不是能随便用的，突击手和狙击手只有在拿到人头后才能升级装备并使用公共资源，医疗师则是在拿到辅助分或杀人后才能升级装备和使用公共资源。

不管是开场到账的个人经济还是通过击杀敌方才能消耗的公共经济，总共只有一万，一点也不可能多，也没有任何获取更多经济的渠道。

用完就没了。

所以玩家会很在意经济的使用，一旦出现太过浪费的情况，在没有将对方摆平就耗尽己队所有资源的时候，游戏就会变得非常可怕了。

所有的枪械都变成了烧火棍，没经济买子弹，升级得再好的枪有什么用？

那个时候就只能使用匕首这类兵器了。用这些和对方的枪械拼，那结果可想而知。

当然，偶尔也会出现双方陷入苦战、两边资源都枯竭的情况，这时游戏就更好玩了。

大家一瞬间全部回到冷兵器时代。

最喜欢这种苦战局的，就是余邃。

游戏前期、中期双方物资丰沛，余邃操作再逆天也难以撼动装备和职业本身上的差距，而当一切经济都耗尽后，医疗师就不再有职业弱势了。

大家都只能用冷兵器了，谁怕谁？

余邃喜欢在苦战局里收人头，他平时只能用冷兵器，对此练习得最多，这个时候甚少有人拼得过他。

身为医疗师，一刀一个突击手。

时洛看过余邃的击杀集锦，不得不承认，有些东西不是后天的训练能弥补的。

时洛不想再冲分了。

即使偶尔能再往上挤几名也是靠运气，马上又会落下来，排名来来回回稳定在一个排名段的时候，就是自己当前的水平了。

时洛如今的水平就是国服第五十左右。

时洛把键盘往前一推，看了看时间……

23:35。

训练室内那四个人还在打。

时洛有点烦，连续好几天了，自己单排、自己吃饭、自己说话自己听，都快成隐形人了。

想和宸火吵架都吵不了，更别提余邃了……时洛根本见不着他的人。

一个星期前，同吃同住的那两天，两人明明一直在一起的。

现在看，这宛若是另一个平行时空的事了。

时洛莫名其妙地，突然想起之前搜余邃 ID 时无意看到的一句话——

粉上 Whisper，就要做好承受水深火热的幸福和痛苦的准备。

余邃对自己的粉丝不可谓不好，休赛期里，余邃就算已经混够了直播时长，只要粉丝在微博闹一闹，他也会再开直播，白白给直播平台贡献自己的巨额流量。

直播的时候更是粉丝让开麦就开麦，让开摄像头就开摄像头，心情好的时候还会用手机直播一会儿，给粉丝们看看基地的花花草草，若看见弹幕上有粉丝说自己生日，他甚至会笑着哼两句《生日快乐歌》。

但这仅限于短暂的休赛期。

一旦正式进入比赛周期，余邃可以扛着被直播平台扣天价违约金的惩罚，连续几个月不直播，只要他不想被打扰，任由粉丝们号哑了嗓子，他也绝不会挪出一点儿训练时间来做别的。微博也是常年长草，一连半年不发一条微博，整个人如同完全蒸发一般，彻底从社交平台和媒体平台消失。

比赛周期里的余邃，满心只有训练，不会给任何人眼神，自出道就是如此。

早两年有次比赛结束后主持人笑着调侃余邃，说他已经连续一百七十二天没直播了，粉丝们都很担心他不好好吃饭、抽烟太凶，现在是不是应该多说几句话，又开玩笑地替粉丝们质问余邃，是不是已经忘了自己直播间的账号密码，这段时间是不是过于努力了。

时洛对那段视频里余邃的回答记忆深刻。

余邃说："必须努力，如果不努力，支持我的人会很狼狈。"

时洛看这段视频的时候就忍不住感叹，怎么有人能把拒绝直播说得这么正气凛然、理直气壮？

但结果可想而知，怪余邃消失得彻底的粉丝们瞬间热泪盈眶地原谅了这个"渣男"。

余邃说的是真心话，也是很委婉的大实话。

这毕竟不是饭圈，再经营粉丝，没成绩，能如何？电子竞技，成绩说话。

电竞圈特有的文化并没有那么乌烟瘴气，反而直白又简单，铁律只有一条，那就是成绩。

余邃的未尽之言是，不努力，没成绩，粉丝们为自己和喷子们吵架都没底气，被人踩脸输出也只能闭嘴，谁让你菜来着？

八卦调侃不管真的假的，人家喷你，你只能受着，那才是真狼狈。

余邃能且仅能给粉丝的，就是这一份底气。

从那之后，余邃每次玩消失，粉丝们都很淡然，相互安慰，余神是替咱们努力去了，比赛视频看完了，大家看看去年的直播视频过过瘾得了，什么？去年的直播视频已经能背下来了？那前年的呢？大前年的呢？大哥是新粉上的吧？需不需要给你个链接？

马上就要进季后赛了，粉丝们都这么"佛"了，时洛也不指望余邃能再分时间给自己了，他顺着贴吧的链接点进去，准备一会儿一边看着余邃出道当年的视频一边吃夜宵，顺便还能学学他的操作，一举两得。

时洛拿起手机准备点夜宵，没等他选好吃什么，手机振了一下，有条消息。

【Whisper】："吃夜宵吗？帮你一起点？"

22

时洛看着余邃的消息，没来由的小暴脾气上来了，回复："不饿，不吃。"

时洛把消息发过去后又后悔，先不说别的，饿是真的饿了，他都要饿死了！

时洛拿着手机百思不得其解，他以前也不是个口是心非的人，怎么现在一遇见余邃就犯病？

说了不饿，不吃，现在自己再点餐，一会儿下去拿外卖被看见……就真成了闹小孩子脾气了，好蠢啊！

时洛抓了抓自己短短的头发，烦躁地起身扯过自己的包翻看，里面半点零食也没有，只有一盒口香糖，时洛拿出口香糖来嚼，一脸愁苦。

五分钟后，时洛房间的门被敲响了。

时洛默默地吹了个口香糖泡泡，心道这个"渣男"开始了、开始了，他又开始了。

时洛叹口气，老老实实地起身开门，但还是忍不住别扭地说了一句："都说了不吃的，你干吗……"

门外，宸火一脸"黑人问号"。

时洛："……"

"请问……"宸火掏了掏自己的耳朵，不确定地诧异道，"您刚才……那是在对我闹小脾气吗？您是国服冲分不成，终于疯了吗？"

时洛和宸火对视一眼，俩人胃里都泛起一股恶心，这下是真的不饿了。

宸火顺了顺自己颇不太平的胃，勉强道："我是上来换衣服的，余邃让我喊你，一起出去吃夜宵。"

时洛一脸烦躁："知道了，你走开！"

宸火耸耸肩，转身去自己房间了。

时洛回屋穿上外套，扣上一顶帅帅的棒球帽，拿上手机，下楼去了。

五人一起去了附近的一家私房火锅店。

这家火锅店一共就八张桌子，格子间，每一间都没门，只有一道帘子。众人进门往里走，正巧隔壁一桌在上菜，好巧不巧，里面坐着的还是同行，正是野牛战队的几人。

就是时洛高考前首发那局常规赛打的队伍。

余邃撩起帘子打了声招呼，野牛的队长忙答应着，俩人对贫了几句。时洛饿得要命，只想快点涮菜，奈何走廊里空间有限，余邃和宸火在人家包间门口一站，他根本没法再往前走了，他不耐烦地站在余邃身后，往里看了一眼，看见野牛战队里一个人也正脸色不善地看着自己。

自己不高兴是因为饿，你吃得满嘴红油还有什么不高兴的？！

时洛扫了一眼，除了那个瞪自己的，旁边还有个小个子看向自己战队的眼神好像也有点敌意。

野牛战队都属野牛的吗，都这脾气？这些人有毛病吗？

余邃终于贫够了，五人进了隔壁包间，老乔坐下来低声道："那个暴躁书刚才脸都要黑透了。"

余邃恍若未闻，拿起菜单来点菜，催促："自己爱吃什么就点什么，快点吃，我要困死了。"

时洛拿起菜单："暴躁书是谁？那个嘴上沾着辣椒油的傻子吗？他为什么不高兴？"

余邃皱眉："点菜。"

Puppy 就坐在时洛身边，向时洛偏了偏身子，低声道："跟咱们打最后一场之前，野牛他们常规赛排名第五，比常规赛排名第四的 LAD 只低了一个小场分，只要赢了那场 BO3，他们就是第四了。

"你可以看一下季后赛的赛程，排名第四比排名第五优势大很多，要少打一场，当然进决赛的可能性就更大了。第五名……万一第一轮就被淘汰了，那不就没了？但第四名就不一样了，第四名是从第二轮开始打。"

"之前听说最后一场比赛是你上，野牛战队特别高兴。"Puppy 声音压得更低，"知道余邃替宸火上就更高兴了，他们觉得稳了，只要打赢了咱们，他们就直接保送二轮了。"

Puppy 坐好，拿起菜单悠悠道："但结果……你知道的，他们最后还是排名第五，翻身失败。"

时洛无语："我自己光明正大赢的，他技不如人凭什么发脾气？"

余邈警告地看了时洛一眼："……点菜。"

"正常，之前他们官博牛都吹出去了，现在觉得丢人了呗。"宸火也颇看不上野牛这输不起的样，"以为咱们那个配置那么奇葩，一个替补医疗，一个非本职突击手，他们肯定能赢的，可惜了，我们随便玩玩，他们一样打不过。"

老乔低声道："也别这么说，其实就那个暴躁书和他们队那个新替补有点脾气，其他人都没往心里去，刚才说话不也好好的？别提了，吃饭。"

宸火想了想，明白了："哦，对，那个暴躁书也是新人，也是医疗师，那天正好也是第一次上场。他那天估计是想秀时洛的，没想到被时洛反秀了还拿了对位MVP，唉……不懂你们这些医疗师，做个可爱温柔的奶妈不好吗？怎么胜负欲比我们突击手还强呢？"

一桌五人里就有两个医疗帅，余邈和时洛同时抬头看宸火，宸火忙摆手："抱歉抱歉，点菜点菜。"

五人飞快地点好菜，这家店上菜都是卡着时间的，锅子刚沸起来时菜刚好端进来，五人边吃饭边聊了季后赛的安排，老乔顺道向时洛"科普"："季后赛和常规赛也没什么区别，就是三局两胜变成五局三胜了，咱们常规赛积分第一，所以前面的比赛没咱们的事，只打最后的半决赛和决赛……"

余邈喝了一口饮料："决赛这就给自己安排上了？"

老乔"嗒"了一声："心知肚明的事，怕什么！"

老乔继续同时洛道："除了观众多点，流程麻烦一点、琐碎一点，跟常规赛也没什么区别，按照余邈之前教你的来就行，不过……你应该也上不了场了，问题不大。"

余邈点头："把饮水机看好就行了。"

时洛撇撇嘴，心里也清楚，半决赛和决赛，战队是不可能再让自己一个替补上去冒险的，他喝了一大口西瓜汁，起身道："去洗手间。"

这家火锅的走廊神一般曲折离奇，时洛绕了半天才找着洗手间，他进去方便了一下，出来洗手。

正巧遇到了刚才瞪自己的那个暴躁书。

时洛才懒得打招呼，上前要洗手。

一旁的暴躁书脸色也不善，他洗了洗手，不烘干也不擦，直接甩了甩，水珠撩了时洛一脸。

时洛冷声道："干吗呢？！"

暴躁书扭头看了时洛一眼，挑衅一笑："放心，小爷手洗干净了，这甩的是水，不是尿。"

时洛听罢直接将两指抵在水龙头出水口上，水压增高，水柱顺着时洛的指尖直接滋了出来，喷了暴躁书一头一脸。

时洛面无表情道："放心，小爷刚才还没来得及洗手，我很确定这滋的是尿，不是水。"

暴躁书瞬间就火了。

包间内，老乔吃了一口茼蒿："怎么这么久？"

余邃嘴角微微一挑："年纪小，时间长。"

老乔闷笑，感叹："我也没比时洛大几岁，但看看人家……高考完直接飞回来还冲了一晚上排名，这是什么身体素质？这是什么钢铁一般的意志？网瘾大成这样的，不进咱们这行还能得了？"

宸火不屑："冲了半天，排名还是不如我。"

Puppy道："已经不错了，不想想你自己刚出道的时候？真的，就他高考前的那场比赛，多淡定，谁能看出来那是第一次上场？"

"可不淡定！"宸火鼻子不是鼻子，眼睛不是眼睛，"你不问问余邃，就差告诉他从后台休息室走到前面赛场会有多少步，应该先迈左腿还是右腿了！我当年要是有个前辈这么带，我能比他更淡定！"

老乔看了外面一眼："从休息室到前面赛场有多少步我不知道，从这儿到洗手间有多远我倒是挺清楚……就这么几步，他怎么还没回来？"

余邃微微皱眉。

Puppy吃了一口青笋，突然想到了什么，默默道："队长，你教了时洛那么多乱七八糟的违规细则，有没有跟他说过最不能碰的高压线、能让人直接退役的那条？"

余邃起身，几步出了包间，一把撩起了隔壁包间的帘子……

野牛战队几个人一脸茫然。

暴躁书不在。

余邃一言不发直接往洗手间走，绕过曲折的走廊，还没走到洗手间就听到了什么东西被砸碎的声音，他头皮瞬间一麻。

洗手间外面的门已经被反锁上了，饭店的工作人员正急得团团转，洗手间里骂声不断，余邃急火攻心，一脚踹开了洗手间的门。

洗手间里，两个巨大的装饰花瓶其中之一已经被砸碎，碎瓷片落了一地，时洛和暴躁书滚在地上，时洛脸色青白、眼睛通红，死死掐着暴躁书的肩膀，一个用力翻身把暴躁书反按在地上，时洛手腕一翻，余邃一眼看见时洛手臂上沾着的血。

余邃看着时洛手臂上的血，脑子瞬间一片空白，心脏几乎停跳。

余邃两步扑了过去，一把将时洛从地上扯了起来，时洛怒道："别拉我！我打死他！"

余邃恨不得把时洛塞进自己车后备厢里："闭嘴！跟我走！"

"你问问，他说了什么？！你问他！"时洛挣扎个不停，飞起一脚还要踹暴躁书，"你有本事过来！过来！！！"

暴躁书趁机爬了起来，抹了一把被打出血的嘴角，破口大骂："就骂你了，怎么了？！"

时洛额上青筋都暴了起来，瞬间就要扑上去，余邃险些都没能抱住他。

时洛奋力挣扎，对余邃嘶声吼道："你没听见他说了什么？！"

"我听见了⋯⋯"时洛力气太大了，余邃自知自己坚持不了多久，竭尽全力搂住时洛，压抑道，"再动一下手，我绝对⋯⋯绝对会开除你⋯⋯我说到做到。"

时洛力气一松。

不等时洛反应过来，那边已经失了理智的暴躁书趁着这个时间举起另一个花瓶就砸了过来。

洗手间里就这点空间，躲都没处躲，余邃眸子一颤，本能地搂着时洛背过身。

余邃将时洛紧紧护住，下一秒，那花瓶砰的一声结结实实、不偏不倚地砸在了余邃背上。

23

两个战队的其他队友赶来的时候，看到的正是这一幕。

野牛战队的队长看着余邃，脸瞬间就白了。

单纯两个新人推搡两下就算了，碰了余邃，这事大了。

时洛怔了半秒，反应过来发生了什么后发了疯一般对暴躁书嘶吼怒骂。

时洛看向地上距自己最近的一片碎瓷，眸色一冷，心头同时涌起疯狂的念头。不等时洛动作，觉察出时洛要做什么的余邃一把掐住他的肩膀，时洛挣扎了几下，竟半点动弹不得。

"不想跟你真动手，老实点……"

暴躁书刚才那下砸狠了，余邃也不知道自己后背是什么情况，这会儿疼得不住流冷汗，余邃努力克制着自己的火气，一把将时洛推向老乔："把他带车上去关好。"

时洛气得头都要炸了："我……"

余邃冷冷道："我说了，再动一下手，我绝对会开除你。"

时洛咬牙，瞬间不敢再动。

时洛浑身不住发抖，余邃看了老乔一眼，老乔强压着火，连拖带拽地将时洛带走了。

余邃这才看向脸色煞白的暴躁书。

暴躁书刚才被时洛滋了一身水以后同时洛骂了起来，本来以为相互骂几句就完事儿了，不想时洛脾气比他还大，两人骂起人来都不是善茬，呛了几句后暴躁书也忘了因为自己说了什么，时洛直接就动手了，暴躁书当然不会站着挨打，一步步就这样了。

暴躁书声音发抖，突然想到了什么，急忙道："对！是时洛先动手的！不怪我！"

野牛战队的狙击手咽了一下口水，见状努力顺着道："如果是时洛先动的手……"

"有监控吗？"余邃反问，"你有什么证据能证明是时洛先动的手？"

暴躁书急道："你问他去啊！他自己肯定也承认！"

余邃道："他已经走了，我甚至能说他今天没来过，我现在是在问你，这洗手间有监控吗？你能证明他打你了吗？"

"洗手间怎么可能有监控……"暴躁书彻底呆了，"什么意思？他没动手，那我是自己打自己了？！我脸上的伤儿来的，你刚才不是看见了吗？"

"我没看见。"余邃翻脸比翻书还快，冷冷地看着暴躁书，"但你刚才对我动手，这些人都看见了，人证、物证都在。"

宸火强行按捺住把这个暴躁书直接摁死的冲动，道："刚才门是开着的，我估计走廊的监控是能拍进来的，你对余邃动手那一下，我们人证、物证都在。"

　　"先去医院，我送你去。"野牛战队队长冷汗涔涔，他上前对余邃道，"别的先不说，先看看你后背有事没……"

　　"不急。"余邃唇色发白，语调却如常，"还是先把今天这事儿说清楚比较好，Puppy，去找老板调监控。"

　　Puppy答应着，但并不动弹，而是继续防备地看着野牛战队的几人，提防着再有人动手，自己这边人少吃亏。

　　野牛战队队长看了一眼Puppy，明白过来余邃是想私了，狠了狠心，道："马上就要进季后赛了，真传出去对大家都不好，这样吧，咱们……"

　　"什么叫对大家都不好？"余邃看向野牛战队队长，眯起眼，"时洛没动手，我也没动手，我们怕什么？"

　　暴躁书还没明白过来，仍在发怒鬼叫："他动手了！时洛动手了！！！"

　　野牛战队队长恨不得把暴躁书的脑袋拧下来！

　　余邃看向暴躁书，忍不住笑了："你可以喊得再大声点。"

　　"闭嘴吧你！！！"野牛战队队长现在只想把暴躁书冲进马桶里，无奈，只能试探着跟余邃商量道："医疗费我们这边出，这个是当然的，然后……我保证，今天的事绝对绝对不会传出去。火锅店这边我来处理，他们店里的监控还有店员们有可能拍下来的视频……全部会处理。我保证，今天的事绝对能死在这洗手间里，出了这门没人会知道，行不行？"

　　余邃神色稍缓，看向暴躁书。

　　野牛战队队长迟疑了一下道："暴躁书……禁赛一场。"

　　余邃嗤笑。

　　野牛战队队长咬咬牙："暴躁书整个季后赛禁赛，再罚一个季度的薪水。"

　　暴躁书难以置信地号叫道："凭什么？时洛也动手了！凭什么他不用禁赛也不罚钱？！"

　　"就凭Whisper挨了你刚才那一下！！！"野牛战队的突击手忍无可忍，上前捂住暴躁书的嘴，压着嗓子低吼道，"你是不是真要害死你自己，害死咱们战队？！真的爆出去了，你跟时洛动了手，又跟余邃动手，够联盟把你从注册选手里除名了！你想退役吗？！"

暴躁书呆滞，额上冷汗瞬间就下来了。

他也是新人，还不知道暴力事件的处罚会这么严重，但他犹不死心，声音虚弱道："可时洛就是动手了……"

"你该庆幸时洛动手了！"野牛战队的突击手简直要被这个蠢货气死，"要不是他动手了，FS能咽下这口气，跟你在这儿私了？！你刚砸的那是余邈！！！真以为人家是怕惹事呢？人家是不想让时洛被处罚！"

暴躁书稍稍冷静下来，后怕起来，不敢再说话了。

宸火强压着火："大家……大家能走到一线战队这一步，都不容易，没事别随便作死，你们自己作死，我们管不着，但别拖累我们FS的人，今天到此为止，余邈……去医院了。"

余邈道："去拷监控，拿了监控再走。"

Puppy不放心地看了余邈一眼，确定这边不会再打起来后去找火锅店老板了。

宸火瞥了野牛众人一眼，冷冷道："对，带着监控走，防着他们一手。"

不多时Puppy回来了，余邈、宸火、Puppy三人出门，余邈身上的T恤已经被冷汗浸湿了，Puppy心焦道："没事吧你？背你？快上车。"

余邈摇头："让他们的车走，让老乔带时洛回基地……咱们打车。"

宸火不解："着急去医院呢，你打什么车？"

Puppy了然："行……唉，你还没明白？时洛现在跟着去了医院不也是尴尬？先都冷静一下吧。"

Puppy拦了辆车，宸火一拍脑袋，忙不迭把余邈扶上了车。

到医院后抽血拍片检查，宸火看着余邈赤着的后背倒吸一口凉气，余邈后背瘀血一片，触目惊心。

不过余邈运气还好，结果马上出来了，那一下并没有伤着骨头，只是软组织挫伤。

余邈放下心来，终于忍不住骂了一句："疼死爹了……"

宸火听医生说没大问题才松了一口气："那就好、那就好。"

医生看着眼前这三个看上去还没自己孙子大的男生，冷冷道："什么叫'那就好'？知道后背这地方多危险吗？一不小心可能就会砸裂肋骨，这个位置，固定都不好固定，万一再伤着脊柱呢？"

余邈表面老老实实地挨骂，心里十分想把医生的话录下来回去放给时洛听，他忍着疼道:"您说得是。"

"小小年纪,没事就打架滋事,家长知道了得多担心?!"医生瞪了余邃一眼,"大晚上的,早点回家不好吗?知不知道你爸妈看见你这样得多难受?"

余邃低头一笑:"是,我妈要知道了估计得心疼死……不能告诉她。"

医生不满:"你今天得住院,不告诉?你不让你监护人来?"

"我监护人……"余邃被气笑了,"没事,自己照顾自己就行,求您快让我躺下去行吗?是真的疼。"

老医生又叮嘱了一下注意事项,说罢让护士给余邃办住院手续去了。

半个小时后,余邃终于如愿以偿地趴在了病床上。

值晚班的护士是几个年轻的女生,余邃不太好意思在人家姑娘面前说脏话,输液、换药全程在心里咒骂个不停,险些又憋出内伤来。

Puppy皱眉:"无妄之灾。不懂你,时洛那一看就是从小打架长大的,挨两下也没事,你非要……余邃,你有没有发现你对他太好了?"

"我自找的,行了吧?太衰了,今天这事儿谁也不许说出去……"余邃疼得冷汗直冒,"听到没?"

"你说得有点晚了。"正在给余邃削苹果的Puppy默默地瞟了一眼自己的手机,"老乔已经告诉你监护人了。"

余邃差点坐起身来,Puppy又补充道:"不是你爸妈,是告诉老板了。"

余邃放松下来,皱眉道:"老乔多这事儿干什么……队长最近忙疯了,没必要跟他说,都已经处理好了。"

一个小时前,正在焦头烂额地开会的季岩寒一边堵着一只耳朵,一边努力听手机,大声道:"你说什么?谁跟谁打起来了?你大点声!!!"

听老乔说罢,季岩寒差点以为自己忙昏头幻听了。

季岩寒走到走廊安静处,难以置信道:"你是说……"

"三个奶妈……你确定是三个奶妈,不是其他职业?"

"然后这三个奶妈……在火锅店的洗手间里,打起来了?"

"还打得头破血流?"

季岩寒气急败坏:"有病吧?!三个医疗师大半夜不睡觉,聚到火锅店的洗手间里打架玩?!"

医院里,Puppy叹气道:"不得不说,咱们战队的医疗师都是狠角色,FS成立以来第一次暴力行为,参与者居然是首发和替补两位医疗师,实在是让人意外。"

常年被余邃抢人头的宸火幽幽道:"谢谢,我还真的一点儿也不意外。"

Puppy感叹:"那句话怎么说的来着?我记得有句话夸赞类似行为的……"

余邃趴在病床上,忍着疼玩手游转移注意力:"……不爱红装爱武装。"

"对对对。"Puppy点头,"医疗儿女多奇志,不爱红装爱武装!说的就是你们。"

Puppy好奇道:"我能采访一下吗?你们平时给我们做辅助的时候,心里是不是怨气特别大?这个怨气在体内逐步积累、逐步积累,然后今天……"

"肯定的。"宸火又幽幽道,"Puppy,不知道你注意过没,余邃的电脑屏保,是一个'忍'字。"

宸火看向余邃:"我一直想问又不太敢问,但心里总隐隐觉得,那个'忍'字跟我有莫大的关系。"

"您猜对了。"余邃边打游戏边平静道,"我每天要看一万遍那个'忍'字,才能不让基地发生流血事件,现在我看不见那个屏保了,很可能忍不下去了,你俩确定还要再挑衅?"

宸火和Puppy想想火锅店里煞气冲天的余邃、时洛医疗双人组,闭嘴抱在一起,不再说话了。

24

止疼药渐渐发挥作用,余邃稍微好受了点,便赶两人回基地,宸火和Puppy商量了一下,宸火先回基地睡觉,Puppy留下陪床。

余邃无奈:"你留在这儿做什么?我马上就睡了,明早你让经理找个人过来就行了。"

Puppy躺到陪护床上,平和道:"刚才没听护士小姐姐说吗?这种大面积软组织挫伤,需要……需要……需要什么来着?"

余邃疼得咬枕头:"需要休息制动。"

"对,不能乱动的。"Puppy双手交叠放在小腹上,平心静气,"一会儿想上厕所了不要害羞,告诉Puppy哥,Puppy哥给你去拿夜壶吹口哨。"

余邃咬牙:"谢谢,不用。"

Puppy叹气,戴着耳机听相声,不理余邃了。

FS 基地,宸火轻手轻脚地打开了基地大门,进门要往楼上走。黑暗中,沙发上影影绰绰的好像有个什么东西,宸火皱眉,弓腰往前走了两步,快要走到沙发前的时候,那团东西哑声道:"队长怎么样了?"

宸火险些被吓死。

"开个灯能死吗?!"宸火气得想打人,"大晚上不睡觉,在这儿装鬼吓谁呢?!"

时洛头次被宸火吼了没反击,沉默片刻,再次问道:"队长怎么样了?"

宸火听着时洛声音里浓浓的鼻音,忍不住笑了:"哎嘿,你是不是哭了?不是吧你?哈哈……真的假的?开灯我看看……"

黑暗里时洛恼怒道:"没有!问你话呢!"

"你这什么态度?"宸火不满道,"今天的事不是你闹出来的?你还有理了?"

时洛又不说话了。

"余邃……我也不知道现在怎么样了。"宸火睁眼说瞎话,"医生没给准话。"

时洛心头一紧:"没给准话是什么意思?!"

宸火随口胡编:"意思就是……"

"哦,我想起来了。"宸火认真道,"医生是这么说的,如果余邃能活到明年开春,那这病就还有希望,他就算挺过去了。"

时洛:"……"

宸火阴阳怪气:"你高兴了吧?余邃短期是上不了场了,你成功上位,一举成了我们 FS 的正宫娘娘,偷着乐去吧。"

宸火说罢往楼梯走,经过沙发的时候被地毯绊了一下,险些摔了,宸火骂骂咧咧地开了灯,沙发上的时洛被灯光刺得躲了一下,宸火看过去,愣了。

时洛蹲在沙发角落里,眼睛和鼻子都是通红的,见宸火开灯了,时洛马上把头扭了过去,背对着宸火,面朝墙蹲着。

宸火叹了口气,这谁顶得住?

宸火也狠不下心了,无奈地重新走回去,坐在时洛对面的沙发上,皱眉道:"行了,别躲了,我又没说你什么,来,聊聊。"

时洛哑声道:"不聊。"

"行了,不骗你了。"宸火老实道,"骨头都没伤着,就是软组织挫伤。其实今天不住院也行,没多大问题,明天后天就出院了,得亏是送医院送得及时,再晚一两天，他伤都长好了。"

时洛转过头来，不信任道："真的？"

"真的，他要有事，我还能回来睡大觉？"宸火掏掏耳朵，"不过疼肯定是挺疼的，那后背青青紫紫的，吓人。"

时洛犹豫了一下，低声问道："我能去看他吗？"

"都这个点儿了去什么？他肯定睡了。"宸火也快困死了，躺在沙发靠背上，"明天再说吧。"

时洛低着头，半晌道："谢了。"

宸火抬眸，不确定道："您……刚才跟我说什么呢？"

时洛顿了一下，再次道："谢谢。"

宸火恨不得给时洛录下来！时洛竟然对自己说谢谢了！

"真难得，你居然跟我说谢谢……"

宸火忍笑，看着时洛通红的双眼，低声道："后悔了吧？"

时洛低头，没说话。

后悔，当然后悔了，快要后悔死了。

宸火看着时洛的表情，幽幽道："希望你不是在后悔今天打架没发挥好，还让余邃受伤了。"

时洛被说中心事，眼睛回避地看向别处。

"今天这事儿，受伤什么的真是最小的问题。"宸火收起了玩笑的语气，"你知道今天的事要是爆出去了，或者你们是在比赛后台打起来的，暴露在所有人的眼皮子底下，是什么结果吗？"

时洛看向宸火。

"轻点的处罚……你和暴躁书一起禁赛一个赛季，然后都被自己的战队开除。"宸火平静道，"严重的话，你俩一起终身禁赛。"

时洛眼中头一次闪过一抹惊慌的神色。

他不能被禁赛。

"觉得处罚太严格了？"

"很多人……"宸火懒懒道，"瞧不上咱们这个行业，觉得咱们学历低、素质差，每天脏话不离口，只会玩玩游戏，不务正业，小小年纪就退学，拿自己一辈子去赌前程……"

"但事实怎么样呢？"宸火看向时洛，"我问问你。

"有几个职业，是骂一句脏话就要扣一万块钱的？

"又有几个职业，因为私事打一次架，就会被整个行业开除封杀？"

"大家年纪都太小，容易冲动，容易不计后果，联赛制度越来越苛刻，努力规范咱们的行为……也是想扭转公众对咱们的印象，虽然到现在还是很多人瞧不上咱们。"宸火起身，看着时洛道，"但总有一天能瞧上吧？"

宸火说罢牙酸得起鸡皮疙瘩："唉，以后这种思想道德课让老乔来给你上，我受不了这个。"

时洛尴尬地低头抽了抽鼻子。

"余邃估计也是觉得太矫情，懒得说这些，而且根本不用说，打上一年职业，慢慢地自然就全明白了，但谁能想到你刚入行就踢了高压线呢？"宸火撇撇嘴，"就你脾气大？我脾气大不大？刚打职业那年，因为我一个重大失误送了优势局输了比赛，出比赛场馆的时候，有个粉丝把没喝完的奶茶砸在我头上，淋了我一头的奶茶，老子肺都要炸了，那人离我不到两米，我想打回去绝对行，但能动手吗？"

"真动手了，自己怎么办？战队怎么办？"宸火挑眉，"明白了没？"

时洛老实地"嗯"了一声。

"明白了就行了，反正有惊无险，这次的事余邃已经摆平了，官方那边就算知道，没证据的事，也就不管了。"

时洛点点头，又低声道："那……我能给队长发微信消息吗？"

"为什么不能？"宸火耸耸肩，"不过现在他肯定不回了，都睡了，有事明天再说吧。"

时洛又忍不住问道："他……会不会不理我了？"

宸火失笑："至于吗？最多训你几句，你老实听着然后道个歉就得了呗。他一向不太会训人，而且从来不翻旧账，没事儿。"

宸火看看时洛，笑了："拿你现在这个小狗劲儿去道歉就行，余邃不心软，我跟你姓。"

时洛低头，这才稍稍放下心。

宸火看着时洛，心头隐隐担心的却是另外一件事。

爆不到官方那边，官方确实不会管，但老板那边呢？能忍吗？

宸火所料不错，季岩寒确实忍不了。

翌日清晨，季岩寒去医院看了看余邃的伤，确定没问题后坐下来，揉了揉额头："正好，还没把这炸药桶签下来，推荐给其他战队吧。"

余邃恍若未闻，看着季岩寒满眼血丝，问道："一晚上没睡？怎么了？"

"敏敏爸爸的公司出了点问题，还好。"季岩寒不满道，"别打岔，我在跟你说正事，快点儿地，把这小爷送走，这人太危险了，刚来战队就弄出这种事儿来，以后还了得？"

余邃对Puppy道："Puppy哥给我买份粥吧，记得带个咸鸭蛋。"

Puppy明白俩人要吵，知趣地躲了，免得当炮灰。

余邃道："我的错。"

"他现在跟个圈外人没什么区别，好多事儿都不知道。"余邃保证道，"回头我会慢慢跟他说。"

"都打过一次比赛了，还圈外人？"季岩寒失笑，"别开玩笑了！跟你说我没什么时间跟你耗，我马上就要走，你现在就给我决定送他去哪个战队，我今天就让人去谈。圣迹怎么样？"

季岩寒尽量跟余邃好好商量："送去圣迹战队吧，人家战队也不错，也缺医疗师，他去了能直接打首发，比在咱们这儿好，也能物尽其用。"

余邃失笑："圣迹战队今年世界赛已经稳凉了，哪儿好了？而且他们队里养着个队霸，谁受得了？"

季岩寒又道："那去野牛吧，正好他们医疗师被禁赛了。"

"这安排可太好了。"余邃被气笑了，"回头聊起来这事儿，时洛还能吹个牛，说自己在野牛的首发医疗位是自己亲手打下的，绝了！"

季岩寒不耐烦道："那去哪儿？！"

"我承认，之前我确实考虑过让他签其他战队，但也只考虑过NSN，可就算是NSN，我当时都在犹豫。"余邃想也不想道，"更别提别的战队了，不可能的。"

"NSN绝对不行！"季岩寒索性也把话说开了，"他们现在只缺一个医疗师了！送他们一个医疗师，NSN马上就能跟咱们叫板了，我绝对不可能同意。"

"那这事儿就不用讨论了，我不想跟你吵。"余邃冷冷道，"而且我根本不可能卖他。"

季岩寒气得变了脸色，余邃道："你已经看见了，就这个脾气，万一没人看着,将来出了什么事被终身禁赛了怎么办?"

季岩寒失声:"他是死是活关你什么事?我知道,一开始你是帮他堂哥照顾他,但这也够了吧?!"

"把他从网吧带出来了,没让他继续当个野主播,让他注册成职业选手了,费了那么多心思安排他高考了,现在还替他进了医院!!!"季岩寒后悔死了,自己当初还没心没肺地帮忙,"行了吧?够了吧?可以了吧,Whisper?!你还想怎么样?还有完没完了?"

余邃也彻底被惹毛了:"没完!我乐意照顾他,怎么了?!"

季岩寒被气得发疯:"有病吧你!非对他这么挖肺掏心的?你是不是……"

"对!你想得没错。"余邃掷地有声,"我把他当队友,当弟弟,当我以后唯一的接班人!只要他愿意,我就一直照顾他!你不是早就知道了吗?还问什么?!"

25

"我就知道……"季岩寒被余邃气得坐下来,喃喃道,"我就知道……你一直不愿意跟别人走得近,大家也都心照不宣,甚至这些年出门比赛、训练都没人跟你同屋。那天在时洛老家我就觉得奇怪,怎么你突然无所谓了,居然愿意跟我挤了……"

季岩寒越想越窝火:"怎么?难不成你还怕时洛过早发现你对他青眼有加?"

反正已经认了,余邃说:"对,我就是怕他发现,所以才让他自己一个房间,我去跟你挤。反正你跟谁挤一间都无所谓,怎么了?"

"好,不跟我说,我三番五次地试探你,就差直接问到你脸上去了,还是跟我兜圈子……"

"还跟我说得那么正气凛然……说是为了还人情,说是不想有良心包袱,说这也是为了战队,前前后后地折腾老子,让老子费了那么多心思给他办高考的事!"季岩寒磨牙,"Whisper 你太有良心了!太对得起我了!真是长大了,要你哥要得越来越得心应手了!!!"

"我提前跟你说这么多有意思吗?"余邃根本不想把这事儿说出来,刚才如果不是被季岩寒吵出火气了,他绝不会一时冲动,现在已经后悔了,"出了这门就把这事儿忘了,别再提。"

季岩寒怒道："什么意思？你这什么语气？我还没发够火呢，你还敢跟我指手画脚的？！"

余邃简直要被季岩寒气死："你再吼大点声啊！要不要我替你开个直播，你替我把这点儿事告诉所有人？"

季岩寒愣了一下，嘴唇动了动，声音低了下来："这……这又没别人。"

季岩寒一想又觉得不对，重新怒道："你自己早晚不得说？！还怕我说？"

"我说个头！"余邃烦躁地起身叼了一根烟，点上抽了一口道，"我不是在跟你吵，把这件事烂肚子里，谢了。"

季岩寒不信任地看着余邃，上下扫了余邃两眼："怎么？人家不领你的情？真棒，正好直接卖了，不用可惜了。"

"我留下他，跟我私人一点儿关系也没有，能不能不聊这个了？"余邃和季岩寒对竞技的理解有本质上的差别，余邃实在是不愿意同季岩寒吵，"出了这个门，你就把这话忘了，需要我再说几次？"

季岩寒不懂了："为什么不能说？！"

"我们同队，抬头不见低头见的，还都是医疗师，关系太近反倒容易出问题，"余邃简直要被季岩寒蠢疯，"万一真出了啥问题你不觉得尴尬吗？有必要把日子过得这么虐吗？！"

季岩寒脑壳子疼死了："那你原本是怎么想的？"

"顺其自然，反正他现在也小了点儿，很多事儿都不懂，我也不想给他太大压力。"余邃靠着窗看着窗外，"时间还长，慢慢来吧……等他成年，能独当一面以后，我会跟他说，他要是有别的想法，大家话也不用说破，以后该怎么样还怎么样，什么也不耽误。"

季岩寒抬眸："他要是顺着你的路走呢？"

余邃顿了一下，低头笑了。

"要是这样的话……"余邃眼中微亮，看着窗外慢慢道，"FS就多一对医疗双子星。"

季岩寒满脸不赞同，但余邃决定的事，他向来劝不了，季岩寒黑着脸起身："随便你吧，提前警告你，看好你的小朋友，别再出什么岔子，不然别说以后，现在的事儿也没了，他会不会被禁赛我不管，你要是再被他连累，那就没今天这种商量的情况了，直接开掉！"

余邃点头:"放心,快给他拟合同,抽点儿空行不行?这点儿事一直拖到现在。"

季岩寒皱眉道:"知道了,晚上发你。"

季岩寒实在没时间再留,推门出去了。

出医院大门的时候,他正撞上了拎着食盒的时洛。

季岩寒冷冷地看了一眼这个白发短毛的"祸国妖姬",上车走了。

时洛一脸莫名其妙,估计季岩寒是怪自己连累了余邃,自己理亏,也没瞪回去。

病房外,时洛小心翼翼地敲了敲门。

余邃刚从洗手间出来,擦了擦手打开门。

门外,时洛哑声小心地道:"你……吃馄饨吗?"

余邃叹了口气:"进来。"

跟季岩寒吵了半天,余邃确实饿了,一言不发地打开食盒,倒了一碗馄饨,不过一会儿就吃干净了。

时洛手足无措地在一旁罚站。

一碗馄饨下肚,余邃又倒了点儿汤喝,看向时洛:"宸火都跟你说了?"

时洛老实点头。

"身为电竞选手,应……"余邃开了个头就懒得说了,摆摆手,"算了,以后心里有数就行了。"

时洛犹犹豫豫:"得……有点处罚吧?宸火跟我说,暴躁书被禁赛了,还罚钱了,我也……"

余邃心累地看着时洛:"你要是跟他受一样的处罚,我这医院是不是进得就有点冤枉了呢?"

余邃心中"啧啧",果然是被偏爱的都有恃无恐吗?这还自己讨罚来了。

"确实……"时洛低声道,"确实是我先动手的,昨天晚上……"

"别再提了,也别跟别人说,别让我白白吃这个闷亏。"余邃皱眉,"听到没?!"

时洛知道余邃只想把暴力事件彻底压下,抿了抿嘴唇,点头:"知道了,可……"

时洛皱眉道:"还是罚点什么吧,类似暴躁书那样的……"

"处罚,处罚什么呢?也禁你季后赛?"余邃一笑后背就跟着疼,只能生生忍着,"洛洛,不好意思,提醒一下,你是替补,季后赛你本来就上不了,禁不禁你有什么区别？"

时洛顿了一下："你……你还能上？"

"手不断就能上。"余邃想也不想道，"要是常规赛就让你替我了，但这是半决赛和决赛，不能冒险。"

时洛紧咬嘴唇，他几乎没有任何赛事经验，确实没把握替余邃拿下哪怕半决赛的 BO5。

"别多想了，咱们战队向来这样，对外五十大板，对内罚酒三杯。"余邃勉强坐回床上，"翻篇儿了。"

趴在床上实在不太好看，余邃偶像包袱太重，咬牙躺平了："行了，没事了。"

时洛笔直笔直地站在余邃床边，眼睛红通通的，死死忍着眼泪。

出门逛了一圈，看了一会儿大爷大妈的广场舞后才不紧不慢买了粥转回来的 Puppy，推门进病房的时候，看到的正是这一幕。

余邃脸色泛白，平躺在病床上，不知情况。

床边的时洛眼泛泪花，压抑哽咽。

Puppy 眯着眼看了看，轻声试探："余邃这是……没挺过去吗？"

时洛匆忙转过身去抹脸。

Puppy 进了房间，问了两句后无所谓道："嗐，你随便做点处罚呗，不然人家小洛洛心里多过意不去。"

余邃也不想让时洛内疚，想了想道："这样吧，半决赛那天正好是我生日，你帮我订个蛋糕赔罪吧。"

Puppy 一拍脑门："对哦，你要过生日了，每年都忘，今年不能再敷衍了，我回去跟经理说一声，大办特办一下。"

时洛还是觉得不够："就……就这样？"

余邃看向时洛，失笑："那你还想让我怎么罚？"

时洛没来由地耳朵稍稍红了点，他抓了抓耳朵，结巴道："那天……我给你再准备别的礼物吧。"

"行啊，等着呢。"余邃看向 Puppy，"野牛那边没敢再说什么吧？这事儿彻底压下来了吗？"

"算是吧。"Puppy 道，"野牛那边肯定不敢说什么，他们都要吓死了，生怕这事儿传出去以后官方会处罚他们战队，也怕你那些粉丝会直接把他们基地围了，但是……"

余邃蹙眉："但是？"

"昨天那个火锅店里其他客人中有人发现了，还好，他当时着急看热闹，没拍照，手里没证据，就在凌晨发了个帖子兴奋了一下，八卦了一顿，但一张图也没贴出来，早上就被删帖了。"Puppy平静道，"删帖是有点慢了，但也无所谓，别人看了那帖子反应跟咱们老板差不多，都觉得不可能。"

Puppy凉凉地看看两人，模仿粉丝的语气道："我们暴躁书小哥哥只是ID狂野了点，人其实很温柔呢，他甚至都不染发。

"野牛的人少踩一捧一的，洛洛只是看上去像是蹦野迪的，但谁没个年少轻狂的时候？真人根本没脾气的好吧？而且自打进了FS，我们洛洛就把耳钉全摘了，卸下钗环那一刻，就代表他已割舍了原来的自己！

"我们Whisper更不可能了，不是我护短，能在医疗师这个岗位上坚持三年以上的人，基本已经没有情绪失控的可能了，但凡Whisper还有一点人类最基本的七情六欲，他早把宸火、老乔和Puppy杀了。

"玩医疗的小哥哥们，心中都有佛，我怀疑他们平时都不杀生的，怎么可能打架呢？

"对啊对啊，愿意玩医疗的哥哥们都是人间瑰宝，半夜在火锅店激情血拼，哈哈哈哈哈，别笑死人了，爆料的人是不是根本没玩过这个游戏呀，三三三三三……"

Puppy面无表情地看着两人："粉丝们对你们的误解，真的很深呢。"

26

余邃的伤并不算严重，当日下午就出了院。他暂时还不能久坐，还好有时洛这个替补，余邃不打了，时洛就顶上，FS的日常训练并没有受到影响。最妙的是，时洛不但能做余邃的替补，还能做宸火和老乔的替补。

老乔比余邃出道还早一年，今年也是五年的老将了，两只手都有点小伤，平时没什么，但每到季后赛和世界赛训练时间过长的时候就容易犯点小毛病。今年他还没犯病，但担心会影响后续的比赛，一直不敢训练过猛，可这样无疑会和队友的训练时间脱节。有天老乔正犹豫的时候，刚被余邃替换下来的时洛说他也可以替一会儿突击手。

有总比没有强，余邃几人无异议，而且时洛之前直播的时候也玩过突击手，不至于是完全的生手，但让所有人意外的是，时洛突击位居然打得也不错。

而且他兼具医疗师的大局观，不会像宸火一般没命猛冲，打法上要细致许多。

"可以啊，洛洛。"Puppy 赞叹，"你这突击手少说也是国服前三百的水平啊，平时怎么不见你玩？"

时洛弃医从武后突突得很爽，一面换弹夹一面道："顶层局里突击手太多，冲名次排队太慢，我最烦排队……医疗师少，排队基本是秒进。"

宸火无奈："你别告诉我你当初就是因为这个放弃我大突击的！"

时洛瞟了宸火一眼："就是。"

Puppy 感叹："小洛洛玩这个游戏最大的乐趣好像就是冲分，直播冲分，不直播也要冲分，高考后一晚上不睡觉也要冲分……告诉哥哥，为什么要做分奴？"

"看自己分高开心，不行吗？"时洛皱眉，"问什么问……"

时洛左手边机位的余邃忍笑，嘴唇动了动，但没说什么。

时洛瞟了余邃一眼，片刻后负气道："想说就说！"

余邃笑了："你让我说的啊。"

时洛收了对面一个人头，卡着时间放下净化皿后，扑到岩石掩体后躲着等净化皿起效，半晌道："说……说呗！"

"你们太久没去网吧了……"游戏里，余邃躲避着对面的攻击闪到时洛身边，一面替时洛补血一面道，"不知道现在网吧有多浮夸，像我们时哥这样的选手在网吧登录游戏的时候，全网吧是有语音通报的。"

宸火诧异："什么意思？"

余邃道："字面意思。"

Puppy 愣了："物理意义上的，语音通报？"

"对……"余邃替时洛修补好状态，语调没有任何起伏道，"57 号机位，国服排名第一百七十九名的大神已上机，57 号机位大神已获得本网吧免费上网奖励，再次感谢您的光临。"

三个已经落伍的网瘾少年瞠目结舌。

宸火难以置信道："所以时洛以前在网吧上网的时候，是不用交网费的？！"

"不止，网吧还会送他饮料。"余邃道，"国服前三百都是这个待遇，每次播报完都有别的男生往他这边凑，有一次特别夸张，后面直接站了一排。"

宸火、Puppy、老乔心驰神往："这么有排面儿吗？！"

时洛心里开心又不太好表现出来，嘴角微微动了一下，又被他强行压了下去。

宸火还是不太信："到底真的假的？你怎么知道的？你多少年没去网吧了？"

"你自己翻他以前在网吧直播的录屏去。"余邃挑眉，"我之前整天蹲他直播的好吧，我怎么不知道？可惜了，时洛现在排名都已经五十多了，但没空去网吧了。"

宸火十分心动，忍不住道："不然咱们哪天也找家网吧玩会儿？哇，全网吧语音播报啊！"

Puppy也很心动，但想了想还是道："算了，别人还凑合，就余邃这个排名，去了我怕网吧会炸，引起什么踩踏事故就不好了。"

宸火一想也是，忍不住叹了口气："空有这么高的排名，不能去网吧震慑一下网瘾少年们，这是何等的寂寞……"

一旁休息的老乔惋惜："太早打职业了，都没能享受一下这种呼风唤雨的快乐。"

唯一享受过这份快乐的时洛努力装作并不在意的样子："也没什么意思，次数多了就习惯了。"

宸火酸溜溜道："行了，别得了便宜还卖乖了。"

众人一边说着酸话一边打完了这一局，余邃道："今天差不多到这儿吧，我得休息会儿。"

时洛看向余邃，皱眉："你背疼？还是胃又不舒服了？"

"胃疼，我喝点热水去。"余邃摘了耳机起身，"你们是自己单独训练还是继续？"

"继续、继续。"已经休息够了的老乔忙道，"来来来，洛洛，你换号上医疗师，我上突击。"

时洛依言换号，余邃一笑："差不多就得了，让人家替补休息一下行不行？"

"我不累，无所谓。"时洛不放心地看着余邃，"你真没事？"

余邃摇头："没事，喝点热水就行了，你替我吧。"

剩下的四人继续训练，余邃去接了一杯热水喝了，靠在沙发上拿了个抱枕顶在胃部，拿起手机打字，继续同季岩寒吵。

那日在医院，季岩寒倒是答应签时洛了，晚上也依言把合同发了过来，但合同上不但签了时洛的选手约，还将经纪约签了。这也罢了，毕竟俱乐部后续必然会发掘时洛的个人商业价值，这也合理，而且经纪约的细节上并不苛刻，完全可以接受，只是签约年限太过分了，居然是五年。

这基本就算是把时洛的整个职业生涯买下来了。

余邃自然不会同意，合同的事他一个字没同时洛说，这几天抽空就同季岩寒来回吵。

余邃慢慢地喝着热水，指尖翻飞打字飞快。

【Whisper】："早就没这种合同了，五年，签卖身契呢？"

【季岩寒】："你当年不是签的五年？"

【Whisper】："……这有什么可比的？再说我当初是为了什么，咱们都明白，他现在没这个必要了吧？"

【季岩寒】："……"

【季岩寒】："话说冲了……哥知道你当初是为了咱们战队，对不起，别多心。"

季岩寒当年带着余邃几人组建 FS 战队的时候，基本是一穷二白，战队里唯一拿得出手的就是出道就一战封神的余邃和实力也很强劲的老乔。

为了吸引赞助商，让他们放心投资 FS，余邃自愿同季岩寒签下了五年合约，合约中对余邃的限定颇多，但当时的目的其实很纯粹，就是让赞助商看到后能完全放心——Whisper 这根定海神针至少五年内绝对不会离开 FS，也离不开 FS。

季岩寒靠着余邃这份卖身契成功拉到了初期的几个赞助商，隔了一年，又凭借这份合同成功地让天才突击手宸火放心地签入了 FS，过了半年，季岩寒如法炮制，继而成功地签下了 Puppy。

余邃同 FS 的合约现在看非常不合理，但在当时也是无奈之举，早期的 FS 如果没有他来稳定军心，谁敢放心投钱，放心转入？

没有当初的牺牲就不会有现在的电竞"圣队"FS，余邃并不后悔。

【Whisper】："你现在用不着他来拉赞助了吧？何必？"

【季岩寒】："你和老乔当年都是五年，别人也不短，凭什么他就能有特殊合约？不可能的。"

【Whisper】："……队长，醒醒！2017 了，而且战队一切运转正常，用得着这样吗?"

【季岩寒】:"……你别管,就是五年。"

余邃胃更疼了,他想直接开语音骂季岩寒,又怕一旁的时洛听到,而且这些天季岩寒不知在忙什么,经常不接电话,余邃只能忍着胃疼继续打字。

【Whisper】:"两年,行不行?"

【季岩寒】:"不可能。"

【季岩寒】:"你不是把他当成你的接班人吗?多签几年怎么了?他整个职业生涯都跟你一个战队,你不高兴?不谢我?"

【Whisper】:"两码事,他不欠 FS 什么,没道理签这种不合理的合约,而且他现在只是个替补,你给他一年三百万没问题,五年后呢?"

【Whisper】:"五年后,我估计已经退役了,他可能已经完全替代我或者超过我了,你还是给人家三百万?他那会儿是什么身价,你心里不清楚?"

【季岩寒】:"我做的让步已经够多了,别再讨价还价了,行不行?"

【季岩寒】:"是你逼我留下他的,现在还提要求?别逼哥了行不行?敏敏也在跟我吵,我真的头都要炸了。"

【季岩寒】:"他愿意就愿意,不愿意我可以替他联系野牛,不用回了。"

【Whisper】:"……"

余邃脸色彻底冷了下来,打字:"两年,你愿意就愿意,不愿意我可以替他联系 NSN,不用回了。"

余邃把手机丢到一边,他的胃越来越疼,刚才喝了热水也没起什么作用,余邃不想跟队友们说,平躺在沙发上闭眼假寐。

不远处,正在打训练赛的时洛手机振动了一下,他看了一眼,而后回头看了看余邃。

余邃左手手背搭在眼睛上,右手胳膊压在胃部,不知睡了没。

余邃比时洛高几厘米,但这么躺在沙发上的时候,时洛总感觉他比自己还要瘦点。

他看上去蛮累的。

时洛皱眉,回过头来拿起手机,一面单手打游戏,一面回复了个"OK"。

余邃确实挺累的,不知不觉居然就在沙发上睡着了,等他醒过来的时候已经是凌晨四点了,余邃微微撑起上半身看看自己盖着的被子,不等他起身,依稀晨光里，一旁沙发上正玩手机的人道："回你自己房间睡？"

余邃揉了揉眉心，蹙眉："守着我做什么呢？"

"怕你晚上从沙发上滚下来。"时洛起身，熬了一天一夜，脸上半点疲色也没有，他看着余邃，轻声道，"你昨天……是不是因为我的事烦心了？"

还没同季岩寒吵出结果，余邃不想同时洛说："跟你没关系，就是胃疼，怕胃疼已经戒烟好几天了，什么用也没有。"

"胃是养出来的好吧，临时抱佛脚有什么用？而且我听说，胃不好的人，还不能喝酒，不能熬夜，不能……"时洛低声道，"不能生气。"

"我有什么可生气的。"余邃对时洛一笑，"你什么时候看我生气过？"

时洛抿了抿嘴唇："真不爱生气？"

余邃点头："我脾气还行，基本……你见过我发火吗？"

"你自己说的，那一会儿可别发火啊。"时洛稍稍放下心，拿起手机道，"给你……看个截图。"

余邃抬眸："什么截图？你冲分的新战绩？上前四十了？三十？"

"都不是。"时洛走到余邃面前半蹲下来，把手机递给余邃，"看。"

余邃接过手机看了一眼，脸色瞬间变得铁青。

合约。

五年约。

带着经纪约的五年合约。

"说了不生气的啊！"时洛忙道，"而且你生气也没用了！两份合同我都签好了，经理也拿走了，已经有法律效力了！"

余邃攥着手机的手指微微发抖，头一次对季岩寒起了厌恶感。

这招太下作了。

余邃看向时洛，冷冷道："你签都签了，还跟我说什么？"

时洛怔了一下，而后突然一笑。

时洛蹲在余邃面前，眼睛亮晶晶的，他轻声道："队长，你心疼我了，是不是？"

何止心疼。

余邃努力克制住和时洛动手的冲动，冷声道："你知道这代表什么吗？"

"知道。"时洛满不在乎，"卖身契呗，大家平均下来也就能打五年左右，我算是把我整个职业生涯送给 FS 了。"

余邃怒道:"知道你还签?!"

"我愿意。"时洛认真地看着余邃,"你当年也是这么心甘情愿地签给 FS 的吧?"

余邃一窒,没说话。

"我一直不太看得上季岩寒,也不懂你为什么为了 FS 能这么拼。"时洛平静地看着余邃,低声道,"后来明白了。"

时洛看向余邃:"我只是和当年的你做了一样的事而已,你凭什么骂我?"

"你当年签卖身契,可能是为了季岩寒,可能是为了老乔,可能是为了你自己的职业理想……说起来,我比你单纯。"

十七岁的时洛眼神偏执却又坚定,他轻声道:"我是为了队长你。"

"队长你是唯一一个对我好过的人,我心甘情愿。"

27

余邃看着时洛黑亮的眼眸,想给这个小崽子一巴掌让他清醒清醒。

时洛蹲累了,干脆坐在了沙发前的地毯上。

余邃看着时洛,突然低声道:"为了我?"

时洛点头:"对啊,为了你。"

余邃沉默了许久后问道:"你把我当什么了?"

"职业终极目标,我的首发、队长、朋友,还有……"时洛有点不太好意思,扭头左顾右盼,"怎么突然问这个……"

余邃努力让自己语气自然:"还有?"

时洛有点难以启齿:"哥……哥哥。"

余邃静静地看着时洛,一字一顿:"时洛,你浑蛋。"

时洛不满:"好好的为什么骂我?!"

"何止,我还想打你。"余邃又静了片刻,随之莞尔,"算了,以后再说吧。"

时洛不明白余邃的意思,揉揉自己的膝盖,无赖道:"不用以后再说,你要打就打,要骂就骂,昨天季岩寒给我发消息的时候,我就猜到你俩已经因为这个吵了好久了,不然他也不会找我。我不太明白你有什么可纠结的,难不成你还想让我签到别的队去？你不是早就决定要我了吗？"

"我是想要你，但不想让你签这么久。"余邃问时洛，"你知道我的合约还有多少年吗？"

时洛愣了一下："多少年？"

余邃轻声道："两年多。"

时洛眨眨眼："什么意思？两年后你会转会？别耍我玩！"

若是放在一个星期前，有人这样问余邃，余邃会想也不想地说绝对不可能。但现在余邃没那么坚定了。

他同季岩寒对很多东西的理解都不同，原本也没那么不能调和，就算不说当年赎身的恩情，这些年季岩寒对余邃一直很好。余邃面上一直不说，但他是心甘情愿地想要为季岩寒、为FS打一辈子的，就算将来要退役，余邃也愿意继续留在俱乐部。

但最近一段时间，或者说近期很长一段时间里，余邃和季岩寒之间的气氛有点微妙紧张。

这种微妙在时洛入队之前就有了，余邃原本体谅季岩寒生意越做越大，压力随之越来越大，对很多事都是睁一只眼闭一只眼，但这段日子季岩寒做的一些事已经让他没法再装瞎了。

余邃和季岩寒都知道时洛在最不禁激的年纪里，且他本人还有点偏激极端，故而有关合同的事余邃早就跟季岩寒说过，先同自己谈，在自己看过无事后，会再通知时洛家里一声，虽然时洛已年满16周岁，不用监护人签字了，但到底还没完全成年，按电竞圈的惯例，还是要通知家人的，在哪个战队都是如此。

季岩寒对此心知肚明，之前也答应得很好，但在昨天双方僵持时，他背着余邃去找了时洛，并趁着余邃昏睡的时候快刀斩乱麻地催着时洛走完了合同。

合同是时洛自愿签的，没错，但这事儿季岩寒做得实在让人心寒。

不提他早知道余邃对时洛的态度，就算是对一个陌生选手，也不该这么心黑手狠吧？

时洛见余邃一直不说话，忍不住催促道："说啊，你怎么了？不……不是，季岩寒之前不是说过会把FS给你吗？你怎么可能转会？"

余邃没说话。

季岩寒之前确实提过把俱乐部给余邃的事，但只是之前。

季岩寒对此已经闭口不谈了。

余邃从来没想过要 FS，也没想过要离开 FS，但时洛这份合同实在让他感到不适。

同当年在刀锋战队时的不适如出一辙。

不自由。

时洛疑惑地看着余邃："你怎么了？"

"没事，我不会转会。"余邃点了根烟，"就是心烦你的合同。"

时洛笑笑："生气你的好队长演了你一手？"

余邃没说话，时洛轻松道："早跟你说了，季岩寒私心很重，而且他虽然曾经也是职业选手，但他已经和你还有你的队员们不一样了……赚钱的和追梦的有本质区别，他和你们早就不是一类人了。这种人我看得多了，他会背着你来找我，我一点也不意外。"

时洛看向余邃，见余邃不说话，又看向余邃，再次看向余邃，反复看向余邃。

余邃心烦道："时洛选手，我现在没揍你，已经是克制了，别指望我还会夸你聪明。"

时洛的小心思被看穿，咳了一下，不再暗示了，他看看余邃，怕余邃真会生自己的气，想了想道："就因为早就看清楚他是什么人了，所以我一直不明白，为什么你这样的人会对他那么死心塌地，当初会为他付出那么多……昨天季岩寒跟我说，你当年签的也是五年约的时候，我都想要找你闹了，但细想了一下……我有什么立场说你？"

时洛抬眸看向余邃，小声嘀咕："我现在不也跟你一样了吗，为了你……"

"他当年对你也挺好的吧？"时洛问，"也在其他队员面前护着你？你第一场比赛也是他跟你打的？也手把手教过你？也带你吃过馄饨？是不是还……"

"打住。"余邃冷冷道，"他退役前是突击手，我从玩这个游戏开始就是医疗师，他没法手把手教我，而且我从来都不吃早饭，他敢在上午十一点之前叫我起来让我吃馄饨，我怕是要跟他动手。"

时洛撇嘴："那也在别的事上对你好过吧？肯定是这样，说起来我才是最倒霉的那一个，这就是个闭合的圆……他对你好，你对我好，我本来应该对他好的，但是季岩寒实在太恶心了，我只能反过来对你好，所以我们三个的关系永远不会对等，在这场宿命的轮回里，我们三个人……"

"求求你了。"余邃胃疼,"时神,我一点儿也不想有这种三人感情线,饶了我吧。"

"什么跟什么?"时洛起身,拍拍腿道,"季岩寒不是都要结婚了吗?"

要结婚是真,余邃被时洛的"三人宿命轮回论"搅得头疼胃也疼也是真。

余邃心烦道:"回房间补觉,下午四点之后再训练。"

之后几天,余邃不知是不是被合同的事气着了,胃疼越来越严重,季后赛开始在即,训练任务越来越重,也没时间去医院看了,有那个工夫,余邃更愿意抽空同季岩寒吵架,掰扯毁了时洛合同的事。

季岩寒的女朋友敏敏家里的生意好像出了不小的事,余邃本也不愿意在这个当口逼季岩寒,但那份五年合同实在太过分,余邃不得不跟季岩寒纠缠。季岩寒的态度也是时好时坏,他偶尔突然神经质地说自己什么都不想管了,俱乐部全给余邃,自己生意也不要了,回来战队当个教练。

偶尔他又抽风说要包括余邃在内的四个首发选手全部补签一份续约合同,干脆同时洛签到一个年份上。自然,余邃绝不会同意。

余邃在跟季岩寒纠缠之余又忍不住担心他的状态,问他是不是喝多了,季岩寒又说不是,说罢匆匆挂了电话,余邃再打过去时不是占线就是拒接。

余邃和季岩寒相识多年,关系第一次僵持到这一步。

还好季岩寒只跟余邃发疯,并没有跟俱乐部的其他人提及什么,余邃将情绪掩藏得很好,整个FS俱乐部并未受到影响。

只有天性敏感的时洛察觉出了一点点不对,但一想到自己那份堪称白给的合同,时洛自然而然地认为又是自己那点破事。

时洛心里有愧,其实也有点后悔了,不该在这个关口上签合同的,马上就要到半决赛了,何必给余邃添这种麻烦。看着余邃每天忧心忡忡的,时洛也跟着担心。但一听到或看到余邃同季岩寒吵架,时洛又忍不住地开心。

莫名其妙地,时洛自己都说不清楚为什么,但他就是喜欢余邃因为自己和季岩寒吵架,吵得越凶,他越快意。

每次见余邃皱着眉抽着烟,手速飞快地按手机,时洛就知道余邃又在同季岩寒撕扯了。

少年期不知名的心理让时洛变得越发偏激,他嫉妒季岩寒同余邃同队多年,关系密切,明明不愿意余邃心烦,但每次看到余邃和曾经的队长剑拔弩张,时洛就控制不住地高兴。

这份开心，原本时洛还能好好地藏在心里，但没过多久就藏不住了。

余邃一同季岩寒打电话就往自己房间走，时洛偏偏尾巴似的黏在余邃身后，趁着余邃没关门，一闪身跟进房间，坐在一边兴致勃勃地听直播。

余邃：“……"

余邃很想把这个看热闹不嫌事大的小崽子从窗户丢出去。

时洛死赖着不走，余邃若轰他，他就小声道："那我要喊了，我要喊了！我让宸火他们都知道！"

余邃无法，冷冷地看了时洛一眼，不再管他。

时洛满意得不行，看看！宸火不配听！自己可以听！自己坐在这里现场听！

又过了一两天，膨胀了的时洛不再满足于明目张胆地听余邃打电话了，还要趁机上点眼药。

余邃每次同季岩寒吵，他就对余邃格外好，每当这个时候，时洛都会给余邃倒杯热水或是拿包零食，黑亮的眼神挑衅又直白，就差直接说了——

"看看，真正关心你的人是谁！不是那个季岩寒，是洛洛我！！！"

余邃一边同季岩寒吵得身心俱疲，一边看着时洛频频递给自己的热水，心中却没半点慰藉，反而被时洛一杯杯的热水灌得越发心力交瘁，死撑活撑的，终于挨到了半决赛那天。

28

2017年7月22号，余邃过了平生最难熬的一个生日。

上午起床的时候余邃就觉得有点不对，那天他的胃疼得格外严重。他的胃一直不好，但从来没那么疼过，更没一早上就开始疼。下午就要打半决赛了，余邃不想干扰队友的心情，勉强起床翻出父母以前给他送来的养胃冲剂，下楼给自己冲了一杯。

宸火也起床了，下楼看见余邃端着个热气袅袅的杯子，皱眉道："你怎么了？"

余邃嘴唇微微发白，喝了一口冲剂后道："生理期，不行吗？"

宸火笑了："知道了，晚上聚会不灌你冷饮了，生日快乐。"

老乔和Puppy也陆续出来了，老乔看出来余邃状态有点不对，追问了两句。一杯热饮下肚，余邃的脸色稍稍好了点，他摆摆手让老乔别婆婆妈妈，催促众人检查外设，没事儿早点出门去比赛场馆。

　　时洛一直站在远处，待众人各自去收拾自己的外设包后，他走到余邃身边，皱眉道："你真没事？不行就我上。"

　　余邃看了时洛一眼，有一瞬间他真犹豫了一下。

　　但随之他就将这个念头打消了。

　　余邃认可时洛的实力，更清楚时洛的实力，这场半决赛，时洛不一定吃得下来。

　　首次出战大赛就落马并送掉了战队整个赛季常规赛的努力……时洛怕是会被喷子问候一整年。

　　"当然没事。"余邃端着杯子往洗手间走，"胃疼了太多天，已经习惯了。"

　　时洛跟在余邃身后挤进了洗手间，余邃将杯子冲洗干净，无奈道："你进来做什么？我要撒尿，你看我撒尿？"

　　"你真没事？"时洛审视地看着余邃，"确定？"

　　"确定。"一楼洗手间内空间狭小，余邃催促道，"出去。"

　　时洛好似没听见一般，皱眉看着余邃："那你脸色怎么这么差？嘴唇都是白的，你自己照照镜子，怪吓人的。"

　　余邃失笑。

　　时洛太敏感，余邃不想多事，敷衍道："早上跟队长又吵了几句，没多大事。"

　　"吵什么了？"时洛不满地嚷嚷，"你和他吵架为什么不叫我去听？！"

　　余邃："……"

　　余邃胃疼得要死，但真的很想笑，倚在墙边有气无力道："抱歉，下次一定叫你来看现场，但不巧今天早上全是文字输出，没吵出声音来，对不起，行了吗？"

　　时洛眼睛亮晶晶的，看向余邃装手机的裤兜，欲言又止。

　　余邃不用想就知道时洛想要做什么，打开洗手间的门："不可能让你翻我的聊天记录，滚蛋。"

　　时洛自知有点过分了，讷讷道："那你上厕所吧，我去收拾东西……"

　　时洛走出去，不等余邃再把门关上，时洛又熟练地顺着门缝挤了进来，支支吾吾地问道："他……没说我什么坏话吧？你可不能听他的，现在明明是咱俩关系比较好，他那都是过去式了。"

余邃垂眸看着时洛，片刻后认输，握着门把手的右手松开了，余邃低头拿出手机来解锁，递给了时洛。

时洛握着余邃的手机喉结动了一下，迟疑地小声道："真……真给我看？"

余邃点了点头。

时洛嘴角微挑，低头翻记录。

余邃贴着身后的墙，余光里余邃看着时洛，低声道："时洛，你知不知道你现在特别像什么？"

"我知道啊。"时洛头也不抬，开心道，"趁人家情侣吵架，翻人家聊天记录的绿茶！"

余邃："……"

余邃有点心累，把手机抢了回来："我突然又不想给你看了，滚吧。"

"好好的怎么又急了？！"时洛冤枉得要死，低声嘟囔，"你这什么脾气……行吧，我走了。"

余邃将洗手间门关上了，喃喃："服了这小孩……"

余邃的胃实在太疼了，他伏在小洗手台前静了一会儿，待养胃冲剂微薄的药力稍稍起效后才起身出了洗手间。

上午十点左右，众人已收拾好，时洛也换上了队服，正在往自己的外设包里塞零食、暖水瓶、养胃颗粒，还有……一个不知名的东西。

余邃微微低头，观察了一下时洛手里的一包东西，轻声一字一顿地读："益、母、草、暖、宫、热、贴？"

时洛撇撇嘴："你刚让我滚，我还去给你买这个了，对你多好……"

"哦，原来是我要用的……"余邃平静地点点头，"是我不好，收回早上的话，我没在生理期，谢谢。"

"你懂什么，胃疼贴这种暖贴也有用的。"时洛把热贴塞进自己的外设包里，"一会儿给你贴在队服T恤里面。"

"拒绝。"余邃真想把时洛的脑子打开看看里面都是些什么东西，"外设包里不放键盘、鼠标，装一堆这些东西做什么？都拿出来，全装你自己的外设！"

"我一个替补，根本用不着外设，不是要装样子根本不用背外设包好吧？"

时洛还挺有理,"反正粉丝们也看不出来我包里到底装的什么,碍着谁了?"

余邃忍无可忍:"碍着我了!去装,不带外设就不带你去了。"

时洛无法,低声嘟囔了几句,无奈地把包里的零食丢了出来,把键盘、鼠标塞了进去,他坚持要带着暖水瓶和益母草暖宫热贴,把自己的外设包撑得险些爆炸。

时洛忍不住抱怨:"我外设包都被撑开线了!"

余邃瞥了时洛一眼,没理他。

余邃不想说,从早上开始他隐隐有些不安。

余邃的第六感一向是好的不灵,坏的灵。

余邃思来想去,越想越觉得今天半决赛怕是要出事,若自己真的胃疼得顶不住,时洛无论如何都得上了。

自然,余邃死活也是会尽力撑下来的。可这种不安从早上起床就如影随形,除了比赛会出意外,余邃也想不到还能出什么岔子了。

可他们手起刀落,3:0 零封了 YT 战队。

余邃的胃实在太疼了,而且越来越疼,他不想出什么变故,从第一局开始就打得很激进,不给 YT 喘息之机也没给自己喘息之机,一连三场都是全程血拼,没给自己留半点容错率。高强度的三局比赛后,别说本就胃疼得已经不想说话的余邃,就是老乔都有点受不了了。

赢了比赛后余邃稍稍安心了一些,强撑着接受了采访、接受了粉丝们的生日祝福,一回到休息间就倒在了沙发上。他笑了一下:"不行了,晚上生日聚会真的不行了,你们去吧,带着我的卡……我想回基地睡会儿。"

"你都不去了,我们还玩什么,回头补吧。"老乔坐到余邃身边,"要不还是直接去医院吧?"

余邃摇头:"烦,去了又是那一套检查,最后来点不疼不痒的药,纯耽误时间。回基地……"

时洛皱眉:"那就不做检查,先去开点养胃的药,我陪你去。"

余邃迟疑之间,他手机响了。

季岩寒打来的。

余邃直接接了起来,片刻后点点头,又"嗯"了两声,挂了电话。

"不折腾了,队长已经在基地等着了,晚饭回基地吃吧。"余邃起身,"撑到决赛没问题，别都跟我要死似的……"

余邃就是这个脾气，谁劝也没用。众人自知无法，只得让助理提前去给余邃买点养胃的药，众人一起先回基地。

回到基地的时候，已经是晚上十点了。

一楼沙发前的长茶几上堆着几个蛋糕，沙发上放满了鲜花和战队领队提前拿回来的粉丝礼物，余邃看了看一屋子的生日礼物道："让官博替我感谢一下粉丝，队长呢？"

领队指指楼上："早来了，在楼上等着呢。"

余邃对众人道："先收拾自己的东西……洗澡的洗澡、休息的休息，订的餐一会儿应该就来了。"

众人答应着，去忙自己的了，只有时洛的目光始终锁在余邃身上。

"你……"余邃笑了一下问道，"哪个蛋糕是你订的？"

时洛挑眉，眼神示意余邃："那个纯白色的。"

余邃拿起蛋糕店赠送的餐具，在时洛送的蛋糕上挑了点儿奶油尝了尝："好吃，你先休息，我一会儿找你。"

时洛欲言又止，余邃一笑："今天真不行，我想跟他好好聊聊，别捣乱。"

余邃的生日，季岩寒过来应该也是想平心静气地好好谈谈，时洛明白轻重，不乐意地点点头："聊快点，我还有东西送你呢。"

余邃点头，上楼去了。

余邃自进了FS就没有锁门的习惯，宿舍门平时都是随手一带。他房间里，季岩寒已经坐了许久。

季岩寒坐在窗前的小沙发上，两肘撑在大腿上，脸埋在手中，不知是不是等太久睡着了。

季岩寒面前的小桌上摆着一个小小的生日蛋糕，地上堆着十来个手提袋，手提袋上的logo余邃很熟悉，是他还小时很喜欢的一个潮牌。

余邃坐在了季岩寒的对面，随手拿起一个手提袋，拿出里面的限量版T恤展开看了看。

余邃刚打职业那会儿年纪太小，又长得快，衣服隔三岔五就小了。余邃每天都要训练，没什么时间出门逛街挑衣服，他是FS最宝贵的选手，时间比金子值钱，都是已退役的季岩寒出门去给他买。

余邃从小穿衣服就挑剔，可季岩寒偏偏没什么审美力。他自知眼光不如余邃，每次都是多买几件回去让余邃挑，余邃不喜欢的，退不了，季岩寒又舍不得扔，就勉强留下自己穿。

那会儿的季岩寒比余邃还高点，余邃实在是看不上季岩寒勉强穿小号衣服的样子，几次之后，不管季岩寒买的衣服款式有多土、配色有多瞎，余邃都会咬牙说，这真的太酷了，我太喜欢了。

后来大家日子好过了许多，余邃也有了喘息的时间，季岩寒已经两三年没给余邃买过衣服了。

余邃吐了一口气，觉得今天不用呛声，可以推心置腹地好好聊聊了。

"回来了？"季岩寒动了动，坐直身子，他眼睛里满是血丝，疲惫道，"今天过生日，也不知道给你买什么，来基地的路上又看见这个牌子了，拣着最贵的给你买了点，看看有没有喜欢的。"

余邃淡淡道："都喜欢。"

季岩寒笑了一下："甭蒙我了，我买的东西你能看上一件就不错了。你跟敏敏一样，眼光都太好，看不上我买的东西，但……都会说喜欢。"

余邃顿了一下："她家那边怎么样了？"

季岩寒恍若未闻，继续道："敏敏跟你一样，家世好，从小没受过委屈，正经的一个白富美，当年能看上我，也是瞎了眼。"

"这么多年，我一直想等一切都安顿好了再娶她，婚礼办得风光一点，也让她在她那些小姐妹面前抬得起头，别总说她找了个凤凰男，我真的尽力了。"季岩寒沉默片刻，道，"可惜……又要弄砸了。"

余邃眯了眯眼："到底怎么了？"

"她爸……"季岩寒长吁了一口气，"年纪越大，脑子越不清楚，投资的那些东西我都觉得不靠谱，可他就是不听，不听我的，也不听敏敏的，现在……再过俩月，估计敏敏现在住的那套房都要被拍卖了。"

余邃蹙眉，他之前也猜到敏敏家那边出了问题，但没想到会这么糟。

余邃问道："需要多少？我这儿还有些。"

季岩寒摇摇头："你要能补上，那我也能补上，就不用弄到这一步了。"

不等余邃再问，季岩寒抬头看向余邃，艰难道："余邃，我记得……你小时候在德国住过两年，是吧？"

余邃不明所以地点点头。

"记得你说过,还挺喜欢那边的……"季岩寒喃喃,"喜欢就行。"

余邃不知是胃疼还是本能地察觉到了季岩寒的话外之音,后背突然沁出一层冷汗。

余邃深呼吸了一下,用力揉了揉胃,尽量平静道:"我这边活动资金没多少,但能变现的还有些,给我半个月时间,我全给你……六千万,应该够了吧?"

"你有多少,我能不知道吗?"季岩寒嗤笑,轻轻摇头,"不够。"

余邃强忍着绞痛的胃:"宸火还有点,算我欠他的,他那边至少还有两千万,我来打欠条,一起给你。"

季岩寒摇头:"别想了,这些我都已经想过了。"

不等余邃再说话,季岩寒低声问道:"余邃……还记得你当年从刀锋出来的时候,是谁替你出的违约金吗?"

余邃看着季岩寒,突然就说不出话来了。

余邃当时同家里还在僵持,根本没脸同家里要钱,是季岩寒赔上了自己所有积蓄,又卖了敏敏的一辆车,才勉强凑齐了余邃还有其他几个队员的"赎身钱"。

"那次她连自己的包和鞋都卖了……我对不起她,这些年一直还不清,余邃,这次哥得对不起你了。"季岩寒不忍心地看着余邃,眼睛通红,"余邃,但凡哥能补上这个窟窿,就不会想到你,我已经把我能填进去的全填进去了,我手里现在最值钱的只剩你了……"

"我不是你的私产。"余邃尽力保持平静,"我知道欧洲那个豪门俱乐部在重组新战队,他们也联系过我,我不可能去,你心里很清楚。"

"你有亲戚在那边,那边待遇也挺好,还能给你最好的队友、最高的战队配置……"季岩寒恍若未闻,声音发颤地自言自语,"合同我亲自来给你审,会添很多对你有利的条件……"

余邃一个字也不想听了。

万万没料到,几年情谊,最终走到这一步。

余邃起身:"违约金多少,算好告诉我,除了违约金,无论我还剩多少,都会给你……我净身出户,一件队服都不会带走。"

"要跟我解约了?要挂牌去了?可以啊……"季岩寒抬头看着余邃,冷冷道,"你仔细看过自己的合同吗?要赔多少违约金,你自己知道吗?"

余邃冷冷道:"老子赔得起。"

季岩寒沉默。确实,余邃要强行解约的话,就算他自己的私产不够,还能低头向他家里要,余邃家中富足,怎么样也赔得起,季岩寒早就料到了。

但是……

季岩寒几乎是怜悯地看着余邃:"你赔得起自己的,你赔得起宸火的吗?老乔的?Puppy的?"

余邃脸上血色褪尽。

"还有……"季岩寒彻底狠下心,"你那小跟班时洛呢?十七岁啊……最好的年纪,白纸黑字,直接跟我签了五年。"

数日前,就在这个基地,时洛看着余邃说:"我只是和当年的你做了一样的事而已,你凭什么骂我?"

时洛当时的眼神偏执却又坚定:"你是唯一一个对我好过的人,我心甘情愿。"

季岩寒看着余邃,残忍道:"他都是为了你。"

余邃的指尖微微发抖,他转身勉强走进洗手间,弯腰干呕了一会儿后突然一口吐了出来。

洗手池中,黑红一片,全是血。

29

季岩寒察觉到洗手间里的动静不对,心慌起身,几步往洗手间走了过来。余邃强忍着五脏六腑的疼,抬手把洗手间的门关上反锁了。

他还有很多事要同季岩寒周旋。

季岩寒焦躁紧张地拍门道:"你怎么了?你又吐了?开门!我看看!严重吗?!"

余邃一只手撑在洗手台上,另一只手缓缓地按揉自己胃部,尽力让自己不受干扰,他需要尽快厘清思绪。

敏敏家里的事怕是已经到了最后关头,季岩寒要堵的资金缺口太大了,变故来得太快,已经没时间给余邃浪费了。

现在的情况已经足够被动了,余邃不敢想自己在病床上醒来时一切已经尘埃落定的画面,那就真的什么都来不及了。

他缓了好一会儿，隔着门道："我……"

余邃微微弯腰，脸上冷汗流了下来，太疼了。

疼得他已经有点看不清东西了。

"我……我挂牌，国内别的战队不一定开不出高价来。"已经到这一步了，争吵没意义了，余邃也没那个时间。他忍着恶心和疼痛，尽量冷静道："野牛俱乐部的老板……一直想要我，这几年提过好几次，让我去找他开价，欧洲那个战队给你多少，去跟他要多少，他应该开得出来……"

余邃喘息片刻："NSN可能开不出太高的价，但也可以问问，他们老板是真的想要冠军的，他们只缺个医疗师了，应该舍得花钱，或者ICE……他们以前联系过我，开过五千万，也是天价了，去找他们老板……"

门外的季岩寒声音沙哑："这么多战队……都找过你吗？"

何止这些。

感情牌已经没用了，余邃现在半点也不想再聊以前的情分，没用不说，还徒增疼痛。

季岩寒半晌没说话，余邃咬牙狠捶了一下洗手间的门："聋了？！没听见吗？！去找他们，我挂牌两年，价格随便你出，哪个我都去！"

NSN可以，ICE也可以，哪个战队都可以，刚刚结了梁子的野牛也可以。

只要能留在自己的赛区就行。

又过了好一会儿，门外季岩寒才压抑道："你以为我没问过？如果能把你卖到国内，我怎么可能愿意让你出赛区……"

"想要你的战队是很多，但他们只要你……可你自己两年的签约费堵不上我的窟窿。"季岩寒颤声道，"只有欧洲圣剑战队同意打包合同，一次要五个……"

"一场比赛……"余邃压抑道，"最多上四个，他们一气儿要五个，是傻子吗？而且他们不可能只买了FS，肯定还买了其他职业最顶尖的选手，怎么？他们……他们的饮水机是金子做的吗？用得着那么多人看？"

季岩寒沉默片刻，狠了狠心，索性说开了："他们最想要的当然只有你，其他人……也不错，他们也买了别人，他们想要玩韩国那一套，来回轮换，不固定首发，这样才能最好地刺激选手上进……为了首发的位置拼命训练。"

余邃点点头，明白了。

除了自己，宸火、Puppy、老乔还有时洛过去了，连首发的位置都不能保证。

余邃死死攥着洗手台的边沿，指尖发白。

"只有他们，愿意一次买这么多人，愿意把所有人的合约期全部兜底……"季岩寒哽咽，"但凡有哪个国内战队能出这个价，我怎么会把你卖到欧洲去？我难道不知道这事儿多恶心吗？！我以前也是职业选手！"

余邃勉强笑了一下。

你居然还记得。

余邃往洗手台中吐了一口血沫，闭上眼让自己冷静，回想其他四人的合同。

时洛签的时间最长，但他其实是最好处理的那个，季岩寒给他的签约费太少了，那点儿违约金余邃自己就能轻松填上，不成问题。之前一直没让时洛强行解约，一是余邃并不想让时洛去其他战队，二是觉得不至于撕破脸皮到这一步，现在看……倒是最好解决。

宸火还有两年半，他签约费太高了，不比自己低多少，合同上限制也颇多，身上还捆着乱七八糟的经纪约，不太好处理，不过好在宸火手中钱也不少。

Puppy还有三年，他签约费倒没多高，只是年限太长了，且他来得最晚，合同上可能更苛刻。

最难办的是老乔，余邃若是没记错，老乔今年年初刚续过约，身上至少还有四年合约，且他当初打职业就是为了给家里还钱，前两年才刚把自己家的债务清理干净，他手里怕是没什么钱，让他自己给自己赎身……基本是不用想了。

余邃抬头看看镜子，几个深呼吸后，已彻底冷静，脑中清晰无比。

"时洛和老乔的解约费我来出，不用糊弄我……"余邃冷冷道，"圣剑俱乐部绝对不想要个有手伤的突击手，也绝对不会对一个替补都坐不稳的新人医疗师感兴趣，这俩人是你硬塞给他们的……不用硬塞了，多少钱，我出。"

门外季岩寒怔了一下："你要赎老乔？你……你不是跟宸火关系最好吗？你这样……可更赎不了自己了。"

余邃本能地看向洗手间的门，张了张口，片刻后放弃，没再多言。

不赎老乔？眼睁睁地让他去欧洲看饮水机，然后在异国他乡的替补席上落寞退役？

作为职业选手，还有比这更可怕的事吗？

道不同，不相为谋。

余邃还需要积攒力气说别的。

"再买宸火半年，这钱宸火自己出……我买了时洛和老乔后应该还能剩些钱……剩下的，再买 Puppy 一年，你现在去修合同，把他俩的签约年限改成和我一样，都是两年。"余邃忍着疼，"季岩寒……你如果还有点良心，就把这点儿年限卖给我。"

季岩寒沉默。

季岩寒清楚，余邃这是为以后打算，想让宸火和 Puppy 在两年后能和他同时回来。

"我清楚自己还有多少钱，我既然说了要赎、要买，就绝对出得起……"余邃捂着胃，勉强冷声道，"我已经让步到极限了，你要是不同意，那就算了……算是他们几个人命不好，老子谁也不管了……只给自己赎身，怎么样？不知道没了我，圣剑还要不要他们几个？"

"不！"季岩寒忙道，"你不能走……行，就按你说的办。"

那就行了。

余邃胃疼得已经说不出话来了，他把头抵在镜子上，吃力地拿起手机来。

余邃眼睛有点看不清东西，他费力地翻找通讯录，语气虚弱："还有，你……再答应我一件事……"

门外，季岩寒哑声道："你说。"

余邃嘴唇动了动，低声说了两句话。

余邃声音很低，但门外的季岩寒还是听清了。

季岩寒诧异地看着洗手间的门，过了好一会儿，点头："我永远不会说。"

余邃松了一口气，不等他重新拿起手机，门外的季岩寒狠了狠心道："这个恶人我已经做了，干脆……我就一条路走到黑了。"

季岩寒嘴唇发抖："我替你瞒住这件事，等价交换……你也要替我瞒一件事。"

余邃费力地睁开眼，声音沙哑："说。"

"我早就答应敏敏了，结婚的时候会大办特办，会请电竞圈里所有有名气的选手来，会全网直播，会办得比哪个退役选手都风光……"季岩寒脸憋得红紫，越说越没底气，最后几乎是在恳求，"我不想她跟我一起被人骂，没准最后连家门都出不去。余邃，她跟了我六年了……"

余邃终于找到了通讯录里时洛的名字。

"六年。"余邃看着时洛的名字，无声喃喃，"你跟我认识刚三个月……"

门外，季岩寒哽咽："我这些年对不起她太多，当年承诺的事没一件好好做到的，现在卖你们的事如果传出去，别说圈里所有人都来庆贺，我怕是婚礼都办不成了，余邃……我已经对不起你了，就只能对不起你了，转会的事……"

"都是我的主意。"

洗手间外，季岩寒不相信地睁开眼。

洗手间内，余邃的声音传出来。

"是我想去欧洲。

"是我不想要老乔再拖累我了。

"是我不想要时洛这个替补碍我的事、挡我的路……

"是我想去德国，是我想要去最好的战队。"

门内，余邃轻声道："队长，新婚快乐。"

以后我不欠你什么了。

余邃终于拨通了时洛的电话。

后面的事，余邃就没什么印象了。

好像他刚挂了电话，没几秒钟时洛就破门而入了，余邃想要打开洗手间的锁，但他连抬手的力气都没了。

依稀间，余邃好像听见时洛让自己躲远点，余邃尽力往洗手间里侧靠了靠，下一秒时洛一脚踹开了洗手间的门，余邃当时心里叹了口气，这简直了。

洗手台上是血，地上是血，自己两只手上全是血。

不知道的还以为他是想不开割腕了。

时洛看着洗手间里的恐怖画面，显然也是惊着了。

余邃本以为时洛会吓跑，正想同他说没事。但不等余邃开口，时洛转身一脚踢在了季岩寒腹部，险些将季岩寒也踢得胃出血。

洗手间外哭得满脸眼泪、鼻涕的季岩寒被时洛踢得蜷缩在地上。时洛不敢耽误时间，飞速将季岩寒打吐血后，冲进洗手间扶起余邃，颤声道："没事、没事……我带你去医院，马上就没事了，你这么年轻，出点血死不了人的，马上没事了……"

时洛扶着余邃飞速下楼，楼下一众等着给余邃庆祝生日的人惊诧片刻后忙冲了过来。

再之后的事，余邃就完全没印象了。

等余邃再醒来的时候，已经在病房里了。

病房里，宸火、Puppy、老乔三人人叠人地挤在一张陪护床上睡得憋憋屈屈，时洛则趴在他床边睡着了，梦里还拽着他正打点滴的那只手。

晨光熹微，余邃尽量轻地动作，拿到了一旁柜子上的手机。

余邃看了一下手机，已经是 24 号了。

余邃给手机解锁，略过一堆问候消息，找到了季岩寒。

【季岩寒】："合同一切按照你说的做，别忘了你答应了我什么。"

【季岩寒】："余邃，哥不是人，你恨我吧。"

余邃放下心，把手机放到一边，环顾小小的病房里的几人，轻轻吐了一口气。

每年生日的时候，FS 运营部都会给余邃出个庆生视频，余邃大多时候根本不看，基本都是总结他这些年赫赫战绩的纪录片，没什么意思。

而且 FS 的运营总是把他吹得太厉害，余邃自己看着都觉得"麻心"。

什么十五岁出道奠定医疗师新格局，什么十六岁临危受命继任队长打破联盟纪录，什么十七岁彻底扛下俱乐部大旗……

全是假的。

在役多年，余邃唯一认可的，就是自己的硬实力，其他的东西真假参半，余邃一向是权当假的看。

自己哪有时间做那么多事？季岩寒是做什么的？俱乐部那么多工作人员又是做什么的？

余邃现在回想自己出道这些年，突然觉得自己实在是德不配位。

之前在刀锋战队的事暂且不提，刚建立 FS 的时候，明明老乔比自己更有资历，但就因为自己粉丝多且年纪小，新 FS 战队需要噱头、需要粉丝、需要关注度，强行给自己立了个年少扛事的人设，强行把队长的位置给了自己。

老乔说什么了吗？没有，他真心实意地恭喜自己，然后继续做本应该队长做的事，替自己承担本应队长承担的责任。

自己莫名其妙地顶着这个名头，这些年似乎也没为战队做多少事，很多自己想不到的事，都是季岩寒、老乔和后来的宸火、Puppy 默默地替自己做的。

而游戏里，自己一个辅助职业，原本应该做个奶妈，救死扶伤的。

但因为自己路子偏，作为刺客医疗师对队友的辅助十分有限，有时候倒是队友来辅助自己。

病床上，余邃枕着自己的手臂，回想打职业这些年，游戏里、比赛场上，自己只想赢，似乎一直没能好好保护队友。

五年前，FOG游戏正式公测，余邃在家里下好客户端，在角色选择上来来回回看，正在突击手和狙击手之间犹豫不决的时候，余邃的鼠标光标无意碰到了医疗师这个职业。

游戏界面里，左手擎光子盾、右手紧握长匕首的人物角色下方显示出医疗师的职业介绍。

前面琐碎的说明余邃早已忘了，这么多年过去，他只对最后一句介绍记忆犹新。

"医师未死，战友永不受伤。"

中二期的余邃当时就是被这句话"秒"了，一心杀人的他偏偏一脚踏进了这个坑爹职业，不伦不类的，成了联盟第一个刺客型医疗师。这么多年打下来，他觉得自己一直没能好好保护自己的突击手，保护自己的狙击手。

但他到底是个医疗师。

全联盟最强医疗师，用自己的全部资产和名誉，化作五个三面六边的光子盾，牢牢地套在了曾经和现在的五名队友身上，第一次彻底尽了医疗师的本分。

医师未死，战友永不受伤。

是死是活，自己扛吧。

30

那年生日后的一个月时光，余邃一直不太想回忆。

确实是没那么好扛的。

余邃那日在病床上思虑过后，决定不同父母说了。

当年离家去刀锋俱乐部的时候，他信誓旦旦地说过，这是自己的选择，以后无论如何，不会让父母反过来替自己善后。现在回家要钱，丢脸是其次的，行至这一步还有什么脸不脸的，可自己父母又欠了谁的呢？

父母都是高知，有自己这么一个小小年纪就辍学的儿子已经够倒霉丢人了，现在为什么还要为自己的战队埋单呢？为什么还要为自己的队友埋单呢？

更别提父母醉心学术，这些年夫妻俩也没攒下什么钱，家里的积蓄其实是祖父辈留下来的，那是祖父辈留给人家自己儿女的，现在去讨钱，无异于是打劫了夫妻俩的养老钱……啃老也不是这么啃的，太缺德了。

祸不及父母，欠下人情的是自己，还是得自己还。

决定不同父母说后，余邃环顾病房内四人，艰难地深呼吸了一下，队友们总是瞒不住的。

过了两日，余邃稍稍恢复了点精神能下床后，找了个机会同老乔独处一室，跟他说了。

余邃提前给老乔打好了预防针，无奈道："医生说了，我现在不能大喜大悲，不能有剧烈的情绪波动和肢体活动，麻烦你照顾一下病人，咱们有事说事，别玩感情那一套，我真的想快点出院，行不行？"

老乔一脸茫然："出什么事了？你说。"

余邃点点头，起身将病房的门关了。

老乔算是战队里脾气最好、遇事最冷静的一个人了，悲愤之下不敢出声，沽沽咬碎了陪护床的床单，闹得余邃差点又犯病。

但好歹还是安抚住了。

第二个人是Puppy。

玩狙的人按理说性格都很稳，但Puppy比老乔还难搞定，余邃只能继续用同一个方法——

"如果有什么我还没想到的办法，可以跟我说，如果没有……千万别跟我吵，我有病，我胃疼，有事说事，别欺负病人。"

余邃处理得已经足够周全，Puppy同老乔一样，心有余而力不足，想不出还能如何，气得差点掀了医院大楼亦不敢再刺激余邃。

不过Puppy自己尽力凑了一千二百五十万元转到了余邃账户上，余邃也没同他客气。

同Puppy摊牌的那一天，被余邃下了封口令苦忍整整三天的老乔突然高烧到四十摄氏度，也被推进了医院。

余邃当日刚好在办出院手续，刚好把自己的病房让给了老乔。

余邃看着老乔烧得通红的脸想了一下，决定还是延后几天再通知宸火。

至于时洛……

余邃从进医院那天起就放弃去瞒他了。

能瞒住时洛一件事就算是侥幸了，这么多天，这么多蛛丝马迹，时洛猜也该猜出个大概了，余邃自知骗不了他，也懒得同他装了。

时洛只是有点想不明白，问余邃："你都要被他卖了，为什么还能平心静气地跟他谈细节？杀人不犯法的话，你杀了他都是应该的。"

余邃反问时洛："有天我把你卖了，前提是杀人也不犯法，你会杀了我吗？"

时洛不说话了。

也是那天，时洛稍稍理解了余邃。

他现在害自己是真的，他以前对自己毫无保留的好也是真的。

很多事一旦缠了感情，就不是非黑即白了。

时洛接受了这一点，觉得这也挺好，这事儿之后，余邃就彻底不欠季岩寒什么了，只是那会儿的时洛没猜到自己会被留下。

即使余邃已经暗示了他："我将来去的地方，可能已经有医疗师替补了。"

"那可太好了。"时洛非常乐观，"我乐得清闲，要不我给你当个助理吧？怎么样？我可以替你叠衣服，我只会叠衣服。"

余邃看着时洛，他当时体力和精力都跟不上，担心时洛一时冲动又同季岩寒签什么不可控的合同，所以只是揉了他的头一把，没同他多说。

时洛刚刚成为职业选手不到一个月，在 FS 的庇护下，还是个敢去打架、敢无所畏惧地说"我乐得清闲"的"婴儿"。

单纯可爱到余邃都心软。

余邃当时想，能拖一天是一天吧。

而后他们就这样各怀心事地拖到了决赛。余邃和老乔相继进了医院，整个队伍的状态跌到了谷底，FS没有任何意外地决赛失利，2∶3惜败DDF战队，余邃拿到了三年来本土赛区内的大赛首败。

很多事是瞒不住的。

季岩寒之前暗中为战队五人挂牌，国内好几个俱乐部都知道了底细，虽都是高层，但也有八卦嘴碎的，余邃要转会的风声还是被传了出来。

加上决赛的败北，舆论风向微妙了起来。

余邃的粉丝们自然是第一个站出来的，那会儿余邃粉丝的战斗力非常强劲，霸道且强势，第一时间把余邃的入院证明甩了出来，证明余邃半决赛那日就因胃出血进了医院。一个胃出血的病人，决赛能上场就不错了，鏖战五局，打满整个 BO5 不知道受了多大的罪。胜败都是兵家常事，输了又怎么了？哪支战队没输过？凭什么只有我们 FS 不行？

喷子自然更有话说，别人输可以，但 FS 粉丝整天吹 Whisper 全联盟第一，输了为什么不能被喷？

而后，余邃在半决赛和决赛上的比赛视频被玩家一帧一帧地分析，余邃在半决赛那日虽然胃疼得够呛，但他打得激进且零失误，相对而言，决赛中那五局比赛的操作就显得粗糙了许多。更别提那天老乔失误奇多，反向影响了余邃，俩人配合失误的地方实在太多。

阴谋论的喷子以这两场比赛的对比为证据，结合已经传得沸沸扬扬的转会八卦，替余邃编造了一出宫斗大戏。

胃出血当天操作完美，出院了操作倒是变形了，这逻辑也就粉丝能信。

Whisper 是不是要转进 DDF 了，所以决赛的时候故意放水，先给新东家送个投名状？

老乔虽然在突击手里不是最强的，但绝对是最稳的，什么事能让他比赛失误成那样？五局游戏就他崩得最严重，这些年还是头一次吧，没人想过为什么？

老乔这么多年一直在 FS，肯定不会转会的，他是不接受 Whisper 放弃自己战队，跟他分道扬镳，所以受影响了吧？

Whisper 没道理转会吧？应该还是生病的原因。

入院证明不要太好开，别替余邃洗了，军训前开证明那一套谁没玩过？骗骗粉丝呗。

不是落井下石，但没看出来 Whisper 哪儿像刚生过病的，决赛那天有人拍到他在后台走廊抽烟了，胃出血的病人能抽烟？

打得不好还不能在走廊抽根烟冷静一下了？

粉丝又承认胃出血了？那刚刚胃出血的病人就能抽烟了？

别扯太远行吧，爱出血不出血，我现在就想知道 FS 到底怎么了，谁走谁留。世界赛还打不打了？FS 出问题，世界赛冠军怎么办？

Whisper 忙着找新东家，没时间打世界赛了。

夺冠的时候叫余神，刚输了一场本土决赛就被踩成这样，你们真棒。那求求你们，下次余邃再替赛区夺冠的时候，你们别跟着蹭赛区荣耀行不行？

各大论坛掐得沸沸扬扬，余邃自己没什么感觉，老乔和宸火差点气炸，特别是老乔，当天连发十几篇微博小论文澄清半决赛和决赛的事，奈何根本没人信。他发微博太多，反而被扣上了账号后是余邃在打字的傀儡帽子。

时洛也气得够呛，他四处找东西，要再去把季岩寒揍一顿，让季岩寒自己出来澄清，被 Puppy 拦住了。

余邃同 Puppy 对视一眼，两人心照不宣。

那会儿，老乔和时洛的合同仍在季岩寒手里。

余邃虽同季岩寒有了君子协议，但季岩寒是君子吗？

时洛那份合同可以毁约，余邃赔得起，但老乔的不行。

年份长、内容苛刻、签约费奇高，千钧一发的时候，他们承受不了任何风险。

Puppy 也算是百忍成金了，拦着时洛，问他要不要给余邃补过生日。

时洛注意力瞬间被转移了。

时洛看看余邃说，也行。

Puppy 说："那我来办吧。"

下次五人聚会不知是何年何月，Puppy 办得很用心，即使余邃那日因为回了一趟自己家而来晚了，也还是很圆满。

余邃就这样，拖了一天，又拖了一天，又拖了一天，直到要去 NSN 谈时洛转会合同的前一晚。

余邃当时病已经好得差不多了，自认架得住时洛同自己闹了。

但余邃还是高估了自己。

那天，老乔、Puppy 想办法把基地的人都叫出去了，偌大个基地，只剩下了余邃和时洛两人。

余邃把时洛叫到了自己房间。

基地里太安静了，这个气氛不对，时洛进了余邃房间脸色就不太好。

时洛天生敏感，依稀感觉有什么超出他控制范围的事好像已经发生了。

余邃看着时洛防备的眼神，养了一个多月的胃突然又疼了起来。

余邃让时洛坐下来，扯了几句没营养的话后问道："你还记得 NSN 吗？以前联系过你，他们那个队长，老顾，你之前也见过，挺好一个人，也很好相处……"

时洛周身发冷，瞬间全明白了，冷声打断余邃："别说了。"

余邃轻轻抚了抚自己的胃，头一次不太满意时洛这个一点就透的聪明脑袋。

时洛不敢让余邃把话说完，本能地后退两步，声音发哑道："余邃，你之前不是这样说的。"

余邃深呼吸了一下，对啊，之前不是这样说的。

自己说过：我永远不会卖时洛，我会签他一辈子。

这才过去多久呢？

这气氛太虐了，余邃实在有点受不了，他笑了一下，起身站到时洛面前。

余邃稍稍低下头，轻声问道："那天你是怎么打季岩寒的？来，给哥一下……"

余邃笑着说："打，我不还手。"

时洛眼睛瞬间变得通红。

余邃嘴唇轻轻颤动，眼睛险些也跟着红了。

如果还有一点办法，自己也不会这样。

余邃尽力轻松一点道："洛洛，我不会害你，你放心，最多两年，我一定会去找你，你……"

"闭嘴。"

时洛眼中噙泪，戒备地看着余邃，冷声道："闭嘴，我一个字都不想听。"

两人对视，时洛警惕愤恨，余邃平静隐忍。

沉默了足有一分钟后，时洛先坚持不住了。

"2009年……"时洛尽力让自己语气平静，缓缓道，"也是夏天，差不多也是现在这个时间，我九岁……"

时洛哽咽："我妈把我送到我爸家去了。"

余邃心中一沉，时洛只说了个开头，但他隐隐感觉，自己似乎踩到了一条不能触碰的红线。

"我求妈妈，说我不想去，妈妈说……"时洛看着余邃，他哽咽了一下，随之静默，片刻后语调恢复正常继续道，"她说，别说孩子气的话，我不会害你，你放心。"

余邃胸口瞬间疼了起来。

自己刚才跟时洛都说了什么？

"很熟悉吧？跟你刚才说的差不多吧？"时洛抬眸，缓缓道，"她还跟我说，不要闹、不要害怕，就住一个暑假，只要我表现好，让爸爸喜欢我，最多一个暑假……暑假一结束，她就接我回家。"

"什么叫表现好？"时洛自嘲一笑，"我不知道什么叫表现好，但我真的努力了，可爷爷还是不喜欢我，爸爸不喜欢我，伯父、伯母和堂哥不喜欢我……那个暑假的每一天都是煎熬，但我能忍，我在我床头写'正'字，掰着手指头算日子，等着妈妈来接我，然后暑假结束了……妈妈没来。"

时洛看向余邈。

"新学期开始了，妈妈还是没来。

"放寒假了，妈妈没来。

"过年了，妈妈没来。

"八年过去了……"

时洛低头，眼泪流了下来，他喉间剧烈地哽咽，终于说不出话来了。

余邈喉间有些腥甜，他努力忍住，将自己钉在了原地。

自己都做了什么？

自己刚才是说让他等自己吗？

余邈努力控制着自己，低声道："圣剑俱乐部……是欧洲赛区的俱乐部，跟着我过去不是什么好事。你已经看到网上喷子怎么骂我了，你想一起被骂？"

"我想，我愿意。"

"我不想被你托付给别人！"时洛大吼，"你也知道那是你控制不了的欧洲赛区！你自己都不敢保证什么时候能回来，凭什么随手给我画个大饼，让我像傻子一样等你？！"

时洛怒火攻心，一时不知道是在同自己的妈妈说话还是在同余邈说话："上次你跟我说一个暑假，让我等到了现在，你自己嫁人了，又有女儿了，我呢？！现在让我等两年，两年后会是什么样？你这个身体还能打两年吗？！你都退役了，我找谁去？！"

余邈哑声道："我戒烟，我戒酒，我……"

"别承诺了。"时洛忍无可忍地打断余邈，"做不到的事，少骗我，你们做不到就别许诺，我一个字也不信！"

时洛含着眼泪看着余邈，突然放缓了语气："队长……别这样，你带着我，两年后咱们再一起回来……"

余邈使劲儿按揉自己胃部，已经分不清自己是胃疼还是心口疼了。有一秒，余邈心想，干脆不论死活都带着时洛走。

但只有那么一秒。

余邃瞬间冷静下来，摇头："不可能。"

余邃之前虽然也没吃过什么苦，但他在电竞圈里混了这么多年，看也看多了，他比时洛清醒得多。

将时洛的合同改成两年不难，带时洛一起去圣剑不难，但后面的事，就不会再受自己控制了。

带出去容易，带回来难。

自己、宸火和 Puppy 会简单一点，老乔和时洛就不行了。

纯商业战队，没有利用价值的选手会被反复挂牌竞价，在竞价成功后，不知会被卖去哪里。

如果是在本土赛区也就算了，不管是哪个战队，余邃都能卖个人情想想办法，但跨赛区就不行了。

余邃能接受自己被季岩寒当作商品售卖，但没法接受在他们五人一起加入圣剑俱乐部后，再眼睁睁地看着老乔和时洛被圣剑挂牌，被各种自己听都没听说过的欧洲俱乐部竞价，然后被卖到不知哪里去。

欧洲很大，俱乐部基地分散在各地，不知道会去哪里。

甚至可能又被跨赛区挂牌，转去北美，转去韩国……

眼睁睁地看着时洛周转各地，余邃会疯。

余邃尽力用浅显的话说了个大概，再次保证："我没十足的把握，但只要我没退役，我就不可能再和他们续约，只要两年……"

"求你……别说这句话。"被前事勾起旧恨的时洛彻底崩溃，"我已经等了太久了！以后我一天也不会等，你今天不带我走，那也不用说以后再来找我！"

时洛泪崩，咬牙切齿道："我听不懂也不想听了！只告诉你一句话，如果你今天敢把我送到 NSN，不管两年后你回不回来，我都不可能再找你，你也千万别再来联系我，我一辈子都不可能再跟你同队！"

时洛原以为余邃肯定会心软。

自己大早上闹他要起床吃早饭他会同意，自己听他打电话他会同意，自己翻他手机看隐私他都同意，这么心软的一个人，怎么会忍心把自己丢下？

可 Whisper 的温柔有限，他这次就是把时洛留下了。

| 第四章

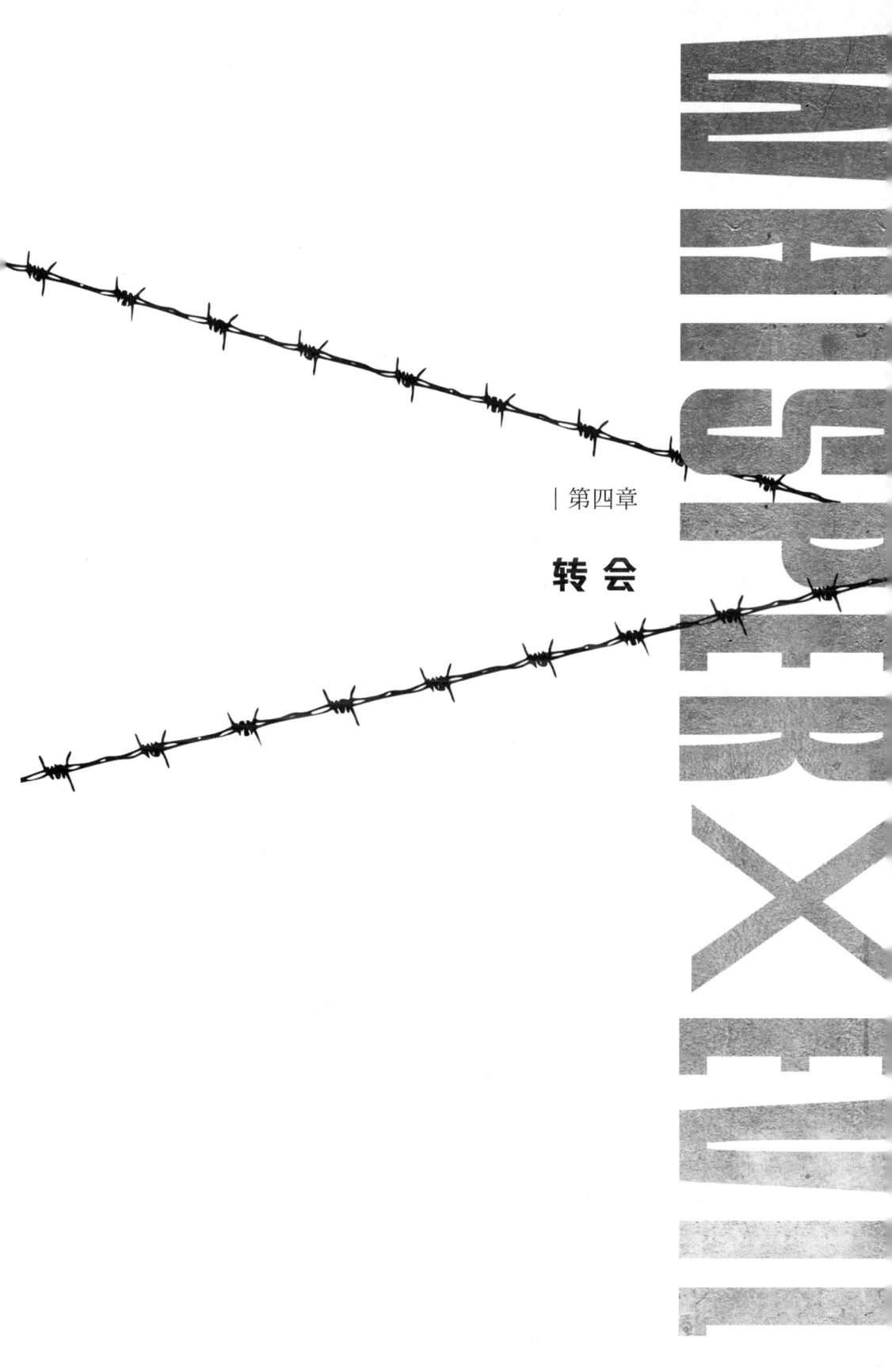

转 会

31

FOG 中国赛区联盟总部，余邃将自己和 Puppy 还有宸火的跨赛区转会资料提交上去，又整理了新建战队的资料。程序比较烦琐，提交了一堆资料后余邃和 Puppy 坐到一旁等待。

总部的高层听说余邃来了，忙赶来同他聊天，热情似火。

余邃回归本土赛区，不管喷子们如何说，中国赛区联盟的工作人员都是怀着真心万分欢迎的。虽然赛区俱乐部不分国籍，但大家总归是更喜欢本土选手效力本土赛区的，特别是余邃这种选手。

高层给余邃开了绿灯，简化新俱乐部的资料提交及审批流程，甚至反复问余邃有什么需要帮忙的，表示他们可以帮忙调配工作人员，也可以借调几个人去新战队帮忙。队内人员如果缺失的话，他们也愿意帮忙联系其他战队，协助有转会意愿的选手进行转会。

老乔在大半年前已在本土赛区风光退役，他手伤严重，已经没有可能再复出了。现在余邃、宸火、Puppy 回来，显然还缺个突击手，高层的意思很明显，他们愿意帮余邃联系一个强力且合适的突击手。

高层挺积极："预选赛马上开始了，你们总不能三个人打吧？"

Puppy 在一旁道："已经跟 NSN 协商，借调了他们的人。"

高层很意外，怔了一下道："呃……那我需要提醒一下，你们现在是次级战队，如果不是转会，只是借调选手，那也只能借调跟你们战队同等级的选手，就是说你们只能借调 NSN 二队的选手。"

"连二队的都不是。"Puppy 道，"是他们的一个青训生，NSN 青训生里表现得还不错的一个小孩。新人比赛机会不多，NSN 和他本人都挺想多参加几场比赛，已经说好了，预选赛如果他表现好，那借调结束后，他回到 NSN 就能去二队。"

"你们……这是在帮 NSN 练新人？"高层瞠目结舌，"这太危险了吧？万一预选赛失败……"

Puppy 耸耸肩："那 Whisper 就要第一次去次级联赛战队了。"

高层忍不住笑了："那不可能……就算加个新人，预选赛也是稳的，不过 NSN 这次要欠你们人情了，又替他们练兵了。"

高层还是很好奇："借调结束以后，你们还是三个人啊，还缺一个突击手，是还没选好人吗？预选赛很快就会结束，本赛季常规赛马上开始了，时间还是很紧张的。"

余邃顿了一下，不等他说话，Puppy 先道："我们已经有自己的秘密武器了，只是现在对方还在合约期，不方便公开。"

高层一脸了然，忙道："好好好，那就好，那我们也拭目以待了。最后再说一次，Whisper，欢迎回来。"

余邃点点头，拿到审批后的资料同 Puppy 走了。

新战队基地已经整理好了，余邃和 Puppy 出了总部去新战队基地。

路上，余邃继续闭目养神，Puppy 慢吞吞地拿出耳机来继续听相声，两人半天无话。

半个小时后，Puppy 摘了耳机，看了一会儿车顶，突然道："余邃，我一直想问你一件事……两年前就想问了，但还没等我问出口就出了那件事，之后这话就不方便再提。现在既然回来了，问问应该也没事，我就想知道，你……"

余邃闭着眼道："这么多选手里，我的确最喜欢他，甚至可以说，把他当成了接班人。"

Puppy 不想余邃这么痛快地就承认了，怔了一下，摸摸胸口，叹气："好虐。"

余邃平静道："当时糟心的事太多了，倒真没因为这个太难受，不用替我虐心。"

Puppy 又问道："时洛知道吗？"

余邃摇头。

Puppy 再次捂着胸口："太虐了。"

Puppy 心里清楚当时那个情况，时洛还是不知道的好，但还是替余邃觉得亏："当年不如一时冲动说了算了。"

余邃没说话。

Puppy 扭头看向余邃："怎么？你不后悔？"

"不后悔，很庆幸。"余邃淡淡道，"当初太年轻，遇到那种情况……很多事处理得都不够好，太冲动、太激烈了。"

余邃语气平静："现在想想也没必要，明明可以更平和一点，和季岩寒坐下来一边喝茶一边把合同谈了，反正结果都是一样的，实在没必要折腾自己，闹得进了医院。"

"谁说不是。"Puppy 感叹，"当年都太中二，没经历社会的捶打，头一次遇到这种人，真的……我这么惜命的一个人，当初都想过去跟他同归于尽，太蠢了。"

"不对。"Puppy 一愣，"我是问你后不后悔没跟时洛说开，你扯季岩寒做什么？谁问你他了！"

余邃道："不后悔，说了啊。"

Puppy 审视着余邃："真不后悔？"

余邃摇摇头，淡淡道："虽然什么都没说，但我一直挺珍惜跟他认识的那几个月时间，他当时……很好。"

短短几个月，有很多细节至今还藏在余邃的记忆里，两年前，余邃一度被这些记忆折磨，恨不得忘了时洛，但过了这么久，余邃已经成熟多了，也愿意接受曾经的好与不好："那么好的一个孩子，谁会后悔认识他呢？"

Puppy 一想也是，他点点头："那时洛呢？"

余邃重新闭上眼，不想聊了："不知道。"

Puppy 重新捂胸口："FOG 虐心大戏……不过你现在要是都看开了，已经不在乎了也无所谓。哎，欸？"

Puppy 推推余邃："不在乎了吧？你刚才那么平静，应该是不在乎了吧？你说句'已经都放下了'，我心里还好受点。"

余邃没理 Puppy。

Puppy 无奈："爱说不说吧，唉……过不了一个月时洛就要搬过来了，为什么我一想你俩同在一个屋檐下的画面就觉得既担心又隐隐很……"

余邃冷冷道："不会有你想的那种狗血戏码，收收。"

"希望不是吧，我受够折腾了。"Puppy 靠在车椅背上，"现在就想能平平静静地打几年，然后寿终正寝地退役，真的是好险啊！一世英名，差点晚节不保，客死他乡……"

余邃没再理Puppy，Puppy自言自语了几句，没意思，想了想，拿起手机来打字。

IAC基地，时洛的手机振了一下。

时洛拿起手机来看。

【Puppy】："叙叙旧吧。"

时洛怔了一下。

几个小时前，用Puppy的账号发语音消息过来的，是余邃。

那现在给自己发消息的是谁？

余邃……要跟自己叙旧？

时洛犹豫着没回复，那边又来了条消息。

【Puppy】："能聊聊吗？"

时洛拿着手机，心情平复。

不是余邃。

对方打字很快："我回来一趟，没人接风也就算了，也没见着个以前的朋友，许多话没人说。咱俩好歹以前也同队过，听我诉诉苦？"

时洛打字："你说。"

【Puppy】："我回来得真不太容易。"

【Puppy】："知道吗？我们走的头一年，三个人，只有余邃留在圣剑战队了。"

【Puppy】："宸火好歹还坐了几个月替补席，我连替补都没当成，到圣剑只打了两场训练赛就被挂牌了，然后不到一个月就去了欧洲赛区另一个战队。"

【Puppy】："我去的那个战队有多'姹紫嫣红'你知道吗？一队总共就四个人，来自三个国家！一个德国人、两个韩国人、一个我。"

【Puppy】："我们四个人，打了半年的手语。"

【Puppy】："有次比赛遇到圣剑战队了，余邃关心老队友，你知道他是怎么关心的吗？"

【Puppy】："在公开采访的时候，余邃让主持人问我是不是被喂了哑药，为什么不说话，光比画。"

时洛握着手机，苦苦忍耐，还是没忍住，笑出了声。

余邃嘴毒的时候，是真的能让人想掐死他。

【Puppy】:"我当时很想杀了余邃,可惜隔着隔音房,他出不来,我进不去。"

【Puppy】:"语言不通也就罢了,大家会几句简单的英文就能交流,就能比赛,但是日常聊天就不行了。我和那个德国队友,一直怀疑那俩韩国人每天偷偷骂我俩。"

【Puppy】:"事实证明,原来他俩还真是一直在用母语骂我俩。"

【Puppy】:"打得菜还骂人,这不能忍,俩韩国人终于被卖了,又来了俩德国人。行了,三个德国人、一个我,我成了那个被三个人偷偷骂的了。"

【Puppy】:"终于终于,又过了一年,老子一拖三打进了常规赛前三,因为表现太突出,又被买回了圣剑,你能信?"

【Luo】:"……"

【Puppy】:"宸火跟我差不多,我俩刚到德国的时候因为语言问题,是真的发挥不出来,前后脚被卖了。过了一年,熟悉了环境,基本交流没问题了,又被圣剑买了回去,三师会合了,我是真的服了他们战队了。"

【Puppy】:"去年夺冠的时候,我们三个都在圣剑是不错,但之前,我和宸火真没少被折腾。很多人都不知道这一段,我觉得我有必要说一下。"

【Puppy】:"洛洛,你当年要是跟着一起出来了……"

时洛垂眸不语。

他当年要是一起跟着去了欧洲,怕是比 Puppy 还惨。

【Puppy】:"以前的事早就说不清了,我也没什么目的,就是想跟你说说我这两年的情况。"

【Puppy】:"当年留下你,留下老乔,是有理由的。"

【Puppy】:"我后来听说过一点你家里的事,也明白你当时那么激烈地抵触,是有理由的。"

【Puppy】:"大家都不容易,马上就要一个战队了,以前的事……过去就过去吧,怎么样?"

【Puppy】:"我刚跟余邃聊了两句,他差不多也是这个意思。以前的事,过去就过去了,不管是好的还是坏的,大家都忘不了,我可以理解,但没必要旧事重提了,谁对谁错,根本就算不清。"

【Puppy】:"我们今天就搬到新基地去了,等你过来。"

【Puppy】:"过来以后,咱们就当没以前的事了,行吗?"

时洛看着 Puppy 一条条的信息，确定他是在欧洲憋坏了。

逮到个能看懂中文的，这么能废话。

时洛重新把聊天记录看了一遍，打字。

【Luo】："不行。"

【Luo】："过去的事，发生过就是发生过，我装不了。"

时洛冷冷地瞥了一眼聊天记录，把手机丢到一边，继续盯替补的练习赛，不理 Puppy 了。

余邃和 Puppy 那边也终于到了新基地，Puppy 看着聊天记录长叹一声："孽缘……"

余邃蹙眉："怎么了？"

"自己看。"Puppy 把手机递给余邃，自己下车开后备厢拿行李箱，"想替你们做个和事佬，奈何小洛洛刚正不阿，不接受。"

余邃飞快扫了一眼聊天记录，低声道："……你就多余说这些。"

"我以为过了两年，他也'佛'了，能跟我似的睁一只眼闭一只眼地过日子了。"Puppy 推着行李往新基地走，"没想到啊，都经历过社会的捶打了，还这么疾恶如仇。"

Puppy 摇摇头："感觉时洛过来以后，基地太平不了。"

余邃拿了自己的行李，没搭话，Puppy 又道："哦，对了，老乔昨天跟我说他得再等两天才能过来，所以教练的位置暂时还要空缺一下，新经理周火差不多跟他同时过来。"

余邃"嗯"了一声，Puppy 咋舌："这个周火以前是 NSN 的副经理吧？当年力排众议帮你把时洛弄到 NSN 那个？当初时洛那么折腾，NSN 高层本来不太想要的，还是他一直说时洛商业价值高，才勉强被签下的。"

"是，我俩认识好多年了，可以放心他。"余邃以为 Puppy 是创伤后应激障碍，又道，"先不管他人品到底怎么样，现在我是老板，你还怕什么？谁不行开谁。"

"我也认识他啊，也知道他人不错，我没怕。"Puppy 幽幽道，"我就是提醒一句，我听说周火对运营这一块挺有头脑，而且手腕儿挺活络的……我听说瓦瓦刚进 NSN 的时候，没什么人气，赞助商都不用他拍宣传视频，你知道周火怎么处理的吗？"

Puppy 啧啧："他给瓦瓦和顾乾拍了一段基地日常视频，视频里顾乾带新人带得特别仔细，父子情感天动地，瓦瓦人气瞬间飙升。"

余邃没觉得这有什么："新人人气不行，商业价值不能变现，他一个经理坐视不管就对了？选手只管比赛，经理只管战队运作，这本来就是他应该做的，怎么了？"

"没怎么，我就是想说，和赵峰那些只会拉选手去站台捞钱的经理不一样，他不折腾人，但这些小点子更多。"Puppy 上下看看余邃，"你猜，他会怎么处理你跟时洛的这个情况？"

余邃眸子微微动了一下，没说什么。

晚间，新经理周火小心翼翼地给余邃发了条消息。

"Whisper，等 Evil 过来后，前一个月，你可以接受每天跟他组排直播一个小时吗？"

"不打游戏也行，你俩同框直播就可以。"

32

同一时刻，IAC 基地中，时洛接到了一个好友申请。

时洛点开看了一下，对方是 NSN 以前的副经理。

时洛刚去 NSN 的时候和周火同俱乐部短短两个月，后来时洛转会，没过多久周火也去了其他战队，从那之后俩人没再有过交集。

周火同时洛介绍了一下他现在的情况，时洛这才知道这是自己将来的经理。

彼此客气了两句后，周火跟时洛提了一样的直播意见，时洛犹豫了半分钟后回复周火。

余邃正在联系 FOG 中国赛区总部找回当年注销的游戏账号，他开着和总部工作人员的语音，打字回复周火。

余邃："不接受。"

时洛："不。"

周火："……"

周火非常理解时洛作为受害者仍心存芥蒂，但余邃也不接受，还回复得比时洛快就很让人费解了，他凭什么？！周火飞快回复余邃。

周火："你俩之间到底有什么事，我一直不是很了解，但现在的情况就是，你俩的粉丝对彼此的敌意都很大。马上就要在一个战队了，一直这样僵持的话，我这边工作不好推进。"

周火："新战队刚刚建立，我作为经理需要做的工作太多了，很多东西需要粉丝配合。"

余邃回复得也挺痛快："粉丝可以不接受，不配合。"

周火："……"

周火对自己即将接手的战队的成绩还是很有信心的，就算将来不是成绩最好的，肯定也是稳居一线的，四个队员水平在这儿摆着，这点毋庸置疑。但战队风评上，周火很确定这么一个全员恶人的战队绝对好不到哪里去。

周火："Whisper，有句话很多年前我就想跟你说了，除了冠军奖杯，你其实还可以给粉丝点别的。"

余邃："给不了。"

周火："我小心地问一句，余神，你知道早在两年前，甚至更早之前，你就有个'渣男'的外号吗？"

申请完毕，余邃将账号保存好，再看手机的时候周火那边已经发了好几条信息过来。

周火："先不说这赛季咱们拿冠军的概率并不大，难道咱们要从预选赛一路被撕到季后赛吗？队员们压力会很大的。"

周火："没几个人能和你一样，完全对负面言论免疫，大家都会在意网上的言论，Evil和宸火常年与喷子吵架，显然都是容易受到影响的。"

周火："我做的工作不单是为了吸粉，也是为了给选手一个相对宽松的舆论环境，让选手能没压力地投入比赛。"

周火："这就是我的责任所在。"

周火："当然，尽力提升战队话题度和商业价值也是我的工作。老板，你既是我的老板，又是我的选手，我真的有点难做啊，咱们能提前约法三章吗？有关战队运营的事，听我安排，行吗？"

余邃刚要打字说不行，想了一下道："酌情。"

周火："……行吧。"

余邃戴上耳机准备排一会儿游戏，手机又振动了一下。

周火："再不抱希望地问一句，直播的事真不同意？"

余邃回复:"不。"

周火:"那能给个理由吗?"

余邃知道周火不会死心,索性说开了,他懒得打字,拿起手机来按下语音键:"真情实感地直播,那肯定是全程一句交流都没有,粉丝更接受不了。装样子,扮队友情深……我装不了也不想装,更不愿意让他装,没意思,也没必要。"

混到这一步的顶层选手,本来也不可能分心在这种事儿上,周火也明白,只得无奈作罢。

打发走周火,余邃戴好耳机,打开客户端调试了一下基本设置,上号自己排游戏。

余邃回国后在NSN战队带瓦瓦的时候在国服申请了个小号,这些天也打进了国服前200,勉强能玩一玩,不再是池塘炸鱼了。不过名次越高,排队越慢,余邃等着排队,看着屏幕出神。

同框直播又能怎么样呢?和时洛装彼此释怀?

先不说时洛释怀没释怀,余邃自己就没有释怀。

为了安抚粉丝而演戏吗?

算了。

就是不演戏,余邃暂时也不想与时洛同框。

终于排进游戏了,余邃扫了一眼队友,轻声骂了句脏话。

IAC战队基地,时洛平时也没那么积极,但越是要走了,越觉得应该当一天和尚撞一天钟,站好最后一班岗。刚盯完训练赛,时洛又开了直播。

进了游戏,三个队友ID前面都没挂战队,也没眼熟的小号,看来是纯路人局。时洛看了看对面,倒是有个熟人,Saint战队的医疗师天使剑。

时洛在队伍频道打字:"对面医疗师是职业选手,奶人一流,尽量针对一下。"

两个队友打了个"OK"的表情,只有自家医疗师没说话。时洛对医疗师一向宽容,以为是自己夸了对面让自家医疗师不高兴了,他又打字——

【IAC-Evil】:"医师别多心,你肯定也厉害,一会儿跟我,我照顾你。"

自家医疗师还是没说话,时洛以为对方可能比较高冷,或者是个不好意思说话的高手妹子,没在意,又打字:"跟好我,能赢。"

过了足有一分钟,自家医疗师才缓缓打字:"好。"

职业圈里普遍缺顶级医疗师,自Whisper远走欧洲后,本土赛区顶级的医疗师就更少了，但Saint的天使剑绝对算一个。

不过，他和余邃还有曾经的时洛的路数不同，天使剑是纯辅助医疗，能把人奶吐的那种。他技术高、意识好，时洛每次随机组排到他都特别舒服，天使剑绝对不会抢他人头不说，还特别注意走位，会在给自己绝对视野的前提下卡着角度给自己随时补状态，盾套好了就打药，自己稍微被对方碰破点血皮他也会马上补满，贴心到了极点。

时洛近日被瓦瓦拉去当陪练，每每生不如死都会想起天使剑来，什么是保姆流医疗？那才是！

不过时洛对组排的医疗师没么高的要求，能不挂机，不乱逛街，不瞎晃挡自己视野，不抢人头，不疯狂浪费公共经济，自己盾碎了的时候能及时给补个盾，残血急需救命时能及时补点血就行了。

抱着这种心态，开局后时洛带着医疗师往前摸，但越打，时洛就越感到意外。

自家医疗师，简直比天使剑还天使！

开局后自家医疗师先给其他两个队友套了盾，之后全程跟着自己，但又不是无脑跟。FOG游戏人物模型是纯实体建模，玩家之间不但会彼此挤到，每个玩家做动作、和游戏地图内所有物品碰撞都会发出声音，玩家也能通过对细微声音的捕捉来判断敌方的走位，所以队友无意义的声响，如反复拉栓、来回走步等都会暴露自己，时洛最怕的就是跟太紧的医疗师会暴露自身位置，但自家医疗师很好地规避了这个问题。

自家医疗师对地图的了解几乎已臻化境，总能给他自己找到最合适的掩体不说，还总能避开荆棘这些扩大脚步声的植被，几乎将自己隐藏在了地图里。

他不近不远地跟着，总能保证自己在他的救治范围里，简直不能更合适了。

时洛开局不久就收了对方突击手的人头，自家医疗师同时获得了辅助分，两人同时获得了动用公共经济的权限。但自家医疗师始终没占用过半分公共经济，全程精打细算，没浪费一点资源，只消耗了他自己那一千经济。

公共经济是有限的，时洛几乎占用了所有能占用的资源，打得格外放肆。

对面天使剑是很厉害，有他的加持，对面其他三人显得"肉"了许多，但时洛到底比路人突击手强，游戏进行到二十四分钟的时候，时洛这边顺利清雾到对方腹地，直接毁了转生石，赢了这局游戏。

时洛许久没碰到这么能奶的医疗师了，结束游戏时时洛没退图，随手加了对方好友,又打字——

【IAC-Evil】:"医师厉害,回头有空组排。"

出乎意料地,对方没直接接受好友申请。

直播界面的弹幕跑得飞快,游戏结束了时洛才会看弹幕,等对方回复的时候他点开弹幕助手,愣了。

啊啊啊……

666,年度大戏。

这局比赛的视频是不是能投稿电竞每日头条了?

时隔两年,某素材库终于能有新视频了。

年度大戏、年度大戏、年度大戏……

Evil到底看不看弹幕啊啊啊,我已经号了快半个小时了,你居然还跟人家打招呼,你是不是傻?!那是Whisper!!!

真的确定了吗?那边没直播,我挨个扫了NSN每个队员的直播间,没找到蛛丝马迹,余神好像不在NSN基地了。

Whisper已经搬基地了。

这绝对是Whisper的小号,瓦瓦之前直播的时候Whisper上的就是这个号,就是他本人的。

我看过瓦瓦直播,本来很确定这个小号是余神的,但现在又不太确定了,余神居然能这么奶?

是本人号也不一定是本人上的吧?

同质疑,余邈也能玩奶妈?全程没动过他的招牌长匕首,能忍住不杀生,这能是余邈?

绝对是他,那种对地图的掌控能力,除了他,不可能有别人了。

话又说回来了,道理我都明白,但Whisper居然会奶人?

除了他还能是谁?谁会上他小号?瓦瓦也不可能,瓦瓦就是奶,也没那么细致。

啊啊啊……我不活了,两年了,你俩为什么还不放过我……

泪洒黄浦江,两年了,这俩人又合力捅了我一刀。

时洛看着满屏的弹幕，脑中飞快地闪过刚才那局游戏的种种细节，半响无言。

后知后觉，那就是他。

33

余邃点下好友同意，点开游戏内好友界面，余邃空荡荡的好友界面里，只有时洛一个人。

余邃对着时洛的头像看了许久，而后继续进入排队界面，开始排队。

游戏内队友随机组队其实也没那么随机，系统会安排分段贴近的玩家同局。国服顶层分段的玩家就这么多，遇到了真不是什么小概率事件。两年来二人一直没碰过面，不过是被国服、欧服俩服务器隔离了而已。

另一边时洛隔了一会儿也继续单排，不过一晚上两人没再碰到过。

可网上已经节奏飞起，撕得热火朝天了。

每个选手都有粉丝，就是多和少的区别而已，粉丝量的多少基本与选手个人水平排名有关，颜好的选手粉丝能稍微多一点，但基本不影响这个整体规律，只有两个人例外。

一个是时洛，另一个就是余邃。

时洛当年刚出道时并没有成绩，但因为自带宅舞区家乡父老粉，又坐拥FS战队粉，零战绩时就已圈了不少粉。之前很长一段时间里还颇受质疑，被人嘲讽饭圈文化，但时洛自己争气，转职做了突击手后个人能力飙升，不到半年就稳在了一线突击手梯队，堵住了那些说他靠脸闯电竞圈的人的嘴。选手争气，粉丝底气就足，平时在网上掐架基本是所向披靡。

余邃就更魔性，他从出道起个人水平就是超一线的，本人颜值又十分在线，粉丝量和其他选手从来不是一个量级的，对上谁基本都是碾压。后来因为脱离本土赛区掉了九成粉，按理说是没什么战斗力了，奈何本身基数太大且留下来的都是死忠精英，平时不争不抢，岁月静好，但真被碰到了红线，撕起人来都是一个顶十个的战斗力。

这俩人的粉丝遇到了，结果可想而知。

论起吵架来，电竞圈自成一派，独占巅峰，至今没遇到过敌手，平时对待别圈火力碾压，内斗起来战火更激烈。

当晚的事，明眼人都看得出来是场偶遇，但时洛的粉丝实在忍不了居然是时洛主动加的余邃好友。自己家选手自己疼，粉丝们觉得余邃应该开场就亮明身份，憋到最后都不说就是蓄意欺骗。说起欺骗来，前尘旧事那就更多了，不撕一下这个渣男，简直对不起时洛当年给余邃转过的早饭钱！大家激情讨论，先去了余邃的个人论坛。

余邃的粉丝虽一向是躺平任喷，但别人喷就算了，时洛凭什么？当年要不是我们 Whisper，你时洛现在还在直播间跳迪斯科呢，好歹是职业引路人，一点儿旧情都不念吗？小小年纪做人还有余地吗？

余邃和时洛两年没交集，两边粉丝许久没大面积吵过架了，新仇旧恨叠在一起，谁也不想手软。只是这样也就罢了，毕竟余邃和时洛，特别是余邃，早就身经百战，不在乎了，但越是同队知道的料越多，打起来就是一地鸡毛。两边一边吵一边爆对方选手两年前的料，什么余邃吃火锅因为锅子烧不开就去吃野牛战队的，然后和暴躁书抢菜打起来了；什么时洛明知道余邃不吃早饭，两年前却总拉着余邃出门吃早餐，是想搅乱他的熬夜生物钟，而且你们看看这个小崽子果然得逞了，余邃后来还真的胃出血进医院了……

两边越吵越心疼自家选手，余邃的粉丝跑去余邃微博下恨铁不成钢，你不是刺客医疗师吗？你为什么突然变成绕指柔了？

时洛更惨，他还在直播，时洛的粉丝跑去时洛直播间刷弹幕苦口婆心地问时洛，你为什么还加他好友？余邃当年到底是给你高考替考了还是为你空手接过原子弹？

还没下播的时洛忍无可忍给周火发消息："你到底管不管？！弄点什么水军刷一刷不行吗？！"

周火正在同余邃打电话。

默默单排了一晚上的余邃已经冲到了国服第一百五十八名，接起电话听了个大概，周火小心地问道："要不要让 Evil 发个微博说就是撞车了，没什么，打得挺舒服之类的？"

余邃退出游戏界面："为什么非要逼他演戏？"

周火干笑："怎么能说是逼呢……"

余邃道："这不是逼是什么？明知道他现在对我不尴不尬的，为什么非逼他表态？"

"表一下态又不掉肉。"周火和稀泥,"这不是看你被喷得太厉害了嘛。"

"你不一直说我是渣男吗?"余邃语气平静,"我又不怕被喷。"

周火语塞,试探道:"我不抱希望地问一句,余神,你原本是怎么打算的?你不想给时洛压力我能理解,你总不能一直跟时洛这样吧?我好歹是你钦点的经理人,你跟我说说没事吧?"

余邃沉默。

周火警惕道:"先说好了,你俩要一直这样,我可真的没法做,难道以后出门打比赛得给你俩安排两辆车?"

"关系还没紧张到那一步。"余邃道,"公私我分得开,比赛的事,我会跟他好好磨合,不会出问题。"

周火稍稍放下心,只要有成绩,别的都好说,但他一是真心关心余邃,二是八卦,忍不住问道:"那……私下呢?你怎么想的?"

余邃道:"那就是我自己的事了。"

周火笑道:"怎么?终于准备修复关系了?"

余邃垂眸。

怎么可能不想和时洛修复关系?

刚去欧洲那会儿,有很长一段时间余邃虽然在赛场上依然所向披靡,但私下状态非常不好,差到他当时的老板都有点担心的程度。

Puppy 有次问余邃,是不是想到时洛了?

余邃说,没有。

有什么想的?想他叫自己哥?想他给自己倒热水?

但余邃说的是假话。

和时洛相处的时间虽短,又有许多外在痛苦,但那段时间确实是余邃职业生涯中最美好的一段时光。

周火不知余邃在想什么,但已经重燃希望,跃跃欲试道:"准备怎么修复?修复到哪一步?"

余邃静静地看着电脑屏幕,片刻后道:"他想修复到哪一步,就到哪一步。"

周火呛了一下。

不过关系不会一直这么僵持就好,周火作为经理,压力小了不少,叹口气:"那行吧,随便网上发酵吧,反正直播不直播,节奏都少不了。对了,老乔今天也联系我了，刚加了好友，我还没加 Puppy，你把他账号推我一下。"

余邃答应后挂了电话。

余邃将 Puppy 的账号推给周火，不多时，他手机振动了一下。

周火拉了个群，他自己、余邃、宸火、Puppy、老乔五个人，一个不少。

预选赛开始在即，周火也许是想给大家营造一个爱与和平的氛围，群名起得也很别致：相亲相爱一家人。

余邃看着群名片，一时以为自己被拉进了哪个七大姑八大姨建的家族群。

余邃手机一阵狂振，宸火连发了好几条消息。

【英俊宸火】："Whisper，你给老子出来啊啊啊啊啊……我杀了你！"

【英俊宸火】："@Whisper，@Whisper，@Whisper！"

【英俊宸火】："出来出来出来！"

余邃打字。

【Whisper】："？"

【英俊宸火】："点开视频链接。"

【英俊宸火】："微笑，请问一下，这号谁上的？"

宸火发的是余邃和时洛方才直播撞车的视频，余邃瞬间有点想退群。

三分钟后。

【Puppy】："视频看了，余邃小号被盗了？"

【教练·老乔】："视频看了，余邃小号被盗了？"

【英俊宸火】："显然不是。"

【英俊宸火】："余神，面对跟着你打了几年的兄弟们，没什么想说的吗？不澄清一下吗？"

铁证如山，哪有什么可澄清的，余邃打字："是我。"

【Puppy】："我就缓缓地打出一个小小的问号。"

【教练·老乔】："……心情有点复杂。"

【英俊宸火】："微笑，微笑，微笑。"

【英俊宸火】："余神，不容易啊，这么多年藏得挺好啊，原来你是会玩奶的啊。"

【Puppy】："+1，今天才知道，我的医疗师原来是会玩奶的。"

【教练·老乔】："……"

【英俊宸火】:"话筒给你,老乔,你和余邃同队时间最久,请您开麦。"

【教练·老乔】:"……"

【教练·老乔】:"余邃刚进队的时候,我有次问他会不会玩传统医疗师。"

【教练·老乔】:"余邃说,不会。"

【教练·老乔】:"还说硬玩的话,操作很辣眼睛。"

【教练·老乔】:"当时大家都很小,很单纯,他说了,我信了。"

余邃打字:"确实玩得没刺客流好,我说错了?"

【教练·老乔】:"是不如,但那操作叫辣眼睛?"

【教练·老乔】:"是我不配吗?"

【英俊宸火】:"是我不配吗?"

【Puppy】:"是我不配吗?"

【Whisper】:"……"

【英俊宸火】:"我是怎么知道这件事的呢?因为余邃、时洛的粉丝刚才互喷喷够了鸣金收兵,不知道哪个大哥这么体贴,提议喷都喷够了,最后兄弟们一起去给宸火刷一拨'心疼宸火'再睡觉。"

【英俊宸火】:"一呼百应啊,老哥们一起跑到我微博,一人一条'心疼宸火',已经给我刷了两万条评论了。"

【英俊宸火】:"谢谢你们,感恩两位神仙打架带着我一起上热搜。"

【Puppy】:"知足吧,都没人给我刷'心疼',人气低,没人权,好气啊。"

【教练·老乔】:"……我倒是可以给你刷一条。"

【Puppy】:"倒是不必,只有一条,徒增寂寥,还是罢了。"

【英俊宸火】:"越看这个视频越来气,Whisper,告诉我,奶妈好玩吗?快乐吗?"

余邃活动了一下脖颈,打字:"好玩个头,从来就没这么打过,全程不能杀人,还得躲躲藏藏免得碍人家事,不清楚天使剑这些年是怎么忍下来的。"

余邃按下发送的前一刻,刚和时洛通过电话的周火将时洛也拉进了群。

时洛进群看到的第一条消息,就是余邃这一条。

【Evil】:"……"

余邃默默看着群聊界面,很想问问老天,自己上辈子到底造了多大孽。

杀人不过头点地,自己就算年少轻狂的时候犯了点错,也别这么不依不饶吧？

宸火没心没肺，看到另一个当事人来了，还酸溜溜地问了一句——

【英俊宸火】："Evil，被余邃奶，开心吗？快乐吗？"

过了好一会儿，【Evil】："就那么回事。"

余邃嘴角微挑。

他私聊了周火。

"把群里全部聊天记录发给时洛。"

34

周火一边替人传话，一边在群里汇报工作。

【经理·周】："提醒一下，明天保级赛就要开始了，虽然不是咱们的比赛吧，但不出意外，明天保级失败的队伍在预选赛会跟咱们对上，可以提前看看比赛，了解一下对手的情况。"

中国赛区 FOG 职业联赛一共只有十二个名额，去年这十二支战队分别是 Saint、NSN、野牛、ICA、以战、万重山、YT、DDF、FS、战甲、MO、风擎。

每个赛季以常规赛开始，常规赛时期，这十二支战队采取双循环 BO3 赛制，分别两两对战积累积分。常规赛结束后，按照积分大排名，排名前八的八支战队顺利进入季后赛进行后续的角逐，而剩下的四支战队无缘季后赛的同时，也要预备打保级赛了。

这四支战队也就是去年排名靠后的四支战队：FS、战甲、MO、风擎。

四支战队进行循环比赛，败绩最多的两支战队直接降级，也就是说，这两支战队正式被踢出了中国赛区 FOG 职业联赛，降级为次级联赛战队。

职业联赛战队只剩十支，如此就空出了两个席位，这个时候重头戏就来了，FOG 职业联赛战队大门一年一度打开的时间来了。

争夺两个宝贵职业联赛战队席位的预选赛正式开始。

这是次级联赛战队每年晋级联赛战队的唯一机会。

在保级赛结束后，原先正式登记的所有被联盟承认的次级联赛战队，加上刚在保级赛被降级的两支战队，再一起进行循环赛，最终积分最高的两支战队晋级为职业联赛战队，补满十二个席位，其余战队正式被定级为今年的次级联赛战队。这些战队要想再翻身，就得等下一年的预选赛了。

这样的赛制有点残酷，但对整个联赛来说至关重要。

根据规定，赛区联赛战队只有十二支，名额非常宝贵，但俱乐部战队是能进行购买的，这就有了一重被资本介入的风险。

电竞行业近几年发展迅速，逐步从小众走到了台前，从以前的不受待见变成了一种隐隐的流行，也越发受到了资本的关注，其中不乏一些不懂的人，拿着俱乐部当玩具，斥巨资买了职业联赛战队后占据宝贵名额胡搞乱搞，塞一堆乱七八糟的东西来充当选手。

而保级赛的赛制，就很好地杜绝了这种可能。

资本可以买十二支战队中的一支甚至两支，但它最多只能玩一个常规赛。常规赛结束，其他职业联赛战队会用实力说话，一起清理门户，直接将这种不务正业的战队踢出职业联赛。

占据职业联赛战队名额的俱乐部底价八位数，首位数字五打头，上不封顶，巨额数字下只能玩一个不疼不痒的常规赛，再有钱的傻子也不会再动这个心思。

如此赛制下，FOG 联盟在保证了所有战队"血统"纯净，都是用心打比赛的前提下，既能刺激俱乐部上进努力，又能逐年小换血，更换水平低下的战队，吸收次级联赛战队中实力强劲的战队，一举多得。

【经理·周】："保级赛是双循环 BO1，一天就能打完。FS、战甲、MO、风掣，这四支战队里面积分最低的两支回头就要跟咱们会合了，你们猜……会是这四支里面的谁？"

【Puppy】："等等，有什么不太对。"

【Puppy】："……我刚回国，不了解你们赛区的情况，不要吓唬我，是我眼花了吗？我怎么看到了一个我十分熟悉的战队？"

【英俊宸火】："……我回国也不久，我怀疑我也眼花了，那个我不想打出来的俩字母战队，是什么情况？"

【Puppy】："？"

【教练·老乔】："没看错。"

【Puppy】："……"

【英俊宸火】："不至于吧？好歹也是曾经的世界赛双冠队，现在都沦落到打保级赛了？"

【教练·老乔】："打下世界赛双冠的是选手，不是战队。"

【教练·老乔】："被叫电竞'圣队'不代表这个俱乐部真的是冠军孵化池，不管有多少场逆天比赛，都是当年的选手一场一场打下来的，跟俱乐部本身有什么关系？"

【教练·老乔】："没了选手，也不再努力培养新人，靠着个空壳子骗其他选手去充数，能有什么好下场？"

【教练·老乔】："头一年还能勉强混进季后赛，打了个一轮游，第二年就彻底不行了，季后赛都进不去了。曾经战绩再辉煌，现在也只是个保级赛俱乐部了。"

【Puppy】："……别说了。"

【英俊宸火】："别说了，心里有点堵。"

余邈看着群里的聊天记录，一句话也不想说。

当初卖掉几个人后，季岩寒本来要把 FS 整个俱乐部都卖掉的，奈何 FS 俱乐部空背着世界赛双冠王的盛名却没了选手，高不成低不就，想要的买不起，真买得起的又嫌没了选手。季岩寒跟几方纠缠许久，始终没能谈下合适的价格，最终还是把 FS 留下了。他当时根本没签选手的钱，左右为难，进退无措。

可当时 FS 到底是电竞"圣队"，还真有凭着一腔热血只想进冠军俱乐部的选手转入了 FS，当然，这些必然不会是脑子清醒的一线选手。

就这样，FS 在下一年成绩一落千丈，靠着之前转入的选手一腔热血跟跟跄跄地进了季后赛，而后在季后赛被淘汰，四个首发选手直接转走了三个。季岩寒经过一年时间，手里稍稍腾出了点资金，又买了几个实力相对强一点的选手，他自己也开始盯战队运作了，但有些东西散了就是散了。

这一年季岩寒倒是尽全力了，用心经营，努力签新选手，还培养了个二队，可 FS 成绩还不如上一年，常规赛打得稀烂，拼尽全力也没能进季后赛，如今已经成了保级战队。

FS 对余邈、老乔、宸火还有 Puppy 而言，意义总是不一样的。

FS 是余邈、老乔一手建立的俱乐部，是宸火、Puppy 的第一个俱乐部。

老乔说得没错，比赛是选手打的，当年就是他们四人生生把 FS 这两个字母打成了四大赛区的噩梦。

才两年而已。

大家不心疼季岩寒，只是对自己曾经倾注过全部热血的战队凋零至此无法释怀。

宸火和Puppy心里有点憋，不再在群里扯皮了，老乔发泄似的说了一串话后也不再说话了，群里安静了几分钟后，手机又振了一下。

【经理·周】："哎呀，这气氛怎么回事？不用担心啦，FS常规赛的时候在这四支队伍里名次最高，保级赛大概率不会失败，肯定能保级成功的，放心吧。"

【经理·周】："而且他们还有双保险，就算保级失败了，还能继续打预选赛，还有两个重回职业联赛的名额呢。"

【经理·周】："不是我嘲讽次级联赛战队，真的，还是跟职业联赛有距离的，职业联赛里就算是垫底的战队，打他们也像是爸爸揍儿子似的，基本没什么悬念。"

【经理·周】："FS现在等于是有双保险在身，被降级是99%不可能的，你们堵什么堵？"

【Puppy】："知道FS不可能被降级，但是进保级赛就已经够堵了，保级赛是什么？我在FS的时候没听说过，我连保级赛是什么赛制都不知道。"

【英俊宸火】："确实……我也是刚查了一下才知道保级赛的赛制。"

【经理·周】："混到十二支队伍底层了，就是这种待遇啊，习惯就好。说实话，你们与其替人家难受，不如替自己难受一下。"

【经理·周】："预选赛晋级成功后，你们就正式跟老东家同在一个赛区了。"

【经理·周】："以后常规赛、季后赛，什么乱七八糟的赛碰头的机会多了，提前习惯一下，别每次都伤春悲秋的。"

【Puppy】："行吧。"

【英俊宸火】："行吧，明天等着看保级赛。"

翌日中午十二点，保级赛正式开始。

四支战队双循环BO1，一共十二场小比赛，战队每赢一小局积一分。

每小局比赛平均时间是四十分钟，打满这十二小场也要到晚上了。"相亲相爱一家人"群一开始都没关注，按往年规律来算，保级失败的基本就是常规赛吊车尾的两支战队，即今年的MO战队和凤擎战队。

可今年还是出了点意外。

常规赛战绩次于FS的战甲战队这段时间不知是不是特训过，无论是全员的精神状态还是个人能力，都比去年常规赛时期强了许多，开场便抢了三分。

相对地，FS选手的精神就有点涣散了，所有人都觉得他们保级赛不会出事，但他们先输了战甲一小局又输了MO战队一小局，瞬间就有点危险。打到晚上的时候，FS仅仅从风掣战队手里拿了两分，已经是走到悬崖边上了。

余邃也是那会儿才开始看保级赛的。

十二场小比赛，只剩一局了，FS对战MO。

战甲战队手握五积分，已稳保级成功，风掣战队只有两分，也已经稳保级失败了。

有悬念的只剩FS和MO。

MO此刻三分，FS两分。

FS如果能赢了MO，那两边积分持平，进入加赛，再获胜的队伍保级成功。

FS如果输了，那就要同风掣一起降级了。

群里消息振动个不停。

【英俊宸火】："最后一场了、最后一场了，我怎么比自己比赛还紧张。"

【Puppy】："FS前几场打得太菜了，这是全员心态崩了吧？操作变形得没法看。"

【英俊宸火】："怎么办、怎么办、怎么办？我好紧张！"

【经理·周】："你紧张什么？"

【英俊宸火】："那是我的老东家，我的母校，我的第一个战队！"

【Puppy】："+1。"

【教练·老乔】："……实不相瞒，我也紧张，虽然这话说得憋屈，但我真的不想FS保级失败。"

余邃没看群，静静地看着电脑屏幕，最后一局比赛已经开始了。

比赛开场五分钟，余邃吐了一口气，关了比赛直播界面。

根本没赢的可能了。

四个选手里至少三个的心态已经崩溃了，都是职业联赛选手，沦落到打保级赛无异于被羞辱，更别说保级赛有可能失败，真的输了保级赛，职业履历上那可就太"好看"了。

压力越大，精神越紧张，越紧张失误越多。开场不过五分钟，FS两个突击手已一人送了对方一个人头。两个突击手一起阵亡是大忌，前线只剩了个医疗师，等于是把自己家地图拱手送给了 MO。

FS 两个突击手等待复活的时间里，自家地图被 MO 两个突击手清理出了一大片空地，这个开场太刺激，基本已经没法玩了。

余邃自己打开游戏客户端单排，二十分钟后看了一眼群。

【Puppy】："居然还真能保级失败！！！"

【英俊宸火】："不是，我很想问问 FS 那俩突击手，你俩玩锤子呢？！"

【Puppy】："压力太大了吧？"

【教练·老乔】："哪个职业选手上了赛场压力不大？"

【经理·周】："不对，你们为什么要生气？你们难道对季岩寒余情未了？怎么还心疼起他来了？"

【英俊宸火】："谁心疼他了？！老子是心疼自己！！！"

【英俊宸火】："以前老子还能吹个牛，说老子是在 FS 出道的，以前谁听了这个不得跪下？"

【英俊宸火】："现在呢？我说我从 FS 出道的！别人只会说，哦，那个保级失败的战队啊，真气死了！"

【经理·周】："哈哈哈哈哈。"

【英俊宸火】："真是……唉。"

【经理·周】："他们还要跟咱们打预选赛呢，再重新打回去问题不大，毕竟风擎是真的菜，最后结果应该还是咱们和 FS 一起晋级。这也够恶心的，我一点儿也不想和季岩寒一起晋级。"

【经理·周】："行了，比赛也结束了，都休息吧，马上就轮到咱们了。"

【英俊宸火】："OK."

【Puppy】："OK."

【Evil】："预选赛季岩寒会去？"

【经理·周】："应该吧，保级赛他都去现场盯着了，应该也是急了，你问这个做什么？"

【Evil】："没事。"

【经理·周】："Evil，咱先说好，不搞事哦。"

【Evil】："……我有病？"

【Evil】："我一样不愿意 FS 被降级，爱信不信。"

【英俊宸火】:"就是,降级了以后咱们还怎么吹牛?!"

【Evil】:"……"

余邃看着群里的聊天记录,片刻后点开时洛的名片,点了一下"添加为好友"。

一分钟后,余邃手机一振,时洛通过了好友申请。

余邃点开聊天界面,犹豫第一句话该说什么,犹豫之时,时洛发来了一条消息。

【Evil】:"我要了预选赛现场的票。"

【Evil】:"……你们场次的。"

余邃看着手机,打字。

【Whisper】:"戴好口罩、墨镜。"

余邃的手机振动了一下,时洛又发了条消息。

【Evil】:"预选赛……别跟 FS 似的突然中邪出问题。"

余邃缓缓打字:"不会。"

【Whisper】:"行李收拾好了吗?"

【Whisper】:"预选赛晋级成功以后,我去接你。"

35

时洛看着自己和余邃的聊天界面,看着那句"行李收拾好了吗"心里有点酸胀。

俩人一直不尴不尬的,前两天直播撞车后也没联系,今天情急之下加上好友,彼此之间的气氛还是疏离又微妙。

时洛现在自己也说不清对余邃是什么感觉,对他的恨意是真的,体谅是真的,耿耿于怀是真的,感激至今也是真的。

余邃对他而言身份实在太特殊。

最美好的日子是他给的,最痛苦的日子也是他给的。

时洛其实早就明白,当年的事余邃做得并没有什么问题。设身处地地想,时洛不觉得自己能处理得比余邃好,但童年的阴影至今还在折磨着时洛,无论是谁的承诺,时洛都无法相信。

余邃一定要在预选赛成功后再签自己，时洛清楚余邃的用意，他给自己多留了一重保险，可时洛总偏执狂一般地想，那预选赛不还是有可能失败吗？

世上哪有那么百分之百确定的事？就算是Whisper，他凭什么就能保证预选赛绝对能晋级？

更别说这游戏是四人对战，谁知道别人会不会出问题？特别是那个代替自己的NSN青训生，叫什么名字都不知道，一个城际赛都没打过的突击手，靠得住吗？他是去当吉祥物的吗？

那个新人万一出了问题，继而带崩整个队伍，预选赛失利，那怎么办？到时候自己找谁说理去？

时洛没法安心，本来不想主动给余邃发消息的，但他越想越钻牛角尖，心不在焉地打了两局游戏后，又抄起手机来，给余邃发了一条消息。

【Evil】："我现在转会还来得及。"

时洛攥着手机，咬着嘴唇的一点肉，眯着眼看着手机。

余邃回复得很快，两秒钟后时洛的手机振动了一下。

【Whisper】："不用。"

时洛咬牙，打字。

【Evil】："没有什么事是绝对的，万一你们晋级失败怎么办？"

时洛点下发送键后觉得自己这话有点过了，迟疑了一下，正考虑再说一句什么的时候，手机又振动了一下。

【Whisper】："不会。"

时洛心头一窒，几乎有点不依不饶了："万一呢？万一就是失败了呢？你不承认有失败的可能？"

余邃那边许久没回复。

时洛清楚自己纠结得有点病态了，稍微正常点的人都不会这么折磨自己、折磨别人，时洛深呼吸了一下，正要打字说没事了，他的手机又振动了一下。

【Whisper】："好，我承认，有失败的可能。"

时洛的心瞬间揪起，不等他再打字……

【Whisper】："如果失败了，麻烦替我问一下赵峰，IAC还需不需要医疗师。"

时洛呆呆地看着余邃的最后一条消息，翻来覆去看了几遍后，嘴角控制不住地挑了起来。

这个人……

时洛握着手机，正要回复的时候，群里又有消息了，时洛退出去看了一眼。

【Puppy】："举手，打个小报告，我刚去洗手间路过沙发，不小心看了一眼某人的手机，好像看到了一些了不得的东西。"

【英俊宸火】："谁？"

【Puppy】："我本来想装没看见的，但某些人的个别言论太恶劣了，我觉得需要曝光一下。"

【英俊宸火】："曝光、曝光、曝光，什么？"

时洛看着群聊，心里突然有了点不太好的预感。

【Puppy】："某医疗师和某外队突击手在讨论咱们预选赛失败的事。"

【教练·老乔】："还没打呢，这就开始聊失败了？"

【英俊宸火】："何人胆敢动摇我军军心？！"

【Puppy】："何止动摇哦，某医疗师在询问某外队突击手，如果预选赛失败，IAC还缺不缺医疗师。"

时洛悔之不及，自己刚才是怎么了？为什么突然发疯去找余邃？！

【英俊宸火】："Whisper？？？"

【Puppy】："比赛打都没打就开始联系外队了，给个解释吧。"

【教练·老乔】："……余邃，真是你？"

时洛咬牙，情急之下正要替余邃解释，群里余邃已经说话了。

【Whisper】："是我啊。"

【英俊宸火】："良心还在？"

【Whisper】："我什么时候有过良心？又不是第一次卖队了。"

【教练·老乔】："……"

【英俊宸火】："……我居然无法反驳。"

【Puppy】："我就喜欢我余神这一点，我黑我自己。"

【英俊宸火】："但我还是没法接受，比赛还没打呢，凭什么你就开始私下找退路了？@Evil，你们IAC还缺突击手吗？"

【Puppy】："对嘛，何必私下？如果预选赛真的失败了，谁又不想去IAC呢？@Evil，你们IAC还缺狙击手吗？"

【教练·老乔】："你们正常点行不行？？？"

【教练·老乔】:"……算了,都是成年人了,我也没必要把自己的后路封死,@Evil,你们 IAC 还缺教练吗?"

时洛:"……"

时洛揉揉眉心,分别太久,已经忘了这群人一个比一个"不要脸",自己居然信了他们真生气了。

【经理·周】:"???"

【经理·周】:"什么情况?!我就去打了个电话而已,你们怎么已经开始找下家了?!"

【英俊宸火】:"周周比较可怜,只有你无法联系赵峰,问他 IAC 还缺不缺经理。"

【Puppy】:"对,听说过医疗双子星战队,但从没听说过经理双子星战队。"

【英俊宸火】:"心疼经理,我们给周周刷一拨'心疼周周'吧。"

【英俊宸火】:"心疼周周。"

【Puppy】:"心疼周周。"

【教练·老乔】:"心疼周周。"

时洛看不下去了,他将手机放到一边继续游戏,被插科打诨地闹了半天,时洛心中的不安稍稍减轻了些。

直到预选赛正式开始那天。

算上 FS 和风掣两支保级失败的战队,这次参加预选赛的一共有八支次级联赛战队。比赛依旧是单循环 BO1 赛制,每个队伍挨个和其他队伍打一小局,胜一场积一分,最终以积分排名,积分最高的两支战队晋级。

八支战队单循环就是要赛二十八场,每支战队都是打七场。

预选赛赛程只有一天,为了节省时间,前十六场分四个比赛场在上午全部赛完,后十二场才会在下午单局进行,而后决出结果。

时洛错估形势,预选赛当天才知道自己有多蠢。

时洛也清楚自己不能被认出来,预选赛当天老老实实地换了一身不打眼的私服,又戴好了口罩和墨镜,还找了个稍大些的棒球帽将自己那一头惹眼的银白色头发遮了起来。

时洛自认为已经藏得够严实了,穿着这一身抵达场馆的时候,还没过安检,比赛场馆的工作人员看了他一眼,还是问道:"Evil 怎么过来了?"

时洛："……"

同样全副武装的瓦瓦摘了墨镜，警惕道："你看出来他是谁了？"

工作人员同样警惕："瓦瓦，你们是在做什么节目吗？不能被认出来吗？但……只要是你们的粉丝，看你们就像在看裸奔啊，又遮不住身材和轮廓，一看就知道是谁啊。"

时洛放弃，摘了墨镜和口罩，认命道："带我俩走员工通道，给我在导播台那边找个粉丝们注意不到的位置。"

工作人员体谅地点点头，递给他一张工作证："你该早点联系我们啊，你不是还买票了吧？"

时洛不想承认，含糊道："麻烦了。"

工作人员将时洛和瓦瓦带到导播间，同内场工作人员沟通过后，给时洛和瓦瓦在二楼的走廊里找了个粉丝视角的死角位置，又叮嘱他俩一会儿换比赛场地的话要跟着工作人员走，不要去楼下被粉丝看到，而后还好心地给了他俩一人一瓶可乐和一罐爆米花。

时洛终于有了自己的位置，和瓦瓦坐好等选手进场。

瓦瓦左顾右盼："余神新战队的队名是什么？"

时洛低声道："Free。"

Free战队几人入场时，时洛的呼吸暂停了两秒。

新战队队服是黑色的，只有左袖自肩膀到手腕印着单翼白色翅膀，简单又干净。

"哇，你的新队服好好看啊。"瓦瓦推推时洛，"看看看！"

时洛怕瓦瓦毒奶，忙道："还不一定是我的新战队呢！先晋级、先晋级！"

时洛顾不上别的，又开始紧张一会儿的比赛。

而事实证明，他就多余来。

前十六场余邃他们要打四场，他们打了四场赢了四场，而且是不费吹灰之力全方位碾压的那种。对手和他们的实力相差实在太大，真实实力完全发挥不出来，时洛从全神贯注逐渐变得精神涣散，最终看得索然无味。下午Free的比赛还剩三场，只要他们不全输，晋级就没意外了。

不会再出什么状况了，时洛终于安下心来，转场的时候他分心看了看即时积分情况，眉头微皱。

保级赛被其他几个战队捶爆了的风掣战队，意外地今天打得还不错。

除了输了 Free 一场，前四场风掣战队胜了三场。

反观 FS，上午也打了四场，但只赢了两场。

晋级的只能有两支战队，余邃他们已经稳占一个名额了，而 FS 有点危险。

时洛扣好帽子，起身环顾场馆内，没看见季岩寒。

时洛趴在走廊栏杆上，面无表情地嚼着爆米花，心里隐隐有一重不安。

下午单赛场比赛开始，前三场中两场都是 Free 的比赛，他们又是稳、准、快地结束了比赛，至此 Free 战队赢了六场，积分为六分，已经确定晋级了。

时洛本该放心的，他看了看赛程表，心中的不安却一点点加重。

余邃他们最后一场，是和 FS 打。

时洛暗暗祈祷，FS 请干脆直接出局，千万千万别卡在悬崖边。

选手们口中常说的悬崖边，即在出线和未出线的边缘。

积分赛排名赛制下，决定自己能不能出线的往往不是自己的比赛，而是别人的比赛。

时洛打职业两年，无论是常规赛最后几场季后赛的悬崖边还是世界赛小组赛晋级的悬崖边，他最烦最烦的就是在最后关头遇到差一脚就能上末班车的战队，每次遇到这种战队，赢也是错，输也是错。

上上赛季，NSN 战队当时状态不佳，常规赛初期低迷，赢一场输一场，状态起伏不定，中期又连败了几场，到常规赛末期，NSN 常规赛排名第八，正卡在能进季后赛的尾巴上，只有半只脚踩进了季后赛，后续几场比赛一个不对就会与季后赛无缘，沦为保级队。

好死不死，当时时洛所在的 IAC 最后一场常规赛会和当时常规赛排名第九的万重山战队对战，IAC 如果不小心输给了万重山，那万重山将变成第八名，NSN 自然降为第九名。而第九名，不但进不了季后赛，还要跟后面的三支战队去打保级赛。

NSN 当年对时洛很照顾，时洛和 NSN 选手的关系也一直不错，没私心是不可能的，但比赛这种事又不是自己一个人说了算，他也不是没输给过万重山战队。那个星期时洛压力倍增，担心常规赛收官战时会一不小心输给万重山，亲手把自己老东家 NSN 送去保级赛。

不过万幸，NSN 自己争气，后续的三场常规赛都是 2∶0 拿下，排名一跃成了常规赛第六，如此就稳进了季后赛，IAC和万重山最后一场常规赛不再影响各战队积分排名，时洛才放下了心中大石，轻装上阵。

时洛看着即时战队积分，心中的不安越来越重。

第二十六场结束的时候，时洛看着比赛结果头疼欲裂。

风掣战队自己的七场全部打完，排名第二，积分五分。

FS战队已打完六场，排名第三，积分四分，正式走到了悬崖边。

FS再次上演了保级赛时同样的戏码，最后一场如果能赢，那他们还能和排名并列第二的风掣战队打加时赛，还有拼一次的可能，如果输了，那就……什么都没了。

而FS最后一场的对手，是余邃的Free。

时洛打了两年职业，见过太多次悬崖边了，他自己也曾在悬崖边被水鬼拖过腿，他自己并不在意，但这不代表别人不会在意。

时洛不敢想，余邃他们一会儿若是赢下了最后一场比赛，那将是怎么个修罗场。

这些也可以先不提，现在最要紧的是……

"余神他们呢？"瓦瓦小声道，"会不会最后也想抬FS一手啊？毕竟……"

时洛抿了抿嘴唇，没说话。

瓦瓦小声道："这也不是送分啊，只是给FS最后一个机会，给他们一个同风掣加赛的机会，FS刚才有几场打得也挺好的，也不是完全没希望赢余神他们，他们要是打得稍微放松一点，那FS就能打加赛了。"

"FS和风掣到底谁能晋级，就看FS他们自己的本事了。"

"几年前世界赛没改赛制的时候，被分到同组的同赛区战队，很多战队会给自己赛区兄弟战队松松手。"瓦瓦小声道，"大家心知肚明的东西，所以现在联赛改赛制了，不会让同赛区的战队在世界赛小组赛碰面了，就是为了杜绝大家顾私情，这种事……联盟都能理解的。"

瓦瓦看向时洛："你猜……他们会不会念旧情？"

时洛回想前几天群里的聊天记录，不确定地摇了摇头。

包括时洛，大家确实不想让FS被降级。

"悄悄地，"时洛低声道，"跟我去后台休息室。"

在工作人员的保护下，时洛和瓦瓦一路走员工通道，被送到Free战队休息室。

还没进门，时洛和瓦瓦就听见了里面压抑的争辩声。

瓦瓦咋舌："还真……被我说中了。"

休息室内，周火迷惑地看着众人："这都已经晋级了，你们都沉着一张脸做什么？不知道的还以为我们0∶7被送走了。"

老乔起身，将休息室的摄像头和收音麦克风关了，闷声道："放心说话吧。"

Puppy在沙发上摊平，面无表情："好吧，我承认，我心软了。"

宸火长叹一口气。

Puppy无奈道："罢了，你们要是实在不忍心，抬一手就抬一手吧，我没意见。"

"不甘心，但又不忍心。"宸火坐在电竞椅上伸长腿，喃喃，"算了……听你们的。"

老乔哐了一口，忍着恶心道："那就这样吧，算是最后的一点情分了，余邃？"

余邃正戴着耳机看手机，被Puppy推了推肩膀才摘了耳机，问道："怎么了？"

Puppy无奈："下一局FS悬崖边，反正咱们输赢都不影响晋级了，要不要……"

余邃把耳机收好，披上队服外套，问道："要什么？"

Puppy嘴唇动了动，下面的话就不太好说出口了："你……大家心照不宣就得了，非要我说出来？你别说不明白我想说什么。"

余邃点头："明白。"

余邃淡淡道："打了一天了，活活拼了六场，大家都累，我能理解。实话实说，我现在的状态也不够好，最后一场比赛是有点难。"

老乔松了一口气，正要顺着余邃的话往下说，提前给大家找好理由的时候，余邃又冷冷开口："还有半个小时上场，饿了的抓紧吃点东西，渴了的自己去喝水，困了的去灌咖啡，怎么调整状态需要我教？"

余邃起身，环顾休息室众人一眼："我明白大家在想什么，但对不起，下一场比赛我会尽全力，不会有任何失误，也不允许队内其他人有任何失误。

"下场比赛输赢已经不影响我们晋级了，我很清楚。

"对面是FS，正在悬崖边上，我也很清楚。"

众人一时无话，老乔迟疑道："不说旧情，咱们要是把他们加赛的可能断了，网上那些喷子可能又要对你……"

余邃看向老乔，平静反问："我还怕喷？"

下一局，Free 战队碾压 FS 战队飞速赢下比赛，Free 战队三人亲手送走了自己的青春，正式同风擎战队一起晋级联赛。

36

同 FS 战队打完最后一场 BO1 后，余邃收拾外设的速度比平日慢了一点。

宸火和 NSN 的青训生早已抱着自己的外设回后台了，Puppy 察觉出余邃同往日有些许不同，也放缓速度，看着余邃，压低声音道："开场前，不是挺无情挺冷漠的吗？刚才比赛的时候也一点儿水都没放，现在这是怎么了？"

余邃的神色和平常没什么区别，他坐在自己位置上一边缓缓地缠键盘输电线，一边问道："我现在怎么了？"

"别人看不出来，我能看出来一点，主要是你现在这个眼神我有点熟悉……"Puppy 看看余邃，点点头，"对，就是这样，你送洛洛去 NSN 的那天，就是这个表情。"

Puppy 评价道："表情特别自然，但眼神没焦点。"

余邃莞尔，拆了鼠标起身往后台走。

Puppy 用鼠标垫把外设一卷跟上，忍不住道："你明知道，我们不光是想救 FS 一次，也是想送季岩寒个人情，让他替你发个公告，澄清一下当初……"

"用不着。"余邃往后台休息室走，"我早习惯了，而且这点儿事还不值得让我放水。"

Puppy 无奈："这不值得还有什么值得？！你是真的被喷习惯了，百毒不侵了是不是？"

"活该你整天被粉丝骂渣男！"Puppy 跟在余邃身后抱怨个不停，"心狠起来是真狠，对别人狠，对自己更狠。"

"有句话我从出道开始就想问了。"余邃边走边好奇地问道，"为什么一直说我是渣男？我当时才十五六岁啊，怎么我心狠就是渣男了？心狠，不应该是骂我狼心狗肺之类的吗？渣男这词儿太温和了吧。"

"你情况特殊啊。"Puppy 上下看了余邃一眼，"看看这个身材，看看这张脸，看看这个年纪就有的九位数的身家……"

Puppy 意难平："很多事，我们做了就是狼心狗肺，您做了就是渣男，懂了吗？"

余邃了然，点头补充道："对了，我还从出道起就是联盟顶级医疗师。"

"没夸你，也不需要你继续补充。"Puppy 很想用外设砸余邃，"……好气哦。"

"关键……"两人转进后台走廊，Puppy 道，"你还不光心狠手辣啊。心狠起来是真心狠，但温柔起来又真温柔，让粉丝和你身边的人对你爱恨交织，拿不起放不下的，这不是渣男是什么？"

余邃自嘲一笑。

Puppy 看着后台 Free 休息室门口戴着口罩和墨镜的男生，脚步慢了下来。

余邃看着眼前的人，脚步一顿，收起刚才玩笑的神色："……你先去吧。"

Puppy 替余邃拿了他的外设，自己先进休息室了。

时洛听到动静，转头看过来，抬手要摘墨镜，余邃道："马上会有人来后台采访，补录视频素材。"

时洛来看比赛就已经能带起网上的节奏了，更别提他居然来了 Free 战队的后台休息室，万一真被拍到了，不知又会有多少麻烦，这一点两人都清楚。

时洛没再摘墨镜，放下手来，一时无话。

时洛穿着一身私服，戴着黑色口罩、黑色墨镜和黑色棒球帽，把自己捂得严严实实的，让人看不清他的表情。

两人相对无言。

余邃看着眼前全副武装成这样站着的时洛，心里难得地疼了一下。

自己确实是个渣男。

NSN 今晚和别的队约了训练赛，刚才 Free 和 FS 比赛一结束，瓦瓦就带着被借出的自家青训生走了。时洛担心和散场的粉丝一起往外走会被看见，躲回了后台，不巧正好走到了 Free 休息室门前，不巧又遇见了余邃。

口罩下，时洛嘴唇微微动了一下，犹豫着说句什么比较好。

这会儿外面场馆里粉丝们应该已经走得差不多了，估计也能出去了。

他和余邃现在的关系实在太微妙，每次碰面彼此都是进退维谷。时洛有点想逃，不等他开口，余邃清了清嗓子："我……"

时洛看向余邃。

被余邃表情迟疑、直直地注视着的时候，时洛庆幸自己没摘墨镜。

有了墨镜的保护，时洛能随心所欲地看着余邃，不用担心暴露太多自己的情绪。

余邃抿了抿嘴唇:"我今天……"

"没开车来。"余邃无意识地摸了一下裤子口袋,里面空空如也,他看向时洛,"一会儿你先回IAC?我晚上或者明天去接你,时间你定。"

时洛怔了一下,忽然记起来是余邃之前说过的。

预选赛晋级成功,他会来IAC接自己。

居然没有出任何意外,一切都如约而至,时洛反而有点不太相信了。

他说要来接自己,就真的来接自己了?

晚上或者明天……那不是马上了吗?

时洛有片刻出神,一动不动的,余邃看不到他墨镜后的表情,有些疑惑地皱眉看着他。

余邃身后有人经过,他听到背后有声音,稍稍往时洛身边靠了一些挡住了时洛和身后的视线,时洛往后退了一步:"都可以……"

余邃点点头。

两人又没话了。

时洛觉得这气氛越来越尴尬,刚想说要走,余邃又问道:"东西……多吗?东西太多的话,我把我行李箱也带去?"

"不、不多。"时洛顿了一下,"就是点衣服和鞋子,再带身IAC的队服,我有两个大行李箱……装得下。"

余邃点头:"好。"

走廊再次安静了下来。

余邃看着时洛:"所以,今晚还是……"

"聚餐去吧?"宸火突然从休息室里破门而出,他拎着外设包上下看看时洛,大刺刺道,"从刚才我就想问了,这是工作人员吗?刚才就在咱们门口!"

时洛摘了口罩,木然地看着宸火。

宸火呛了一下:"对不起时哥,我眼瞎,对不起、对不起、对不起。"

Puppy看白痴一般地看了宸火一眼,又看看余邃、时洛俩人,察觉出这气氛不太融洽,试探道:"我们要去聚餐,时洛,你应该没吃吧?要不就一起呗?你挑地方?"

时洛重新戴上口罩,半分钟后点头:"行,地方随意。"

Free众人等了片刻,在确定粉丝已经离场后出了场馆,上了战队的车。

众人最终还是去吃的火锅。

进了包间后时洛才摘了口罩,余邃低头看了看手机,一直没落座。Puppy在旁边有意无意地挤了挤余邃,将余邃挤得靠近时洛。另一边周火也是人精,眼睛一扫,心里明镜一般,右手一把拉过没心没肺往里走的宸火,左手一把拉开椅子自己坐下,一个断后,封了时洛的走位,让他不得不坐了下来。如此,余邃同时洛自然而然地坐在了一起。

众人飞速点菜,午饭的时候都怕吃饱后犯困影响下午操作,基本都是随便吃了两口东西,打到晚上都已是饥肠辘辘。上菜后众人没话,除了余邃和时洛没吃太多,其他人都是闷头涮菜狂吃,众人自顾自一言不发地吃了快半个小时后才缓了缓,开始长吁短叹。

"终于完事儿了!"宸火唏嘘,"连着七场……好久没打过这种车轮战了,原来预选赛是这样的!"

Puppy 也是头次打预选赛,摇头道:"我甚至怀疑这个赛制也是考核的一环,看看你这身体抗不抗压力,自动淘汰一拨老弱病残。"

余邃一面慢慢地吃涮青菜一面看手机,老乔皱眉道:"怎么又看手机?看什么看!你看别人喷你有瘾是不是?"

余邃收起手机:"没看论坛,不过想想也知道全在骂我,我的十宗罪应该又多了一宗……杀师灭祖。"

余邃倒没猜错,预选赛结束,各大电竞论坛果然是骂声一片,余邃的罪名又添了一项:预选赛中不念旧情、忘恩负义,亲手断送了出道战队的晋级可能。

其实刚才那种情况下 Free 正常发挥,就算有人喷也是少数,若是真的抬了一手送 FS 去打加赛,风擎战队的粉丝自然也要喷,只是余邃身份特殊,喷子们对人不对事罢了。当年离开 FS 的事至今仍然不清不楚,粉丝们特别是 FS 的老粉丝们,仍不放过余邃,如今 FS 降级到了次级联赛,FS 战队的粉丝自然而然地将矛头重新对准了余邃。

全是这个叛徒害的!

Free 众人在打最后一场前犹豫了,是为了 FS,也是为了余邃。

老乔一言难尽地看看余邃:"你说你何必呢?你难道就真舍得?"

"当然舍不得。"余邃放下筷子,喝了一口温水,"刚才开局看见对面游戏ID 前的队标的时候,我差点以为那是我的队标。"

宸火一拍桌子笑了："巧了，我也是！"

FS 的队标、队服、队徽，对他们而言都太熟悉了。

FS 今天来比赛的那四个人，众人一个也不认识，但他们一顶上 FS 的队标，三人依稀有错觉：比赛时杀的不是对方，而是更年轻的自己。

"刚才打的哪是比赛。"宸火喝了一口冰啤，"……老子拆的是自己老家。"

宸火说完这话眼睛倏然红了。

Puppy 正夹着块牛肚，闻言沉默片刻，又放回了盘里。

宸火摇头笑了一下，用拇指抹了一下眼角，看向余邃："Whisper，咱们老家没了，被咱仨亲手拆没了。"

余邃神色如常，端起温水杯："喝一个。"

老乔眼睛微微泛红，一同举杯："也算我一个。"

四人碰杯。

余光里，时洛看着余邃喉结微动，心情复杂。

今天过后，联赛再无 FS 了。

曾经的电竞"圣队"在今天彻底消失了。

"哎，旧的不去新的不来。"周火看看众人神色，打破僵硬的气氛，招呼道，"快吃、快吃，明天还有的忙。余邃你得跟我去总部交换文件，你们的选手信息也得更新，特别是时洛的，转会合同处理起来更复杂，早点吃完早点睡，明天都不要赖床耽误正事，听到没？"

宸火点点头，想去洗个脸，起身道："我去方便一下。"

Puppy 默默道："早去早回，不要在洗手间和人打架。"

岁月静好了一晚上的时洛无端被捅了一刀。

宸火"嗤"了一声，边走边道："放心，我又不是医疗师。"

余邃跟着被捅了一刀，他喝了口温水，装作没听见。

老乔忍不住笑了起来，只有周火不明所以，确定大家都吃饱了后，周火按了服务钮等着服务生来结账。

不多时宸火回来了，脸色有异，坐下来道："那什么，我有个事跟你们说……"

Puppy 警惕地看着宸火道："什么情况？你不是真跟谁打起来了吧？"

"当然没！！"宸火脸色不善，犹豫道，"另一边包厢里是 FS，好像是在吃散伙饭吧，那谁……季岩寒也在。"

宸火话音未落，时洛的眼睛瞬间变得十分有神。

Puppy和老乔对视了一下，咳了一声，小心地建议："如果洗手间没监控，在洗手间打一架应该……也没什么吧？"

老乔迟疑："虽然我退役前不是医疗师，但也不是不会打架……"

宸火咽了一下口水："不瞒你们说，我还真看了一眼确定了一下，洗手间没监控，里外都没。"

时洛闻言放下心，一言不发地活动了一下颈椎，揉了揉手腕，拉伸了一下肩膀。

周火心惊胆战地看着众人："怎么了、怎么了？你们这是要碰高压线吗？别'演'我啊！这都晋级了，你们一起被禁赛然后战队解散，我去哪儿？！IAC吗？！"

说话间服务生来了，小女生胆怯地看看气势不太友善的众人："是……要结账吗？"

余邃点头："账单给我。"

周火担惊受怕地看着众人："你们、你们给个话啊！别吓唬我！"

"当然不会动手，想什么呢，都是职业选手，被拍下来，以后不比赛了？"余邃签了单，抬头看向服务生，语气温和，人畜无害，"你们饭店有耗子药吗？"

37

服务生瑟瑟发抖："耗……耗子药？！"

余邃点头，服务生疯狂摇头："没有！！！我们饭店有卫生许可证的，绝对没老鼠！也没准备过耗子药！"

宸火的思路迅速被余邃带偏，跟着问道："没有耗子药，那砒霜呢？有吗？"

Puppy跟着提问："鹤顶红？"

服务生崩溃："鹤、鹤顶红？！"

"不知道什么是鹤顶红吗？"老乔怜悯地看着服务生，好心帮忙解释，"就是老佛爷让香妃娘娘喝的那个，你小时候暑假家长不让看电视剧吗？"

时洛不耐烦了："有把砍刀就能解决的事，磨叽什么呢？"

服务生小姑娘没怎么遇到过土匪，抖着手要拿对讲机："你们，你们……"

余邃忍不住笑出了声。

"别叫保安！！！"周火越来越后悔自己接手这个全员恶人的俱乐部了，忍无可忍地站起来尖叫道，"对不起，我们自己走！对不起，妹妹，我马上把这群神经病带走！千万别叫保安，求求你了！我们不能上新闻，余邃！！！你不是都结账了吗？！走了！"

宸火被推着起身，依旧意难平："打又不能打，药又不能药，就这么走了？"

"算了吧，下次吧。"Puppy幽幽道，"咱们战队这刚预选赛晋级，前程大好，为了这么个败类，不值得，以后吧……下次出国比赛遇到的时候再动手？做得干净一点，在国外给他弄死了，别人也不知道……"

"国外也不行！！！"周火气得想打Puppy，"我发现了！平时不声不响的，其实你最坏！给我闭嘴！"

众人心中都有数，只是还想"口嗨"几句或搞点不会上社会新闻的小事儿，周火则是一点儿麻烦也不想沾，风风火火地抢过小票后催着众人起身，众人无奈，不太情愿地拿着手机起身。

众人起身往外走，经过FS包间的时候宸火忍不住道："就这屋。"

不等周火拦众人，走在最边上的时洛一把推开了包间的门，里面两个正在收拾房间的服务生看向门口："是落下什么东西了吗？"

时洛皱眉："没。"

"跑得倒是快。"宸火撇嘴不屑道，"肯定是看见我了。"

周火松了一口气："人都走了，行了行了，咱们也走了。"

周火一面给司机打电话一面赶着众人往外走。天已黑透，众人往路边走，余邃揉了一下胃。

时洛皱眉看了过去，Puppy先问道："胃又疼了？"

余邃摇头："没事。"

"装什么装。"Puppy皱眉，"你本来就不能饿，中午还几乎没吃东西，我看你刚才火锅吃得也少，刚才就胃疼了？"

"那么大声教训谁呢？稍微有点疼，真不严重。"余邃神色如常，"回去喝包冲剂就行了。"

"又胃疼了？"周火紧张道，"没什么大问题吧？你胃不是好了吗？"

余邃道："早好了，就是饮食不规律的时候会闹点小脾气，没事。"

周火不信任地看着余邃，又看向 Puppy，Puppy 点头："这倒是真的，医生说了，有时候饮食不太规律是会有点小问题，不过一般喝点热的就好了，这……你不是随身带着冲剂吗？回去饭店里要杯热水。"

余邃还想着晚上要接时洛的事，不想耽误时间："回基地再说。"

"回基地就严重了怎么办？！"周火不敢让余邃再有闪失，不容分辩道，"我陪你回去，走走走。老乔，车来了等我们一下，马上到。"

老乔点头："快去。"

余邃无法，被周火又带回了店里。

剩下四人等在路边。

一辆私家车自地下车库上来，缓缓地停在路边，驾驶位门开了，走下来一人在车身后面站着，只能看见半个后背。

时洛一直在等车，看了两眼后眯起眼，冷笑："这不是巧了？"

宸火茫然地顺着时洛的目光看过去。

Puppy 看了过去，迟疑了一下道："这儿全是监控，别给自己惹麻烦。"

两年前的教训还在，时洛确实不敢再出事让别人给自己背锅。

但时洛还是朝私家车走了过去。

老乔一直在看手机，闻言转头看看："怎么了？"

宸火看着不远处的人："季岩寒。"

老乔眸子一暗。

季岩寒刚才喝多了酒，送 FS 队员上了大巴车后他留了下来，正在醉眼蒙眬地找代驾，听到脚步声，季岩寒抬头看了一眼，呆滞了片刻道："……时洛？"

时洛漠然地看着季岩寒。

季岩寒揉了揉眼，眼神空洞地看看走过来的几个人，嘴唇颤抖了两下："老乔、宸火、Puppy……"

季岩寒重新看向时洛，瞬间回神一般酒醒了，目光闪避地想要躲上车，可时洛先一步将手搭在了车门上。

季岩寒心虚地后退两步："你……"

"放心，全是监控，不会揍你。"时洛厌恶地看着季岩寒，"就是来问你一句话，问完就走。"

"问……"季岩寒现在最怕见的就是这些人，奈何今天是 FS 最要命的比赛，他不得不来，躲躲藏藏了一天，不想最后还是撞上了，他现在只想快点躲开，颤声道，"你问……"

"那个敏敏，"时洛问道，"现在还好吗？"

季岩寒呆滞地看着时洛，千算万算没想到时洛居然问这个，无意识道："那年你们走了以后，她家的窟窿勉强补上了，她爸爸那次之后中风了，病了一场，现在不管事了，结婚后……家里的事都是我俩在管，她……算是好吧。"

时洛点头："行。"

时洛转身就要走，季岩寒还没反应过来发生了什么，时洛没问自己别的，就问了一句跟他没任何交集的敏敏好不好，这什么意思？

季岩寒怔了一下，急匆匆道："老乔！宸火！"

季岩寒颤声问："你们今天……是为了报复我？是余邃在报之前的仇吗？"

宸火掏掏耳朵，失笑："报仇？"

季岩寒欲言又止："最后一局比赛……"

"你跟余邃的事儿已经两清了，他现在怕是都忘了你长什么样了。"宸火上下看看季岩寒，"现在放不下的人是你吧？"

季岩寒眸子骤缩，不敢同几人对视。

确实，这两年放不下又时时刻刻被仅剩的一点良心折磨纠缠的，是他自己。

做了亏心事的是自己，余邃心中没有任何负累，人家有什么可纠结的？

只是一局比赛而已，最多只会对他们曾经的战队有些伤怀。

想到已经成为历史的FS，季岩寒偏头看着几人，目光钦羡地自言自语："老乔，你去做教练了？行了，这下都全了……"

曾经的FS天才组重组成功，只是不再顶着FS的队标而已。

季岩寒喃喃道："到最后，我才是被开走的那一个。"

几人中，老乔和季岩寒同队时间最长，也是最不想见季岩寒的一个，老乔沉着脸，一个字都不想说，刚要拉着众人走，季岩寒又道："时洛，你……也去他们战队了？"

时洛脸色不善地看向季岩寒："是，怎么了？"

季岩寒不确定道："你不是跟余邃已经水火不容了吗？你……"

季岩寒看向时洛，不确定道："你和他彻底冰释前嫌了？"

时洛怔了一下："不算吧。"

季岩寒自言自语，无法理解："那你怎么会又去他的战队了？他……你到现在还什么都不知道？"

时洛眉毛皱起："我该知道什么？"

"没事。"季岩寒摇头，"没事了……"

"吞吞吐吐的，是想玩离间，还是又想暗示什么、威胁什么？"说到威胁，时洛就有点压不住火，"季岩寒，余邃之前为什么会被你威胁，你心里一清二楚，现在该还的已经都还清了，你现在有话爱说就说去，还有什么怕你说的？"

"我没想再威胁他！"季岩寒情急道，"我是、我是在替余邃考虑，你要是……"

"考虑什么？！你会考虑什么？！"

老乔自退役后心中一直憋着一把火，现在已经在爆发边缘，他粗声道："你又想考虑什么？！告诉你，时洛就是米我们战队了，他跟余邃已经和好了，你想挑唆什么？！"

季岩寒难以自控地往后退了一步，结巴道："我、我是想最后补偿余邃一点什么，我……"

"想补偿？行啊。"时洛瞬间抓住了重点，"去，去发条微博，把你两年前做的'挫'事儿说个一清二楚，怎么样？反正你婚也结了，现在战队也马上就没了，你不可能再经营个次级联赛的战队吧？你还怕什么？"

"那不行！！！"季岩寒想也不想道，"我那么多朋友都是电竞圈里的人！我全说出去，那我以后……"

"你以后？"时洛失笑，"就你有以后，别人就没以后了？"

"两年前你坑得老子被卖来卖去，两年了，好不容易有点儿稳定的希望了，你临了又堵了我一次。"时洛尽力控制着自己想动手的欲望，"剩下个空壳就组了这么个破战队，打谁都打不过，一个好好的冠军队被你搞得从保级赛一路输到现在被开出局。你们自己菜，没人管得着，但非要最后一场悬崖边遇到Free，打一手感情牌，马上就要滚蛋了还得再坑一把，惹得网上喷子全在喷我的新战队，呵……你命里克我吧？！"

若不是这边监控太多，时洛是真的想动手了："老子当年是欠了FS一份人情，但不是欠了你，你现在跟我谈以后？你谈得着吗？！"

季岩寒慌张地后退两步："你欠的是余邃，但余邃当年……我当年对他也是……"

"别提，求你。"宸火受不了地打断季岩寒，"早就已经两清了，别再提你当年对他如何好了，给彼此留点回忆吧，别让我们以后想起以前的日子就恶心，行吗？"

季岩寒噤声。

片刻后他又压抑地道："我……"

时洛烦躁道："不乐意就拉倒，反正都被喷习惯了。"

老乔双手微微发抖，一言不发，转身就要走。

"等一下……"季岩寒突然又道，"这样，你们、你们自己发声明，我不解释，这总行了吧？行……"

"行个头！"老乔憋了半天，彻底被惹爆炸，转身怒道，"行个头！说了半天，你就愿意补偿这一点？！"

老乔崩溃道："澄清？你以为这些年我们没替他澄清过？！有人信吗？有人信吗？！

"老子从那年决赛起就在替余邃澄清，但是喷子们怎么说的？！"

"说我这些年跟着余邃跟班当多了，奴才当习惯了，又被推出来当背锅的！！！"新仇旧恨叠在一起，老乔再也控制不住脾气，现在恨不得生撕了季岩寒，"Puppy也在澄清，宸火也在澄清，有人信吗？！他俩是跟着余邃一起走的，所有人都说他俩敢怒不敢言，不替余邃洗白就会在新战队被余邃穿小鞋，又说他俩的微博账号都被余邃控制了！！！我们越澄清，余邃被黑得越严重，我们还能怎么办？！

"说的话没人信，证据又拿不出来，你这些年倒是混了个好人缘，没人信你会这么坑曾经一手带出来的队友！我们空口解释又要替余邃添黑料，我们能怎么办？！老子当年欠了余邃这么大的人情，让他替我扛了这么多，我不憋屈吗？！怕给他添麻烦，退役仪式上都不敢提他，我不恨吗？！"

提到退役，季岩寒再也控制不住，咬牙流泪。

"时洛！！被余邃亲手送走的时候放了那么多狠话，但他转头就跟NSN说了这不是余邃的本意！但人家都以为他是从小爹不疼娘不爱，被余邃养出雏鸟情结来了！"老乔盛怒，大吼道，"他在IAC也说过类似的话！别人一边骂他犯贱，一边说他是离开FS之前被迫签了保密协议！！！最后又成了余邃只手遮天控制队友，他能怎么办？！他当年才十七岁！！！"

时洛咬牙，扭头闭眼，喉结动了一下。

"你现在又来让我们澄清了？又来了！怎么？我们终于能过几天好日子了，你受不了了？"老乔怒不可遏，"除了自保你还会什么？我告诉你，你今天战队没了，你活该！！你最活该！！！活该你现在一个人喝多了趴在路边没人管！！！别跟我再谈旧情，要不是因为当年是你把我和余邃从刀锋带出来的，早砍死你了！！！"

季岩寒缓缓蹲下来，捂着眼，终于崩溃地哭出了声。

Puppy尽力保持冷静："行了，没必要跟他多话，气坏了自己不值得，走了。"

老乔眼睛通红、气喘吁吁，又骂了两句后转头往自家车走，宸火给季岩寒比了个鄙视的手势，扶着老乔走了。

Puppy回头看了季岩寒一眼，缓缓道："队长，你要还有点良心，就发个澄清声明，不用你忏悔什么，细节也不用扯，说清楚当年我们被卖的那笔钱到底是用来做什么的就行。到现在，还有人说是余邃卖了我们，拿了那笔钱，你……想想他这些年是怎么过的吧。"

Puppy看向时洛："时洛，我们走。"

众人一个个走了，季岩寒跪在地上号啕，足足哭了半个小时。

半小时后，被代驾扶进车里的季岩寒哆哆嗦嗦地拿出了手机。

论坛里，果不其然都在喷余邃，言语恶毒得让季岩寒都看不下去。

季岩寒看论坛看了许久，几番犹豫后，打开了微博。

38

回Free基地的路上，除了还被蒙在鼓里的余邃和周火，剩下四个人的脸色都不太对。

Puppy有意无意地把余邃和周火挤在了前面，四人坐在保姆车最后两排，八目相对，眼神复杂。

坐在前排的余邃回头看了时洛一眼，没说什么。

前面的周火跟着回头看看时洛，有点想问时洛，你这不声不响地直接跟着回Free是什么意思？你还不回IAC收拾东西吗？回IAC和去Free基地方向相反啊，今天到底还搬不搬？还要耽误多长时间？

同宸火几人一样，周火也有点怵时洛，想了想觉得余邃都没问，自己还是别多话了。

坐在后排的时洛冷着脸出神，被季岩寒搅了心情，他早忘了要单独打车回 IAC 的事，直到司机将车停在了 Free 基地别墅前才反应过来，自己莫名其妙地跟车来了 Free 基地。

时洛下了车看看时间，已经是晚上十一点了。

周火提议道："让司机送你回去？"

"别别别！"Puppy 忙拦道，"来都来了，上去坐坐。"

"对对对。"宸火眼睛一亮跟着道，"去我屋里喝杯茶，来来。"

老乔反应过来，点头："哦，对，来都来了，进去吧，咱们兄弟四个也好久没一起说说话了，来来。"

时洛明白了三人的意思，硬邦邦道："行……"

四人整齐划一地去了宸火房间。

被丢在原地的余邃看向周火。

周火比余邃还茫然，小心地问道："你们战队以前……是他们四个关系比较好一点吗？"

余邃："……"

莫名其妙就被孤立的余邃自己进了基地，收拾明天要用的资料，基地二楼队员宿舍标着宸火的那一间里，四人关门上锁。

"后悔了。"老乔心烦地抓了抓头发，"我跟这种人有什么可嚷的，白让他看笑话。"

"反正他也不会帮忙，还不如把他拖到没人的地方揍一顿解解气。"宸火懊恼不已，"不该走的。"

"没后悔药吃，而且也没用。"Puppy 无奈，"我就后悔没录音。"

宸火拍脑袋："对啊！！！为什么没人录音啊？"

"谁想到能遇到他？"Puppy 无奈，"我也不该多话让他自己去澄清，他八成不会说，可万一他模棱两可地说了什么呢？不清不楚的，又要给余邃添麻烦……我的天，脑袋疼。"

老乔点头："就是怕这个。之前的想法是等新战队进了联赛以后，我们几个找个机会，不管是动之以情、晓之以理，还是威胁什么的，让他出面说点什么。

今天激动了,没弄好。"

"也不怪你。"宸火劝慰道,"谁见到季岩寒能冷静?"

老乔防备道:"他该不会污蔑我们揍他了吧?咱们可没动手。"

时洛低声道:"提防着他反咬一口,得去把监控录像调一下,可能不清晰,但至少能证明没动手。"

宸火看向时洛,试探道:"你……跟余邃和好了?"

时洛闻言脸黑了,Puppy 忙道:"外部矛盾大于内部矛盾的时候,咱们先解决外部矛盾!等这个事儿过去了,他和余邃爱怎么撕就怎么撕,跟咱们无关。"

时洛心烦地扭头看窗外。

"现在就是怕弄巧成拙了。"老乔继续抓头发,"我刚才没激怒他吧?"

宸火不确定道:"应该……没吧。"

老乔狂抓头发:"要是没能帮忙又添黑料了,我……我就从这窗户跳下去谢罪吧。"

门响了一下,众人心虚地噤声,门外周火道:"战队晋级,有选手个人资料要签,都下楼签一下。"

几人对视,摇摇头出门了,下楼看见余邃,老乔、宸火、Puppy 都心虚地避开了。

余邃需要签的东西最多,他一面签名一面环顾众人一眼:"其实……"

几人的心瞬间提了起来。

余邃好心提醒道:"说我坏话,其实可以当面的。"

"瞎说什么呢,谁说你坏话了?!"老乔欲盖弥彰,"我们就是聊了聊今天比赛的事,跟你无关。"

"哦。"余邃点头把资料整理好,"原来今天的比赛是你们四个人打的。"

老乔装没听见,低头签自己的资料。

余邃看了几人一眼,最终看向时洛。

两人对视一秒,一起将视线移开了。

这气氛太尴尬了,时洛最受不了这样,道:"刚才看见季岩寒了,我们几个……"

时洛索性全说了。

一楼会议室里,气氛凝重。

余邃静静地听完,一笑。

"以为什么事呢。"余邃继续签名,淡然道,"没事,随便他。"

老乔尴尬地看着余邃:"你……"

宸火犹疑:"你不担心?"

"决定最后一局不让他们的时候就知道会怎么样。"余邃无所谓道,"随他意。"

老乔、宸火依旧忧心忡忡地看着余邃,余邃失笑:"我其实更好奇,为什么你们会觉得我怕喷?"

余邃抬手拉过一旁周火的笔记本电脑:"连上投影了吧?需不需要我直播看一拨论坛让你们放心?"

"别了别了!"老乔忙道,"我怕我看了先气死!"

老乔话慢了一步,余邃手速太快,已经打开了某论坛电竞版块。

第一个高亮标题非常醒目——

《三姓家奴 Whisper 自己组建的战队今天预选赛晋级了,最后一局还亲手送走了老东家 FS,大家怎么看》。

老乔气得拍桌子:"你懂个头!"

余邃莞尔,继续往下拉,基本全是同他有关的,有骂他的,有惋惜 FS 的,有趁乱骂人的。再往下拉,余邃看到一个新帖子的标题,鼠标停顿了一下。

《FS 老板季岩寒刚秒发秒删了好几条微博,这是什么情况》。

余邃眯着眼,点开了这个帖子。

帖子首页发了几张截图,先是季岩寒之前的几条微博的截图。

对不起大家的期待,FS 预选赛输了。刚和选手们喝完酒,和选手们还有高层们讨论过了,FS 会放弃次级联赛资格,高层会在三个月后完成解约,这期间会安排好 FS 剩余选手的转会问题。

对不起大家。

而后是季岩寒秒删的几条微博的截图。

有些事一直有误会,今天一并澄清了,FS 的任何选手都没有买卖其他选手的权利。

两年前 FS 俱乐部资金出现过问题,不得不通过安排选手转会来收拢资金,是高层内部的问题，和选手无关。

是当年的那个高层对不起选手。

而后季岩寒又发了三张图片。

后面几张图片是两年前的转会合同，白纸黑字，余邃几人的签约年限写得清清楚楚，每个人都还有着超过两年的合约期，根本就不是如之前网上传的，余邃趁着自己年限到了带队出走。

几分钟内，各大电竞论坛被季岩寒的微博占满了。

老乔呆愣愣地看着投影："他……居然真的发澄清公告了？"

"发了又删是什么意思？幸好有人截图了。"Puppy慌忙拿出手机来看，"我的天……我微信炸了。"

周火表情僵硬，起身道："所有人都不要发微博或者在微信上回应任何话，我……我得临时跟运营和媒体那边开个会，你们先别有动静，这事儿运作好了没准真能澄清成功！都别动。"

周火说罢匆匆出了会议室去打电话了，余邃继续看帖子，表情没什么起伏。

时洛早拿起自己的手机在飞速看帖子了，他的微信振个不停，时洛切出去屏蔽了所有消息，退出来继续看帖子。

季岩寒一石激起千层浪，大半夜的把所有人都炸了出来。

时洛翻着帖子，手指微微颤抖。

两年了，终于能把当年的事说清楚了吗？

网上分成两派，已经吵得不可开交。挑余邃毛病的人自然总能找到自己的角度，死也不承认季岩寒这是在替余邃澄清，硬说这里面还有隐情。

余邃的粉丝则彻底生气了，活活被指责了两年，粉丝们自己都已经认了，不想当年余邃居然根本就没拿到一分钱，还背了所有的锅。粉丝现在恨不得去找季岩寒口中的"FS高层"，顾不得在论坛吵架，直接去了季岩寒的微博留言让他说清楚细节，到底是谁卖的选手，卖了多少钱，都用了什么手段。

季岩寒最后一条微博的评论瞬间过了三万，粉丝们甚至开始找所有FS管理层的微博，一定要讨个公道，而包括季岩寒在内的所有FS高层全部没再回应。

时洛咬牙，现在恨不得冲到季岩寒家里逼着他开个直播说个清清楚楚、明明白白，当年到底都做了些什么。

其余几人也差不多，老乔和宸火憋得要炸了，早已忍不住上了小号开始和对方讲道理。

只有余邃，和平时没什么区别，看文件似的慢慢看帖。

时洛不明白地看着余邃，忍不住道："你……"

余邃看向时洛："天不早了，我送你回IAC？今天就不搬行李了吧？"

"什么时候了，还记着行李？！"时洛看看会议室其他几人，有气没处发，起身闷声道，"你……出来一下。"

余邃点点头，收起手机跟着时洛出了会议室。

走廊里，时洛磨牙："你……你就一点也不生气？"

余邃摇头："不。"

时洛实在不懂："那年的事，你真的不在乎？"

"当然在乎。"余邃倚在墙上，"当年还被气吐血了呢，忘了？"

时洛失声："那之后呢？你觉得两清了，就释怀了？"

余邃看着时洛，静了片刻道："没有。"

"刚到德国的时候……"余邃看着走廊的吊灯，慢慢道，"有很长一段时间，我状态不太好。"

肉体凡躯，谁也不是圣人。

刚转会到欧洲赛区的余邃，眼睁睁地看着Puppy和宸火相继被挂牌卖掉，想着隔海的老乔和时洛，余邃度日如年，一度想要放弃自己。

"有段时间……除了训练赛时，不说话；除了和父母联系，不看任何社交软件，不交际、不出门……"余邃拢了一下头发，"头发就是那会儿留长了……懒得去剪，不想见人，不想废话。"

"我当时把所有事都屏蔽了，包括自己。"余邃轻声道，"没法跟自己交代，所以干脆自暴自弃，把自己当个机器，当成当时战队的一个工具。混吧，什么都不想，混……混到退役，就完事儿了。"

余邃微微敛眸看向时洛："后来发现……还是不能混，会遭报应的。"

时洛怔了一下："什么报应？你怎么了？！"

"我没怎么。"余邃凝视着时洛，沉声道，"是你怎么了。"

时洛茫然，他努力回忆余邃刚去欧洲的那段时间，余邃的出走给他的打击已足够大，后面还有什么事跟自己有关系？

时洛尽力回忆,突然想到了什么,哑然:"那次……"

余邃低声道:"对,那次练习赛。"

"当时的圣剑战队就是那个风格,碾压局不讲人性,自己怎么高兴怎么来,守转生石这种事儿是常做的。我以前从没做过这么恶心的事,但是既然把自己当工具了,就无所谓了。

"当时那几个队友其实是在讨好我,我是医疗师,不管玩什么流派,人头数总是最少的,所以他们总给我让人头。"

"当然,没什么理由可找,守转生石的就是我,没人按着我的键盘,我当时也一点儿都不愧疚,全程都很麻木,直到……"余邃顿了一下,说不下去了。

两年来情绪没有过起落的余邃,终于也有点控制不住了。

"直到……"余邃喉间哽塞了一下,"直到结束了游戏,过了一个小时后,从顾乾那儿知道,刚才轮的那个叫 Evil 的医疗师,原 ID 是 Luo。"

那个在转生石被自己杀了三十四次的,是时洛。

"果然还是不能混。"余邃闭上眼,"刚刚混了一天……"

——就报应在了自己最不想伤害的人身上。

"没有替自己说话的意思,不用原谅我。"余邃沉声道,"欠你的,我半分也没忘,只是想跟你说,我真正煎熬的是到欧洲后的那几个月,之前在国内被季岩寒气得进了急救室的事早不值一提,没再折磨我了,所以现在对他这点儿节奏,我是真的没感觉,也早伤不到我了。"

"没什么欠不欠的。"时洛皱眉低声道,"一时冲动签了五年合同的是我,是我给你惹了麻烦,当初费力把我保下的是你,我全都清楚,一直耿耿于怀的,也根本不是什么轮转生石的事,我早不在乎了,我是因为……"

"没问题了!"

走廊另一头,周火匆匆忙忙地冲过来:"联系了咱们刚才吃饭的那家火锅店,让他们配合了一下,把全部监控过了一遍,有监控,可火锅店自己的监控只拍了一点儿你们和季岩寒说话的场景,特别远,还被车挡得模模糊糊的,看不出什么东西来,但火锅店隔壁的饭店在那边有个私人摄像头,刚联系我们把监控发过来了,虽然也被汽车遮挡了一半,可这个监控是有音频记录的!声音一清二楚!"

"怕季岩寒也想起监控来去找,扭曲内容什么的,我们已经把监控内容买下来准备上传了，我看他这次还想怎么洗！"周火看向时洛，面带喜色，"我来不及细听了，你们应该没说什么对咱们不利的话吧？监控内容放出去没事吧？"

时洛心口一松，回想了一下，也不记得有什么不能公开的，道："没事，上传吧。"

39

周火作为经理，专业能力自然比老乔他们强。有了周火自带的宣发部门带着锤子澄清，有章法，有条理，准备工作瞬间变得有条不紊起来。

同老乔他们一样，周火也早有心找个合适的机会把当年的事重新拎出来掰扯掰扯，此刻打的并非没准备的仗，有了这份监控视频，一切更轻松了。周火心头大石落地后，看了走廊里的两人一眼："呃……你们刚才是在聊什么？虽然我很不想打扰你们，但余邃……你是不是把手机落在会议室了？你父母刚才给你打了两个电话，你没接，已经打到宸火那儿去了。"

余邃转身去了会议室。

"Evil。"周火看向时洛，"你是……今晚在这凑合一下？你的房间倒是整理出来了，但有点空，一些基本的用的东西还没准备，你要是不在乎，今晚就住在这儿？"

时洛道："我东西还在IAC，本来……"

"本来该直接过来的，不过现在什么都乱了，我们的司机也已经回家了，要不……"周火提议道，"我开自己的车送你？我车也不小，东西肯定放得下。"

时洛本能地看向会议室方向，周火笑了："当然，你想等余邃也行，就怕他跟父母打电话一时打不完，他父母应该也是听了点消息，肯定是心疼儿子的，不知道要说多久。"

时洛闷声道："那麻烦你了。"

"这有什么的，咱们走。"周火边走边道，"你是成年后还没抽出空来去考驾照吧？今年看看什么时候有时间，帮你请个教练……"

周火开车，时洛坐在副驾驶座上，一时无话。

驶出小区后周火关了车载音乐："路不近，你要是困了就睡会儿，不困我跟你聊聊天。"

时洛摇头:"你不用理我,该打电话就打电话,该处理什么就处理什么。"

"你说余邃的事?那个你放心。"周火舒了一口气,"余邃花这么多钱雇我当经理,当然是有理由的,我就是给你们处理这些问题的,这点儿专业性还是有的,更别提我自己也早就不满季岩寒了,放心吧。"

时洛皱眉:"那就好,你想跟我聊什么?"

身为经营鬼才,周火自然不会放过任何一点能为战队获利的细节。他早就看过监控视频了,也留意到了季岩寒的话,现在前一桩大事有点眉目了,周火又想打探一下时洛的心思。

"也没什么,就是担心你和余邃的矛盾一直解不开,有碍战队以后的发展。"周火车开得很平稳,话也说得很和缓,"你和余邃一直不尴不尬的,不会影响以后的比赛吧?"

时洛声音生硬:"不会。"

"那当然最好了。"周火明白过来俩人还没完全化冰,不再触霉头,转而道,"对了,我听说你没女朋友,是吧?"

时洛偏头看看周火:"没有,怎么了?"

"没事,没有挺好的,有女朋友容易分心。"周火继而问道,"是打职业后没时间找,还是之前就一直没有?"

时洛的心思根本没在这儿:"一直没有。"

"一直没有、一直没有……"周火自己念叨了两句,"那有喜欢的人吗?"

时洛上下看看周火,就差直接说了:先不说咱俩有这么熟吗,这种情况下聊这些破事合适吗?

周火笑笑:"聊天嘛,随便聊聊,就是好奇。"

时洛坐好:"不知道。"

"什么叫不知道?"周火道,"十三四岁的时候就差不多有这个意识了,没有动心的人?"

时洛冷冷道:"十三四岁的时候我整天琢磨着怎么离家出走,还真没那个心思。"

周火也听说过时洛家里的一些事,自觉失言,转而问道:"那离家之后呢?打职业以后呢?"

时洛眼睛眯起:"你有话不如直说。"

周火呛了一下。

时洛戒备地看向周火:"你之前让我和余邈一起直播,不单纯是为了让我俩缓和关系、让粉丝们逐渐接受,你还想让我俩炒CP营业,就像你之前对顾队和瓦瓦一样,对吧?"

周火干笑:"Evil,成年人聊天一般不会这么直截了当的,你过于聪明了。"

时洛冷声道:"我不是瓦瓦,别对我玩那一套,以后有话跟我直说。"

"好的。"周火边开车边道,"我不太懂,这有什么好抵触的呢?你看顾队这种古板直男都很配合,当初在我的安排下,俩人只要直播就是在双排,效果特别好,瓦瓦的商业价值瞬间翻了好几番,让我的工作好做了许多,他也被NSN的粉丝接受了,每天开开心心的,心态好了,比赛时发挥起来也更自信、更稳定。"

"那你放心,我和瓦瓦不一样,就算跟队友水火不容,比赛的时候也能很自信、很稳定。"时洛沉着脸道,"余邈更可以。"

时洛看着窗外:"这件事澄清后,喷子自然能少很多,别的……有了成绩后,自然全都闭嘴了。"

"这话说对了,既然你们不容易被影响,那又为什么不能听我的安排,配合我一下呢?"周火并不想放了这煮熟的鸭子,"反正你俩都不在乎别人怎么说嘛。"

时洛摘了棒球帽,顺了顺头发又重新戴好:"别人影响不了我,但我会影响我自己。"

周火蹙眉:"没……没听懂。"

时洛看着窗外,不肯解释。

时洛只是个选手,不是主播,更不是演员,有些东西,演多了就出不来了。

周火叹气,时洛这块骨头太难啃了,难怪两年前余邈都拿他没办法。

夜已深,路上车很少,一切都静静的,过了许久,久到周火以为时洛睡着了的时候,时洛拉开自己的包拿耳机:"对余邈……我不知道自己是怎么想的。"

周火蒙了:"这还有不知道的?!"

"当时不明白。"时洛戴好耳机,哑声道,"后来……更不愿意想了。"

"所以不知道。"

时洛闭上眼,不再说话了。

周火愕然,飞速回想了一下,时洛当初确实没在FS待太久。

那是在FS备战季后赛的时候,他和余邈接触的时间怕是少之又少。

还是在十七岁那个最要命的糊里糊涂的年纪里。

太年轻，给他的时间又太短了。

周火想炒作的心思去了多半，这一晚头一次真情实感地恨了季岩寒。

要不是他当年闹这一出，电竞圈怕是真要出一对无人能敌的双子星。

周火磨牙："缺大德了……"

过了半个小时，两人终于到了IAC基地。电子竞技没有睡眠，IAC基地灯火通明，周火道："你东西如果不多，自己去拿行吗？这……不好意思啊，我早年跟赵峰闹过矛盾，不太想见他。"

时洛摘了耳机下车："不多。"

周火目送时洛进了IAC基地，忙拿起手机来。

周火和赵峰以前确实有过矛盾，但俩人都是见人说人话、见鬼说鬼话的老油条，见面一样能谈笑风生，根本没什么不能见面的。

周火迅速给余邃打了个电话，那边一开始还在占线，周火着急，又打了几次，隔了五分钟左右，电话终于通了。

"余邃，我这次可纯粹是为了你。"周火看着车窗外IAC基地的方向，快速道，"刚跟时洛聊了几句，他今天应该也是刺激受多了，有点触景伤情，跟我多说了几句关于你的事儿。"

周火道："我问他到底对你是个啥想法。"

电话那头，余邃顿了片刻："他说……"

"他不知道。"

周火尽力回忆，怕自己说漏了一个字："他说，当时不明白，后来就不愿意想了。"

电话那头更安静了。

周火快速道："虽然他说不知道，但这不是个坏消息啊，他当时太小了，没信任过谁，又是那种家庭环境里出来的，这太正常了，但这事儿就说明，当时他对你印象可不差！"

周火忍不住又骂了一句："季岩寒这个废物，当年你俩要是在我手里，现在怕不是……"

"哎，你别被影响情绪啊，我不是故意把以前的遗憾告诉你，扎你心。"周火咬牙切齿，"耽误了两年，也不知道时洛能不能真的释怀，你……什么意思？

是想当成年少回忆，不再提了？"

电话另一边，余邃低声道："……怎么可能。"

周火心口难受了一下："这都是什么事！"

"不过也是好消息了，没准儿还来得及。"时洛从基地大门出来了，周火匆匆道，"我先挂了，他下来了。"

周火收拾好情绪，下车替时洛拿行李箱。

回 Free 基地的路上，时洛真的睡着了，周火则低声跟运营部门打了一路的电话。

季岩寒自从发了又删了几条微博后，他的微博账号被无数人炸了，而季岩寒一句也不回应，那些喷了余邃许多年仍质疑余邃，要季岩寒出来捶回去的人也慌了。

随之老 FS 的高层也不再正面回应任何问题，有被追问到的也都说不清楚、不好说。喷子们越来越没了底气，而 Free 的运营部门正式上场，准备充分的运营部门开始逐条为余邃辟谣。

最要命的，也是这些年最说不清的一个问题：当年 FS 五个选手的天价转会费，最后到底到了谁的手里？

Free 运营部门直接贴出了从天眼导出的数据和其他在网上能查到的数据遗迹。在五个选手转会前，季岩寒如今的岳丈名下不少资产的经营状况出现了问题，数据上显示得明明白白，那是一个天大的窟窿。

而就在五个选手转会之后，季岩寒岳父名下最后一家公司竟奇迹般被保住了。

仅凭这点自然不能把锅扣回季岩寒身上，但偏偏这和季岩寒晚间发的微博，和他说的 FS 高层资金出现问题完全吻合。

季岩寒已删除的几张图片也被 Free 保存了下来做了公证，那确确实实是当年几个人的合同，年限也说得明明白白，几个人的签约年限各不相同，但现在他们偏偏同一时间全部恢复了自由身，可能的原因只有一个——选手们自己买下了自己的签约年限，这又同之前说余邃卖队的谣言自相矛盾。

余邃根本不是 FS 的管理者，他自己还有两年合约被握在季岩寒手里，哪来的可能卖别人？

下面还有无数细节被玩家挖了出来，如余邃当年胃出血的始末细节；如时洛明明前脚还背着五年合约，怎么转身就成了自由人；再如宸火和 Puppy 如今合约已满两年,若当年是受迫于余邃,为什么合约满后又来了余邃新组建的Free战队?

自然,这些还不能完全澄清,Free运营部在最后才放出监控视频,一锤定音。

监控视频里,是是非非,已经讲得不能更清楚了。

视频上传后,喷余邃的人逐渐闭麦,而不到一个小时,季岩寒清空了个人微博,一条没留。

整整一夜,事情几经波折,终于有了定论,再没什么可争论了。

天蒙蒙亮的时候,周火和时洛终于回到了Free基地。剩余几人,一个也没睡,仍在会议室里。

宸火看着自己的手机,自叹弗如,对周火比了个拇指:"专业的就是专业的。"

Puppy摇头叹息:"这个监控视频最后放确实是最给力的,彻底把季岩寒砸死了,他连自己朋友圈都清空了。"

周火累了一夜,这会儿也来不及揽功了:"澄清了就行,还有哪个论坛有质疑声?我去联系管理处理一下,可以按造谣来警告了。"

"没什么了。"老乔不忍直视地关掉监控视频,"我居然吼了那么半天?自己看那个视频好尴尬,但大家都在夸我,我微博粉丝一晚上涨了一百多万,算了算了,值了。"

"那就好。"周火看向余邃,"在忙什么?怎么看你手机界面是在联系总部?"

"找回FS的老账号,没什么。"余邃看向时洛,"都……搬回来了?"

时洛看向余邃的眼神有点回避:"嗯。"

周火瘫软地坐下来:"真没什么需要澄清的热度高的帖子了?"

"没了,几乎全反转了。"余邃用周火的笔记本电脑随意翻帖子看,"包括昨天最热的那个帖子,现在热门第一,已经……是别人的了。"

余邃重新点开了昨晚他用投影打开的帖子。

昨晚某论坛热度第一的帖子:《三姓家奴Whisper自己组建的战队今天预选赛晋级了,最后一局还亲手送走了老东家FS,大家怎么看》。

热门第一——

作为Whisper的老粉,有几句话想说。

我不是冠军粉，也不是女友粉，本人性别男，纯种肥宅一个。FOG是从公测就开始玩，很喜欢这个游戏，然后在喜欢这个游戏之初，知道了这个玩医疗师玩得很好的选手而已。

　　当时的Whisper还不是"余神"，还不是冠军医疗师，还没打职业，但很多玩家已经知道了他，因为他是这个游戏公测之后第一个以医疗师职业登上国服第一的玩家，我的医疗师就是看着当时Whisper的视频学的。

　　我算是比较早的一批粉了，看着Whisper十五岁惊艳出道，看着他连续霸榜国服第一，看着他被"季神"带入了刀锋俱乐部，看着他因为涉世未深被老东家坑，看着他和"季神"出走创建俱乐部，看着他十六岁继任队长，看着他一年比一年厉害，看着他的队友一个一个进了FS，看着他带队拿到世界赛的冠军，看着他站到了联赛的最高峰。

　　然后看着他从最高处跌了下来。

　　当初出事时我们这些老粉被嘲，被骂，被打得措手不及，不知如何还口。

　　太突然了。

　　突然转去欧洲赛区的确实是他，拆队的确实是他，卖"时神"的确实是他。

　　大批粉丝转黑，留下的粉丝不知该说什么。

　　但我总觉得，我看着从十五岁长过来的队长，不应该是这种人。

　　事实证明，他确实不是这种人。

　　Whisper个人能力是真的强，毋庸置疑，只是战队运有点差，遇到的两个东家，都是孤儿。

　　其中他确实有些许过失，如当初进职业圈时对俱乐部的选择不够慎重，如过于信任一手将他带进联盟的队长，但这点错我觉得算不上罪大恶极吧。

　　被前队长阴了个底儿掉后，能有条不紊地把小"时神"送去NSN，能把当时已有手伤的"乔神"留在国内，能保证宸火和Puppy在两年后顺利回国，做到了这些，还不够吗？

　　我不知道还有没有人记得，安排下这一切的时候，Whisper不过刚刚过了十九岁的生日。

　　他当时不是个孩子了，但也只有十九岁而已。

　　我知道诸位十九岁时肯定都是人生赢家，挥斥方道，指点江山，不会犯一点错了，对不起，回想我自己十九岁的时候，还是个傻子，所以我没法想象，他当初是怎么撑过来的。

　　我在游戏公测时玩了这个游戏，每天和大学宿舍几个兄弟一起玩。后来毕业了，大家各自成家立业，游戏玩得少了，只是在周日且不加班的时候，放松玩两把。

　　偶然知道了这个消息，偶然触动往事，偶然有点唏嘘而已。

　　从 Whisper 十五岁时我就知道他了，当初我刚上大二，而他刚进刀锋。

　　后来"余神"去了德国，声名狼藉，我毕业了工作了，卸载了游戏。这些年关注这个游戏少了，不想当年全联盟最年轻的十六岁队长，这些年的经历竟周折至此。

　　刷到这个题目，乍然看见这个名字，不进来写点东西似乎对不起自己的青春。

　　似乎有点跑题了，谢邀。答案放在最后，Whisper 成立自己的战队了，你怎么看？

　　正式回答：我怎么看？我用眼看。

　　他打一天，我看一天。

　　写这一段的同时，后台把游戏重新下载下来了，我刚刚登录了两年前的账号，刺客流医疗师，用着和当初的 Whisper 一样的皮肤，一样的装束。

　　两年不见，医师手中匕首锋利如旧，光芒依旧。

　　其余几人也看到了那个帖子，一时无言。

　　宸火咬牙："终于等到这一天了。"

　　"时机正好，直接官宣时洛转会的事吧？"周火看看时洛，"可以了吧？"

　　时洛点头，周火又看向余邃，余邃道："可以，总部刚发给我你们几个之前被官方回收的账号，他们已经帮你们把战队名更新过了，我发给你们了，记得改密码。"

　　几人收到了自己的老账号。

　　时洛拿起手机看了看自己的老账号，眼眸微动。

　　老乔眼睛发红，起身道："反正也睡不着了，开机！改密码。"

　　晨光熹微时，FOG 国服游戏中，曾经关注 FS 战队的那群老玩家个人系统界面连续刷起了一轮滚屏公告。

有关这系统公告的记忆实在太久远，以至于许多老玩家甚至以为自己因为通宵打游戏而眼花了。

系统提示：您的特别关注玩家 Free-Qiao 上线了，距该玩家上次上线已时隔 673 天。

系统提示：您的特别关注玩家 Free-Puppy 上线了，距该玩家上次上线已时隔 689 天。

系统提示：您的特别关注玩家 Free-Fire 上线了，距该玩家上次上线已时隔 645 天。

系统提示：您的特别关注玩家 Free-Luo 上线了，距该玩家上次上线已时隔 757 天。

系统提示：您的特别关注玩家 Free-Whisper 上线了，距该玩家上次上线已时隔 757 天。

| 第五章

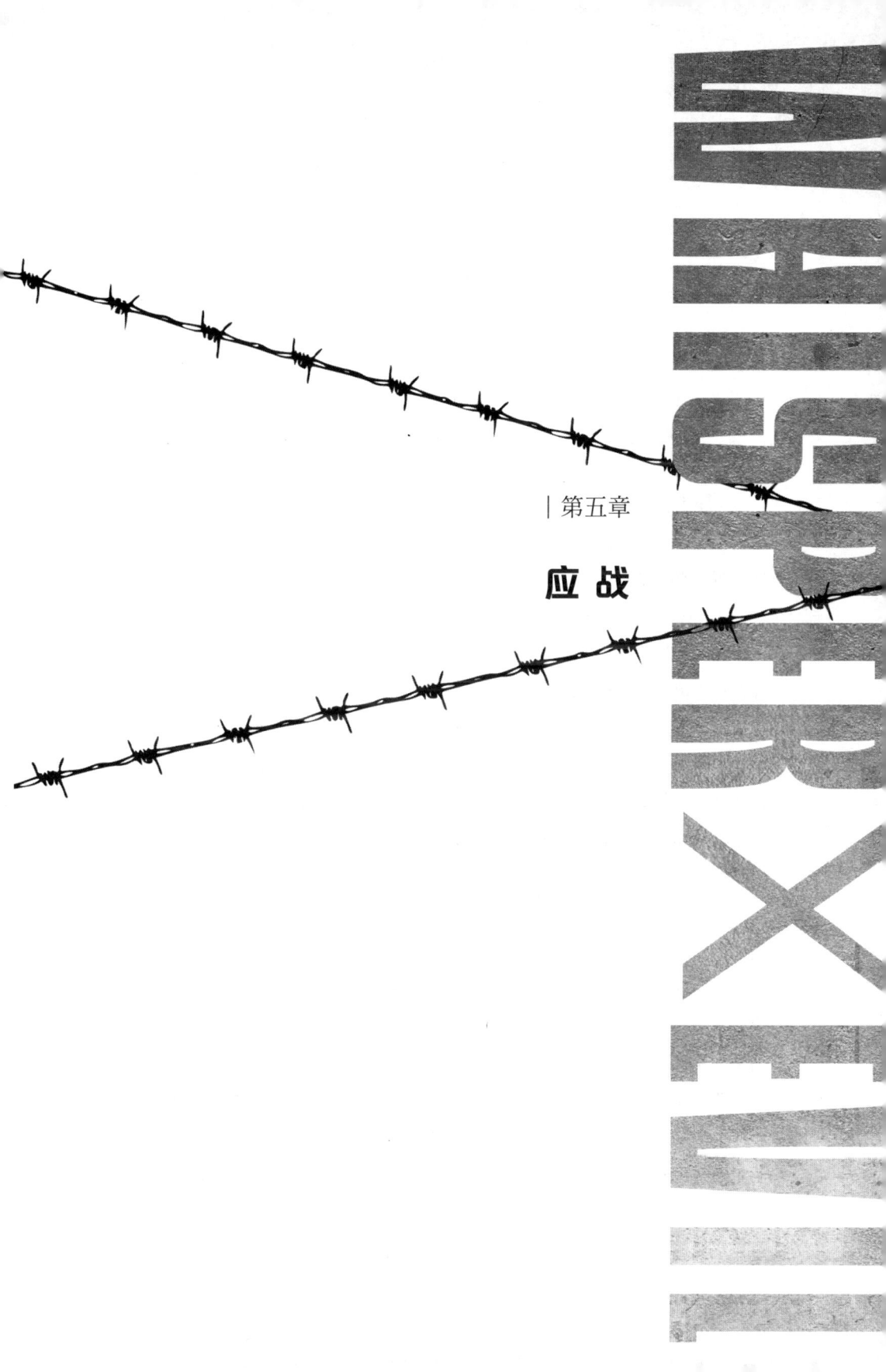

应 战

40

一晚上，看着运营部门步步为营为自己澄清背了两年的黑锅时没失态，看着老粉丝隐忍着感怀自己出道六年的不易时没失态，这会儿看着游戏客户端里自己两年前的账号，余邃有点扛不住了。

这个账号是他玩这个游戏的第一个账号。

当年余邃才十五岁，用他自己的身份申请游戏账号的话会有未成年保护，每天只能玩两个小时，故而余邃当时注册账号时偷偷用了他爸的身份证。

玩了不到三个月，几乎被国内所有的俱乐部联系过，后来他进了刀锋。按规矩来，正式注册为选手后，联盟会分派给他一个选手专用账号，余邃那会儿在这个号上已充值了小两万，舍不得自己号上的绝版皮肤，想继续用自己的私人账号，还是中国赛区联盟特批，将他的这个账号修改了身份信息并升级为选手账号。

再之后，余邃又带着这个账号进了FS，拿下了本赛区冠军，拿下了世界赛冠军，又拿下了世界赛冠军。

这个账号承载的荣耀实在太多，尘封两载，它仍是唯一一个曾用医疗师职业成为全赛区积分排名第一的账号，仍是保持国服第一排名时间最长的账号，仍是FOG联赛至今拿过冠军最多的一个账号。

两年前，确定转会后，圣剑俱乐部负责人同余邃做交接时，负责人和联盟总部都曾专门询问过余邃，需不需要帮忙申请跨赛区转号。

跨赛区转移账号操作起来会很复杂，但那毕竟是Whisper的账号，联赛多方考虑，认为应该给Whisper这份尊重。

毕竟这也是整个游戏里最有资格被称为活化石的一个账号，意义非凡。

但余邃拒绝了。

余邃直接让本土赛区将自己的账号回收了。

当时同他交接的联赛负责人非常意外，觉得这个少年实在心冷，这么珍贵的账号，居然丢得这么干脆。余邃没多解释什么。

余邃当日并没有绝对的把握还能转回本土赛区。

他当日十九岁，两年后就是二十一岁了，在这个年纪退役的选手不在少数，前路一切未知，余邃没法确定自己能一直打下去。

若两年内就退役了，余邃拒绝将这个账号埋在欧洲赛区。

万幸，他如今还是回来了。

申请创建战队成功后，余邃第一时间向联赛要回了自己和队友的账号，等的就是这一刻。

谁说Whisper年少老成的？他骨子里还是那个中二少年。

他要回来，也要把自己的青春要回来。

余邃看着登录界面上自己的游戏人物，眼眶微微红了。

两年前想也不想就丢下的账号，是他十五岁时用自己父亲的身份证申请的账号，是他用了整整四年的账号，是他拿过两个世界赛冠军的账号，他怎么可能不心疼？

游戏内好友界面，许多好友名字后已经加了"退役回收"的官方标注，上一局游戏记录还是两年前，是他和时洛双排匹配的路人局，那局游戏他们赢了，如今点开记录，那一局的全部细节记忆犹新。

余邃逐步调试着游戏内落后当前版本两年的各种设置，轻轻呼吸。

虽然很难，但他就是做到了。

相较于余邃，老乔和宸火就不太能控制自己的情绪了。老乔看着电脑屏幕，先是哽咽，而后抽噎，随之号啕，嘴里还诅咒着季岩寒。宸火则全程边抹眼泪边骂街，最后触景伤情太甚，哭得打嗝，撑不住了，修改密码后就退出了游戏。

"行了，都二十几个小时没睡了，休息吧。"周火看着不忍心，劝道，"今天所有事情全部推后，先休息，都休息了。"

周火扶起老乔："睡觉去、睡觉去，快点，时洛……用不用帮你收拾东西？"

"不用。"时洛飞速地抹了一下眼角，起身哑声道，"我自己来。"

周火点头："好，都别坐着了，再不睡命没了，去去去。"

五人纷纷起身回自己房间休息，周火也扛不住了，到基地里专门给他准备的客房补眠去了。

艳阳高照，几人难得地睡了一个踏实觉。

同一时刻的网上，大家还没从余邃事件中缓过神来，就又被一个新闻引爆了话题。

在2019年转会期尾巴上，Free俱乐部和IAC俱乐部先后发了公告，通过良好的沟通协商，IAC俱乐部FOG现役选手突击手Evil将转会至Free战队，担任突击位首发选手。

清晨原FS五人相继上号时，就有老玩家隐隐预料到了这个结果，但看到官宣还是不免激动，这是都回来了吗？！

自然，争议还是有的，先不说余邃、时洛双方粉丝还没来得及和解，不少人还是质疑，余邃和时洛真的能毫无芥蒂地同队比赛？

之前全是误会是真的，时洛不同于其他几个队友，这两年同余邃零交流也是真的，最好的证据就是时洛之前直播的时候，两人打了一局游戏，时洛都没能认出余邃来。若两人一切如初，那次直播撞车的气氛为什么会那么微妙？这俩人现在到底是什么情况？

一夜过去，余邃粉丝悲愤之下先组团去了季岩寒的微博，他的微博账号清空后，众人转战其他平台，凡是同季岩寒有关的全评论了个遍，之后众人恨意未尽，把FS剩余几个小高层也挨个责备了个遍。一切结束后，接到了Evil转入Free的消息，余邃的粉丝和时洛的粉丝不期而遇，彼此都有点别扭。

马上握手言和吧，还有点转不过味来；继续掐架吧，又不利于队内和谐。

两边粉丝不知做什么好，就干脆齐心协力把季岩寒又骂了一遍，而后继续尴尬地对峙。

下午四点钟，Free基地众人逐渐睡醒。

Puppy觉最少，第一个下了楼叫了外卖，坐在沙发上发呆。周火随之醒了，处理了点自己的公事后上网看了看，下楼遇见了Puppy："那几个人呢？"

"那还早。"Puppy揉揉眼睛，"一个比一个能睡……对了，不是说有什么转会资料要签吗？"

"是。"周火拿了一个文件袋递给Puppy，"给你们新谈的直播合同也在里面，乐意看就看看，不乐意看直接签就行，法务部门已经替你们看过了。"

Puppy唏嘘:"我还是自己看看吧,一朝被蛇咬,十年怕井绳……"

周火笑道:"也好。"

同一时间的基地二楼,时洛睁开眼,看着天花板出神。

居然真的在Free了。

两天里发生了太多事,时洛感觉自己是一路被各种意外穷追猛打生生赶到这里来的,本以为还要拖好久,现在居然已经进了Free。

时洛拿起手机来看了一眼,微信什么的消息都炸了,他懒得逐一点开看,干脆直接去微博搜自己的消息。

看了足有半个小时,时洛把手机放到一边。

别的事都没什么了,只是他的粉丝还在担心,担心他能不能好好地融进Free。

毕竟队内其他三人才是这两年同生死共患难的队友。

怎么看,他都像个外人。

说起像个外人,时洛身为"外人"的体验可就太丰富了。

小时候跟着妈妈,看着妈妈过她独自精彩的人生,时洛就总感觉自己是个外人。

后来被送到了柯家,那不用感觉了,自己彻彻底底就是个外人。

再后来自己妈妈又结婚了,彻底不联系自己了,世界之大,时洛去哪儿都是外人了。

直到被余邃接到FS。

那会儿时洛其实也是把自己当外人的,除非必要,不然他不会主动同余邃以外的人说话,别人都很忙,也没什么时间理会他。

但时洛并不反感当时的几个队友,几个队友只是没什么时间关注他,对他没有任何敌意,这种关系其实是当时的时洛最满意的,他本来也不喜欢和别人走得太近。

但都是人,后来接触得越来越多,还是不自觉地越走越近了。

他和人打架时,怕他再惹事,又怕他被拍,把外套脱了罩在他头上并把他强拉出火锅店的,是老乔。

明着看他笑话,暗中提醒他不要再做傻事毁了自己的,是宸火。

平日不动声色,总替他解围的,是Puppy。

就算平时和宸火总是掐架,但又有什么真的深仇大恨?不过就是彼此嘴欠。

其实当年若不是出了事，时洛大概会同几人一样，进入战队后逐渐和其他人混成朋友，不分远近。

可惜天公不作美，还没如何，就生生断了。

粉丝担心自己能不能好好地融入新战队，是有道理的，这情况时洛之前也料到了。

时洛并不太在意。

再不好，还能比在 IAC 时差吗？

时洛又看了看手机，点开自己的微博，他私信满到炸了。

粉丝们不只担心时洛和队友的关系，还担心他和 Whisper 的关系。

毕竟 Whisper 如今不只是队长，还是老板，若不能和谐相处，时洛的日子也不会太好过。

看私信的时候又有新的私信进来了，时洛的一个小粉丝满是担忧："Evil，我们知道 Whisper 是个有担当的队长，可毕竟这么久了，你就这么一意孤行地撞过去了，他真能对你像以前一样吗？"

时洛喃喃："我哪儿知道。"

放在两年前，时洛会跑到余邃房间里，逼着余邃说，队长你会对我好，一直对我好，你来打字，你打字告诉这个粉丝，是你在承诺。

现在……

时洛自嘲一笑。

自己当年怎么能那么作？

现在想想，余邃当年能那么忍自己真是个奇迹。

昨夜在车上，周火问他的话还在耳边。

时洛当时说的是实话，他确实不清楚。

唯一能肯定的就是，若没有两年前的波折，这个答案必然是清晰的。

现在说这些已经没用了，过去不能改写，他成年了，余邃也已经二十一岁了。

俩人都不再是十七岁和十九岁的少年，像以前那样毫无芥蒂且纯粹地接触，怎么可能？

时洛从小到大得到过不少教训，总要提醒自己的一点就是，永远不要对别人抱有期待。

没有期待，就没有伤害。

这也是他留在 IAC 两年的原因。

时洛起身洗漱，两年了，现在……就把 Whisper 当老板吧。

时洛洗漱好换上衣服，准备下楼，推开门。

走廊里，灯光昏暗，余邃披着队服，倚在时洛房间外走廊的墙上，合眼假寐，不知已等了多久。

时洛一怔。

身为老板……不应该这么等自己的选手吧？

41

余邃听到开门声，睁开了眼。

走廊不到两米宽，二人面对面站着，时洛喉结动了一下："你……"

余邃捏了捏眉心："抱歉，太困了，这个给你。"

余邃站好，从裤子口袋里拿出门卡："你房间的钥匙在你床头柜里，基地阿姨每天下午五点来打扫房间，如果要锁门，记得到点给阿姨开房门。基地的司机不是二十四个小时都在，他的电话稍后周火会发给你，用车的时候直接打电话就可以，有急事如果联系不到司机，也可以找基地其他工作人员，都有驾照，包括……"

余邃顿了一下，将门卡递给时洛："包括我。"

时洛嘴唇微微动了一下，心道，老板给我当司机，这合适吗？

时洛接过门卡，低声道："怎么……不敲门？"

余邃看着时洛："……怕你还没醒。"

时洛抿了抿嘴唇，心里忍不住默默道，这个人又来了。

怪不得那么多小姑娘会被渣男坑，这……就算真的是个渣男也会让人扛不住啊，更别提这还是个"渣不自知"、本质心思干干净净的。

"下次直接敲门就行。"时洛闷声道，"还有……别的事吗？"

余邃穿好外套："很多，那些需要你自己签字的，下楼吧。"

时洛这才想起来转会文件和签新战队的事，跟着余邃一起下楼。

一楼休息室里除了他们两人，其他人都已经到了。众人都在看自己的合同，见他们两人来了，周火忙把时洛的那一沓递给他。

时洛接过文件坐下来："笔呢？"

"不急。"余邃坐下来，他什么也不用签，此刻最轻松，对众人道，"自己看看合同，我一会儿会叫法务过来，不懂的自己问法务。"

时洛皱眉，正要说不用麻烦时，一旁的 Puppy 悠悠道："Evil，别嫌麻烦，仔细看看吧，这一屋人里就你最危险。"

时洛疑惑地看向 Puppy："什么意思？"

Puppy 看了一旁的余邃一眼，欲言又止，不太敢"毒奶"："没事，我随便说的。"

时洛皱眉，这次是真没明白。

一旁的宸火忍笑："对啊，还真是……怎么看都是时洛最危险。"

余邃拿出手机来给法务人员发微信消息，嘴唇微动，无声地骂了一句，继而解释道："当年季岩寒进刀锋俱乐部，被刀锋俱乐部坑了以后出走，建了 FS 俱乐部，然后过了三年坑了我。现在我也自己建了 Free，喷子们觉得咱们这一脉相承都有毒，按照这个剧情走下去……"

余邃看向时洛："下一个就轮到你了。"

老乔和 Puppy 忍不住笑出了声。

周火头疼地看向时洛："知道吗？你的粉丝觉得这战队从根儿上就不行，集体给咱们官博发私信，警告我们不许坑你，要真的回头你也出走自己建新战队，这节目效果就真的拉满了。"

时洛："……"

宸火点头，贴心提醒道："不管是论资排辈还是看年纪和时间段，下一个都是你，所以一定要看好合同，别让噩梦再一次发生，一定要把咱们这个诅咒终结在你这儿。"

时洛扫了一眼合同，皱眉："就签了一个赛季，能出什么事？"

"一赛季一签好麻烦的，我本来的建议是直接签两个赛季，但老板不同意。"周火无奈，"没办法，听老板的呗。然后你们看看直播合同，直播合同除了签约费不一样，别的都一样，都是每个月 30 个小时。先说一下，签约费不同也不是我定的啊，都是直播平台出的价，基本合理，打赏分成部分也都是一样的。自己看看吧，有什么意见再提。"

一个赛季的合同而已，且合约内容对选手都非常友好，这算是时洛签过的条件最宽松优渥的合同了，他也没什么意见要提，一目十行地看了一遍后拿起笔签字。

　　周火看向其他人："别人呢？有什么意见要提吗？"

　　宸火一边看合同一边举手："提问，直播时长怎么计算？只计算游戏频道的直播还是全部都算？"

　　"不是游戏频道的时长，是你本人的时长。"

　　宸火话没说完，周火就知道他想问什么，叹口气看了宸火一眼，糟心道："都是到月底了还欠着29个小时的选手，我懂，不直播游戏，直播你吃外卖也行，只要是你自己在播就可以。"

　　宸火嘿嘿一笑："那就行。"

　　"但我拜托各位，请千万别都赶到月底，我知道你们都不缺这点儿直播费，也不怕时长不够被罚钱，直播平台不敢找你们麻烦，但会跟我吐苦水，求求大家了。"周火又问道，"别人呢？"

　　Puppy抬头很积极道："经理，我不是那种开学了才补作业的选手，我能现在就用手机直播吗？我觉得粉丝一定很喜欢看咱们战队签合同。"

　　"不行！"周火想也不想道，"先不说我一天没洗头了，这正事还没说完呢。"

　　Puppy耸耸肩："行吧，队内某两人粉丝的福利没了。"

　　宸火好奇："哪两位？我和余邃的吗？"

　　"正视一下自己的人气。"Puppy摸摸宸火的头，叹气，"还没注意到？你的人气已经降到第三了。不过还是比我强很多，这么说开心点了吗？"

　　宸火瞪向时洛："我现在人气已经不如时洛了？我正经八百的一个海归选手！我比不过他？"

　　时洛头疼，谁要跟宸火比人气？

　　"说起直播，还是提醒一下大家，一些敏感话题……可以稍微注意一点点。"周火想了想道，"比如两年前的一些细节啊什么的，官方已经发公告了，现在网上也没多少还敢喷什么的了，咱们没必要自己给自己带节奏，平时直播可以聊点轻松的，对吧，余邃？你应该不想让别人提吧？"

　　"我？"余邃抬眸，拆台拆得很利索，"我自己肯定不会主动提，但别人乐意提就提，我无所谓。"

时洛跟着冷声道："我不做保证，也不管别人，别人想说什么就说什么，最好一天鞭尸季岩寒一次。"

周火头大："你们都这么刚的吗？那……那是什么都能说了？"

余邃自己心大，也不想给队友太多束缚："随意，我不在意。"

"说得也是。"周火环顾会议室一圈，感叹，"都是常年立于风口浪尖被全力输出的狠角色，还有什么是你们怕的？行，那咱们就不做什么战队内部限制了，你们只要遵循联赛规定，别做会碰到高压线的事就行了，都是老选手了，联赛的规定你们比我清楚。"

"平时卡着边线疯狂输出比谁都熟练。"周火看向时洛，咳了一下，意有所指，"不过还是尽量少骂人，骂一次一万块钱，拿这钱做点什么不好？"

时洛被不点名批评了，默默低头签字，没反驳。

他也没什么可反驳的，算上隔壁几个赛区，全联赛里因为在游戏里和普通玩家对喷而受处罚最多的就是他，每个月都要签几份罚单的人，没有什么可狡辩的。

"我想想还有什么……"周火认真回忆了一下，一拍桌，"对了，咱们基地的工作人员基本已经配齐了，就差一个心理辅导师，我还没来得及面试，所以心理辅导师至少还要一个月才能上岗，然后……"

宸火抬头，反问："心理辅导师？为什么要雇心理辅导师？"

"不雇？"周火呆滞地看看众人，"FS以前难道没心理辅导师吗？"

老乔摇头："没。"

周火诧异地看向余邃："那欧洲的圣剑呢？也没心理辅导师？"

"有。"余邃道，"但我没找过他，他倒是几次想找我聊聊，给我点帮助，但我没接受过，所以也不太清楚到底是做什么的。"

周火满脸震惊，又看向时洛："IAC呢？IAC是有心理辅导师的，我知道。"

时洛还在签名字，没抬头："是有。"

众人一起看向时洛。

时洛含糊道："没什么用，至少对我来说。"

宸火好奇："都会跟你说什么？怎么个流程？会催眠吗？催眠爽吗？"

时洛面无表情地看了宸火一眼，宸火不敢惹他，忙闭嘴继续签字，但还是很好奇。

Puppy 和老乔也很好奇。

时洛本不想提起这一段，奈何一屋子人只有他真的接受过运动心理治疗，只得憋着火道："刚进 IAC 的时候我不爱说话，赵峰一开始觉得我是哑巴，知道我不是哑巴以后，觉得我需要心理治疗。"

Puppy 一拍大腿："我刚去欧洲的时候也被人怀疑是哑巴，嘻！杀千刀的季岩寒，你继续说。"

时洛不忍回忆："每天训练赛结束以后，赵峰就强行给我戒网瘾，让我空出一个小时时间来跟那个心理咨询师聊，我就是不想说话，非逼我说，跟唐僧似的，连续一个月吧……"

宸火连连摇头，叹息："杀千刀的季岩寒，造孽，然后呢？"

时洛冷声道："看着我从自闭要转成狂躁了，赵峰担心基地发生暴力事件，就没再让我去找那个辅导师了。"

"看吧。"老乔评价道，"根本没用嘛，杀千刀的季岩寒。"

"……"周火半晌无语，忍不住喷道，"只是对你们没用好吧！这个职位很重要的！"

几人麻木地看着周火，都是一脸拒绝，全员恶人的团队不好带，周火无法，只得妥协："行行行，遇到你们也是我命大，也好，都是大心脏，正好省了这笔钱。"

"好了，大体就是这样。"周火陆续收走已经签好的合同，"按照流程还是要说几句总结，感谢 Whisper 能信任我，让我参与进来，虽然这里更多的是你们的家，但我还是反客为主地说一句，欢迎大家。"

"前几年，辛苦了。"周火环顾众人，正色道，"大家谁也不比谁好过一点，就不聊那些了，我再脸大一点，代表一下各位的粉丝。"

周火收好全部合同，对几人认真道："两年里诸多不易，感谢列位大神坚持到了现在，让这个故事能有个新的开端，谢谢。

"合约已签，新赛季马上开始了，请大家轻装上阵，全力以赴。"

"嘻，我最近泪腺敏感，别说这个了。"宸火摆摆手，"合同都签完了，还有什么事吗？"

"正事没了，一点工作安排通知一下。"周火拿出手机来打开记事本，"跟直播平台的合同既然已经签了，就要陆续开播了，正好是月初，这个月就开始吧。"

"你们四个人签的是同一家平台，平台那边的工作人员担心你们同一天一起第一次开播的话服务器扛不住，也太浪费流量，所以只对你们第一天的开播时间提了意见，一个一个地来，之后就随意了。"周火看着记事本读道，"顺序是我随便排的，第一天余邃，第二天Puppy，第三天时洛，第四天宸火。"

周火看向余邃："你第一天，没问题吧？"

又不是第一次直播，余邃无所谓："可以。"

周火点点头，一边给直播平台的负责人发信息，一边声音不高不低道："单人直播如果觉得干聊没意思的话，可以和队友双排，这是你们自己的事，找不找，找谁，我都不做规定。"

周火抬眸瞅了余邃一眼："随便你自己找谁。"

时洛指尖动了一下，努力控制自己，没去看余邃，起身随着众人一起出了会议室。

42

合同全部签署后，战队开始正常运营。隔日周火给众人发了作息表、训练要求还有管理细节规定，这些和以前的FS没什么区别，和圣剑还有IAC那边也是大同小异，众人看了一眼都没什么异议。

"我经常想把这些细节发出去让喷子们看看。"周火拿着一张作息表，摇头感叹，"谁说职业选手就是领着工资免费玩游戏的？给他看看这份作息表，看看还有谁愿意来。"

正常训练期，每天下午两点必须上机，晚上十点结束集体训练，其间不能玩手机，不能玩别的游戏，更不允许看剧等，只能打FOG，连续的八个小时里加上晚饭时间，不得离开训练室超过一个小时。

集体训练结束后做什么呢？不能休息，还要再进行四个小时的个人训练，一直打到凌晨两点才能休息。

后面的四个小时里选手一般可以做直播，不过也只能打FOG，绝对不可以玩其他游戏，一天加起来至少也有十个小时的训练时间。当然，这只是基础训练时间，如果是在备战期，那到底多少个小时就更没准了，十二个小时有可能，十四个小时也有可能，再多也有可能。

没有周末，没有节假日，每个月每人只有一天假期，具体哪天还要听从战队安排，这一天往往就是混过去了。其他时间里，只有中秋节和过年时俱乐部会给选手们安排假期，前提是这段时间里没比赛，如果有比赛，那什么节日都没用。电子竞技，没有休假。

每次的训练赛至少是头一天就约好的，所以不能缺席、不能迟到。训练赛之后还要复盘，打得好还好说，若是打得不好，就是全程被骂，被骂得晕头转向时终于结束了，下了机打开手机一看，喷子定时定点地来嘲讽选手的菜鸟操作了，这要顶着多大的精神压力可想而知。

大赛周期里对选手的要求会稍稍放松一些，时间由选手自己来支配，但每天还是要保证六个小时的训练时间，就算是过年或大赛后的假期里，每人每天一样要至少打八局高分局。俱乐部有人专门查选手账号的每日游戏情况，打少了、打菜了都不行，扣钱是小事，管理层若判定选手有消极游戏的情况存在，那浪费了多少时间，后续都会要求选手补上。

若是从这方面算，选手们几乎是全年训练的。

老乔唏嘘："这个作息表真的不苛刻了，现在好多俱乐部，选手出训练室都要打招呼，要说清楚是去做什么，什么时候回来，吃东西还是上厕所，晚一会儿都不行，根本没隐私。"

"多了。"周火失笑，"比这个严的都有，上下机都要打卡的，不过咱们没必要，都是老选手了，自律还是能做到的，不需要管太多。"

"对，就这点好，每个人自己心里都有数。"老乔咂舌，"我早年在次级联赛的一个战队待过几个月，那边才可怕，选手心态不好的心态不好，爱摸鱼的摸鱼，不务正业谈恋爱的谈恋爱，我的天……打不出成绩真的是有理由的。"

"说起这个……"周火眼睛一亮，"今天晚上余邃要直播了吧？"

"是吗？"老乔不明所以，"应该是吧？我不清楚，直播怎么了？他又不是第一次直播。"

周火心焦："早起跟宸火提起来这事儿，他说的话跟你说的一模一样，这个战队难道只有我在期待余邃直播吗？"

当然不止周火。

虽然一再跟自己暗示，不要期待、不要多想、不要去留心，但时洛还是被影响了。

那日开会时周火说了,建议余邋在第一天直播时拉个队友双排,余邋听了这话没答应也没拒绝,不知会如何。

回国直播第一天,如果真的会拉个队友,那他会找谁?

时洛心里很清楚,无论从哪方面来说,余邋找自己都是最不合适的,但周火那句话还是像羽毛一般,在时洛心头时不时地扫一下。

时洛反复跟自己说,自己和余邋的关系很奇怪,突然在一起直播只会别扭冷场,且这不是两年前了,自己都十九岁了,老大不小了,不能占有欲那么强了,不该再去在意这些事了。

直播平台早就发了预告,余邋会在当晚八点钟开播。晚上七点钟的时候,时洛去走廊打开窗户抽了一根烟,稍稍排解了一下脑中乱七八糟的事。

不该多想,不能多想,不能有期待。

一根烟后时洛平静了点,他关好走廊窗户,回了训练室。

其他几人还没吃完晚饭,训练室内只有时洛一个人,时洛坐下来漫无目的地刷了一下微博,又看到了直播平台宣传余邋直播的倒计时预告。

不知道周火怎么跟直播平台说的,直播平台好像默认了余邋会找个队友一起,倒计时宣传中还暗示了一下。

时洛点开那条微博看了一眼评论,热评第一是余邋的粉丝在盖楼刷评表白,热评第二是余邋的粉丝在帮忙宣传直播间地址,热评第三是宸火的粉丝在表白并表示期待余邋和余邋的老队友双排,热评第四是 Puppy 的粉丝,热评第五……热评第五是打广告卖假鞋的。

时洛:"……"

时洛不死心地往下翻了翻,自己的呢?就没人敢期待一下自己?

不是说他的人气现在是队内第二吗?

时洛烦躁地拿起手机,上了自己微博小号评论、转发直播平台的预告,给自己挽了个尊,打字:"期待时神,时神可是真牛。"

时洛刚发完就有了好几条评论提醒,时洛皱眉,自己的粉丝都在做什么?一点儿排面也不给,非要别人发才会跟楼吗?

时洛点开评论——

不要搞事，我们时神不约。

别了别了，我们只想好好看直播，不想看弹幕吵架。

两边粉丝现在在休战期，黑子不要故意挑起事端。

看热闹不嫌事大的喷子怎么这么多？烦死了，能不能别提 Evil？

我们时崽喜欢单排，不用你管，行吧？

很明显是阴阳怪气想看两边不和的喷子，理他做什么。

大哥把这评论删了吧，我们时神一点儿也不想和别人双排。

删了吧。

删了吧+1。

删了吧+2。

时洛："……"

时洛憋着火把小号评论删了，明白为什么没自己的热评了。

他的粉丝……真是太体贴了。

时洛不再看微博，自己登了游戏单排。

半个小时后，宸火和 Puppy 吃完饭上来了，两人同往日一样，贫了几句嘴后也坐到自己机位上开始单排。

又过了十分钟，余邃也上楼进了训练室。

时洛深呼吸了一下，没抬头看，将全部注意力放在了自己这局游戏里。

十五分钟后，八点整。

余邃开播了。

七点钟发预告的时候，余邃新直播间就已经有一千万的人气了，待他正式开播，人气直接飙到了三千万，虽然直播人气不代表真实观看人数，但人气达到这个数量级的也很少见。

余邃没开摄像头，只开了麦，也没怎么说话，开播后就打开了客户端，开始调试游戏设置。

宸火和 Puppy 都刚打完一局游戏，宸火看看时间，匆匆道："余邃开播了？来来来，打赏一下。"

宸火切出游戏，打开直播界面给余邃打赏了两万块钱的礼物，不忘道："我直播那天你记得给我刷回来啊，别忘了！"

Puppy跟着也切出去刷了礼物，而后两人继续打自己的。

时洛指尖在键盘上按得飞快，收了对面一个人头，眉头微微皱起。

都去送礼物是什么情况？自己……

时洛深呼吸了一下，当没看见。

时洛这一局打得很快，带飞三个队友，拿下了对方的转生石，干脆利索地结束了这一局游戏。

训练室内并不吵闹，除了宸火时不时地骂几句单排遇到的队友，只剩下几人噼里啪啦地按键盘、鼠标的声音。

直播的余邃，倒是比所有人都安静。

周火上来探头探脑地看了一眼，溜到余邃身边小声道："还没开始打？"

电脑屏幕后余邃轻声道："游戏还没设置好。"

"行行行，你快点啊。"周火忍不住朝时洛这边看了一眼，碍于余邃开着麦，不敢说什么，又溜走了。

时洛把鼠标滑到游戏客户端的"单人匹配"选项上，点下之前，他的游戏内好友界面亮了一下。

时洛指尖顿了一下，点开了好友界面。

【Awa】："时哥，我掉下国服前五百了，月底不能打上去就要扣工资了，能带我打几局吗？！求求你看看可怜的瓦瓦！"

【Awa】："时神，再帮我一次，我保证绝对是最后一次了！呜呜呜……"

时洛看了瓦瓦的消息足有半分钟，而后打字回复："组我。"

瓦瓦飞速地组了过来。

时洛点下"双人匹配"按键。

时洛嗤笑了一下。

看来就是没缘分。

反正也没可能了，也没开直播，不怕粉丝看到，训练室的几个人更不可能看他屏幕，排队的时间里，时洛索性打开了余邃的直播间。

余邃也刚刚按下单排键。

余邃直播间人气火爆，弹幕叠了一层又一层。

有生之年，欢迎Whisper回家。

有生之年，欢迎 Whisper 回家。

有生之年，欢迎 Whisper 回家。

有生之年，欢迎 Whisper 回家。

有生之年，欢迎 Whisper 回家。

…………

终于又在本土直播间看见余神了，感恩的心。

我舍友问我什么哭，呜呜呜……

余神我们不奢求你开摄像头了，咱能说句话吗？

要开始单排了吗？激动！！

之前平台预告不是说可能要双排吗？

不求双排了，第一天直播，自己单排挺好的。

+1，单排就挺好的。

开始了开始了开始了，激动……

…………

时洛和瓦瓦的双排也排进了，时洛关了直播间，专心双排。

瓦瓦最近掉分掉得太严重，出了国服前二百后让时洛来打就是路人碾压局了，不用多费力气。时洛和瓦瓦配合，打一局赢一局，时洛心不在焉，瓦瓦越打越兴奋，好友界面里疯狂对时洛吹捧。

【Awa】："时哥最牛！！！"

【Awa】："时哥是最好的突击手！"

【Awa】："Evil 带飞，闭眼上分！"

【Awa】："全世界最好的时哥！！！"

时洛让瓦瓦吹得脑壳子疼，又一局打完，他正要干脆屏蔽好友界面时，瓦瓦那边又发了消息过来。

【Awa】："……"

【Awa】："时哥，余神给我发了消息。"

【Awa】："问我还要打多久，什么意思？！"

时洛呆滞片刻，下意识地重新打开了余邃的直播间。

余邃直播间的弹幕已经爆炸了，彻底叠满，什么都看不出来了。时洛关了弹幕，看着余邃的直播界面，不由自主地看向余邃和瓦瓦的好友聊天界面——

【Free-Whisper】："你这边还要打多久？"

【Awa】："余神？惊恐，你怎么会找我？"

【Awa】："我我我……我还差五六局吧，就能上前五百了，怎么了？"

【Free-Whisper】："方便让我插个队吗？"

【Free-Whisper】："我让宸火带你。"

【Awa】："欸？当、当然可以啊，但是宸神早就说了，再跟我打就退役，他愿意吗？"

【Free-Whisper】："愿意。"

时洛喉结动了动，这……是……什……么……意思？

比时洛更蒙的是余邃直播间的粉丝们，弹幕已经刷到卡住不动了。

下一秒，时洛自己的好友界面又亮了，时洛点开——

【Free-Whisper】："瓦瓦想和宸火去双排，你跟我排一会儿？"

43

时洛一脸空白地看着屏幕，双手放在键盘上，不等他跟瓦瓦说一声，那边瓦瓦已经飞速退出组队撤了。

训练室内，刚打完一局的宸火看看瓦瓦发给自己的消息，抬头越过显示屏看向余邃。碍于余邃在直播，宸火敢怒不敢言，压低声音一字一顿磨牙确认道："我、想、和、娃、娃、排？"

余邃无辜地看向宸火，反问道："你不想吗？"

余邃开着直播呢，宸火这边敢说不想，NSN的粉丝怕是下一秒就要打上门来，宸火退出单排界面，组上瓦瓦，咬牙切齿："想！怎么能不想？我太想了！"

时洛呆呆地看着宸火去和瓦瓦组排了，这边游戏客户端叮咚一声，余邃给他弹了个双排组队邀请。

时洛顿了一下，点了"接受"，下一秒系统提示余邃那边已经开始排队了。

这峰回路转太刺激，时洛一时还没完全反应过来，等排队的时间里，时洛犹犹豫豫地又点开了余邃的直播间，并开了弹幕。

6666666……

技术粉太满足了，路人突击手太"捞"了，看突击还是得看 Evil 的。

啊啊啊啊啊啊啊啊啊……

Whisper 这个渣男又杀了我一次，他怎么这么会啊啊啊啊啊，这谁顶得住啊？

这个渣男又杀了我一次 +1，姐妹千万不要喜欢这种人啊啊啊，会被他害死啊啊啊啊……

顶不住顶不住，我不是当事人都已经顶不住了……

啊啊啊啊啊，我死了我圆满了，说了没人信，我就猜他今天会组 Evil……

这俩人什么情况？什么情况？！

余神是不是不知道我们能看见他的好友聊天界面？

不是第一次直播了，他肯定知道……

我就服我余神这点，不管是以前跟喷子报队友 ID 还是现在请走瓦瓦，我们余神演得坦坦荡荡，问心无愧。

我也喜欢我余神这一点，要演你，就明着演你。

不是说他俩不和吗？现在是什么情况？

不和个头，不和时神能来 Free？

进来看的顺手点个关注吧。

开始了开始了！！！

时洛忙关了直播间页面，退出来一看，游戏果然已经排进去了，进入地图后时洛看看自己游戏人物身边的医疗师，喉结微微动了一下。

俩人都顶着 Free 战队的队标，同组的路人看见了疯狂刷队聊，那边余邈始终没打字。时洛就算打字也会被路人队友刷下去，索性也闭嘴了。

时洛其实想问问余邈，问问他想怎么玩。

玩刺客流还是什么。

若是玩刺客流，前期时洛要跟余邈配合并给他让人头，后期也要注意不要占用太多公共经济。余邈若发育起来就能买三面光子盾了，会消耗不少经济，当然收益同样大，等于是给全队加了一段血条。

但这话又实在不方便问出口。

因为认识余邈这么久了，余邈一直都是玩刺客流医疗师，只在上次和自己直播意外撞车的时候玩过一次奶妈。

现在问了，像是想让余邃玩奶妈似的。

时洛默默地看着队友在聊天界面刷屏，待游戏开局倒计时数到零后第一时间冲了出去。

余邃紧紧跟在他身后。

余邃操作非常细致，边走边卡着读条给三个队友上了初始光子盾，一点儿时间也不耽误。时洛和路人突击手摸到地图交接处时，队友四人初始状态已满。时洛听到脚步声，没着急放净化皿，后退两步守在灌木丛后，不等他瞄准位置动手，身边的余邃手起刀落，一匕首下去收了人头。

余邃玩的果然还是刺客流，时洛让了一个人头，待余邃撤回掩体后才开枪。

两人虽从未如此配合过，但这种路人局，一队里有两个职业选手，打谁都是碾压，一局游戏，不到二十分钟就结束了，两人同时退图。

退图后时洛深呼吸了一下，不知余邃还要不要继续组排。

时洛之前听周火同余邃说，头一天直播，两个小时就行，这已经过去一个小时了，接下来一个小时，余邃是不是应该跟自己粉丝说会儿话了？

没等时洛猜测太久，那边余邃又点了"组排"，不到一分钟，匹配成功，又排进去了。

第二局，两人依旧没交流，但配合得比上一局默契了些。

还是顺风碾压局，这次十六分钟就打完了，两人再次退图。

时洛刚刚退图，游戏内系统提醒又在等待匹配了。

两人就这么毫无交流、快刀斩乱麻地连着打了五局。

上分太快，排队越来越慢，第六局排队的时候等了足有三分钟还没排进去，时洛看了一眼时间，已经十点了。

余邃该下播了。

时洛不知余邃是怎么安排的，正犹豫着要不要问一下，他的好友界面亮了一下，时洛点开。

【Free-Whisper】："下局奶你。"

时洛顿了一下，想打字问，这什么意思？前五局打得好，所以奖励自己一张奶妈体验卡吗？

想想余邃开着直播，时洛还是没问。

游戏终于排进去了，这一局果然如余邃所说，他玩的奶妈。

余邃变了个人似的，没了杀意，全程跟在时洛身边。时洛盾碎了他第一时间补上，时洛和人"对枪"时他卡着位置给时洛打补血针，要多贴心有多贴心，要多温柔有多温柔。

中间自家两个队友脱节了，支援不上，时洛被对面四个人包了，余邃手上只有一个盾了，他想也不想直接套给了时洛不说，还挡在了时洛身前替时洛连挡了四发子弹，在自己只剩血皮后才撤回掩体。待时洛残血把对面四人收了后，余邃出了掩体，没给他自己补血，顶着层濒危的血皮第一时间给时洛打补血针、缠绷带。

游戏界面里，时洛的游戏人物坐在地上倚在残缺的石墙后，余邃的游戏人物半跪在时洛身边，顶着一个一碰就碎的血条，专心地给时洛缠绷带。

看着屏幕里这个画面，时洛的脸突然有点热。

时洛忍不住打字。

【Free-Evil】："不用这么照顾我。"

不过两秒。

【Free-Whisper】："说了奶你。"

余邃说到做到，这一局对面的突击手也是职业选手，他们打得没那么顺，但时洛全程一次都没死。

余邃始终距离时洛不超过五米，时刻保证时洛是在全状态下操作。

时洛也不知道自己是怎么了，明明只是打游戏而已，他的脸却越来越红。

这一局最终还是赢了，不过足足打了三十五分钟，退出地图后时洛深呼吸了一下。

开天辟地头一遭，居然被一个医疗师给奶紧张了。

退出游戏后时洛给余邃发好友消息。

【Free-Evil】："你……你不是只播两个小时吗？马上十一点了。"

余邃回复得很快。

【Free-Whisper】："累了？"

时洛根本没累，但他不好意思跟余邃说，自己不知怎么了，被他奶得浑身发麻。

时洛动了动手指，打字飞快。

【Free-Evil】："就是……周火之前好像说第一天不要播太久。"

【Free-Whisper】："我无所谓，你要是累了就不打了。"

【Free-Evil】："……不打了吧，我出去抽根烟。"

【Free-Whisper】："OK."

余邃退出了组队，时洛怕自己被人看见，拿起手机飞速出了训练室。

时洛几步绕到自己房间，进了自己房间的小洗手间洗了把脸。

时洛看了看镜子里，自己的脸倒是和平常没什么不同，但两耳耳郭已经红透了。

时洛简直忍不了自己："你红个什么劲儿啊……"

时洛揉了自己耳朵一把，出了洗手间，摊平在床上，动了动，又拿起手机，打开直播平台App进了余邃直播间。

余邃还没下播，直播间里弹幕依旧刷得飞快。

Whisper牛，能刺客，能奶妈，还都能玩得这么6！

余神的技术没话说，666666……

现在还有人敢说余神和时神不和吗？

问题现在已经不是和不和的事儿了，这俩人现在的气氛已经不能更"和"了吧？

虽然之前在洛崽那看过一次Whisper的奶妈流医疗师，但和第一视角还是不一样的，该怎么说呢……

我看得有点腿软。

腿软+1。

莫名其妙地，我也有点腿软，Whisper还能这么温柔？

我都有点扛不住，不知道当事人现在的感觉怎么样。

当事人去抽烟了，哈哈哈哈哈……

时洛躺在床上支着两只红耳朵，咬牙："当事人现在也有点扛不住，满意了吗……"

时洛翻身趴在床上，脑子里一团乱麻。

余邃这是……搞什么啊啊啊啊啊啊啊……

直播间里余邈还没下播，又在单排了，弹幕都在催他和别人双排，余邈没看见一般，自己进了游戏。

自然，依旧玩他的刺客医疗，杀人如麻，收人头收得飞起。弹幕全都在刷余邈双标，时洛看着一整片的"yoooooo"更不自在了。

这个人……

时洛使劲抓了抓自己的头发，关了直播间，正要去给耳朵拍点凉水的时候，他手机振动了一下，来了条微信消息。

【Whisper】："还没抽完？还没到下机的时间，离开时间有点长了。"

时洛看了一眼时间，忙打字："马上回去。"

那边余邈又回复了过来。

【Whisper】："提醒一下而已，不急。"

时洛握着手机，片刻后给余邈发消息。

【Evil】："你……还不下播？"

余邈半晌没回复，时洛想起他已经进游戏了，应该是在打游戏，没法分心。时洛拎起枕头旁边的平板电脑打开余邈的直播间，果然，余邈正和人贴脸拼近战。

半分钟后余邈收了对方人头，回身给自己打药的时候，时洛手机又振了一下。

【Whisper】："多混一会儿时长，下半个月就不播了。"

时洛看着直播间，再看看手机，不得不承认，余邈这个人是真的厉害。

这都能抽空回复消息。

时洛本不想打扰余邈，但看他确实能一心二用，想了想后，忍不住直接问道——

【Evil】："你刚才，就是……为什么玩奶妈？"

直播间里，余邈这边和对面又贴脸了，这一次把对面团灭后应该就能直接清理了对方腹地毒雾，直接毁了对方转生石结束游戏了，这会儿绝对是没时间回复消息的。时洛看着直播间，再看看自己方才问的话，又后悔了。

直播间里，余邈操作没有片刻停息，应该是还没来得及看手机。时洛飞快地按了撤回，把最后一条消息撤回了。

时洛坐起身，揉了揉眉心，叹气。

自己本来很冷静、很平和的，都怪余邈……双排了一晚上，云里雾里的，被带得有点不清醒了。

不到一个月前，自己还跟余邃放狠话说，大家都是成年人了，有些事不要刨根问底比较好。

有些时候话说得太清楚了，反而不能再有期待。

余邃要是回复自己一句"没什么，就是突然想试试奶妈，看看效果会不会好"，自己多尴尬？

时洛搓了搓脸，看着余邃操作犀利，锐不可当，带着队友直接打穿了对方腹地，一匕首毁了转生石，游戏结束。

同一时刻，时洛手机又振了一下。

【Whisper】："没為什麽，奶你wo愿意。（没为什么，奶你我愿意。）"

44

时洛看着这熟悉的非主流文字，嘴角挑了一下，喉咙口却突然让人堵住了似的。

两人刚认识那会儿，余邃莫名其妙地坚信自己是"葬爱家族"的，为了找共同话题，每天聊天都是用火星文。

时洛那会儿觉得这是个非主流神经病未成年，本要敬而远之的，但不知怎么，就是放心不下。而后非主流少年掉马，摇身一变，成了联盟第一医疗师，自己不明不白地被他从黑网吧拐了出来，入了这一行。

以前只听说过"一见杨过误终身"，自己这算什么？一见"葬爱"误终身？

时洛看着手机屏，正想要回复什么，那个"相亲相爱一家人"的微信群振了起来。

【Puppy】："举手，打个小报告，训练时间，某突击手出去抽烟抽了快半个小时。"

【Puppy】："同一时间，某医疗师边打游戏边用手机回复微信，一心多用，非常不成体统。"

【Whisper】："你有病？這麽喜歡打小报告？（你有病？这么喜欢打小报告？）"

【教练·老乔】："？？？"

【经理·周】："？？？"

【Whisper】："……忘了切换回来了。"

【英俊宸火】："震惊，什么情况？！"

【英俊宸火】:"余邃你又背着我们玩葬爱!"

【Whisper】:"闭嘴。"

【Evil】:"我马上回去。"

【经理·周】:"没事没事,不急不急,咱们没那么严格的。"

【经理·周】:"满足,余邃今天直播效果特别好,继续保持!"

【英俊宸火】:"呵呵。"

【英俊宸火】:"有人关心我吗?老子好歹也是拿过冠军的突击手,为了兄弟,我给瓦瓦当了一晚上的陪练!"

【Puppy】:"#心疼宸火#"

【Evil】:"……"

【经理·周】:"哎呀,不要小心眼,大家再打一会儿,晚上出去吃夜宵,我请客,没问题吧?"

【教练·老乔】:"没问题。"

【Puppy】:"没问题。"

【英俊宸火】:"没问题。"

【Evil】:"没问题。"

【Whisper】:"没问题。"

时洛用凉水洗过脸后回到训练室继续单排,过了十二点,周火喜盈盈地上来招呼众人关机出门。

出于某种玄学原因,众人没再去吃火锅,转而去了一家本帮菜做得不错的私房菜馆。

"有个好消息,还有一个坏消息。"

待众人点好菜后,周火道:"我先说好消息,常规赛赛程表出来了,稍后我会发到群里,过两天你们在官网也能看见。我已经看过了,对咱们来说,赛程安排是很友好的,差不多是个由简至难的过程,常规赛前面打的基本全是弱队,像是Saint和NSN这些都是后半程才会遇见的。"

"虽然早就是队友了,但好几年没一起打过了,而且Evil还转了突击手,咱们是需要磨合的,这个赛程对咱们来说就是个热手的过程。"老乔道,"对咱们来说,季后赛还是稳的,这个我不担心,但最后能不能进决赛,还是要看大家的。"

"老乔说得太保守了,国内决赛我感觉咱们是能比画比画的,我担心的不是这个,下面我要说坏消息了。"周火喝了一口茶,看看众人道,"刚接到消息,圣剑战队把老美的 Secret 战队和韩国的魔咒战队一起买了。"

"什么玩意儿?"宸火难以置信,"他们……买了两个战队?!"

周火点头:"老美去年的一号种子战队 Secret、韩国去年的二号种子战队魔咒,一起被买了。"

Puppy 感叹:"前东家是真有钱……我以为当年一气儿买 FS 三个人已经是极限了,这次更狠,一气儿买俩战队,他们又开始组银河战舰了?"

"这哪是组战舰,这是养蛊吧!"老乔抽气,"三个战队拼一个,靠着常规赛能不断轮换,一个个地来,打得好的首发,差点儿意思的替补,更差点的挂牌卖掉,常规赛几个月轮下来,剩下的就是最牛的阵容了。"

Puppy 被勾起不愉快的回忆,捂脸痛苦道:"我当年就是那个被挂牌的,老子在国内打了这么多年首发,饮水机都没看过,一到国外,惨遭转卖……奇耻大辱。"

宸火凉凉地道:"老子当年是替补转挂牌,不比你强多少。"

周火咂舌:"确实是有钱,这招也确实是好用,这种地狱模式下,能留下来的都是又能打、心理素质又强的狠角色,比如上一届的蛊王。"

众人看向余邃,余邃默默喝茶:"谢谢,我还真不觉得这是在夸我。"

"是,看给我余神养的,头发都变异了。"宸火糟心道,"圣剑战队是真的有毒,太狠了。"

老乔看向余邃:"你好像一点儿都不意外?"

"不意外。"余邃边喝热茶边道,"一个月前我回国,圣剑高层跟我放过狠话。"

时洛抬眸:"什么狠话?"

余邃放下茶杯,缓缓道:"翻译过来大概是……Whisper,为什么执意要走呢?你回去了,我们也不会让你拿到世界赛冠军。留下来,你还是世界冠军,为什么要跟自己过不去呢?"

房间里安静了下来。

宸火也是第一次知道这事儿,他小心问道:"经理跟你说的?你怎么回他的?"

余邃面无表情道:"关侬啥事体。(关你啥事情。)"

时洛想了一下那个画面,没憋住,扑哧笑了一声。

余邃莞尔:"口音不对,我就会几句上海话。"

"你嘲讽他干吗啊?!"宸火笑完又捶胸顿足,"你看给他们气的,直接买了两个战队来撑你!"

"余邃说什么他们都会买的,这个俱乐部就是这个传统。"老乔冷声道,"当初他们要买 FS 的时候我打听过,这个俱乐部从四年前建立以来,就没自己培养过选手。他们不在乎国籍,谁牛就买谁,但买了以后不会珍惜,不管选手给他们打了几年,拿了多少奖杯,只要操作一退步,连个替补的养老位都不给,直接卖掉。"

老乔摇摇头:"没人性,不过确实出成绩。"

"是啊,就看他们这个架势……"周火唏嘘,"感觉对今年世界赛又十拿九稳了,这次可是吸收了三个战队的选手,供养一个四人战队,那能不强吗?"

众人无言,余邃脸上依旧是无所谓的表情。

周火想了一下,乐观道:"不过咱们建队第一年,也不用想这么远,就是跟你们说个八卦而已,跟咱们也没什么必然的关系。"

周火笑道:"今年能不能进世界赛还不好说呢,要是进不了,那根本见都见不着他们,还是立足当下,先想想咱们本土赛区的联赛。"

"NSN 今年等来上赛季最牛的狙击手 ROD,现在虽然还有点医疗师的短板,但整体实力更厉害了。"上菜了,老乔一面拿筷子一面道,"Saint 更别说了,咱们赛区上赛季的冠军队。还有野牛,也不能小看,他们老板跟圣剑战队老板脾气差不多,也是谁牛就买谁,这赛季又整合了一下,实力也提高了不少。嘿,越看越觉得……"

"别说了。"宸火苦着脸,"再说咱们战队该解散了,别夸人家了!"

老乔哭笑不得,忙道:"不说了不说了。"

众人专心吃饭,吃饱饭后周火结账,几人上了车回基地。

回基地的路上周火道:"三天后周一,咱们常规赛第一场,唔……猜猜是谁?你们的老熟人哦。"

众人有点"食困",都昏昏欲睡的,有一搭没一搭地"嗯嗯"敷衍着,没人来猜,还是老乔撩起眼皮道:"谁啊?"

周火嘿嘿笑道:"野牛战队。"

时洛睁开眼,又闭上了。

"暴躁书这几年混得不错啊，听说已经是队长了。"宸火慢悠悠道，"也是好久不见了，周一遇到他，教他做人。"

"说好了，要打去常规赛赛场上打，别去野牛休息室瞎串门！"周火警告道，"人家暴躁书现在挺稳重的，你们也别挑事。Puppy，他们要是背后想搞小动作，记得跟我说。"

打小报告有瘾的 Puppy 对此很有兴趣："没问题啊！"

时洛撇嘴，他现在比暴躁书更稳重。

"接下来就没什么事儿了。"周火安排好工作，开始美滋滋地看微博，"今天直播效果不错啊，咱们官博剪辑了个精华版，你们可以去看看。"

宸火、Puppy 兴致寥寥，没去看。独自坐在最后一排的时洛眉毛稍稍动了一下，拿起了手机。

Free 官博大概就是奔着搞事情来的，视频标题起得非常直接：《Whisper 的渣男教学局》。

时洛把手机调成静音后才点开了视频，视频开头就有"高能"，上来就是余邃和瓦瓦对话那段。

虽然之前匆匆在余邃直播间看了一眼，但毕竟不仔细，时洛扫了众人一眼，确认没人注意自己，拉动视频进度条把余邃和瓦瓦对话那段反复看了好几遍。

时洛心虚地咳了一下，关了微博。

也没什么可看的。

时洛手机振动了一下，微信上顾乾给他连发了几条消息，都是图片。

顾乾不爱聊天，并不常联系时洛，时洛点开看了一下，是几张聊天记录截图。

看清楚是谁的聊天记录后，时洛喉结动了一下。

【GU】："瓦瓦一直就这样，跟几个玩得好的突击手都熟，没事儿经常一起上分，约不上也没事。"

【GU】："他有点怕我，基本不跟我打，也不爱跟我们队的突击手信然一起打，信然嘴欠，爱说他。"

【GU】："小事儿，他约不上 Evil 就会去约别人，没人当回事。"

【Whisper】："没事儿就行。"

【GU】："我倒是有话想问你。"

【Whisper】："？"

【GU】:"你那手奶妈医疗师有点6啊,跟天使剑是比不上,看得出来你玩得不多,但也挺牛了。"

【GU】:"这一手是你藏着的大招?"

【Whisper】:"……算是吧。"

【GU】:"算是?"

【GU】:"不是常规赛准备打我们个措手不及吧?"

【Whisper】:"……"

【Whisper】:"想多了,奶妈玩得不好,不会上正式比赛的。"

【GU】:"能信你吗?"

【Whisper】:"平时我跟你聊战术不要信,但今天说的肯定是真的。"

【GU】:"我怎么还是将信将疑呢,既然不会用奶妈上场比赛,你练什么练?"

【Whisper】:"我没练。"

【GU】:"不是为了上场,玩奶妈做什么?"

【Whisper】:"为了哄小朋友。"

【GU】:"……"

【GU】:"你怕不怕我截屏给Evil看?"

【Whisper】:"我怕死了,你可千万别不截。"

【Whisper】:"时洛,要下车了。"

时洛看到最后一句有些不好意思,明明余邃是隔着一个人跟他说话,他却像是偷窥被人发现似的,心虚地倏然看向前面。

到基地了,车停了下来。

坐在最前排的余邃穿上队服外套,脸色如常道:"都别看微信了,下了。"

45

三天后,野牛主场,野牛战队迎战新战队Free。

周火如今已经是"自己人"了,两年前,几人和野牛战队有矛盾他是知道的,只是不了解细节,周火对此敏感无比,三令五申,警告众人,在他的治下战队绝对不可以出现暴力事件。

"新战队,新赛季,新气象。"去野牛主场场馆的路上,周火努力调动众人的积极性,"不求你们超常发挥,但一定要把自己的实力发挥出来,让所有人都看看,懂吧?"

四个网瘾少年除了余邃,都在埋头玩手机,没人被调动起来。

唯一没玩手机的那个,还在闭着眼补眠。

周火叹气:"算了,你们心里应该都有数。"

只有老乔还闲着,周火只得跟老乔聊天:"你们和野牛具体是有什么摩擦?为什么一直关系这么微妙?"

"那不叫摩擦。"老乔怅然道,"那是沾血的世仇,那是暴躁书还是个替补时候的事了,你要听吗?"

周火当然很想听。

老乔拍拍肚皮,慢悠悠地说了起来。老乔说罢,车上原本已经对往事释怀的几个人脸色一个赛一个地差,听到余邃直接进了医院时,时洛的脸差不多已经全黑了。

周火小心翼翼地看着众人,后悔道:"我是不是……不应该这个时候问这个?"

"晚了。"宸火揉了揉手腕,"好几年不见了,不知道故人是不是都安好啊……"

时洛冷冷道:"一会儿不就见到了?"

周火痛苦地捂脸:"我为什么这么八卦……"

半个小时后众人抵达场馆,现场粉丝实在太多,司机不敢停车,直接开进了场馆的地下停车场。

众人从地下停车场直接去了后台休息室,周火盯时洛、宸火盯得死紧,生怕有人趁自己不备跑去野牛战队的休息室。还好常规赛的等待时间不久,在休息室等了不到一个小时,比赛就开始了。

这是 Free 战队第一次参加正式比赛,场馆内座无虚席。

不只观众热情,不出意外,除野牛战队外的十支联赛战队应该也在密切关注着这场比赛。

赛前调试设备的时候宸火试了试麦,笑道:"你们猜,其他十个俱乐部基地里,是不是都在放直播?"

Puppy 笑了一下:"不想这么脸大,但我估计……差不离吧。"

宸火挑眉道:"不知道在讨论老子什么,应该都在给咱们加油吧?哎呀,我都不敢太投入,怕暴露太多战术,随便打打算了。"

"别太乐观了。"时洛冷冷道,"都是要竞争季后赛名额的战队,为什么要给你加油?不说这个,没准季岩寒也在看直播,等着看我们的笑话呢。"

说起季岩寒,众人就不困了,宸火瞬间被提起斗志:"好好打!这必须好好打!新仇旧恨的。"

Puppy忍笑感叹:"时洛,你这个鼓励队友的方法我喜欢。"

Puppy调试好自己的设备,倚在电竞椅上道:"队长不说两句吗?按照传统,常规赛第一场比赛开赛前队长都要发表一番三千字打底的赛前宣言。"

余邃动了动自己的麦:"谢谢,没这么多话。"

"走个过场吧。"Puppy看向场馆右侧的玻璃隔音房,"你看野牛那边,暴躁书慷慨激昂指点江山的,肯定在鼓励队友呢,你也说两句。"

余邃轻轻呼吸了一下,营业得很敷衍:"好好打。"

Puppy啧了一声:"再来两句!多少年了,每次都在混事儿。"

余邃无奈:"行……"

余邃看着电脑屏幕,片刻后道:"我们的战队太新了,战队本身没有任何成绩,刚刚从晋级赛打上来,现在在联赛其他俱乐部眼里,我们就是个踢馆的。想要让别人看得起,只有一个办法,就是赢。"

"到现在,还有一些老FS的粉丝怪我们断了FS晋级的路,觉得是我们抢了FS的联赛名额。"余邃环视比赛场馆,"我处理这些闲言碎语一向只用一个办法,就是用成绩说话。

"用比赛成绩来告诉全联盟,这个地方、这个赛季,会有Free的一席之地。"

时洛怔了一下,忍不住看向余邃。

宸火喃喃:"Whisper就是Whisper,每次你……"

"应该录下来了吧?"余邃瞬间松懈下来,调整了一下麦克风,问道,"回头要是让我们战队出赛季宣传,直接剪辑刚才的就行。"

监控赛时语音的裁判在Free的队伍语音频道说:"录下来了。"

余邃放下心:"我的任务完成了。"

宸火翻了个白眼:"我还以为你是在认真地鼓舞我们。"

贫了几句后裁判示意比赛要开始了,众人沉下心来,比赛开始。

比赛倒计时刚数完,四人如换了一个人似的,收起调笑神色,第一时间冲出自家转生石。

从 Free 几人的视角看过去，属于野牛战队的一半地图笼罩在浓浓的毒雾中，什么也看不见。

宸火同余邃两人一组，直接压到双方地图交界处。时洛独自一条路去偷清地图左侧毒雾。Puppy 作为狙击手，是唯一有瞄准镜的角色，他暂时压在自家后方，为两边开镜汇报对方情况并酌情补枪。

野牛一向是开场两个突击手和医疗师一起压正面，这次如何还不确定。Puppy 快速提醒道："宸火马上清雾，对面很可能是三个人，我这边还看不清。"

宸火贴着地图交界处放下净化皿，他此刻就是个天然的诱饵，果然没等他的放置读条结束，浓浓毒雾中，对面已经开枪了。余邃等的就是这一刻，凭借枪声判断位置，直接从掩体后出现，一匕首劈了过去，宸火趁着这半秒的时间将净化皿放置成功，起身开枪，两人合力收掉了野牛的一个突击手，人头算给了余邃。

野牛战队的另一个突击手也被扫掉半条血，忙后退藏进了掩体。另一边Puppy 道："时洛，再不走，你就要被发现了，别偷了，去找余邃和宸火。"

时洛为了卡一个极限的时间，从出了转生石就没和余邃碰头，此刻身上没盾也没任何增益状态。他亦不贪，听了 Puppy 的话后，不等下一个净化皿放置成功，应声撤退去找余邃会合："给我个盾。"

余邃把自己和宸火的血补满后给时洛套了一个盾，三人一起躲在掩体后，静静等待。

地图交界处草丛里的沙沙声越来越明显，时洛同宸火同一时刻出了掩体开枪，精准地收掉了浓雾中野牛的另一个突击手。

"行了，清毒吧。"Puppy 放心道，"俩突击手都没了，半分钟内他们不敢贴脸了。"

宸火继续清理正面毒雾吸引火力，时洛则重新绕到地图左侧清理小路。

这是几人以前常用的战术，凭借着过硬的选手个人能力，用一个突击手加一个医疗师来和对面两个突击手加一个医疗师二打三，另一个突击手去侧边偷偷清小路，让对方左支右绌。

野牛也有狙击手在监控全场，自然过不了多久就能发现时洛的动作，但只要余邃和宸火抗得住正面火力，他们就没办法分人去处理时洛。若是分人去，只消片刻，正面地图就会被余邃、宸火飞速撕开一条口子，直捣黄龙。

Puppy压在后方,一边留意着对方的动作一边偷偷放冷枪,忍不住调侃:"我感觉暴躁书心态要崩了,三个人和你俩打得有来有回,丢人丢大了。"

　　暴躁书心态确实崩了,他们前锋三人渐渐不敌余邃、宸火两人后,偷偷撤掉了一个突击手。

　　余邃第一时间察觉出正面毒雾后的脚步声不对:"对面好像少了一个人,时洛留神接客。"

　　独自偷偷清毒的时洛低声道:"听到了。"

　　时洛卡着时间,不追求速度,尽量藏在掩体后放置净化皿,也不可惜净化区域重叠,一点一点稳扎稳打,全程不让自己暴露在掩体外。野牛突击手压过来后他也不急,直接停手,在掩体后一动不动,等着对方先动作。

　　时洛和野牛突击手相互守了对方将近有一分钟,一分钟后,野牛的突击手先耐不住,侧身开枪,却直接被盯他盯了许久的Puppy一枪拿掉了人头。

　　"Nice。"Puppy感叹,"时洛稳啊,这个位置帮我卡得绝了。"

　　时洛没说话,开场十二分钟了,Free一个人头没丢,野牛战队已经连续送了五个人头,这局游戏基本没翻盘的可能了。

　　二十二分钟的时候,Free顺利拿下了这一局。

　　开局十分顺利,众人包括后台的周火、老乔都松了一口气。下一局里大家的心情都轻松了许多,时洛更是仗着自家优势大和自己过硬的技术开始泄私愤,全程针对暴躁书。宸火和Puppy则一边在队内语音里说"哎呀,这样不好不好",一边疯狂补刀。第二局游戏结束后游戏界面显示,暴躁书一共被拿了十五个人头。

　　常规赛揭幕战,Free赢得野牛战队没一点儿脾气。

　　"碾压,纯粹的碾压。"

　　回基地的路上,周火彻底松了一口气,看着赛后数据分析喜形于色:"哎呀,怎么都在夸我们,用不着这么惊讶吧?就我们这个配置,会把野牛按在地上随便摩擦难道不应该是意料之中的吗?"

　　老乔适当泼凉水道:"野牛算不上一线战队,也别太得意了。"

　　"知道知道,就是开幕战打得漂亮,我高兴嘛。"周火喜滋滋的,顺便夸了一下时洛,"Evil,你真的长大了。实话跟你说吧,我今天已经做了最坏的打算,咱们的工作人员已经有了紧急公关备案,专门用来应对今天的突发事件,比如你和暴躁书在后台大打出手……"

周火看向时洛，欣慰道："谢天谢地，洛崽懂事了，没让我用上这套备案。"

时洛无语，大家都是成年人了，怎么可能还会打架？

但时洛有点想知道周火准备的方案，问道："如果我真跟他打起来了，你会怎么办？"

"会怎么办？你还想试试？"周火合上文件夹，冷冷警告道，"我们会联系一档情感调解节目，给你和暴躁书一起报名，然后把你俩扭送去节目录制现场，让你俩在老娘舅们的激情调解下痛哭流涕、握手言和。"

时洛："……"

周火话音落地，保姆车上的几人都不玩手机了。

宸火叹息："余邃雇你真的不白雇。"

"周经理果然是专业的。"Puppy慢慢鼓掌，叹为观止，"这就有点太狠了吧？多大的仇……不过我居然很期待是怎么回事？"

老乔默默道："我也有点期待，丢人就丢人吧，说句实话，我就喜欢看这种节目，什么《银牌调解》、什么《情感救助站》……其实挺好看的。"

宸火畅想了一下时洛和暴躁书一起上节目的场面，赞叹："那收视率不得爆了？全联盟一起关注啊！"

几人憋笑憋得要命，只有从小到大几乎没看过电视，也没看过任何国内综艺节目的余邃完全在状况外。

余邃茫然问道："什么调解？什么节目？"

"哎呀，我来跟你讲！"宸火眉飞色舞如此这般地解释了一下，"就是两边分别陈述自己的感情和想法，然后哭着说一下自己这些年多不容易什么的，解除误会。然后主持人开始煽情，问两边，你愿不愿意原谅对方，如果你愿意，你就走出门来给他一个拥抱。最后在所有人的祝福声中节目走向高潮，两个人哭着跑向对方，拥抱在一起，节目就结束了。"

余邃依旧是云里雾里的，待老乔又解释了一遍后依稀明白了，余邃嘴唇动了动，欲言又止。

周火看出来余邃是想问什么，道："怎么了？还不懂？"

"懂了。"余邃看向周火，迟疑着问道，"你……有这种人脉？"

周火刚才也只是一时"口嗨"而已，他哪儿来的这种奇葩人脉？不过他的大学同学确实有不少进了相关领域，真要找找关系，怕是还真能找到，周火不确定道："差不多吧，你问这个做什么？"

老乔一直很护着时洛，闻言忙道："别别别，开玩笑是开玩笑，你还真把时洛和暴躁书送到那种节目上去？"

时洛皱眉看向余邃。

余邃失笑："我有病吗？随便问问，没事了。"

众人继续玩自己的手机。余邃看看时洛，又看看周火，稍微犹豫后，没多言。

余邃第一次听说还有这种节目，遭受冲击之后凭着他自己的想象，竟然觉得这其实很好。

余邃觉得这种节目简直就是给自己和时洛量身定做的。

这简直是解决问题的最好捷径！

找找关系，他和时洛一起去，再托关系请几个善于煽情的央视主持人来调解一下，在节目的最后，时洛哭着和他激情拥抱，这不什么事都没了？

46

回到基地后众人纷纷去洗脸、洗澡，宸火昨日只睡了四个小时，现在只想闷头睡觉，忍不住满口抱怨："联赛什么时候能改改规定？为什么每次比赛非要化妆后才能上场？关键是化完我也看不出什么区别来啊。"

宸火抹抹自己的脸，搓了搓指尖，嫌弃道："化就化吧，我也能忍，最无语的是，为什么化妆后还要卸妆？麻烦死了，不卸妆居然还会长疙瘩，这真的是……"

"规定就是规定，哪儿这么多抱怨。"老乔在宸火身后敲敲他的头，"一个个不修边幅的，上去了好看？在比赛场馆那种灯光下，万物显形好不好？！再说，就给你抹了点粉，你洗脸的时候多搓搓不就行了？"

"要用卸妆水的啊。"宸火扭头看老乔，困惑，"你以前每次卸妆都是硬搓吗？要不你老得快呢……"

老乔翻了个白眼，按了宸火的头一下。

比赛日并不规定作息，回到基地后众人自由活动，洗澡的洗澡、休息的休息，余邃独自去了训练室。

余邃并不急着去洗脸，他仗着脸帅皮肤好，平时赛前化妆都在混事。今天赛前又是如此，去官方化妆间转了一圈就出来了。一群"直男"也看不出有什么区别，就当他化过了。

免了这道烦琐程序的余邃开了电脑，趁着这个机会，要看看他刚了解到的新鲜事物——情感调解节目。

那东西听起来真的有点厉害。

余邃今年二十有一，上一次看综艺节目还是十几年前的《大风车》。自入了这一行后余邃基本没了娱乐生活，平时放松的时候也就看看美剧、英剧，对这些奇奇怪怪的综艺节目知之甚少。他打开网页不得其法地搜索了一下，费了点工夫逐一排查，用了十来分钟才摸到点门儿，他点开某地方台出品的看上去像那么回事的节目，戴上耳机认真看了起来。

余邃看了三分钟就把耳机摘了。

他揉了揉眉心，辣眼睛。

余邃现在很庆幸，在回基地的车上没一时嘴快说他想上这种节目。

太傻了。

节目和余邃想象中完全不一样，十来个号称情感专家的劝解人一起吵吵，闹得余邃耳朵疼。他把耳机丢在桌上，彻底放弃了这个想法，也去冲澡了。

十分钟后，冲了个澡换了私服的时洛进了训练室。

今天比赛时出现的问题还是很多的，Free 能赢得那么轻松，完全是因为野牛战队不够强且己方四人的个人能力太强，但细究起来，两局比赛几乎没什么好的配合，中间推进的时候还有几次因配合不足造成的节奏断档。这也就是常规赛，若是大赛里出现这种瑕疵，必然会被对方当作突破口，进而扭转战局。

时洛接受不了战局因为自己出现问题，正要好好地复盘一下今天的比赛，经过余邃的机位时，意外地发现余邃的电脑竟然是开着的。时洛偏头瞟了一眼，表情逐渐凝固。

余邃电脑屏上的视频软件播放器中，节目已进行到高潮，婆媳两人坐在沙发两端，哭得撕心裂肺，相互指摘对方的不是。

时洛呆滞地看着电脑屏幕。

回想回基地时车上众人的话，时洛心凉了半截。

余邃这是……真要把自己和暴躁书送到这里去？

若是别人，这么扯的事时洛是打死都不会信的，但余邃不行，余邃有前科！

当年被丢进高考考场的教训太深刻，时洛深信余邃心狠的时候什么都做得出来。

时洛敬畏地看着屏幕里语速飞快的主持人，心惊胆战地绕开余邃的机位，小心地坐到了自己的机位前，精神恍惚地开了电脑，勉强开始复盘。

余邃冲了个澡后被老乔叫到了楼下。

常规赛来了个开门红，老乔专门开车出去买了饭菜回来庆祝。众人谢过后坐下来吃饭，余邃因胃病这几年吃饭一直很慢，他慢慢吃着，余光时不时扫过时洛。

余邃微微皱眉，不知是不是他敏感，余邃依稀感觉时洛在躲避自己的目光。

虽说俩人到现在每次对视还是会快速移开视线，但绝没这么敏感，时洛周身逃避又抗拒的感觉太明显了。

若二人的关系能用进度条来显示的话，余邃感觉现在至少是倒退到时洛刚搬来 Free 基地那天了。

这是怎么了？

只是打了一局比赛而已啊！

比赛稳稳当当地赢了，比赛中途俩人也没起摩擦，发生什么了？

余邃不动声色地留意着时洛的神色，慢慢地吃着饭。不一会儿时洛就吃饱了，时洛没像往常一般在餐桌前坐一会儿玩玩手机，吃罢把碗筷交给阿姨就上楼去了，似乎是片刻都不想留。

余邃也放下了筷子。

老乔瞅了余邃一眼，咽了一口菜道："怎么了？你才吃了几口，怎么也不吃了？"

余邃端过热汤喝了两口："胃疼。"

"什么情况？"坐在另一边的周火敏感地看过来，"那别耽误时间！穿外套去，我送你去医院。"

余邃摇头："没那么严重，稍微有点不舒服，喝两口热汤就好了。"

Puppy 抬头："真没事？喝点养胃冲剂？"

"不用，不严重。"余邃摇头，"都快点吃，吃完一起复盘今天的比赛。"

周火担忧道："你真没事？可别硬撑着，后面几天一大堆活动要用你呢，你可不能掉链子。"

余邃点头："没事，放心。"

周火勉强点头，又叮嘱道："我和咱们司机都是二十四个小时开机的，什么时候不舒服马上打电话。"

几人陆续吃完晚饭，一起去了会议室，打开投影一起复盘比赛。

两盘比赛加起来不到一个小时，但老乔足足盘了三个小时，笔记写了满满七张复印纸。头一次赛后复盘，周火也跟过来了，他一个游戏苦手昏昏欲睡地跟着听了三个小时枯燥的复盘，待复盘终于结束的时候不得不再次感叹："以后谁再敢说职业选手就是玩游戏的小混混，我就把他拎过来听复盘。我都眼充血了……老乔，我能问问吗？就刚才那个两秒的动作，就宸火放净化皿的动作，真的有必要重复三十几次给宸火看吗？别说宸火，我都要看吐了……"

"有必要，如果他下次再出现这种问题就需要重复看六十次，并且回去重复规范后的动作至少一千遍来形成肌肉记忆。"老乔把记着每个人问题的复盘记录对应递给众人，"都是最基本的微操训练，平时训练稍微一松懈就容易出问题，不够完善。"

"行吧……"周火摇头感叹，"我本来以为你们也就半个小时的事，还想等你们结束了我讲两句鼓舞一下士气呢，听了三个小时我自己已经没士气了，大家辛苦，不耽误你们时间了。"

众人起身要回训练室，周火又折回来不放心地看着余邃："Whisper，你没事了吧？"

正在低头看自己复盘记录的时洛抬眸看向余邃。

余邃面色如常："还行。"

余邃一说还行，周火更担心了："什么叫还行？别拿身体开玩笑啊，趁着天还不太晚，真受不了了马上去医院，别再严重了。"

"真没事。"余邃拒绝得很干脆，"回去看看复盘记录，我今天还想直播一会儿呢，不用管我了。"

周火无奈："怎么这么犟呢？行吧，反正用车也方便，一严重马上说啊。"

余邃单手揉了胃部一下，拿了老乔给他的复盘记录出了会议室，去训练室了。

时洛跟在余邃后面，眉头微皱。

回到训练室后众人自己看自己的复盘记录，总结好问题后开始自由活动。

宸火组了隔壁战队的天使剑双排，Puppy自己在自定义服务器做模拟训练，余邃果然开了直播。

时洛没开直播，他有点心不在焉地单排冲分。

拿回老账号后一切排名被清空，时洛这些年冲分已经冲习惯了，这些天没事儿就在单排冲名次，现在已经回到了国服前一百。

进了前一百后排队就很慢了，时洛揣着心事等着，微信突然响了一下。

【经理·周】："Evil，我今天回我爸妈家，不在基地。你帮我留意一下，余邃今天胃不太舒服，不吃药也不看病，我担心会严重。"

【经理·周】："我也跟老乔说了，但老乔太粗心，不放心他，你帮忙留意一下。"

时洛眉头皱起，果然又是胃不舒服了。

时洛抬头留意着余邃。

余邃脸色和平时无异，但他时不时地就要用左手抚一下胃部。他也在单排，没多余的手照料自己，每每都是揉一下就继续飞速按键盘。

时洛回复周火："知道了。"

时洛心不在焉地单排，时不时地看向余邃，很明显，余邃揉胃的频率越来越高了。

可这人偏偏无知觉似的，一局结束马上又开一局，完全不间断，医疗师排位还不用怎么排队，几乎是点了就能进图。一连两个小时，余邃基本是一秒没停，一直在游戏。

时洛越来越焦心，这人哪怕是去喝杯热水也好呢。

时洛看了毫无察觉的宸火和Puppy两眼，忍不住抱怨，你们到底是不是亲队友？就没人劝他去休息一下吗？

时洛越发心烦。又过了半个小时，待时洛已经忍无可忍想提醒余邃去休息的时候，余邃自己将键盘往前推了一下，调整了一下麦道："不太舒服，今天就打到这儿了。"

余邃说罢摘了耳机，起身出了训练室。

时洛心中一空，过去不太好的记忆涌入心头，他几乎是本能地起身，跟了出去。

余邃回了他自己房间。

时洛站在训练室门口看向余邃房间的方向，有些迟疑。

是稍微有点不舒服所以提前睡了，还是太不舒服所以去吐了？

到底严重不严重？

时洛在走廊里抽了根烟，一咬牙，走到余邃门口敲了敲门。

片刻后门开了，余邃看上去不像是吐过的，时洛稍稍安心，又尴尬起来："没事，我就是……"

余邃默默地看着时洛："就是？"

时洛无奈，自暴自弃地低声道："你是不是胃疼了？我看你……总是揉胃。"

余邃没说话。

时洛犹犹豫豫地，语气硬邦邦道："给你……倒杯热水？"

余邃沉默片刻，点头："好。"

时洛转身下楼去倒热水。

余邃没反锁门，时洛接了热水回来后直接推门进了余邃房间。房间里余邃坐在床上，正低头看手机。

时洛走近把热水递给余邃，别别扭扭道："喝吧。"

余邃眼中似乎闪过一抹无奈的神色，时洛疑惑道："怎、怎么了？"

余邃摇摇头："没事。"

他慢慢地喝了半杯热水，时洛偏头看着他，问道："好点了吗？"

余邃用拇指抹了一下嘴角的水渍，点头："好点了。"

余邃抬眸看向时洛，嘴唇微微动了一下。

时洛看出余邃好像是要说什么："还有……什么事吗？"

余邃低头自言自语："……五百年过去了，还是热水。"

余邃声音太轻，时洛没听清，他皱起一边的眉毛："什么？"

"有句话……两年前就想说了。"余邃欲言又止，"时洛，就算以后你自己找女朋友，你女朋友不舒服的时候，你也不能只给一杯热水，知道吗？"

时洛莫名其妙地耳朵又有点红："我又没女朋友！再说你……你说这个做什么？"

"渣男教学啊。"余邃又喝了一口热水，"不舒服……至少帮忙揉一下吧？"

时洛愣了一下："你……你真疼得很严重？"

余邃每次都是这样，胃疼得再厉害也不会表现出来，当年都胃出血了，一样能如常地和季岩寒周旋。时洛也不确定余邃现在到底如何，犹豫道："你真的需要……我帮你揉揉？"

余邃抬眸看着时洛，脸上依旧是他一贯的淡然表情。

这张脸配上这个表情……

时洛最受不了这个。

时洛往前蹭了两步，半蹲下来，束手束脚："你……"

不等时洛想好该如何做，余邃伸出一只手，握住了时洛的手腕。

时洛一怔，喉结动了一下："怎、怎么？"

"我教你。"

余邃握着时洛的手腕，把他的手按在了自己胃部，揉了一下："就这样。"

时洛手指微动，学着样子揉了几下，不太自在道："除了揉一揉，还有……还有什么吗？"

余邃问："什么？"

时洛清了清嗓子，偏头闷声道："不是渣男教学吗？还有什么要教的吗？"

"哦，还有就是……"

余邃看着时洛，将时洛的手挪开了。

余邃绅士地稍稍后退，轻声道："还有就是，我胃疼是装的。"

47

时洛噎了一下，触电般抽回手，羞愤得几乎是脱口而出："你装还要说出来？！"

余邃整了整T恤下摆，轻声道："你揉得太认真，我良心过不去了。"

时洛刚想说"你还有良心"，但仔细一想这人确实很有良心，这话说出口未免太伤人心。时洛憋得脸通红，半晌磨牙道："你还挺坦荡……"

时洛后退两步坐在地板上的坐垫上，摸了一根烟叼着，拿出打火机点上，支着两只红通通的耳朵一言不发闷头抽烟。

余邃默默地看着时洛："你从比赛回来就有点不对，我不知道你怎么了，所以想骗你出来，问问你。"

时洛吐了一口烟，皱眉道："你直接叫我……不就行了？"

余邃看向时洛，反问道："我直接叫你，你会来吗？会不防备……说实话吗？"

时洛抽了一口烟，没回答。

"好好聊聊天"这种事上一次发生在两人之间的时候，好像还是两年前。

自重逢后，两人之间总隔着其他人、其他事，就算是独处的时候，也没法完全坦然。

对此余邃倒没什么伤春悲秋的矫情，想要回到当初毫无芥蒂的关系总是要时间的，分开那么久，怎么可能是一句"都过去了"就真能过去的？

误会可以澄清，沉冤可以得雪，但伤口总要慢慢痊愈。

余邃留意着时洛的神色："是我不小心做了什么，让你不高兴了？"

"没有。"时洛闷闷道，"我就是回来后看见你电脑桌面上有情感调解节目的视频，吓了一跳，以为、以为……"

余邃茫然："以为什么？"

时洛愤愤地含混道："以为你真要把我和暴躁书送到那种节目上去。"

余邃："……"

余邃努力让自己看起来像个正常人："我就是没看过这种东西，比较好奇，想看看，不可能真的让你参加这种节目……"

"想也知道。"时洛又抽了一口烟，不太情愿道，"就是吃饭那会儿脑子短路了，之后就没再想了。"

时洛不信任地看向余邃："你胃真没事？"

"真没事。"余邃渣得明明白白，"一点也没难受，装了半天只是想骗你来找我而已。"

时洛气得一把抢回自己方才倒给余邃的水。

余邃提醒道："可我已经喝过了。"

时洛眸子黑亮，喝过了就没法报复了吗？

时洛吸了一口烟，抬手在余邃的水杯里弹了弹烟灰。

这举动简直不能更无礼了。

但余邃看着时洛明明一脸张狂，却有点后悔自己太不礼貌的小神色，嘴角微微挑了起来。

还是那个小崽子。

余邃手机突然响了起来，时洛皱眉："周火？就是他刚才让我照顾你的，你跟他说吧，我先走了。"

不等时洛起身，余邃摇头道："顾乾。"

余邃按下了免提。

"余邃？"

电话那头顾乾道："恭喜余神首胜。"

"谢了。"余邃抬眸看了时洛一眼，"时洛跟我在一起，有事？"

扬声器中顾乾道："Evil，今天看了你们的比赛，打得不错。"

时洛闷声道："发挥得不好，配合得还是不行。"

"刚组队，正常的，慢慢磨合就行了。跟你们说件事，"电话另一边顾乾语气沉了些，"欧洲圣剑战队，找我们约练习赛了。"

余邃和时洛视线相撞。

顾乾又道："顺带一提，圣剑昨天约的是Saint。"

Saint，天使剑的战队，中国赛区去年的总冠军。

"欧洲战队都死了吗？没人约了，非要来咱们赛区约练习赛？"时洛眯了眯眼，"谁赢了？"

顾乾道："圣剑。"

"打的三局？"时洛蹙眉追问道，"几比几？"

顾乾叹气："二比零。"

时洛熄灭了烟，骂了句脏话。

"练习赛内容是不能公开的，这是最基本的职业素质。其他的话，Saint不方便跟我说，只是今天联系了我们经理，跟我们说如果欧洲圣剑来约练习赛的话，可以酌情推掉。"顾乾停顿了几秒，"原因大概就是……他们战队虽然换人了，但整体风格还是那样，碾压局特别能影响人心态，玩得有点脏，就……你们懂的。"

担心俩人没明白，顾乾说得更直白了点："就是碾压局里不结束比赛，也不毁转生石，还是爱玩让医疗师去守别人转生石收人头那一套。"

余邃无奈："不用帮忙回忆细节了，我造的孽我记得。"

顾乾直男之气爆表，首肯道："对，就是你当年轮（多次击杀，游戏用语）时洛那样！"

时洛周身不自在，又默默点了根烟。

顾乾自己说自己的："我本来以为你们走了，圣剑至少一个赛季缓不过来呢，没想到，人家重组以后还是能碾压咱们赛区第一。"

"他们没什么要缓的。"余邃把手机放在自己和时洛中间，慢慢道，"我们不是突然走的，早在半年前，圣剑的管理就在让我续约了，我始终没答应。圣剑应该是在半年甚至更早之前就在组新战队了。"

"这样啊……"电话另一边顾乾若有所思，"那就说得通了，时间充裕，更别说他们这次一气儿包圆了两个战队，有大量选手供他们随便选。"

顾乾又道："这么说，我全明白了，两年前我不懂，他们一个欧洲俱乐部，为什么会对咱们这边的事儿这么了解，还能第一时间联系上季岩寒……原来他们就是专门买凋落战队的，呵。"

时洛根本不关心圣剑战队的各种骚操作，打断顾乾，追问道："顾队，所以Saint经理提醒了你们，然后呢？你们把练习赛推了没？"

电话那头顾乾道："没有。"

时洛："……"

顾乾道："我们答应了。"

余邃莞尔。

"顾队你……"时洛磨牙，"我替瓦瓦提前感谢圣剑战队的心态崩溃大礼包。"

"不然呢？拒绝他们？"顾乾道，"NSN虽然这几年一直没出过什么成绩，但好歹也是挺了十年的老牌俱乐部。输人不输阵，人家都踩到家门口来了，还能因为害怕他们就不接受约战了？"

时洛一时无话。

余邃轻声道："老牌豪门，不会拒绝的。"

"Evil，虽然你只在NSN待了两个月，但我始终把你当我曾经的队友看。"顾乾沉声道，"不要因为在IAC蹉跎了两年就丢了职业选手的傲气。我们能输，但是不能怕，牢牢记住这一点。"

"……"时洛很想辩解他只是担心瓦瓦那个心理素质扛不住，若是他自己，他自然不怕，但时洛对顾乾一直很尊敬，不愿意顶嘴，只得老实听训，"对不起，顾队，我知道了。"

顾乾不愧也是玩突击手的，扫射面极大，又道："更不要因为现在去了Free这种刚建立不到一个月的没文化底蕴的新战队就自甘堕落，你可以始终把NSN当作你的母队。记住我们NSN的队训，把它当作你的座右铭，never say never，永不说不，记住了吗？"

余邃迟疑地问道："顾乾，你是在开群嘲吗？时洛就算有母队，也应该是FS吧？"

"但Evil这个ID确实是在我们战队注册的。"顾乾想也不想道，"无论怎么说，Evil是从我们这边出去的选手。当年在NSN的时候还敢硬'刚'圣剑，现在倒想避战了。"

时洛被顾乾的一身浩然正气震慑住了，放弃了解释，勉强道："知、知道了，我不会……自甘堕落。"

顾乾放下心："明天比赛结束了会跟你们说结果，挂了。"

顾乾一番慷慨陈词彻底冲淡了余邃房间方才的尴尬，俩人对视一眼，无奈起身，回训练室继续训练。

强敌还在虎视眈眈，哪儿有时间整那些胃疼的事。

翌日，周火回到基地，趁着中午众人吃饭的工夫在餐桌上一脸神秘道："你们知道圣剑战队前天和Saint战队约训练赛了吗？"

"知道了。"Puppy一脸平静，"余邃跟我们说了，二比零。前东家有钱，前东家可怕，前东家厉害。"

"嗐，少长他人士气！"周火咂舌，"那你们知道他们打第二局比赛的时候，Saint被虐得有多惨吗？"

老乔皱眉："这种细节你是怎么知道的？提前说好啊，咱们不玩儿脏的，偷别人训练赛细节这种事儿绝对不能做，不管什么时候，不管在哪个赛区，这都是大忌。"

"放心，我还能给自己惹这种麻烦？"周火轻声道，"是Saint战队狙击手幻觉自己直播的时候因为生气不小心说出口的。幻觉人气比较低，平时看他直播的人不多，所以大多数人不知道，只是小范围传播了一下。"

老乔放下心："那你细说。"

"也细不了，幻觉就提了几句。

"两局游戏，第一局还凑合，就是打输了呗。你们知道的，圣剑那个气氛一直是越赢越自信，越自信打得越好。第二局发挥得更好，从开局就压着Saint虐。Saint可能也是没想到新组的四个人能虐自己这冠军队，心态有点不稳，越打越不像样，到最后……"

"圣剑好像是听说过天使剑是咱们赛区第一医疗师，哦，曾经的……"周火看了余邃一眼，摆摆手，"所以故意逮着天使剑虐，天使剑可是纯奶妈医疗啊，他连个匕首都不会用，被虐了也没还手之力，只能挨着，真的就是全程被打，转生石都出不去，唉……"

宸火和天使剑昨天刚组排过，皱眉："他脾气多好啊！欺负他做什么？"

"故意恶心人呗。"周火摊手，"得亏天使剑心态好，被针对着血虐了一局后也没说什么，练习赛结束后该怎么着就怎么着，还带着队员们一起复盘。幻觉接受不了，拒绝复盘，自己去单排了，最后被天使剑单独拉去复盘的。他直播的时候忍不住说了，我们这才知道。"

"开个小差。"Puppy思路有点走偏，越听越向往，"怎么别人家的医疗师都这么暖、这么温柔？幻觉拒绝安排，不复盘，没被揍就算了，天使剑还把他带到一边单独复盘？这是什么天使？"

余邃咽下嘴里的饭，看向Puppy："你说什么？"

"没事没事。"Puppy干笑，"有感而发。唉，圣剑也是有病，都知道他们又买了两个战队的人，特意跨海来臭显摆什么呢！"

"提前下战书呗。"周火摇摇头，"他们今天又约了NSN，希望NSN能教他们做人吧。"

老乔跟着点头："乐观点，NSN也都不是吃素的，他们今年还新进了个天才狙击手，挺狠的。"

时洛放下筷子："希望是。"

晚间，刚刚结束训练赛的时洛收到了一条消息。

【Awa】："时哥，我要是现在转突击手，还来得及吗？"

48

NSN不敌圣剑这个结果时洛其实已经料到了。

NSN今年换了更强力的狙击手是不假，但Saint的狙击手也不弱，横向对比，NSN和Saint并没有非常突出的优势。

本土赛区去年的冠军队Saint都被2∶0带走了，NSN被圣剑拿下也正常。

更别提瓦瓦实力确实不如天使剑。

时洛打字回复瓦瓦。

【Evil】:"被轮了多少次？"

【Awa】:"气得浑身发抖……第二局，死了21次！"

【Evil】:"还行啊，没破我纪录。"

【Awa】:"啊啊啊啊啊啊啊啊啊……我好恨！为什么我不是刺客医疗？！"

【Awa】:"如果跟余神一样，至少我还能杀一个两个的，不像现在一样，只能被人揍！"

时洛打字——

【Evil】:"不用学Whisper，你不适合，你的奶妈玩得挺好的，不比别人弱。"

【Awa】:"奶妈不能杀人！！！"

【Awa】:"时哥你知道他们玩得有多脏吗？！"

【Awa】:"中间有一次我们贴脸了，我们三对三了，拼正面打不过他们，我不说什么，但是——"

【Awa】:"圣剑杀了我们两个突击手，剩下我的时候不杀了！！！故意左一枪右一枪地打偏，让我一个人跑了！！！"

【Awa】:"他们是在逗狗吗？啊啊啊！！！"

时洛皱眉，两年没见，重组后的圣剑战队玩得是越来越恶心了。

这都什么玩意儿？

【Evil】:"几比几？"

【Awa】:"……"

【Awa】:"一样，2:0。"

【Awa】:"虽然我气得要炸了，但……不能跟你说细节了。"

【Evil】:"明白，我也没想问。"

【Awa】:"现在摆在我面前的只有两条路。"

【Awa】:"一条路是转突击手，卧薪尝胆，韬光养晦。"

【Awa】:"第二条路……每天把训练时间再增加一个小时。"

【Evil】:"那你注意休息，劳逸结合。"

【Awa】:"呜呜呜……你不友好，我去找天使剑哥哥哭了。"

训练室内，刚结束了一局游戏的Puppy伸了个懒腰，偏头看了看时洛，举手道："老乔，训练时间，Evil选手又在玩手机。"

老乔自己也在玩手机，头也不抬道："人家是等排队呢，玩玩手机怎么了？"

"很明显他不是。"Puppy慢吞吞道，"你看他电脑屏幕，他根本就没排队。"

时洛面无表情地抬头："NSN的练习赛结束了。"

老乔忙把手机放到一边，急道："怎么样、怎么样？"

除了还在进行着一局游戏的余邃，训练室里几个人全看了过来。余邃将耳机摘了下来放在桌上，视线始终在自己电脑屏幕上。

时洛放下手机："一样，2∶0，瓦瓦正在考虑转职突击手。"

"NSN这是什么运气？"宸火痛心，"又要被打退一个医疗师了吗？我NSN为什么永远在缺医疗师？"

Puppy缓缓摇头，唏嘘道："NSN不能有第二个转职突击手的医疗师了，劝劝瓦瓦，不要自寻死路，你当年转职完全是个奇迹，他不行的。"

老乔敲了一下Puppy的头："说什么风凉话，瓦瓦也就是嚷嚷一下，怎么可能突然转职？他转了，顾乾去哪儿再找个一线的医疗师？"

几人差不多也猜到了这个结果，没多触动，只是听时洛说了圣剑玩脏的细节后还是忍不住骂街。

"跟我们赛区这耀武扬威个头呢！"宸火越想越气，把桌子拍得啪啪响，"我就奇怪了，他们为什么对医疗师有那么大的恶意？纯奶妈的医疗都是人间天使好不好？我整天求爷爷告奶奶，求外队医疗师跟我组排，人家只要愿意跟我打，偶尔水了菜了，我重话都说不出一句，这些人真是……"

Puppy凉凉道："羞辱奶妈有快感呗，除了咱们队这位刀口舔血的医师，哪个医疗师都很好欺负，而且绝对不用担心医疗师反杀，可以随便秀操作。圣剑现在那个替补狙击手以前是给我做替补的，有次打比赛他那个神操作给我看迷了，对面就剩一个医疗师了，你们知道人家有多会玩儿吗？"

Puppy比了个开枪的姿势："拿那个医疗师练枪法，一边打一边说，左手、右手、左腿、右腿……枪枪到位。"

老乔彻彻底底被恶心了："浑蛋。"

"咱这游戏不能自杀，正式比赛选手还不能投，对面的医疗师只能被他一枪一枪地打着玩。"Puppy耸耸肩，"这里顺便表扬一下我们的Evil选手，最近经常一起打游戏，我发现……时洛平时优势局打到最后，如果对方最后一个没死的是医疗师，他都停手不打，等着对方医疗师自己退图。"

宸火意外地看向时洛："真的假的？我一直以为只有余邃这样。他是不杀同类，你是因为什么？"

时洛抬眸看了一眼还在打游戏的某人，低头摆弄着手机，没解释。

优势局到最后不杀医疗师，还是两年前时洛刚进FS时被余邃传染的。

时洛当时问过余邃一样的问题，余邃当时糊弄时洛说自己不杀同类，后来被时洛缠着问烦了才说，他不愿意杀连匕首都不会用的医疗师。

余邃玩起游戏来很残暴，但对单方面的屠戮没兴趣。

高分局那么多人还不够杀的？何必去贪医疗师那一两个人头。

余邃确实也是这么做的，只是后来去了圣剑，在时洛身上破了戒，后面更是引起了一连串事故，自此这成了俩人都不愿意提的一点。

"都听说了吧？"周火推开训练室的大门，进来拉过一把椅子坐下来，叹气，"圣剑又把NSN 2∶0抬走了。"

老乔点头："瓦瓦跟时洛说了，正骂圣剑呢。"

周火小心翼翼地看着几人："我就随便这么一问，咱们和圣剑打，有多大胜率？"

老乔沉默片刻："一半吧。"

"才一半？"周火咂舌，"这……保守的吗？"

"没有保守，圣剑现在那几个首发是集三家之精华，而且你看他们打那俩战队就知道了，是碾压式赢的，想也知道有多强，说跟他们五五开还是我给自己贴金了。"老乔不乐观道，"更别说咱们现在还存在磨合的问题。"

"我现在压力有点大。"周火苦着脸看着自己的手机，"我现在就担心，担心下一秒圣剑的管理就要来联系我。"

老乔脸色有点微妙："他们……还真的是挨个来挑战咱们赛区了？"

"现在看是这样的。"周火摊手道，"第一个是上赛季冠军Saint，第二个是上赛季亚军NSN，第三个你们猜会是谁？"

按上个赛季本土赛区的战队排名，下一个就是IAC了。当然，圣剑是不是按照这个顺序来的没人知道，也不清楚他们会不会下一个就看准了Free。

周火身心俱疲："真的不用给我们Free这么大排面，我们就是个刚建队的新战队。"

Puppy看看周火，慢慢道："呃……虽然这么说不好，但我就是这么弱弱地一问，如果来找我们了，咱们不约，会怎么样？"

"不会怎么样。"周火忧心忡忡地看着自己的手机，"最多被圣剑在推特上嘲讽一个月罢了，该庆幸他们不会玩微博吗？"

"你们为什么怕他们啊？"宸火迷惑地看看周火和Puppy，"打！为什么不打？还怕他了？赢就赢，输就输，反正咱们医疗师'抗造'，余邃什么大风大浪没见过，会受不了这点挫折？"

Puppy看傻子一样地看向宸火："输就输？你有没有想过，咱们如果输了，就等于咱们整个赛区被人家压着打了？请问咱们赛区还有哪个战队可以安排圣剑一下吗？"

宸火呆滞了两秒，想了一下道："呃……好像是没了。"

宸火转口转得飞快，清了清嗓子对周火道："跟他们说我们几个念旧情，不忍心和前东家手足相残，就不约了。"

周火叹气："Saint和NSN的经理都联系我了，意思也是建议我尽量推掉。我也是这么想的，虽然厌吧，不过好在我脸皮够厚。"

周火看向老乔："你的意思呢？"

老乔沉默片刻，摇摇头："推不推我都不赞同，我就不说意见了。"

周火看向时洛："Evil？"

时洛一脚踩在电竞椅上，指尖夹着一个打火机飞速地转着，抿了抿嘴唇，摇头道："一样，不说意见。"

周火看向余邃："Whisper？打完了吗？你的意见呢？"

余邃那一局游戏还没打完，他看着屏幕道："我的意见？"

余邃快速结束那一局游戏，把键盘往前推了推，道："我的意见是打。"

宸火干笑："也不用这么'刚'，这要输了，你面子跌得最惨。人家之前就跟你说了，你回了本土赛区肯定拿不到冠军，现在要是输给他们了，不正好证明你被人家说中了？"

"我不太在乎输赢，问题也不在这儿。"余邃轻敲键盘，"我只是想和他们的四个新首发碰一下。"

周火哑然："这有什么好碰的？！知道他们牛就行了。已经抬走两个战队了，想也知道多厉害了。"

余邃轻轻摇头："没自己打，细节全不清楚。"

"想知道就看看他们常规赛比赛视频呗。"周火扬了扬下巴道,"网上随便搜搜就有。"

"不一样的。"一旁的老乔沉声解释道,"很多细节,选手必须自己打才摸得清,看上帝视角的比赛视频什么意义也没有。"

周火脱口而出:"那就去找 Saint 和 NSN 问啊!"

房间里其他五个人同时看异类一般看向周火,周火顿了一下,无奈道:"我就不懂了,我们偷偷的,反正没人会发现啊,看看他们练习赛视频又怎么了?圣剑这么虐那俩战队,他们给我们看看视频报复回去也没什么吧?"

"原则问题,就是圣剑这么恶心的队也不会偷别队的练习赛视频看,更别说 Saint 和 NSN 了,不可能的。"宸火撇撇嘴,"这是在暴露他队战术,我们职业选手还是有点底线的。"

周火讪讪道:"行吧,那……那也没必要为了摸清他们的情况就真的约训练赛吧?"

余邃平静道:"不提前约练习赛,真碰到他们可能就直接是世界赛了,当然前提是我们能进世界赛。然后呢?进了世界赛再和强敌碰头?"

周火犹豫不决,众人僵持的时候,周火的手机亮了一下。

周火哆哆嗦嗦地给手机解锁,看了一眼后一巴掌拍在脑门上,呻吟:"圣剑来了……"

"做决定吧。"周火无奈,"打不打?我现在回复他们。"

余邃已经表态,老乔依旧是不发表意见,Puppy 和周火建议不打,宸火表示医疗师自己都无所谓了我也无所谓。周火将最后的希望放在时洛身上,可怜巴巴道:"Evil,现在票数是二比二,就差你一票了!你也不太想打,对不对?"

时洛微微迟疑,不等他开口,一旁的余邃突然咳了一下。

周火火烧屁股似的怒道:"还把自己当学生吗?!打什么暗号呢?"

时洛看了余邃一眼,抿了抿嘴唇道:"打。"

周火泄气,无可奈何地回复圣剑经理去了。

余邃拿起耳机戴上继续单排,不一会儿他手机振了一下,他拿起手机来——

【Evil】:"帮你投票了,你……你晚上直播是不是跟我打几局?"

【Evil】:"不要刺客医疗,要……奶妈的那种。"

【Evil】:"……行吗?"

余邃侧头看向时洛的方向，时洛正一脸不自在地盯着窗外看。

余邃轻轻吸了一口气，这个感觉有一点点熟悉。

49

报！！！Whisper和Evil又又又又又双排了！！！算上撞车那次这已经是第三次了吧？

报！Whisper又又又玩奶妈了！

Free战队队内这对宿敌双子星算是真的和解了吧？虽然双排的时候还是没什么交流，但能组排就是破冰了吧？

确实没什么交流，肯定没法跟以前完全一样了。也能理解，毕竟经历了那么多烂事。

能破冰就行了，不然同为队友怎么一起比赛？本人已满足，这赛季Free给我冲！给我冲！！！

我不满足，还是意难平，季岩寒把我的双子星还给我！！！

说满足的新粉，我建议你去看看时神早期在网吧做直播的视频了解一下历史，看看当年这俩人是什么状态，就知道为什么大家不满足了。

别提以前了……

别提以前了+1，全是陈年老刀。

别提以前了+2，今天直播的时候Whisper想给Evil把血补满了，Evil可能是觉得自己只掉了一点点血不用补，一直往前走，Whisper几次要给他补血都被打断了，最后没办法开麦叫了一句"时洛"，我耳残听成"洛洛"了，瞬间泪洒黄浦江。自打从FS转会改了ID以后好像再没人叫过他"洛洛"了。

我的洛洛啊……

杀了我算了……

大中午的，周火拿着手机刷论坛，喜忧参半。

余邃和时洛最近不再剑拔弩张，一切走向都如他预料一般，周火非常满意，但一想到下午和圣剑约的练习赛，周火就高兴不起来了。

圣剑实在太能破坏人心态了。

说起来，时洛也算是个大心脏的选手了，当年都没扛住圣剑的新手大礼包，直接转职业了，今天比赛若输了，几个选手不知又会如何，再转职业不至于，但对士气的打击还是很致命的。

战队的士气一直是个很玄的东西，说得邪一点儿，宛若一种气运一般，士气足的时候总能超常发挥、所向披靡，可一旦受挫，整支战队都好似中邪一般，输了一把就有第二把、第三把。

Free常规赛首战告捷，周火本来觉得这是个好兆头，能稳扎稳打地一路赢下去，他实在不想在这个时候被那群鬼子败了自己战队的好"风水"。

"你想太多了。"老乔起得也挺早，一边吃饭一边道，"你以为连胜就是好事？大赛上崴脚的都是前期一路连胜的。余邀考虑得没问题，现在输也比将来遇到被人打个措手不及强。"

周火糟心地看着老乔："平时训练还不够辛苦吗？你们为什么这么喜欢给自己进行挫折教育？"

"输了比赛后的心态调整也是一门功课，选手必修。"老乔满不在乎道，"俗称抗压能力，这能力还特别迷，会随着时间慢慢流失，需要时不时锻炼巩固，你不懂。"

"行吧，反正也管不了你们。"周火看看时间，无奈道，"我去拉自定义服务器，等他们醒了吃过饭，让他们直接去训练室。"

下午三点，Free四人准时登录了自定义服务器。

游戏官方会给所有联赛战队和次级联赛战队分发自定义服务器，专供选手们训练用。这种专用服务器不同总服务器共享数据，故而一般玩家和其他战队不会知道他们的练习赛细节。

周火在心里暗暗道，幸好官方有这层保护机制，不然圣剑连踩中国赛区冠亚军的事早传得满天飞了。

周火确定四人都没问题后通知了圣剑那边，两边同时点下排位，直接进图。

"说实话，兄弟们。"宸火扯过鼠标调整了一下语音，"我有点后悔了，我为什么要投票跟这群人打？一会儿被人家教做人了，前东家会不会发推特庆祝，庆幸这赛季没加钱挽留我这个菜鸟？"

"很有可能哦。"Puppy活动了一下手腕，"顺便连累了我，前东家看完比赛后长舒一口气，还好没续签那两个菜鸟哦。"

余邃调整了一下麦克风:"同时给前东家的几个人树立了信心,人家打完了一想,这几个菜鸟都能拿冠军,我们还有什么不可能?"

监听着队内语音的周火忍不住崩溃道:"还没打呢!你们先对自己队友输出一拨是什么意思?!"

"战术,我黑我自己。"宸火清了清嗓子,"不懂了吧?毒奶对方一拨,试图给自己拉点感情分。"

周火对这群人彻底没脾气,正要夸时洛一下,时洛也开始调自己的麦了:"被2:0以后,对方没准还会发推特问我,接下来准备转什么职业,狙击手吗?"

周火自闭了,咬牙切齿地自言自语:"我就欠该担心你们心态会崩……"

"声音大小都没问题。"余邃低声道,"开始了。"

练习赛正式开始。

圣剑虽已大换血,但几个教练都没换,战术体系还是那一套,前期埋伏为主,击杀为辅,一直蛰伏到对方沉不住气为止。开场后圣剑几人并不往地图交接处压进,浓浓的毒雾中,人影不见,脚步声也没有一点。

"他们喜欢打后手。"同为突击手,宸火必须背负为时洛讲解的任务,这也是余邃硬要打这场练习赛的用意之一,宸火飞快道,"由着你清雾,他们俩突击手和医疗师抱团趴在后面的掩体里等着狙击手报位置,一般要等你至少放了三个净化皿,毒雾面不再整齐的时候再过来,诱你进他们图里,利用毒雾的参差来和你拼走位。"

圣剑地图半侧的毒雾不会伤害他们,也不会对他们的视线造成困扰,可对Free就不一样了,Free若贪了,先手清理他们的毒,就要在别人的视野里拼极限操作了。

看不清就算了,还要小心不要触碰到敌方的毒。游戏机制,触发毒雾必死。

"所以先忍一手。"宸火率先躲在掩体后,"实话实说,咱们的实力没强到能碾压他们的程度,所以前期忍一下,不去抢了,半分钟后他们还没动静就让Whisper来当饵。"

余邃利用这个时间已经给几人套好初始光子盾,待宸火话音落地三十秒后,余邃出了掩体往前探进。隔着交界处的毒雾,对方根本看不出来这边是什么职业,余邃俯身后,人物角色的动作和突击手放净化皿时没甚区别,果不其然,对面直接开枪了。

枪声一响，瞬间暴露了圣剑几个人的位置，同一时刻，时洛和宸火一起开枪，两边对扫一拨。对方突击手被时洛击杀，余邃被对面扫掉大半的血，几人中他的走位是最好的，余邃快速后撤，在只剩了层血皮的时候躲进了掩体。

"好厉害。"

宸火飞速换子弹："我们当然厉害。"

"我说的是对面。"压在后方的Puppy喃喃，"你们信吗？我从始至终没看见对方哪怕一个衣角，他们预判到了我的位置，根本没给我机会，刚才你们收的头完全是巧合。"

宸火并不服气，但也不得不承认。

方才那一拨换血，余邃没死只是因为他操作得太极限了，撤退的时候火速给自己打了针，因此比对面多了一点点血，才没被换掉。

对面丢了一个人头，不敢再来"突脸"，时洛和宸火待余邃调整好状态后前压清雾，时不时地被对面狙击手扫到。Puppy也在后方尽力为几人封路，但因己方清雾时暴露太多，始终比对方差了一点。第一轮清雾之后，Free虽比对方多了一个人头，但经济消耗上比对方多了一倍有余。

余邃微微眯着眼，练习赛刚进行了六分钟，但隐患已存，他们的经济消耗太严重了。

圣剑不是那种能快速解决掉的战队，更别提对方有意在拖。余邃隐隐感觉对方是想玩一手弹尽粮绝。

余邃果然猜中了。

游戏进行到三十分钟左右的时候，Free清理出了更大的几方地图面积，但消耗已十分严重。圣剑这一局玩得十分下作，正面"拼脸"的时候一有人就马上逃，队友能救的时候也不救，随便Free收人头。Free几人全部收了人头的结果就是可以升级装备，而升级装备的同时必然消耗更多的经济，想要靠着装备碾压对面，对面又不是真的菜，周旋起来也完全扛得住。

游戏进行到四十二分钟的时候，Free的经济基本耗尽，比赛胜负已定。

四十多分钟眼睛都没敢眨几下的周火越看越焦心，看到最后长叹一口气。

又要被轮转生石了。

周火担忧地看向余邃，虽然明白余邃抗压能力极强，就是真的被轮几十次也不会如何，但不免还是难受。

不是抗压能力强，就活该去抗压的。

练习赛还没结束，周火一声都不敢吭，更不敢现在就开导众人"没事的，只是一局练习赛而已，圣剑不管是在个人操作上还是在对全局的把控上确实强，这不丢人"。

这不疼不痒的话有什么意义呢？

这道理难道 Saint 不懂吗？难道 NSN 不懂吗？

特别是 NSN，有 Saint 战败在前，顾乾明知道这场练习赛必输无疑，但他还是想也不想就接了。

瓦瓦不知道自己不如天使剑吗？但他明知道会被羞辱，一样没有二话接受了顾乾的安排，被圣剑活活屠了二十一次，又爬起了二十一次。

老乔看着游戏界面摇头低声道："本土赛区，一脉骨血。"

周火莫名被燃起热血，道："轮就轮，随便你轮！"

周火话音未落，游戏界面里，由余邃伊始，Puppy、宸火也飞速点了"投降"。

周火猛地呛了一下，捂着嗓子咳了起来。

游戏中，已用掉最后一发子弹的时洛怔了不到半秒，也迅速投了。

由于时洛始终晚了一步，还是被对方收掉了人头。

宸火飞速点击鼠标，幸灾乐祸："嘿嘿嘿，谁投得晚谁被杀！"

时洛："……"

时洛菜刀眼扫向宸火，宸火瞬间闭嘴。

"喀、喀喀……"周火上气不接下气，震惊地看着几人，"说好的本土赛区一脉骨血，输人不输阵呢？！"

余邃表情平静："稳输的局，浪费什么时间，点准备，下一局了。"

周火气得坐下来顺气，他就多余担心这种全员恶人的战队！！！

50

老乔急于将刚才暴露的问题全部记录下来，没时间多话，催促道："快，你们自己先说问题。"

Puppy 活动了一下手腕："我在后排看得最清楚，我先说。我刚才被对方狙击手完全压制了，大家都玩狙，都是放冷箭的角色，但显然对方比我阴，他总能发现我的位置,我却总是弄丢他的位置,也总弄丢对面其他几个人的位置,我的问题。"

宸火最烦自省,稍显烦躁道:"我没从之前打野牛的节奏里出来,打得太忘乎所以了。我本来就容易失误,这种极限局里前期一个失误就成了隐患,一局里面埋的隐患太多,后期兜不住了……"

老乔飞速记录:"其他人。"

余邃整理了一下鼠标线:"我没失误。"

老乔点头:"确实。"

宸火嫉恨地瞪了余邃一眼,Puppy酸溜溜道:"好气。"

老乔抬头看向时洛:"Evil?你有什么失误吗?"

"有。"时洛冷着一张脸,"点投降时手不够快。"

宸火和Puppy憋笑,老乔无奈道:"行,你们静静心,调整一下情绪准备下一局,我看看刚才的记录。"

老乔翻了翻刚才几十分钟练习赛中自己做的笔记,摇摇头,压低声音同周火道:"对方把他们的动向摸得太清楚了,这个没办法。"

"咱们四个人里,三个人近乎两年的练习视频全留在人家手里,更别提圣剑那几个教练了,没有比教练更熟悉他们情况的人了。对面就是有备而来的,对他们的几套打法、思路,甚至一些细微的走位习惯,全部了如指掌。"老乔一边埋头飞速做笔记一边道,"对方也很明白他们几个包括时洛,平时基本都是打碾压局,碾压局要是能速战速决当然好,但快速解决不了呢?"

周火平时很少玩FOG,就是玩也是被虐的那种底层玩家,他这会儿帮不上别的忙,只能替老乔做笔记,周火皱眉问道:"那平时怎么就没事?"

"打实力和自己有差距的人,这么打没问题,但一遇到实力强的就容易翻车,因为不会推得那么快了。"老乔摊手道,"你推进得越多,消耗得就越多,买盾要消耗经济吧?买子弹要消耗经济吧?买针剂、绷带……什么都要消耗经济,一局游戏整个队伍一共就一万经济,花没了就没了,他们前期打得太凶了,一直在打打打、买买买,同一时期对面一直在避战,宁愿多丢点人头、多丢点地图,也不消耗经济,说通俗一点……"

老乔抬头看着周火:"人家前期跟你打游击,一边蛰伏挨打一边攒着钱,就等着你把钱花光。你没经济了,买不了子弹,所有枪支都变成烧火棍,不就成了肉靶子？"

周火稍稍明白了："打到后期，巧妇难为无米之炊……"

老乔扯过耳机戴好，对着连着队内语音的麦道："你们看不到上帝视角所以不知道，刚才那一局，圣剑那边剩余的经济始终比你们多，而且是多很多，很明显是有意为之，就是针对宸火和时洛爱穷追猛打碾压局这一点。人家那边一直精打细算地过日子，你们必须有应对办法，要不就打得更猛一点提前结束比赛，要不就把节奏放慢节衣缩食，我的建议是后者。"

游戏马上就开始了，老乔对着麦克风飞速道："别这么大手大脚，宸火你刚才在灌木丛对拼的时候那一梭子下去是打了多少子弹？一颗子弹十金，那不是钱买的？"

宸火知道自己刚才消耗过多，点头："我的问题。"

"别上头，别一对拼就打得太疯，时洛也有这个问题，对面打得非常细的时候，你得打得比他们更细才行，避免无用消耗。当然，不能因为这个就畏首畏尾。"第二局训练赛已经开始了，老乔不能再说，只匆匆叮嘱道，"放平心态，加油。"

第二局练习赛开始。

"我不把重点放在补枪上，我好好替你们看位置，咱们打得慢一点。"Puppy道，"咱们省吃俭用一点儿，俩突击不用太有压力。"

余邃开局给几人补状态，道："不用有压力，我这局不会消耗公共经济。"

时洛一怔，不由得抬头看向余邃机位的方向。

宸火一脸呆滞："不是吧你？靠着你带飞呢，你不消耗公共经济？你自己那一千经济够用？！你一个医疗师，不消耗经济给自己套三面盾，你就顶着个脆皮去杀对面？"

"不用管，打好自己的就行。"余邃语气如常，"这次把公共经济全部留给俩突击，你俩正常打就行，我需要尝试一下。"

Puppy咂舌："……Whisper，你玩得太极限了。"

余邃一言不发，给众人补好状态后，甚至没花钱给自己买个初始盾，开局只为队友们消耗了点个人经济，真买给自己的只有一把价值五十经济的长匕首。

余邃道："开始了。"

同样的开局，对面用了同样的套路。

圣剑一样是开场避而不出，一样是交手后一有伤亡就马上丢下队友跑路，一样是攒老婆本一般死守着他们队的经济。

但这局游戏里余邃没动用一分公共经济，游戏进行到第二十五分钟的时候，Free 整支战队的剩余经济只比圣剑少了一百多。

但这个具体数值游戏内是不显示的，Free 和圣剑的人都不清楚对面的具体剩余经济，只有看 OB 界面的老乔和周火看得到。

"这次行了，这次行了。"周火兴奋地压低声音推了推老乔，"就比对面多花了一百多，几乎持平！这把没准能赢。"

老乔缓缓摇头："不好说，并不比对面多，能力持平经济又持平的局，谁赢谁输都不好说……"

周火紧张地看着两边的剩余经济："这还不算优势吗？咱们这边清理的地图更多啊！"

"把雾清到对面家里也没用，只要转生石没碎，人家人还活着，还是手握经济的人最后最有胜算。"老乔眉头皱得死紧，"这还是在 Whisper 一点儿公共经济都没动的情况下，后期经济越来越紧缩，不好说。"

周火看不懂游戏走向，只会看两队的剩余经济，迟疑道："那就看……接下来怎么打了。"

游戏进行到第三十分钟，两边越发胶着，每一次交手都是一场精确到小数点后几位的精密操作。两边都拿定主意要活活耗死对方，谁也不肯放松，就是宸火这种暴躁突击手，操作也细腻了起来，能放一枪绝不放两枪，要是打在地上的子弹还能捡回来用，他绝对能冲到对面尸体上挖子弹。

时洛就更能省了，他本就是刺客医疗师出身，师从余邃，当年的"小 Whisper"，玩起匕首来也是一绝。有两拨和对面贴脸了，时洛干脆枪也不用，一粒子弹也不消耗，直接用匕首拿下了人头。

游戏进行到第四十五分钟。

OB 视角里，Free 战队剩余经济 738，圣剑战队剩余经济 890。

"也没差太多、也没差太多。"周火低声安慰老乔，"不到两百，再省省就行了。"

老乔摇头："越拉越大，没用了。"

"不过也没必要沮丧。"老乔自己脸色不太好，但依然能打起精神来劝慰周火，"余邃明显就是在做实验，想看看在自己完全不消耗公共经济的情况下能不能破这个局。实验结果已经出来了，还是差一点，咱们拿到结论就行了，这点很宝贵。"

周火眼中的失落一闪而过，游戏马上就要结束了，周火不敢让自己的情绪影响到选手，一哂道："对、对对，咱们本来就是想碰一下运气，知己知彼嘛，目的已经达到了，这就行了，没什么可在意的。"

周火暗暗叹气，真的可以不在意吗？

Free 也被圣剑"零封"了，就以圣剑战队这种素质，他们真的不会把这事儿公开？

圣剑的官方推特平时非常活跃，也爱嘲讽，但之前接连赢了 Saint 和 NSN 都没发推特嘲讽，怕就是在等今天的这场训练赛。

一会儿怕是要直接发推公开，他们连续平推了中国赛区目前最受期待的三支战队。这消息要是传出去，本土玩家怕是要把自家三支战队喷自闭。

周火暗暗擦了一下冷汗，拿起手机来联系 Free 的工作人员，让他们提前做好准备，预备着被玩家爆破。

"他……"

老乔紧紧盯着 OB 界面，缓缓道："他们这是在做什么？"

周火放下手机看着显示屏，茫然："打到哪儿了？已经要被轮家了？欸？这次不投了？怎么都拿起匕首来了？这是要用匕首跟人家对拼？这怎么可能打得过？"

周火失笑："这几个人怎么突然又铁骨铮铮的？投了吧，别让圣剑耀武扬威的，什么东西！"

"不是。"老乔提醒道，"你看两边的剩余经济。"

周火定睛一看，呆了。

Free 剩余经济：527。

圣剑剩余经济：684。

周火哑然："这不是还有钱吗？他们为什么不买子弹也不买盾了？"

老乔眼眸一点点变亮："这局还能玩……"

周火窒息："哦，对，圣剑看不见咱们的剩余经济！这群傻子以为咱们又没钱了！！！"

游戏界面里，Free 四人一枪不发，开始和对方近身肉搏。可想而知，再犀利的操作，全员冷兵器傍身的情况下也不可能打得过对方。Free 自家地图迅速被撕开了一条口子，Free四人负隅顽抗一般，死了后复活，复活后尽力阻挠圣剑的推进，然后在周旋中被圣剑解决掉。

但游戏内看不到的游戏数值在场外OB界面疯狂跳动着，周火几乎趴在了显示器上，目瞪口呆地看着圣剑战队剩余经济直线下滑。

圣剑剩余经济：534。

圣剑剩余经济：364。

圣剑剩余经济：204。

在剩余经济只有100的时候，圣剑稍稍放缓了速度，不再疯狂耗费子弹屠戮，开始抱团清理Free转生石附近的最后一片毒雾。

余邃的游戏角色在这局已经死了十五次，白色医师军装上尽是血污。余邃眸子扫过本队剩余经济，在队内语音里轻声道："到我们了。"

余邃直接买了四个奢华的三面六角光子盾套给四人，时洛和宸火一人买了两梭子弹，Puppy则打扫干净了所有剩余经济，给自己组了一支超级"大狙"。

放心大胆地放下净化皿的圣剑队员等着雾气散尽，毒雾散开，荷枪实弹的四人已装备完毕。

圣剑战队四人一瞬间愣在原地。

时洛冷冷一笑。

四人同时开杀。

圣剑的经济正式耗尽，只能使用匕首抵抗，常年依赖枪支的选手和余邃拼匕首，操作基本没法看。余邃一言不发，砍瓜切菜。

时洛犹在记恨上一局几人投降不带着自己的事，只逮着上一局最后拿了他人头的圣剑突击手杀，一边杀一边喃喃："收已经投了的人头爽不爽？爽不爽？爽不爽……"

圣剑那个倒霉的突击手爽不爽宸火不知道，他自己现在是真的很爽。节衣缩食了一整局，终于能放肆开枪了，简直不能更开心了，宸火宛若人形坦克，没头没脑地直接捅进圣剑腹地闭眼突突。Puppy的狙不能连发，他则隐在宸火身后，暗暗放冷枪抢人头。

盯着OB界面的老乔恨不得自己也上去开两枪，忍不住破例在练习赛期间开麦怂恿道："轮！给我轮他们的转生石！！！"

Free几人倒没轮，圣剑明白过来被Free"演"了之后，抵抗了不到五分钟，明白翻盘无望后点了"投降"。

周火快意地一拍桌："爽！！！"

1∶1战平，几个选手摘了耳机活动了一下，宸火"呸"了一声："嘚嘚瑟瑟的，吓唬谁呢！"

几人点了"继续排位"，等待第三局。

第三局迟迟没开，圣剑那边一直没点排队。

"哟嗬。"周火等了片刻后看了一眼手机，翻了个白眼，"圣剑经理给我发消息，说他们俱乐部基地停电了，真是好巧呢。"

Free几人一愣，忍不住笑出了声。

老乔骂了两句后稍感遗憾："还想让一追二然后发条微博呢。"

"没让一追二也能发啊。"周火彻底被对方恶心到了，阴阳怪气道，"这不报复过去就真成圣人了，我要用官博发条微博，'欧洲圣剑战队在今天和我们战队的练习赛中，被我们翻盘一局后，基地不早一秒也不晚一秒突然没电了，同情圣剑，给圣剑点小蜡，希望圣剑战队下次在劣势局里能永不停电！！！'"

51

自Free建队以来，周火在经营战队对外形象方面还算保守，除在建队伊始态度强硬地澄清过余邃当年所谓卖队的谣言外，平时低调得不能再低调。上周常规赛首战赢了野牛后也没多说什么，只在微博上套了模板句式交代了一下比赛结果，不咸不淡的。

低调是谦逊，而不是没脾气。

"我真的头一次遇见约了练习赛，然后一看赢不了就说停电断网的。"周火忍无可忍地编辑微博，"不就是担心下一局又输了，影响他们队员心态吗？他们之前连着轮了咱们赛区两个战队的医疗师，就没想过会影响人家心态？！什么玩意儿！"

"真把我们赛区当软柿子了？这还没拿冠军呢，轮不着他们来踩脸。"一向不爱惹事的老乔也道，"发发发，只有他们的心态值钱，别人的就不值钱了？"

"可不是！"宸火愤愤不平，"虽然我很不喜欢和娃娃双排，但有一说一，人家小孩儿人挺不错，莫名其妙被他们凌虐了一顿，也不知道心态恢复没有。"

"没有。"时洛单手拿着手机慢慢地刷着好友圈,闻言低声道,"已经被虐得精神恍惚了。"

宸火看向时洛:"这么说?他怎么了?"

时洛低头看着瓦瓦的好友圈动态,不带一丝感情地读道:"中午起床后洗澡洗了很久,让长江之水尽力地冲刷着我的身体,但身上圣剑的味道好像还是洗不掉,还是觉得自己好脏好脏,哭泣表情,哭泣表情,哭泣表情。"

宸火叹息:"你看看你看看,唉,心疼我娃。"

Puppy摇摇头:"造孽……抗压能力还是不够强啊,不过时洛,我有个问题真的很好奇,忍不住想采访一下受害者。"

时洛抬头看向Puppy。

Puppy满脸都是求知欲:"是我们太没脸没皮了,还是你们太有骨气了呢?你们医疗师能屈能伸一点是会死吗?那种局里面,明知道翻不了盘,明知道对方不怀好意,你们就投了呗。"

"对啊!"宸火一脸没心没肺,摊手道,"第一局的时候你要是跟上我们投降的手速,就可以少丢一个人头了,嘻。"

时洛瞥了宸火一眼,片刻后道:"年轻的时候一根筋。"

一旁的余邃看向时洛。

时洛说罢一摇头,飞速转移话题:"复盘了。"

"唉……不扯皮了,我也复盘一下。"宸火叹气,"咱们赛区有名有姓的医疗师里,现在就咱们战队Whisper还没被安排过了,为了守护我们最好的余神,训练训练。"

余邃头也不抬,淡淡道:"我用你守护?今天是谁又让我持续极限操作才保住命的?"

宸火心虚地嘿嘿笑了一下,自己去复盘了。

老乔点头道:"我要好好地看两遍这两局练习赛的视频后才能给你们复盘,免得不能一次把所有问题都找出来。你们可以针对自己的情况先看看视频录像,说实话,就是真的打了第三局,咱们赢的希望也不是很大,问题还是挺多的。强敌在外,都重视一下吧。"

"是,抓紧时间啊,明天还有和万重山的常规赛,万重山主场。"周火发微博痛骂圣剑后爽快多了,拍拍手道,"上午就得飞山城,晚上尽量早睡啊。"

万重山是为数不多几个基地不在 S 市的战队之一，他们的基地和场馆都在山城。明天是他们的主场，下午的比赛，Free 几人中午就要抵达山城去比赛场馆报到，明日必然是要起个大早了。

"好……" Puppy 一想到要早起就头疼，苦着脸去复盘了。

老乔将自己做的训练赛笔记复印了几份交给众人，而后自己去隔壁会议室提前复盘了。几个选手复盘的复盘、单排的单排，自己忙自己的。

圣剑今天针对 Free 的方式很明显，就是利用 Free 几人前期突进太凶这一点来跟他们玩经济差，比谁先花光家底。第二局里余邃已尽全力，但在不玩心机的前提下自家消耗还是比圣剑多。余邃去自定义服里做经济推演，用了两个小时，而后把经济消耗高峰点标注好，保存成文件。

余邃揉了揉眼，起身出了训练室。

基地二楼的小露台上，时洛正趴在栏杆上吸烟。

余邃远远地看着时洛，又想起方才 Puppy 问时洛当初为什么不投降时，时洛说，年轻时脑子一根筋。

余邃看着时洛的背影，方才有那么一瞬间，怀疑时洛那句话是故意说的。

时洛向来不爱提之前的事，但余邃最近隐隐发现，只要自己在场，时洛不再那么避讳。

不是余邃敏感，早在两年前，在让自己心疼这方面，时洛从不会让自己失望。

但这么想未免太恶毒了，当年杀了时洛那么多次的明明是自己。

余邃自嘲一笑，作孽的明明是自己，现在居然敢怀疑别人是故意旧事重提。

时洛察觉到身后有人，扭过头来看了一眼余邃。

两人对视一秒，余邃没躲，干脆也走到露台上。

时洛不知为何不太愿意同余邃对视，眼神闪躲地低头揪露台上仙人掌的刺，没话找话："我今天……发挥得不太好。"

时洛低头自顾自道："宸火虽然总有失误，但他能跟上。我还是没法完全融入整体的节奏，但这个只能慢慢磨合了。我跟 Puppy 说了，打完万重山后我俩也会开始组排，尽量多配合一点，然后……"

时洛的话，余邃左耳里进右耳里出，余邃看着时洛，几乎确定了，时洛方才就是说给自己听的。

而且他说完就后悔了。

所以他现在才会这么尴尬，尽力避免谈到这个话题。

余邃默许时洛息事宁人地转移话题，在心里警告自己接受这个好意，千万不要旧事重提给自己找麻烦。

如今一切进展顺利，有时候是需要装装糊涂的，更别提往事全是自己的错，拎出来复盘对自己没任何好处。

"然后和宸火也应该多练习一下。"时洛几乎是在自言自语了，"尽量在季后赛之前解决掉总是和你们三个脱节的问题，当然前提是能进季后赛，不过问题应该不大，我……"

余邃看着时洛努力给自己找台阶下的样子，心道，还有什么好息事宁人的。

"时洛。"余邃看着时洛，"两年前那次练习赛，被杀了那么多次，为什么不投？"

余邃微微蹙眉："年轻的时候一根筋……是什么意思？"

时洛嘴唇抿得死紧，不说话了。

"我原本……"余邃顿了一下，"我原本以为你和顾乾那个死脑筋一样，宁折不弯，但你刚才第一局也投了。"

时洛将烟熄了，继续揪仙人掌的刺，揪了好几根后低声道："……故意的。"

"一开始，是想让你认出来那是我，所以一直复活、一直复活。虽然我换了常用的军装皮肤，改了ID，但我那会儿就觉得，你肯定能认出我来。"时洛低头看着仙人掌，"好歹是你手把手教的医疗师，好歹也同队了几个月，我不信你认不出来。"

时洛顿了一下继续道："没想到，你是真的没认出来。对吧？"

余邃不想骗时洛，也懒得解释自己当时状态有多差，直接承认："是，全程都没认出来。"

"看出来了，所以我先是跟自己较劲，一直复活，觉得哪怕只能往前走两米也好，我一定要走到你的人物角色面前，让你好好看看这是谁，想让你认出我。"时洛执拗道，"但我后来被你砍得走都走不动了，当时跟自己较劲，也跟你较劲，就不明白，你怎么连我都认不出来了呢？"

时洛自嘲道："矫情死了。

"但很快就不矫情了，认不出来就认不出来吧，你杀了我二十几次的时候我就想开了,但我还是要一直复活,让你杀。"

"二十几次还是不够多,我让你再多杀几次。"时洛抬头看向余邃,黑亮的眸子一如两年前,"不多死几次,将来你知道 Evil 是我的时候,就不会那么痛苦了。

"我故意的。

"我这人就是这么欠。

"告诉你我表哥一家算计我,让你因为无意的助纣为虐自责,是我故意的。

"让你知道我爸有多不靠谱,跟你说不让我打职业,我就继续做主播,是我故意的。

"跟你说我妈妈把我丢下那么多年不闻不问,也是我故意的。

"你身边朋友太多了,又那么厉害,每天都很忙,生活里有我没我都一样……我当时太傻了,也没经验,想不出什么别的法子来引起你的注意,让你多看看我。

"当然,这个法子可能也没多好使。"

时洛看向余邃,眼神明明是挑衅,发红的眼眶却在不争气地拖后腿:"余邃,我成功过吗?"

时洛问道:"在德国的时候,知道 Evil 是我的时候,你难受过吗?"

"我……"余邃深呼吸了一下,声音有点哑,"去德国后,我只犯过一次胃病。

"就在知道你新 ID 的那一天。"

时洛眸子微颤,半响小声道:"那我赢了,yeah。"

时洛清了清嗓子,尽量让自己平静一点:"Puppy 今天问我的时候我那么说,是又犯病了,又想用这种办法让你注意我。你放心,我知道我不小了,以后会尽量注意,不会再……"

"不用改,你随意,你也没做错。"余邃看着时洛,"我能接受你这样。

"从两年前就是。"

52

余邃尽力克制着自己,警告自己不要一时冲动毁了这些日子的小心和铺垫。

余邃两手撑在露台栏杆上,将话说得更委婉:"而且……时洛,我不是那种完全不懂的人。"

在电竞圈里常年混着，平时接触到的诱惑说少也少，说多也多。余邀当年一入行就直接进入了电竞圈的最顶层，别说什么网红主播，小明星他也常碰上。娱乐圈浮躁，其中不乏仗着自己有几分姿色想要和明星选手交往，进而蹭知名度或是捞钱的。余邀自入行身上就被贴着明晃晃的"有钱"的标签，他自己还要颜有颜、要名有名，自然是不少人眼中一块怎么看怎么合适的肥肉。

明着表白，暗中勾引，余邀从十几岁到现在，真是什么都见识过了。

时洛偶尔的一点小套路，余邀并非一点也看不出来。

即使这套路有点烈，自己曾因此又犯了一次胃病，住了两天的院。

可余邀自己乐意。

时洛还没从余邀刚才那句"去德国后，我只犯过一次胃病"中回过神来，看着余邀，戒备道："你……不觉得我矫情？"

露台上风有点大，余邀按着披在身上的队服外套，摇了摇头。

时洛嘴唇动了一下，他很想再多问余邀几句。

可方才，告诉余邀自己两年前是故意送死，是为了让他知道真相后崩溃，已耗尽了时洛今天全部的勇气。

至今为止，余邀所有的答复都太温柔了，他说他在知道 Evil 是自己后犯了病，他说难受过。

余邀几乎不会说谎话，时洛不想让类似"确实全程都没认出来"的话来扎自己的心，也不想破坏这会儿他和余邀之间难得的氛围。

时洛点了根烟，这就够了。

不过时洛没问出口也没什么可遗憾的就是了，当晚他就拿到了答案。

两人从露台回到训练室没多久，老乔就把众人叫到了会议室开始复盘。复盘和圣剑的比赛内容实在容易让人不适，好在周火很善于调动众人情绪，中间用投影插播了一下 Free 官博下的评论。周火指责圣剑的那条微博下评论已经过万了，粉丝们把圣剑从头到尾说了个遍，众人把热评前一百条全看过后才继续复盘。

众人边复盘边解决了晚饭，复盘结束之后已是晚上十点，老乔道："要注意的点，我会编辑后单独发给你们每个人，中间还有你们自己需要注意的，记得看。"

周火昏昏欲睡地陪着听完了复盘，见终于完事儿了，忙招呼道："行了，明天要飞山城，今天原地解散，睡觉去、睡觉去。"

"实在不困的可以不睡。"老乔反驳道，"去开开直播什么的，都行。"

不等周火说话，Puppy就无奈道："真睡不着，你现在把我按床上我也是玩手机，生物钟哪是一天就能调过来的？"

"行吧……"周火无奈道，"那也别太晚啊，先说好了，明天早上喊你们起床的时候谁也别骂人、别赖床。"

几人谁也没回宿舍，全去了训练室。

今天跟圣剑打了个一比一，众人心里都被敲了警钟，玩笑归玩笑，心里都憋着一口气，不愿意太耽误训练时间。

"来来，说好的，练配合、练配合。"进了训练室，宸火十分不情愿道，"时神……我知道你不想跟我双排，很巧我也不想和医疗师以外的人双排，但今天练习赛咱俩脱节太严重了，嗐，来吧……"

时洛平时双排基本也是带个医疗师，自然是不情愿的，但双排确实能更好地练配合，他皱着眉毛闷声道："组我。"

Puppy看看余邃："咱俩就不用练配合了吧？也没什么好练的，我自己单排去了，你……直播？"

余邃摇头："这个月已经混够了，单排。"

Puppy点点头自己去单排了，余邃开机打开游戏客户端，登录游戏，开始单排。

余邃有时候怀疑自己是"逆言灵"。

什么事，只要是不好的，只要他提起来，不出意外，基本都会发生。

下午在露台上，刚说过自己见识过别人的心机，晚上就中了招。

其实一开始并没有什么，余邃自己安安静静地在国服上分。他用的大号，路人队友遇到他一般都会咋咋呼呼一阵，或是兴奋，或是表白，职业选手的基本待遇，余邃习以为常，一般情况下不会回复，只有偶尔心情十分好的时候会回几个字，今天好巧不巧，就是余邃心情十分好的时候。

下午在露台上，时洛说的话其实有点扎心，但常年在刀山火海中仍如履平地的余邃完全吃得下。

时洛自己可能都没发现，两人的关系已经越来越往好的方向发展了。

要不是两年的分别实在太刻骨铭心，余邃觉得他俩已经跟以前完全一样了。

就在余邃心情这么好的时候,一个路人狙击手队友刷屏表白余邃。

【EE 主播】:"真的是 Whisper? Whisper,我超级喜欢你!还有 Evil!!"

余邃看见时洛的 ID,回复了一个表情,路人狙击手队友马上回复得更热情了。余邃没再回复,不过那一局游戏里他杀够了人后稍稍照顾了一下这个路人狙击手队友,给对方套盾套得很及时,抽空也替他补了几次血。

不是谁都受得了纯刺客医疗师的,又不是和自己配合了多年的队友。这些事在往常单排时余邃偶尔也会做,他也根本没走心。

也是巧了,飞速结束一局之后余邃继续单排,后面又打了三局,其中有两局都组排到了那个路人狙击手。

都在冲分,总遇到也没什么奇怪的,余邃该怎么打就怎么打,等打完三局后,周火敲了敲训练室的门,表情尴尬:"Whisper,你……单排呢?是不是遇到了个主播?"

余邃转头看了周火一眼:"那个叫什么 EE 的狙击手?怎么了?"

"那是咱们签约的直播平台竞争对手的一个主播,当然这不怪你,她是什么都跟你无关,你们恰巧遇见了而已。但是……"周火表情有点无奈,"你那些粉丝,为了隔空看你直播,都跑去那个主播的直播间了。她一个主业是歌手的平时最多只有一百万人气的娱乐小主播,这会儿直播间人气已经有五百万了。"

"你也是……前几天冲分也积极点啊,你早点进了国服前十,肯定遇不到这些娱乐主播了。"周火无奈,"现在多尴尬,白白给人家送流量。"

刚打完一局的 Puppy 转了一下电竞椅,看向周火:"咱们直播平台的管理联系你了?觉得余邃给竞争对手引流了?"

周火给众人看看自己的微信聊天界面,苦笑:"是,而且直播平台的管理觉得对方是在故意狙余邃。"

余邃摘了耳机,皱眉:"她就算是在狙我……别人怎么知道我跟她连续撞车了?"

"问题来了。"周火点开直播平台的管理发给他的一张截图,"知道对方的直播间标题写的是什么吗?"

正和宸火组排,听了一言半语还没弄清楚情况的时洛摘了耳机放在桌上,听着周火对着那张直播间截图读道:"《女友视角,带你看温柔的 Whisper 奶妈医疗师在线操作》。"

很好，独有的奶妈医疗没了。

时洛冷着脸，一梭子子弹下去，一口气直接收了对面三个人头。

完全在状况外的宸火大惊小怪地嚷嚷："时洛你怎么回事？分口汤行不行？你怎么了？"

时洛当没听见，自己升级装备继续收人头。

周火苦心经营余邃和时洛，到现在还没出个结果，莫名其妙地被人盗了自家的核心梗，忍不住抱怨道："你还奶她了？！"

余邃嗤笑："我奶个头。"

周火一想也是，忍不住道："这些主播签的经纪公司真是为了吸热度，脸都不要……算了，跟他们撕不值得。你干脆别排了，你现在跟她的分段应该是太相近了，太容易被狙。正好明天要早起，你歇了吧，她直播间的人看不见你了，一会儿也就散了。"

"别的我来处理，最烦这些蹭人气、搞暧昧的。"周火低头按手机，"必须警告一下，不然这事儿以后少不了。你们该做什么就做什么，我联系一下他们直播平台的管理，让他们把直播间标题改了。"

余邃拢了一下头发，淡淡道："我劝你别警告。"

"为什么？"周火想也不想就骂了过去，"不骂他们没准就没完没了了，我自己都没舍得消耗你的人气，凭什么让他们消耗？"

余邃太熟悉这里面的套路了，果不其然，不到三分钟，余邃微信上多了个好友申请提醒。

余邃解锁手机看了一眼——

【EE主播】："对不起余神，我是刚才的狙击手，给你添麻烦了，只是太喜欢你了，可以加个好友吗？想当面道歉。"

余邃看向周火，周火被这一连串的操作惊得目瞪口呆："虽然我知道你的微信号早已不是秘密了，但……他们这也太熟练了吧？道歉之后会不会再把和你的聊天记录贴出去？"

对这些把戏早就熟悉得不能再熟悉的余邃把手机丢到一边："你说呢？"

"这些人……哎哟，我今天真碰到比我还营销鬼才的人了。"周火气得头皮要炸，"没完没了是吧？！那怎么办？就这种热度的小平台小主播，咱们骂他们都是给他们送人气！这是赖上咱们了？"

"别折腾了。"余邃冷冷道,"我自己处理。"

余邃其实并不在意被蹭热度,他早习惯了。现在有点动气,不过是担心训练室里另一个人心里不痛快。

而且通过宸火的哀号和不远处某个键盘格外重的噼啪声判断,训练室里的另一个人已经不痛快了。

余邃轻轻磨牙,自己和时洛的关系今天好不容易得到了一点缓和,这会儿不能被无关人士干扰。

余邃自己开了直播。

想让对方主播直播间的人气降下来,最好的办法难道不是自己直接抢过来吗?

余邃打开游戏客户端内好友界面,好友状态显示,时洛和宸火双排刚出来。

余邃第一时间组了时洛。

余邃在好友界面给时洛发消息。

直播着,余邃纯粹为了给别人看,打字道——

【Whisper】:"单排无聊,能跟我组排一会儿吗?"

直播间弹幕疯狂刷了起来,大家嗷嗷起哄。眼尖的粉丝抓着余邃的"单排无聊"开始暗讽隔壁竞争对手平台的主播自导自演。

哎哟,余神自己说单排无聊哦。

当然无聊啦,职业选手遇到娱乐主播有什么可打的?根本发挥不出来吧。

还是和队友组排好看。

呵呵呵呵呵,某主播的直播间人气突然少了两百万。

简直无语,那边刚才还开着摄像头直播加余神微信,假模假式地要道歉。

显摆自己知道余神的微信号呗,呵。

不知哪个高层给的微信号,虽然 Whisper 的微信号很多业内人士都有,但,请问能不能尊重一下职业选手的隐私?

行了,别打广告了,呼唤时神。

呼唤 Evil+1。

呼唤 Evil+2。

呼唤 Evil+757,不对啊,时神呢?怎么不回复?

余邃也很想知道，侧头看了一眼，时洛显然没在单排也没做别的，就是没表情地看着电脑屏幕。

余邃继续打字。

【Whisper】："可以吗？"

【Whisper】："还是你想睡了？"

【Whisper】："时洛？"

时洛依旧没回复。

余邃轻轻吸了一口气，这是真发脾气了？

那看来单纯直播是不行了。

余邃正要起身，他手机振了一下。

余邃点开——

【Evil】："继续打字……"

余邃的嘴角忍不住地挑起，他努力控制着自己，没笑出来。

醋包。

余邃放下手机，打开正在直播的游戏客户端，顶着满屏嗷嗷叫的弹幕，开始打字。

另一个机位前，时洛原本有些后悔，觉得自己矫情得有点过了，但不到两秒，他的好友聊天界面，一条条消息弹了出来。

【Whisper】："想睡就不打了，如果不想睡就打一会儿？"

【Whisper】："要打一会儿吗？"

【Whisper】："我奶你，帮你上分。"

【Whisper】："可以吗？"

【Whisper】："为什么不回复呢？"

【Whisper】："回复一下？"

【Whisper】："不想回复，直接点同意也可以。"

【Whisper】："我等你。"

53

被不知名的什么小网红、小主播蹭热度这种事，其实是个明星选手就会遇上，时洛在这圈里混了这么久，这里面是什么情况他心里一清二楚，根本不关余邃的事，但方才在旁边听了个全程，时洛还是莫名地上火。

两年前刚认识余邃那会儿，余邃身边就总有这些莫名其妙的人凑上来，莫名其妙地就成了余邃的"朋友"，莫名其妙地就在外面说她和余邃如何如何了。三言两语，不知道的还以为余邃真交女朋友了。

凭什么？

自己还没怎么着呢，别人凭什么又是道歉又是要加微信的？

一来二去地，是不是真的要让余邃奶她了？

再进一步，自己以后和余邃双排是不是还要看别人脸色？

时洛一边和宸火双排一边后悔，下午就该问问清楚……

故而余邃给时洛发组排消息的时候，时洛犹豫了一下，没回复。

他转而给余邃的微信发了消息。

时洛原本只想让余邃再回他两三条消息，他一向脾气来得快、去得也快，余邃方才开了直播一组他，他其实就消气了，让那个小主播自动离自己战队远点就行了。不想余邃消息一条又一条，时洛看到频繁出现的好友消息，气就消了。

余邃打字速度太快，消息发得神速，时洛手忙脚乱地点了游戏内的"排队"按键，余邃那边才诡诡然鸣金收兵。

不过余邃直播间这会儿的弹幕已经爆炸，大家被秀得晕头转向，一时还没反应过来。

等排队的时间里，时洛叼着一根没点燃的烟，忍不住悄悄重新打开余邃的直播间页面，开了弹幕。

？？？

要不是这个熟悉的手速和按键声，我都怀疑 Whisper 被人盗号了。

虽然没开摄像头，但我很确定，绝对是余邃。

哇，又是和 Evil 组排！技术粉非常满足。

我都不敢相信，刚才那是我老公打出来的字……

不要这样对我洛崽，我们洛洛刚成年啊。

Whisper 组谁不都是直接组吗？这什么情况？

谁能告诉我发生了什么？这个我看着长大的渣男什么时候这么会哄人了？

Whisper，你背着我们干了什么？

揭秘，Free队内不为人知的另一面。

@Free电子竞技俱乐部，贵队的医疗师和突击手之间到底发生了什么？

……谁能想到一个月前，这俩人还网传水深火热、老死不相往来呢，这世上还有没有一句真话了？

两年了，求求你们了，给我个准话吧，你俩现在到底是个啥情况？

以后谁再说Whisper是渣男，我跟谁急，人家不是渣，人家只是因人而异……

泪流……你就不能发条微博哄哄粉丝吗？谁告诉你粉丝你只想要奖杯的？你个渣男！

　　余邃的万千女粉们看见了，酸当然也是会酸一下的，但一想到哄的不是之前那个女主播，而是时洛，众人心情还是好了一点。不是什么蹭热度的小网红就行，肥水没流外人田，还是在Free队内就知足了。

　　周火则更知足，他眼睁睁地看着余邃的一连串操作，哑口无言、叹为观止。这俩人绝对是他带过的最配合宣传工作的选手！

　　取得好的比赛成绩是选手的工作，不让选手被队外人士干扰是周火的工作，这自然也包括不让队外无关人员来蹭自己战队的热度和人气。今天对这小主播的操作最生气的是周火无疑了，周火去看了看那小主播直播间的人气，见已降到她的平时水平后心情好了点，犹嫌不够地通知战队宣发部门准备下载余邃的直播视频，迅速剪个小视频，发在官博上震慑一下那些总憋着劲儿吸职业选手血的有心之人。

　　能在撞车几次后装模作样地直接要加余邃的微信道歉，这要说不是有备而来，周火是绝不信的。

　　Free宣发部门的人员都是周火的亲兵，做起事来干净利索、雷厉风行，隔日一早就出了一版视频，题目甚合周火心意：《双标Whisper的日常》。

　　上午，机场贵宾室中，困得睁不开眼的Free选手们个个摊在沙发上补眠。周火刷着微博，喜滋滋地说："看看这个人气，看看这个浏览量……"

　　"你又发什么了？"宸火费力地睁开眼，摸出手机来看了一眼，呆滞地刷新了一下微博，点开评论看了一眼，语气平平地读道，"我、发、现、余、神、好、纵、容、这、种、有、小、暴、脾、气、的、人、哦……嘻、嘻、嘻、嘻……"

"余、神、好、像、能、容、忍、别、人、闹、脾、气、哦……"

宸火眯着眼,疲惫的大脑微微转了一下,不太明白:"她们说的这是余邃吗?"

宸火抬头看向正倚在沙发上闭眼假寐的余邃,决定学以致用,试探道:"余哥,替我去倒杯气泡水,放一片柠檬。"

余邃缓缓睁开眼,偏头看向宸火,声音带着早起特有的微哑:"你说什么?"

宸火咽了一下口水,继续道:"你要是不给我倒,我就一天都不喝水!我要渴死我自己。"

余邃看弱智一般地看着宸火,赞同道:"行,憋不住喝水的是孙子。"

Puppy半睡半醒地闷声笑,宸火怒道:"说好的你最纵容别人闹小脾气呢!粉丝还夸你温柔,温柔个头!刚才录下来没有?跟拍呢?给我录下来!让别人看看他平时都是怎么对我的!"

跟拍的工作人员嘿嘿一笑,不敢开摄像机。宸火瞥了不远处戴着墨镜睡着的某人一眼,哼了一声:"余邃的那些狂热女友粉怎么不去撕了他呢……"

事实证明,女友粉们非常冷静,反而给时洛微博私信了一通,真心实意地表达了感谢。

登机前,时洛也刷了一下微博,他的私信里尽是来感谢的余邃粉丝。大家发自肺腑地感谢时洛替余邃挡住了妖魔鬼怪,并请时洛再接再厉,脾气千万不要太好,只要再有来蹭热度的,时洛可以用任何过激行为赶走他们,尽管用他平时喷坑人队友的功力来喷,放手施为。

有时洛战斗力这么强的小暴脾气在队内,等闲之辈不敢靠近,余邃的女友粉很放心。

空乘来提醒了,时洛把手机调成飞行模式。

时洛看着坐在自己左手边正戴着耳机补眠的余邃,心里没来由地有点虚。

时洛呛了一下,不自在地戴上耳机,也闭上了眼。

三个小时的飞机,下午还有比赛,理应要睡一会儿的。但时洛就是睡不着,反反复复地,他总是想起昨日露台上的一幕。

有些时候,有些场景总是来得太意外、太匆匆,没彩排、没设计,一切都是随之发生,没法准备。

如果时间倒回去二十个小时,时洛其实不想话那么少的,他想跟余邃说声谢谢。

谢谢你在意过，让我当年的一片赤诚真心没白费。

谢谢你心疼过，让我也体验了一下有人疼的感觉。

时洛不好意思说他有多在意这件事。

从小到大，没人心疼过时洛。

当然，时洛自己自由生长，也平平安安地长到了这么大，不太苛刻地说，也长得挺好。

可他还是愿意被人疼一下的，或者不用说得那么直接，他也想有人在意他。

真心地在意他。

身边人全部对他有所图，他看得一清二楚，只有余邃对他无所图。

所以余邃的在意一度让时洛沉迷，变得有点偏执。

那种你一言一行都会引起别人注意的感觉真的太好了。

时洛慢慢地嚼着口香糖，心道，你承认你会心疼，这就够了。

兜兜转转回到 Free，还是挺值的。

他决定以后会尽量不作死、不幼稚，也不是小孩子了，还是得成熟点。

时洛吹了个口香糖泡泡，心想：我也是有人心疼的。

暗暗回味了一下昨日露台上种种的时洛，心情终于平静，他拆开装毛毯的袋子，抖开毛毯裹在身上，戴上眼罩，开始补眠。

时洛睡觉不老实，睡床上都会来来回回不断翻身，更别说是在飞机上。纵然头等舱位置稍宽敞一点，也就那么一点儿位置。时洛半睡半醒，不住地动，身上的毯子慢慢地、一点点地滑了下去，掉在了地上。

时洛微微皱眉，半睡半醒的，懒得捡起来。没过一会儿，他感觉肩头一暖。

时洛睁开眼，透过眼罩的缝隙往下看，毯子又盖在了他身上。

谁盖的，不用想也知道。

时洛心里忍不住又道，他心疼了。

刚刚说过以后不作死、不幼稚、要成熟的时洛盖着刚搭好的毯子，心智年龄迅速减少了两岁，火速回到了两年前。

时洛微微动了一下，往左靠了一下，没过一会儿又往右靠了一下。不到五分钟，刚被盖好的毯子又掉在了地上。

时洛瞬间不动了，有眼罩遮着，视野只剩下了下方一条缝，他密切注意着，不到三分钟……

眼罩下方的缝隙中,余邃的手腕垂下来,拉起了毯子。

半分钟后,毯子又被轻轻地盖在了自己身上。

时洛头一次觉得航空公司的毯子这么轻软。

时洛简直克制不住自己作妖,老实了不到三分钟,又把毯子折腾到了地上。

然后他火速睁开眼盯着眼罩下的缝隙。

这次不到一分钟,毯子又被捡了起来。

余邃大概是担心毯子再次滑落,这次盖的时候着意靠上了一些,手指不小心碰了时洛一下。时洛什么都看不见,只是瞬间觉得有点不好意思。

时洛安静了不到两分钟,心里一边骂自己就是个神经病,一边说最后一次绝对是最后一次,又翻了一下身。

毯子盖得有点高,这次不太好弄下去了,需要努力一下。时洛又翻了一下身,面朝着余邃那一侧的时候时洛顿了一下,准备下一次动作幅度大一点,一鼓作气把这张倒霉毯子丢下去。不等他再翻身,他左边耳朵上戴着的耳机被摘了下来。

眼罩下的时洛什么也看不见,不等时洛反应过来,下一秒,他听到余邃在他左耳边用很低的声音说:"再丢毯子,就真的不给你盖了。"

54

接下来两个多小时里,时洛睡姿端正,一动不动。

中间周火过来帮跟拍人员拍了个半分钟的素材视频,对没睡的余邃低声叹道:"Evil 今天睡得好乖,没玩手机、没吃零食,也没翻来覆去的,老老实实地补觉。"

余邃正用手机玩《俄罗斯方块》,闻言嗤笑一声,没戳穿。

两个多小时后飞机平缓落地,取了行李后众人直奔比赛场馆。

"打万重山不用紧张,正常发挥就行。"

抵达比赛场馆的休息室后老乔打开平板电脑,调出万重山的资料来道:"他们的打法有点莽,但又不是你们搞事时的那种莽,毕竟个人能力和你们差了点,容易冲动,容易失误,整体节奏偏暴躁一点。你们只要抓住他们的失误,替他们不断放大失误就行了。"

除时洛外的几人，对国内现今选手的了解都不多，余邃三人出国那会儿还没万重山这个俱乐部呢。Puppy 闻言撩起眼皮懒懒道："暴躁？我一听到这俩字就有点阴影，选手暴躁吗？"

　　"不。"时洛打开自己的外设包取出键盘和鼠标，低声道，"脾气挺好，特别是他们队长。"

　　老乔点头："是，万重山队长脾气出名地好，要是我没记错，万重山的队长小君还和时洛有点交情，对吧？"

　　时洛分开缠在一起的数据线，摇了一下头："算不上交情……有一点交集而已。"

　　余邃也在拿自己的外设，闻言看向老乔："小君……谁？"

　　"一年前刚从次级联赛上来的选手，你当时在国外不知道。"马上就要比赛了，老乔没时间多解释，只道，"总之人不错就是了，也非常肯吃苦。这些都不重要，你们好好打就行。我刚才只说人家打法暴躁，你们不要被误导，总想人家场下暴躁不暴躁。"

　　刚去签到的周火回到休息室听到几人的谈话后道："谁暴躁？人家万重山可不暴躁，咱们来之前他们的经理还给我发消息了呢，跟我说'万重山欢迎 Free，山城人民热情好客，你们敢来我们就敢输'。"

　　宸火忍不住笑了："能不能有点脾气？！"

　　"自知水平不够嘛，干脆乐观一点。"周火笑笑，"他们俱乐部是真的不错，每次和其他战队交手后，他们教练都会过来打招呼，问问对战者角度的看法，问问可不可以告诉他们一些意见。"

　　宸火彻底放下心："之前跟野牛打架的事真给我留下阴影了，更别说这是来了人家地盘了，真有个什么，人家给咱们埋在这儿都没处说理去。"

　　众人插科打诨几句，到了准备时间后拿着自己的外设上场了。

　　万重山上个赛季成绩在本土联赛中游，这个赛季选手阵容没变，水平比去年微微提高了点但并不多。Free 几人打他们还是游刃有余的，一个 BO3 都没打满，打了两局就干脆利索地结束了比赛。

　　赛后也果然如周火所说，万重山那边非常虚心友好，早早地等在后台 Free 休息室前，待几人接受采访回到后台后，客气地询问可不可以聊几句，给一点点意见。

　　这要是在国际赛事上自然是不可能理会的，但都是自己赛区的战队，也没必要太避讳。Free几人都无所谓，周火更愿意给自家新战队拉个好人缘，洗一下全员恶人的形象，忙招呼宸火和时洛俩突击手去给人家提点几句。宸火最爱被人捧着，双手插兜开心心地去了。

其余几人回休息室收拾东西，余邃犹记得比赛前老乔的话，进门问道："时洛和万重山的小君有什么交情？"

"余神。"悠然在一边摊着的Puppy忍不住调侃道，"盯得松一点儿……按理说你们渣男不应该是最不在意这些细节的吗？"

老乔茫然问道："盯什么？什么渣男？"

"没事，我就是看不过去。"Puppy把腿搭在沙发上，摇摇头唏嘘，"双标得有点过了，别人有什么事他都不在意，到了时洛这儿，什么风吹草动都要过问，这太不符合咱们战队无情无义的恶人风格了。"

余邃没理会Puppy："说。"

"哦，好，这也不是什么隐私，没什么不能说的。"老乔没听懂Puppy的暗示，注意力重新被余邃拉回来，叹道，"也不是什么光彩的事，当然，不光彩的不是时洛。"

老乔眯着眼仔细回忆了一下："那是……你们刚走……不到两个月的时候吧，应该是那会儿，是次级联赛的事。"

"对，就是那会儿的事。"老乔想了想点头，"肯定是，就是时洛刚转突击手的时候，还在NSN没走，因为NSN不缺突击手，时洛只有在那个时候看过一段时间饮水机，这时间线就对了。"

余邃拧开矿泉水瓶喝了一口："怎么了？"

"时洛当时刚转职突击手，自然丢了在NSN首发的位置。从他转职到去IAC之间的那　个月，他就等于连个　队的替补也不是，偶尔要跟着NSN的二队去打一打次级联赛级别的比赛。"老乔苦笑了一下，"次级联赛或者城际赛是什么情况，你们可能不太懂，我不是瞧不起次级联赛的选手，也不是瞧不起小规模的比赛，但确实那些选手要比你们苦多了，收入连你们的十分之一都够不上，环境啊什么的……根本没法比，差太多了。

"你们都是出道就在联赛，还都在超一线战队，那个情况有多差，你们想象不到。

"万重山现在的这个队长小君，当年就在次级联赛里混着。他打得倒是可以，不然现在也不可能进联赛战队，就是当时的队友人品太差了。"

"我不是说他们菜就是人品差啊，跟打得菜不菜没关系，他们就是纯人品差。"老乔向来厚道，很少用太恶毒的词，这会儿倒是面不改色，"人品太差了。"

一旁的Puppy皱眉："有多差？他们做什么了？不好好训练？勾引女粉丝？"

老乔摇摇头，冷声道："打假赛。"

Puppy脸色一变，把脚从沙发上放了下来，失笑："这……人品差都不足以形容了。"

"次级联赛之间的竞争其实也很强，他们不光在争每年晋级联赛资格的时候拼命。战队能晋级当然是好的，但一年就那么一次鲤鱼跃龙门的机会，竞争有多激烈，你们这次也看到了，那么多次级联赛的战队来争来抢，但真正能晋级的就两个战队，就拿今年来说。

"一个咱们成功了，一个本就是联赛战队的风擎俱乐部成功了，FS这种顶级战队都滑成次级联赛战队了，说实话……对他们来说真的就是不可能的事。

"除了整支队伍撞大运进了联赛，次级联赛的那些选手还有个'升天'的机会，就是转会。

"在平时的比赛里拼了命地大放异彩，让联赛的十二支战队看到他们，直接被联赛十二支战队的管理选中。

"有想大放异彩的，就要有给人做垫脚石的。"

老乔冷冷道："小君以前所在的那个次级联赛战队的几个孤儿队友，就是收钱打假赛，给人家当垫脚石的。"

"天哪……"Puppy目瞪口呆，"他们还是人吗？！赚这种黑心钱，他们还算选手？！"

"最难受的是，小君在他之前那个战队足足打了两年，始终不知道，自己的队友都在打假赛。"

"真绝了……"老乔摇头，不忍道，"小君还整天拼命地训练！鼓励队友，想着哪天能带着整个队伍杀进联赛，他根本不知道，早就没希望了，一个战队四个人，三个人在收钱打假赛，他就算是用了命去拼，你告诉我，怎么能出成绩？"

Puppy失笑："白白糟践了两年的青春，赚这种钱，他们下半辈子不怕报应吗？"

"所以说，有些事儿你们这群少爷是真的不知道，我是当年在次级联赛混过半年，所以知道一点。你们出道就在最公平、最严格、最光鲜的一线战队，打着会有一层层严格检验的国际赛事，有些脏事你们这些天才根本想象不到。"老乔无奈，"其实什么行业都这样，到了最底层……最可恨的也有，最可怜的也有。"

余邃始终安静地听着，他看向老乔："最后那三个怎么翻车的？"

老乔喝了两口水缓了一下，道："因为他们对上了NSN二队，对上了时洛。"

半个小时后，被万重山俱乐部众星捧月的宸火心满意足地跟着时洛回了自家休息室，满脸自得、假模假式地道歉道："哎呀呀，不好意思、不好意思，盛情难却！万重山的人实在太谦虚好学了，都拿着个小笔记本在那儿记，我实在是不好意思说两句就走。不过你们放心，有关咱们的核心战术肯定是一个字没提，我就是指点了一下他们的突击手，没办法嘛，时洛话太少，我总要代表咱们战队表达一下友善之意，嘿嘿嘿……"

宸火摸摸胸口，满足地喜滋滋道："被一群小选手围着的感觉太好了！"

时洛敏感地察觉出休息室内气氛有点不对，他微微蹙眉："怎么了？"

"没事没事。"Puppy起身笑了笑，"等你们等得饿了，走啊，吃火锅去，都等着这一顿呢。"

老乔叹了两声，跟着起身："是，走走，吃火锅去。"

老乔催着众人出门，八面玲珑的周火去外面交际了一圈也心满意足地回来了，见众人都没事了，忙给司机打电话，招呼众人一起去早就订好桌的火锅店。

火锅店的包间里，众人敞开了点菜。时洛最喜欢这边的牛油锅，低头认真点菜。余邃胃不好，现在吃火锅也都是用清汤锅随便涮点菜，他能吃的太少了，并不在意点什么。余邃看着时洛，心里想着休息室内老乔说的话，心头有些说不出的滋味。

Puppy把他想得太小心眼了，余邃不是个心窄的人，不然也不会由着瓦瓦那么黏着时洛而不闻不问。时洛自己有什么朋友、和别人有什么交集，余邃都不在意，他在意的，只是自己不在的两年，时洛身上发生过什么。

一点一滴余邃都想知道。

两年前离开得匆匆，余邃最不放心的就是时洛，走之前两个月，时洛还会同其他选手打架，他根本还没融入电竞圈，没在一个正常健康的俱乐部耳濡目染一些最基础的规矩和意识。余邃始终担心，甚至怀疑过，时洛到底适不适合电竞圈，能不能单枪匹马地好好在电竞圈过下去。

事实证明，时洛能。

17 岁的时洛，刚入行几个月，年轻、鲁莽，刚刚遭受了前队长的"背叛"，转职后沦落到次级联赛的赛场上，太容易堕落了。

可时洛没有。

时洛当时是很年轻，但他是 Whisper 钦定的替补，是从电竞"圣队"FS 出道的选手，天生资质过人，比赛候场时，看当时小君所在的战队比赛，他一眼看出了小君的队友在打假赛。

当时的比赛是车轮战，轮到 NSN 二队同小君所在的战队对战时，时洛拒绝打开自己的外设包，拒绝上场，拒绝和打假赛的人对战。

若时洛还在 FS，还在一线联赛，这种问题自然有官方工作人员来替他解决，但那是鱼龙混杂、没什么观众的小比赛赛场。

时洛其实完全可以随波逐流，他只是个新人，完全可以当没看见，打完两场比赛马上走人。顾乾当时已经为他联系了 IAC，时洛心里也很清楚，他不会在泥淖中待多久，他马上就能回一线战队，现在情况有多恶心同他都没关系。

但时洛带着 NSN 茫然无措的几个新人，毅然选择了拒赛。

少爷说不打，就不打。

老乔当时留在了国内，转入了其他一线战队，事后才知道这糟心事，又过了很久才见到时洛，偶然问了时洛两句。

转入 IAC 的时洛比以前沉默了许多，面对老乔也没了往日的熟稔，被问起才缓缓说了一句——

"那个人说，那是高压线。"

| 第六章

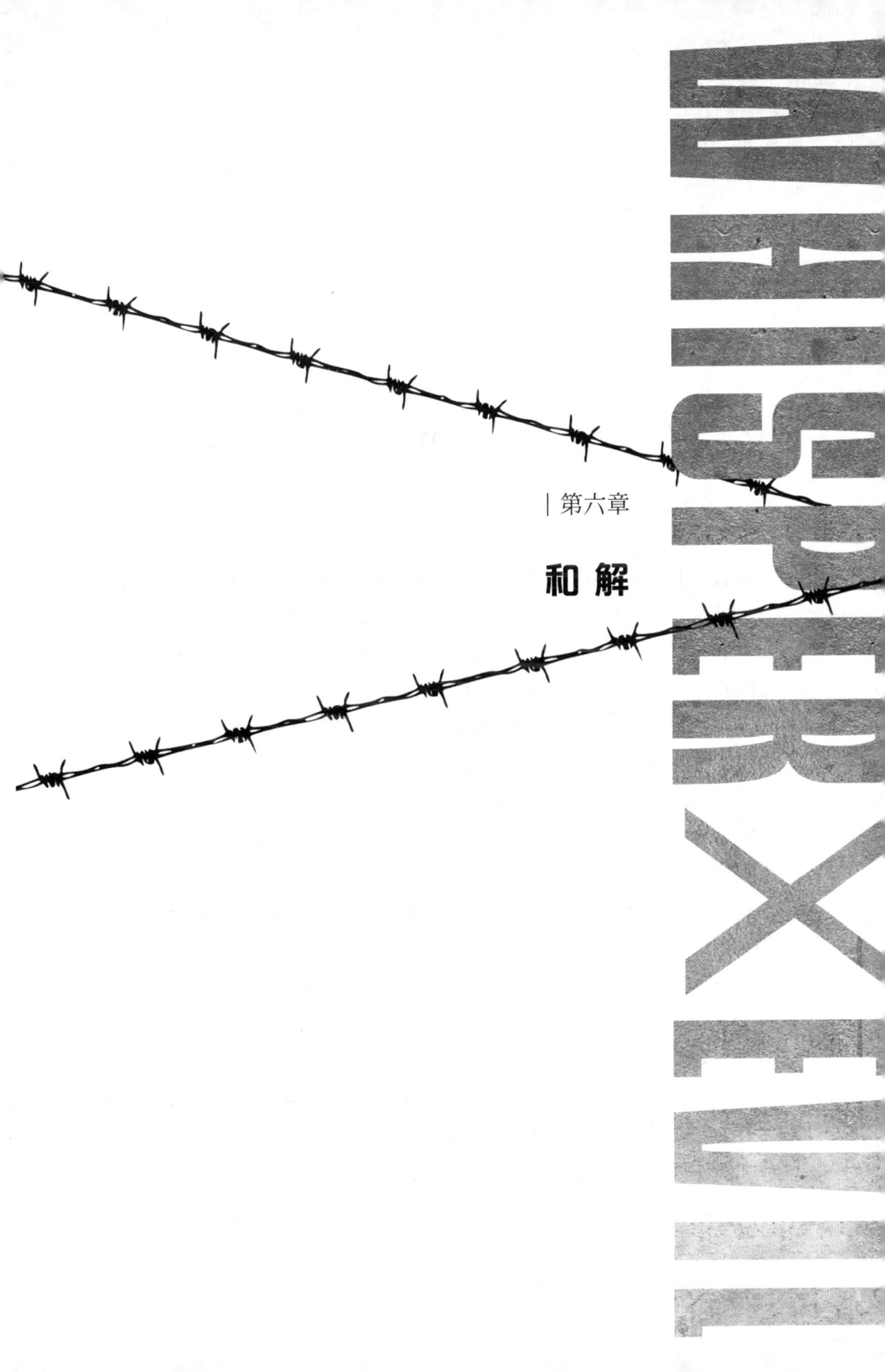

和 解

55

"那个人"说的是谁,那个时候时洛连名字都不想提起的人是谁,可想而知。

"时洛是真的刚。"下午的休息室内,老乔没留意到余邃听了那句话后表情的细微变化,还在感叹,"当时比赛马上就开始了,NSN二队四个选手,一个也不出休息室。比赛的活动方都急了,让他们不管有什么情况,先比赛,比赛结束了再说。NSN二队那三个选手都犹豫了,说不然就先打,万一对方刚才没打假赛呢?万一回头因为这个受处罚了呢……

"时洛就说对方绝对有问题,谁劝都没用,坐在休息室里抽烟也不出去。就因为他的拒赛把事闹大了,次级联赛才开始彻查假赛的事。

"拔出萝卜带出泥,一群乌七八糟的选手被禁赛了,小君的三个队友全部被终身禁赛。小君那会儿受的打击非常大,差点去和前队友拼命,不过还好,最后还是缓过来了。

"他个人能力还是有的,之前就是被队友连累了,后来没了拖后腿的队友,好好训练、好好比赛,打得越来越好。一年前有次杯赛上,他操作天秀,一下子被万重山高层看中了,被直接买去了一队,进队就打首发,现在……小君进了联赛,万重山高层重视他,队友们也是齐心协力想好好打比赛的,他也算是否极泰来了。

"小君一直挺感激时洛的,不过后来跟时洛没什么交集。时洛你知道,也不是那么好接近的,所以俩人也算不上朋友,只是有这么一段交情吧。

"时洛自己也不爱提这些事,不过当时拒赛后,NSN高层和顾乾知道后都挺满意的,之后还跟我说,不愧是从电竞'圣队'FS出来的职业选手,自带傲骨。"

吃罢火锅出来,天还不算晚,吃火锅的地方和洪崖洞挨着,众人没直接回酒店，在洪崖洞溜达了一圈。

余邃走得很慢，看着时洛高挑的背影，回忆着老乔的话，心道，这跟FS有个头的关系。

虽然时洛后来提及了自己，余邃也并不觉得这跟自己有什么关系。

时洛天生就是这样的人。

是自己多虑了。

有没有自己，时洛都不会自甘堕落，都不会自暴自弃，都会长成一个让人钦佩的选手。

余邃不觉得其中有自己的任何功劳，时洛傲骨天成，天生就是吃这碗饭的。

"你怎么了？"老乔落后两步走在余邃身边，看看余邃的脸色，"刚才吃饭的时候你表情就一直淡淡的，怎么了？是不是还在想时洛的事？不是吧，都这么久了，时洛自己估计都忘了这事儿了。"

余邃一摇头，两手插在裤子口袋里："没。"

"不过说实话，我倒是有件事一直没弄明白。"老乔耿直地问道，"时洛当时说的'那个人'，是谁啊？他当时看我就跟看陌生人似的，他说着，我就听着，也不敢问。"

余邃缓缓偏头看向老乔，通过老乔真诚的双眼，确认他不是在故意二次扎自己的心，影响自己的心态，而是真的什么都没看出来后，忍不住笑出了声。

老乔真是迟钝得可怕。

余邃懒得同他解释。

老乔还在状况外，小声道："是吧？时洛说的是谁，你就不好奇吗？"

"好奇啊……"余邃半晌点点头，尽量心态平和地帮忙分析，"首先，我们可以排除宸火……"

山城的常规赛没什么悬念地拿下了，训练和其他常规赛都在等着，众人只在山城住了一晚，第二日一早就又匆匆飞回了S市。

回到Free基地，众人洗漱后各自在自己宿舍稍稍休息了一下，睡了不到三个小时，傍晚陆续醒过来，去一楼吃饭，准备晚上继续训练。

趁着众人吃晚饭，周火插空道："有点儿事跟大家说一下啊，放心，不会耽误大家太多时间的。"

众人都困得要死，闻言头也不抬，极敷衍地"嗯"了一声，周火嘿嘿一笑：

"是这样，别的战队都有考核制度。咱们之前刚建队，你们用的都是刚找回的旧号，所以我这边就一直没提这事儿。现在也过去这么多天了，咱们得把考核这一块儿完善了。"

周火说得并没有什么毛病，每支战队每个月都要考核选手主号的战绩，众人习以为常，依旧自己吃自己的。Puppy推推宸火："烧卖再给我一盘。"

"大家知道，我以前是NSN的副经理。NSN的考核标准是国服前500，掉下国服前500就要扣工资，直接扣掉当月奖金，基本就是他们三分之一的工资。"周火看看众人，继续道，"不过，这是在被圣剑挑衅之前，在被圣剑跨海挑衅后，现在NSN的考核标准调整到了国服前200，Saint调整到了国服前100。我本来也想按照Saint的标准来划线，但这两天让圣剑那群人气着了，也是有点焦虑，考虑咱们得跟国际接轨，所以想问一下……"

周火看看原圣剑的三名选手，问道："圣剑的考核标准是多少？"

余邃："500。"

Puppy："300。"

宸火："200。"

三人说得飞快，一个人一个数，餐桌上一阵尴尬的沉默。

周火压着暴打这群嘴里没一句真话的人的火气，认命地自己去外网搜圣剑的考核标准。很巧，圣剑的一个选手在一个月前的一次采访里透露过：考核标准是欧服前30。

周火痛心疾首："至于吗？！为了躲考核，全在编瞎话！行了，和圣剑接轨，咱们也定前30。"

"别吧，跟那种不把选手当人看的俱乐部有什么可比的？"宸火一边吃着东西，一边忙不迭地卖惨，"我在圣剑给资本家打工的时候就没一个月拿过全额的工资，怎么回到祖国母亲的怀抱里还要受这个罪？遇到几次拖后腿的队友，排名就掉下去了，更别提有时候还得帮人友情双排，饶了我吧。"

周火迟疑："你们以前排名不都挺高的？怎么……"

"那是打了一个赛季慢慢积累的啊，这赛季初都清零了，哪儿那么容易。"Puppy趁机要求放低标准，"赛季后段把分都拉开了还简单点，现在就放松一点吧。"

周火犹豫不决，看向余邃。

余邃喝了一口汤:"前100。"

周火勉强同意:"行吧,这个月开始执行,下个月一号零点算分。"

考核是每支战队都有的规定,国服前100比起欧服前30已经轻松多了。众人也没再得寸进尺,吃罢晚饭都去了训练室。

"看看我的排名……"宸火打开游戏客户端登录账号,打开国服排名,苦哈哈地说,"这么多天,我为什么就不能好好冲一下排名?为什么?我的上进心都去了哪儿……呵,我怀疑之前把瓦瓦推给我是余邃和时洛的阴谋,国服第346,谁有我低?"

Puppy叹气:"我第288。"

Puppy往上拉了拉排名表:"Whisper排名第196,Evil排名第168……"

没一个达标的,Puppy瞬间就心理平衡了,懒洋洋道:"还有十天就月底了,祝福大家。"

时洛已经打开了客户端,他也看了一眼自己的国服排名,感觉问题并不大,还有十天,只要别跳崖式掉分,冲进前100不会太难。时洛正考虑要不要开直播,一边的宸火对着余邃哀求道:"余神,看看你的兄弟吧,双排一会儿行不行?不求你奶了,你正常发挥就行,操作迷的路人医疗太多了,耗不起了。"

时洛下意识地看向余邃,两块电脑屏幕的间隙里,两人视线相撞。

时洛错开视线,那边余邃还没答应,宸火又开始道德绑架:"余邃,就是你说把标准定到前100的!"

宸火不说还好,说罢余邃点头道:"就是故意想扣你工资,滚。"

"别别别,求双排一晚上。"宸火秒怂,"就一晚上,零点我就下车。"

余邃组了宸火,宸火忙颠颠儿地点了"同意"。

战队考核标准骤然调整成国服前200的瓦瓦也来找时洛哭了,在瓦瓦再三发誓不会再学余邃,要做个比天使剑还保姆的医疗后,时洛也让瓦瓦上车了。

圣剑跨海挑衅中国赛区的事因为周火之前的那条微博,已经藏不住了,周火虽然从没透露过NSN和Saint的战绩,但其他战队差不多也猜到了。一时间,继这三支战队提高考核标准后,其余九支战队依次跟着调整了考核标准,最低线也定在了前300。这一下捅了马蜂窝,国服排名榜瞬间成了修罗场。

苦于上国服前一百而久久不得的宸火恨不得去找其他十一支战队骂街,都凑什么热闹!

路人玩家看着水深火热的国服排行榜都在好奇，这是怎么了？排行榜几乎每时每刻都在变化，入眼全是顶着战队名的职业选手，本土联赛的十二支战队在追求什么极致 KPI？

其他战队依次提高审核标准后，Free 几人冲分就没之前快了。好在个人能力在线，月底的时候四人都过了及格线。

只是因为最近各大战队考核线的上调，他们总是一不小心就会被挤下前 100。宸火一向爱在路人局里莽枪，现在也不敢儿戏了，每一局都打得认认真真。

"其实这样也不错。"月底，赖死赖活终于冲进了前 100 的 Puppy 感叹，"现在大家要放开了玩都是上小号，大号都要好好打，看着是认真了不少，也挺好。"

Puppy 看看正用小号在国服乱杀的时洛酸道："早就过了考核线的人好悠闲啊……哎！"

Puppy 左看右看，一眼瞟到余邃的空机位，挑眉："余邃人呢？他排队刚排进去。"

时洛看了 Puppy 一眼，没听清，皱眉道："什么？"

"余邃刚才好像被周火叫走了欸。"Puppy 慢吞吞地指了指余邃的机位，"他忘了取消排队了，已经排进去了，马上就要倒计时了哦。"

还在国服苦战保排名的宸火满意地道："高分局进了图挂机直接扣 100 分哦。100 分可太爽了，老子一天也不一定能升 100 分。感谢余神，感谢帮忙空出了个位置。"

时洛摘了耳机，蹙眉："替他顶一会儿。"

Puppy 摊手："我又不会医疗师，怎么顶？他手机都没带，给他打电话也来不及了啊……"

时洛手速飞快，在游戏内毁了对方转生石后起身。

Puppy 笑了一下，继续打自己的。宸火遗憾地"嘁"了一声，一边打自己的，一边抱怨："Evil 你怎么回事？不要把 NSN 那种团结友爱的毛病带到咱们战队来啊，怎么总破坏咱们战队气氛呢？"

时洛没理会宸火，匆匆戴上余邃的耳机，替他买了初始光子盾和长匕首。

太久没玩医疗师了，时洛动作有点迟缓。好在当年的基础早形成了肌肉记忆，时洛迅速上手，跟上了节奏。

余邃应该是彻底把他点了"排队"的事给忘了，十分钟后还没上来。时洛看看余邈桌上的手机，无奈，电话打不了，宸火和 Puppy 也正在打大号离不开，只能继续打了。

刚才过来得急，没什么感觉，打了一会儿时洛才渐渐反应过来，自己正用着余邈的号，敲着余邈的键盘，握着余邈的鼠标，戴着余邈的耳机，努力适应着余邈的键位……

时洛磨牙，在心里骂自己，你突然紧张个头啊！！！

时间一分一秒过去，偏偏这一局还打得十分胶着，时洛恨不得打字喷几个频频失误的路人队友，能不能、能不能别送了？！我奶都奶不住你们，一会儿打着打着真 Whisper 来了，会尴尬死的反正不是你们对吧？！还送！！！

还好，路人队友仿佛能感觉到"Whisper"的急躁，后期配合得还算可以，十几分钟后，顺利地推平了对面，结束了这一局游戏。

万幸，余邈还没回来。

时洛长舒了一口气。

队内聊天界面全是向 Whisper 表白的，时洛没打字，刚要点退出，看到了一组队友聊天记录。

【Free 永远 nb】："余神，我是你粉丝！！！激动死我了，嗷嗷嗷嗷，不枉费我打了这么多天，进了前 500 终于遇见你了，我和我们宿舍的哥们儿都喜欢你！！！"

【Free 永远 nb】："Whisper 牛，Free 牛！！！"

【Free 永远 nb】："替我下铺对 Evil 说，时神牛！！！"

【Free 永远 nb】："余神你退了吗？还看得见吗？老子崇拜你啊啊啊啊啊啊啊啊……"

若是自己的号，遇到这么死忠的粉丝，时洛一般会发个表情。但这是余邈的职业账号，时洛还是没经过本人同意上的，不方便说什么，正要退出，对方又道——

【Free 永远 nb】："哦，对了，替我女朋友问，余神余神，你不喜欢那天那个 EE 主播吧？她特别在意这件事。"

时洛皱眉，打字——

【Free-Whisper】："不喜欢！"

时洛打完字又有点心虚，正要走，路人又飞速道——

【Free永远nb】:"很好！我女朋友很满意！她还想问你，你有喜欢的人吗？"

时洛顿了一下。

时洛看着电脑屏幕，修长的手指中邪一般，轻轻在键盘上按了下去，又飞速删除了。

"我有病……"

时洛觉得自己是真中邪了，皱眉骂了一句，摘了耳机刚要起身，一眼看见了不知在自己身后站了多久的余邃。

时洛心里咯噔一声。

余邃脸色倒是如常，轻声道："谢了。"

时洛的耳朵瞬间变得通红，他飞速地把余邃的耳机放好，含糊地说了句"没事"，逃跑一般回了自己的机位。

56

时洛回到自己机位前，他的小号还挂在游戏客户端上。时洛飞速点了"准备排队"，火速地开始了一局游戏。

晚一秒，都怕自己被看出什么来。

时洛心神不宁地操控着小号，其实并没有自信没被看到。余邃当时很可能已经上楼来了，很可能看见了他的聊天窗口。

时洛一晃神，差点丢了个人头。他退回掩体内上子弹，深呼吸了一下。

但问题是，现在最要命的是，怎么同余邃解释呢？

薄薄的T恤下，时洛的心怦怦跳个不停。

不是。

现在最要时洛命的不是这个了。

时洛一向承认自己偏执，刚才也确实是被那个路人队友提到的小主播的事激到了，本能地想要回复，但用Whisper的大号跟路人说这种话，确确实实地过了。

时洛不太在状态，被人收了个人头，等待复活的时间里时洛小心地偏头，看了看余邃。

余邃倒是一切如常，已经在进行下一局游戏了，表情同往常也没什么区别。

时洛看着余邃。

整个 Free，余邃打游戏时是最安静的。

宸火是最吵的，逆风局喷，顺风局也喷，自己发挥差了要骂，自己天秀了也要嚷嚷。只要坐在机位前，宸火很少能安静超过三分钟。

时洛自己也喷人，但一般是文字输出，口头骂骂咧咧的时候不多，只是他按键盘非常暴躁。突击手键盘操作是最多的，他用的还是青轴键，打游戏的时候宛若在虐待键盘，噼里啪啦全程不停。

Puppy 是玩狙的，趴在草丛里阴人的角色，操作不多，只是长年看着路人队友的谜之操作，养成了阴阳怪气吐槽的习惯，时不时地要酸两句点评一下。

只有余邃，如非必要，他能一晚上不说一句话。

除非同在一局游戏中，不然同在一个训练室的其他队友永远不知道余邃这一晚上是连胜还是连败。打得好与不好，他表情都差不多。

时洛有些心虚，时不时地瞟向余邃，但也难以从余邃的表情上分析出什么。

非要说看出什么来了，就是……

时洛用力嚼着口香糖，不太自在地想，余邃长得是真的帅。

近两日没 Free 的常规赛，几人又在努力冲分，在基地里时就是网瘾少年们最不修边幅的真实日常。

全联盟第一医疗师也是一样。

头发洗后是不可能吹型的，都是自然风干，风不干就在肩膀上搭条运动毛巾。日常基本全是随便找条运动裤加件 T 恤，冷了就披件队服外套。鞋子也很少好好穿着，一万多的限量版帆布鞋，余邃也不心疼，直接将后跟鞋帮踩了下去当拖鞋穿。

偶尔要出门，弯腰把后跟鞋帮提上来就能出门，不能更方便。

可就这么随意，还是帅的。

余邃当年玩了命地作死，背着数个恶名还能有那么多女友粉不离不弃，是有理由、有资本的。

对他的人品失望了，还能继续粉他的技术，看不懂比赛，不在乎技术？那没事，余邃还有这张脸，你肯定能吃下这张脸。

时洛不由得又想起之前蹭热度的那个小主播，将键盘按得越来越响。

那日之后，那个小主播又小范围内地作了几次妖，拼了命地暗示她加了余遂的微信，已有了"一些交流"。

心怀不轨想趁机占点便宜的人有样学样，语焉不详地说在余遂回国后，同余遂也有一些接触。

两年前就跟余遂有过一点交集的人自然更好发挥，大话都是张口就来："Whisper回国了，自然是想再碰一下面啦，只是怕打扰他，毕竟职业选手那么忙。当然，如果真的见了也不可能跟大家说的，免得被说蹭热度啊。"

铺垫、留白都有了，瞬间引起无限遐想，让人觉得她们好像真和余遂有了重逢后的种种。

都是些没什么名气的人，也翻不出浪来。周火算盘打得精，不肯给一个眼神，余遂自己更不在意。

可时洛偶尔看见会想较真。

他很想找到当事人问个清楚明白，你在哪儿跟余遂见的？FOG游戏里吗？为什么总提他？你是他匕首下的冤魂吗？这么阴魂不散地想找他索命？

时洛用力敲着键盘，每次想到这些人就有点心烦。

整天和余遂同在一个基地，那些话有多假，时洛比任何人都清楚。

但还是会烦。

现在可能是假的，但将来可能就是真的了。

时洛吐了嘴里的口香糖，换了根烟叼在嘴里，满脸戾气。

短短的一局游戏里，时洛的思绪信马由缰，已经飞出了十万八千里。

时洛打完这一局的时候，正好零点。

新的一个月开始了，周火卡着点儿上来看众人的排名，四人全进了前100，全员合格。

周火十分满意："不错不错，第一个月就达标了，下个月只需要保持分段就行了，要简单许多吧？"

"这已经不是简单不简单的事了。"宸火看着自己的国服排名叹息，"说真的，在座各位，难道有人真的在乎被扣工资吗？谁也不缺这点儿吧？你们看看这个水深火热的国服排名，这已经是不蒸馒头争口气了！"

Puppy赞同地点头："我也早不在乎扣钱不扣钱的了，我可以被扣钱，但一想到我掉下前100，就有其他战队的选手踩着我上分而不用被扣钱了，就非常忍不了。"

"没错！"宸火含恨瞪了余邃一眼，"自己战队的就更忍不了，该掉分的时候没掉就更气。"

"行了，多大仇！今天就早点散了吧。"周火招呼道，"刚让司机出去给你们买了小龙虾回来，放在一楼呢，吃了就睡吧。"

几人起身，余邃动作最慢。

时洛方才频频看向余邃，余邃是留意到了的。

回想时洛用自己的号打的那个字母，余邃拖着步子跟在时洛后面，微微眯起眼。

小心在意了这么久的心事，终于有了要开花结果的可能吗？

几人去了一楼，各自咔嚓咔嚓地拆外卖盒，戴了手套剥小龙虾。周火看向余邃："你的在这边，知道你不能吃辣，这边是蛋黄和蒜蓉味儿的虾。"

太晚了，就是不辣的，余邃也不能多吃，他剥了几个尝了尝味儿就没再吃，自己去厨房盛了阿姨给他准备的白粥来喝。

时洛一边剥着麻辣小龙虾一边看向余邃，迟疑片刻："……胃疼？"

"没。"余邃坐下来慢慢喝粥，"太晚了，吃多了伤胃。"

"啧啧。"宸火怜悯地看着余邃，"小小年纪，夜宵都不能随便吃了……咱们这里是有阿姨，将来退役了自己过日子，谁整天盯着给你做饭？你得找个会做饭的女朋友，专门在你熬夜的时候给你熬粥。"

时洛把手里的小龙虾头丢到一边。

老乔正闷头吃白己的，听了这话摇头："人家女孩子陪着你整宿整宿地熬夜玩？想什么呢。"

宸火撇撇嘴："想陪着余邃熬夜、给他熬粥的，大有人在呢。"

宸火看向余邃，没心没肺道："对吧？"

余邃淡淡道："吃你的吧。"

"我又没说错。"宸火拉开一听可乐，叹息，"余渣男将来还是不愁没人要的……"

老乔捏着小龙虾尾巴，说起最近训练赛的事。众人没再扯闲篇，下下周的常规赛就要遇到 NSN 了，不能轻忽。

余邃喝了半碗粥就不再吃东西了。聊了一会儿对战 NSN 的战术策略后，Puppy 和周火又扯起了圈里八卦，余邃懒得听这些，把盛粥的碗放回厨房洗碗机里。

时洛一晚上心神不宁的，脑子里好像有什么东西失控了，心情时好时坏。

想起余邃对自己的偏心，心情就好一点，但一想到宸火刚才调侃余邃的事，又烦得要死，很想和宸火打架。

这感觉太折磨人了。

时洛脸色不佳地低头吃小龙虾，不知谁那么不知死活，在时洛身后戳了一下。

时洛的眉头瞬间皱起，侧头一看……

余邃刚刚经过。

余邃走过一楼客厅，推门出了基地大门。隔着一楼的玻璃墙，能看见他坐在了基地院里的躺椅上。

时洛的火气瞬间消失了。

时洛一边在心里说这套路高中生才玩，一边默默地摘了塑料手套。

周火看向时洛："你也不吃了？你不是最喜欢吃这家的小龙虾吗？"

"饱了。"时洛起身洗了洗手，"你们吃。"

时洛拿起手机，抿了抿嘴唇，隔了半分钟，也推开基地大门，走到了院子里。

余邃正躺在大躺椅上玩手机。

时洛坐在另一张躺椅上，一只脚踩在躺椅上，含糊问道："叫我出来做什么？"

余邃放下手机："看你好像有点不高兴。"

时洛："没有。"

余邃静静地看着时洛。

时洛最受不了的就是余邃这样不说话只看着自己，没半分钟就投降，皱眉道："心烦。"

余邃沉声道："烦什么？"

时洛迟疑片刻，心道，豁出去了。

"我……"

刚说了一个字时洛又后悔了。

就是在两年前，时洛也没跟余邃这样闹过。

两人当年在一起也是训练较多，这样没什么正事纯谈心的时候太少了。

太别扭了。

时洛点了根烟，皱眉吸烟。

余邃也不催促，就安静地看着时洛。

"我……"时洛吐了一口烟,低声道,"我烦那些对你别有所图的人。"

余邃的表情没什么变化,反问道:"你不一直这样吗?"

"不一样。"时洛抽烟抽得越发凶,他低着头道,"别人不能占你便宜,而且我……"时洛将烟蒂咬得变了形,声音越来越轻:"我自己想要的越来越多了。"

余邃点头,复述道:"别人不能占便宜,你可以,而你想要的越来越多……"

余邃顿了一下问道:"时洛,你还想要占什么便宜?"

时洛怔了一下,不等他厘清思绪,余邃半开玩笑道:"时洛,抱都给你抱过了,别的便宜……你还想占多少?"

57

余邃出国前夕,原 FS 的队友一起给余邃补过了个生日。

那个生日宴上,时洛玩真心话大冒险输了,被惩罚的时候阴差阳错地抱住了余邃。

时洛回忆两年前那一幕,抓了一下自己的白色头发。

当时被宸火激得鬼火直冒,细节什么的,时洛是真的不记得了。

时洛抬眸看着余邃,耳郭微微发热。

不管自己记不记得,队长真的对自己很纵容了。

时洛的偏执病再次发作,他忍不住低声追问道:"后来……你去了德国,这两年里有没有其他人……"

欧洲那边,自己不了解、没接触过的那些人中,想接近余邃的少不了。

时洛欲言又止,自己有什么立场问这些?

时洛微微侧身,从裤子口袋里摸了一根烟叼在嘴里,没点上,躲避着余邃的目光,不说话了。

一旁的余邃看着时洛的动作和神态,将这个小崽子心里想问的问题猜了个七七八八,直接道:"没有,两年里……"

余邃自己忍不住笑了一下:"刚走的时候是什么样,现在还是什么样。"

余邃明明是在说他自己,时洛却感觉自己被看透了一般,耳朵倏地变得通红,叼着烟结巴道:"我没、没问你这个!"

"抱歉。"余邃莞尔,微微往后靠了一下,"总之我已经说了,没有,从始至终,都没有。"

时洛喉结动了一下,不知为何,余邃说了这话后,他更紧张了。

余邃静静地等着时洛,把话题拉了回去:"所以呢?你有什么想要的?"

时洛抬眸看着余邃,心脏越跳越快,嘴唇不自觉地微微发抖。

余邃对时洛而言,实在是太复杂了。

是恩人也是仇人,是哥哥也是队长,是自己的职业目标也是自己最渴望的队友,多重身份挡在前面,特殊的童年经历造成的情感障碍堵在后面。

时洛短短十九年的人生苦楚吃尽,唯独没尝过的就是被人珍视的滋味,身在此山,兜兜转转到了这一刻才明白过来。

时洛这几年越来越善于控制情绪,只要给他一点儿时间,时洛就能整理好情绪,下面的话他想好好地跟余邃说。

可余邃偏偏不给时洛这个时间。

余邃察觉出时洛的身体在微微发抖,下意识道:"洛洛……"

余邃刚说了两个字,时洛眼眶就红了。

时洛咬着牙,他也不想失态,但他就是控制不住。

时洛拿下嘴里叼着的烟,一秒钟也不想再耽搁了:"我……唔。"

余邃用手捂住了时洛的嘴。

余邃直视着时洛的眸子,认真道:"我明白。"

时洛心口骤然一疼。

所有人都说 Whisper 是"渣男",只有时洛知道,没有人能比余邃更温柔。

余邃松开捂着时洛的手,轻声道:"你愿意跟着哥吗?"

时洛垂下头,喉间剧烈哽咽,努力不让自己的眼泪掉下来。

时洛声音发哑:"嗯。

"愿意。"

玻璃墙内,一楼的队友还在,余邃不想太失态,于是只轻轻拍了拍时洛的肩膀。

余邃低头看着时洛,吐了一口气:"……终于。"

时洛抽了一下鼻子,心中万千情绪还没收敛好,突然敏感地察觉出什么来。

这会儿纠结这个其实没什么意义,但时洛心头就是隐隐有点不安。

这个"终于",是什么意思?

时洛突然有点不敢细想，他抬眸看向余邃，心中的痛感一点点加重。

现在绝对不是应该纠结这种细节的时候，但时洛就是控制不住，心里诸多疑惑此刻全冒了出来，时洛不想细想，但他心口就是越来越疼。

时洛眼眶发红地看着余邃，嘴唇微颤："这个'终于'是什么意思？"

余邃显然也没料到时洛会突然问这个。

余邃失笑："洛洛，咱们这个气氛……不应该聊这事儿吧？"

时洛紧盯着余邃，追问："你……到底是什么时候……"

余邃笑了一下，一言不发地想要揽住时洛的肩膀。时洛后退了些，语气有点变调："什么时候？！"

余邃静了片刻，莞尔。

"说啊！"怕引起其他人的注意，时洛尽力压着声音，"说，是什么时候？什么时候你开始对一无所知的我另眼相待、珍之重之的？"

时洛浑身都在发抖："余邃，你……你对我一直那么好，你……"

时洛焦急地催促余邃："说！！！"

余邃怔了一下。

片刻后余邃干脆道："在那个会所里，在你跟我赌酒的时候。"

余邃连正视着自己说话都做不到，时洛忍无可忍，磨牙压抑道："说、实、话。"

余邃抽了一口气。

想要骗过时洛，真是太难了。

自认识时洛以来，两年多的时间里，余邃只成功地瞒过了时洛一件事。

现在好像也要兜不住了。

时洛已经较真了，余邃清楚，瞒不住了。

余邃看着时洛，尽量说得平缓："在你还做主播的时候。"

时洛眸子颤了一下，苦忍半晌的眼泪瞬间落下。

自己还在做野主播的时候，余邃就已经……

回望两年前无数次交锋，全部都不一样了。

那一年，余邃十九岁。

某直播平台的宅舞直播间里，被时洛戳穿身份的余邃说："Luo，来 FS 吧，我带你。"

时洛打了第一次常规赛，拿了 MVP 后，余邃避开旁人同时洛悄声说"带你单独庆祝一下"，而后开了整整一夜的车，带时洛回了老家。

时洛老家，高考考场外，余邃在等时洛时悠然地开了直播，将自己心中的小朋友隐秘地讲给了所有人听。

FS 基地，得知时洛莽撞之下签了五年合约后，余邃表情复杂，欲言又止。

余邃追问时洛把自己当什么，听了时洛的回答后余邃沉默不语。

余邃离国前夕，时洛同余邃放下狠话，同他说今天不带自己走，以后就永远永远不要再来找自己。

连杀了一个新人医疗师三十几次后，余邃被告知，那个叫 Evil 的原 ID 是 Luo。

…………

往事历历在目，时洛眼泪决堤一般，怎么也控制不住了。

过去的每一刻，余邃都在照顾着自己。

所有回忆的落点都铺满了刀，时洛难以想象，余邃是怎么一路蹚过来的。

"你……"

时洛脸上泪痕蜿蜒："你怎么……"

时洛紧紧攥着余邃的手，喉间剧烈哽咽，没法说出一个完整的句子。

"开始不能说，是担心你不懂。"余邃把手放在时洛头上揉了一把，声音沙哑，"后来不能说……是担心你已经懂了。"

"刚才说的是真的，二十一年，能让我如此看重的选手，只有你一个。"

"当时年纪小，没经验，把你放到哪儿，都担心伤着碰着你。"

"可这么小心，还是伤了你。"

58

时洛一句话也说不出来，他的泪腺好像被打开了什么开关，不受自己控制了。

时洛越是强迫自己不要回忆，越是控制不住，他原本是无声哽咽，而后是把脸埋在手腕上抽噎，接着整个人五脏六腑都在疼，疼得他控制不住地想弓下腰。时洛万分不想这么失态，可话从余邃嘴里说出来的那一刻，他似乎已自动同余邃的五感建立了联系，余邃心中压抑了两年多的矛盾和痛苦在这一瞬间全部被时洛接收。

时洛感觉自己心口疼得要爆炸了。

眼泪不要钱似的蜿蜒而下，时洛死死攥着拳，肩膀痉挛般抽搐。

"我的天……"余邃原本以为时洛一时感动，掉两滴眼泪就差不多了，但时洛这架势太不对劲儿，余邃往前一靠，搂着时洛的肩膀，低声道，"怎么了这是？别哭了……你这么能哭呢？"

时洛哽咽得一句话也说不出来，摇了摇头，眼泪还是停不下来。

余邃在时洛额头上摸了一把："怎么了？不舒服？"

时洛依旧是摇头，时洛身体没什么不舒服的，只是心里难受，难受得恨不得倒回到两年前，同他说，自己会等他，无论几年都等他。

时洛从躺椅上滑下来，蹲坐在地上，一声不吭，浑身都在抖。

"就跟你说了别刨根问底。"余邃抬手在时洛头顶揉了一下，哑声哄道，"我都懂……"

时洛闻言眼泪掉得更凶了。

就是心疼，控制不住地心疼，快疼死了。

基地别墅外的小院子，和队友所在的餐厅只隔着一个客厅。

俩人开始只是低声说话，不会引起旁人注意，可时洛哭得实在是太邪乎了，两人出来又有一段时间了，不被发现是不可能的。

餐厅里，吃小龙虾吃得一脸满足的众人左右看看，察觉到少了俩人，自然找了出来。

周火、老乔、宸火、Puppy推门来到院子里寻两人的时候，看到的就是这个画面。

四人目瞪口呆，周火小心翼翼道："这是……发生……什么……事……了？"

刚才种种来得都太突然，时洛全然忘了一楼别墅里的队友。时洛几乎没在人前掉过眼泪，这会儿却已经哭崩了，他把脸埋在手臂上，心道让我死了吧。

万幸，温柔如余邃，总会给时洛解围的。

余邃单手搂着时洛，抬头看看受惊四人组道："终于冲到国服前100了，回想这半个月冲分不容易，一时有点接受不了。"

时洛："……"

时洛抹了一下自己为国服前100而流的泪，更想死了。

周火听了这话自责地结巴道:"不、不是……这么不容易的吗?我这也……没想到啊。"

老乔震惊之余同样自责道:"虽然这个月冲分是有点赶,但真没想到压力这么大,这……这以后你们得早说啊。"

宸火一脸迷茫,他偏过头仔细看看时洛,哑口无言:"……这么激动吗?"

宸火咽了一下口水,很小声地跟 Puppy 道:"拿世界赛冠军的时候,我都没这么哭过。"

Puppy 看了余邃一眼,心里瞬间就明白发生了什么,不过还是忍不住跟着落井下石:"年纪小,正常。"

"年纪小就……这么感性吗?"宸火还是难以理解,"这说出去谁能信?上赛季国服第一突击手,这赛季因为冲排名冲上了国服前 100 而泣不成声?"

状况外的老乔体谅道:"这赛季跟之前的能一样吗?大家压力都大。"

"那也不能这样啊!"同样在状况外的宸火忍不住道,"这就哭,那过两天和 NSN 打常规赛呢?真的,Evil,先说好,不管跟 NSN 是赢是输,咱不兴哭的。别说我,你老东家 NSN 都遭不住。"

时洛死死攥着余邃的 T 恤,很想去拿把刀把宸火劈了。

"行了行了,没完没了呢?"余邃忍笑,给 Puppy 使个眼神,"滚。"

Puppy 笑得不行,拉着宸火往门里推:"差不多得了,虽然咱们战队都是没心没肺的大心脏吧,但谁没个情绪失控的时候?走了……"

周火差不多也明白过来了,他眼睛一亮,忙不迭喜滋滋地把几人推回了基地里。他走在最后,关门的时候还忍不住探出头来多看了两眼,又好心提醒道:"这都一点多了,不管怎么也该睡觉了啊,别耽误太多时间。"

被这么一打岔,情绪再崩溃也哭不下去了。时洛抹了一下脸,抽噎了一下道:"……没事了。"

"吓死我了。"余邃无奈地笑了一下,"你这突然……"

时洛冷静下来也觉得丢人,拽起自己 T 恤下摆擦了擦脸,含混道:"说了没事儿了。"

时洛方才哭得太厉害了,现在额头都在发红。余邃手温偏凉,把自己手背贴在时洛发热的额头上。时洛还未完全适应现在的状态,下意识躲了一下。

余邃的手一顿:"不让碰?"

时洛抬眸看着余邃，抿了一下嘴唇，自己往前一凑，闷声不吭地把头抵在了余邃手上。

时洛白色偏硬的发丝蹭在余邃的手指上，余邃轻轻碰了一下，问道："这就算是正儿八经地说开了？"

时洛沉默了一会儿，"嗯"了一声。

余邃舒了一口气，终于……

余邃侧头看看基地一楼客厅，几个队友还在，他想了一下，问道："要告诉大家吗？"

时洛好一会儿才摇头："先不了吧。"

余邃挑眉。

"战队刚组没多久，什么成绩都没有，不想让私事喧宾夺主。"时洛闷声道，"哪天输了比赛，肯定会被嘲讽死。"

时洛抬头看了余邃一眼，小声抱怨道："你黑粉那么多。"

余邃失笑："你觉得我怕这个？"

"我烦。"时洛皱眉道，"我看到那些瞎说话的心里烦。"

余邃低声道："怕我被误解？"

时洛点点头。

余邃不由得又看了一下基地客厅里的人，磨牙。

余邃自己早已不在意外界评价，但时洛还不行。

余邃能接受被人曲解，时洛接受不了。

"好。"说与不说对余邃来说都一样，余邃唯一在意的只是自己和时洛刚缓和的关系，"我们先赢下比赛。"

时洛"嗯"了一声。

基地大门被推开了一条缝，周火屏息探头，悄声提醒道："马上就两点了啊。"

时洛瞬间后退半尺，扭过头避开了周火。

"知道了。"余邃无奈起身，把手递给时洛，"走了。"

时洛拽着余邃的手起身，俩人一起进了基地。

时洛眼睛还红着，不愿意被人看见，进了基地大门低着头快速上了楼，回了自己房间。

余邃落后几步，看着时洛的背影嘴角微微挑起。

"终于？"Puppy 坐在一楼客厅的沙发上，挑眉道，"嗯？"

余邃嘘了一声，又忍不住笑了起来。

老乔正收拾几人堆了一桌的外卖盒，闻言抬头困惑道："你在自己玩什么呢？不睡觉就帮我收拾东西，吃完全走了！明天阿姨来了又得先给你们擦屁股。"

Puppy 一听要干活，溜得飞快，火速窜走了。

基地二楼，时洛用凉水冲了半天脸，他抬头看看镜子，愣了一会儿忍不住笑了一下。

时洛擦了擦脸，躺在了床上，冷静下来越想越觉得飘忽，但方才的一幕幕还在眼前，回看前事，太多蛛丝马迹可寻觅。

时洛低声喃喃："他就是重视我。"

时洛一想到余邃这些年经受的痛苦就忍不住难受，一难受就想暴揍季岩寒一顿。时洛忍不住再次感叹自己准得可怕的第六感，从见季岩寒第一眼起就觉得他不是个好东西还真没冤枉他！这人实在挡了自己太多路。

时洛枕着自己的胳膊，忍不住怪余邃。

余邃温柔的时候是真的温柔，心狠的时候也是真的心狠。

他当年居然真的半分情谊没透露，直接就走了。

时洛闭上眼，又不可自控地开始心疼。

时洛躺在床上翻来覆去，大脑过于兴奋之后一时半会儿睡不着，翻烧饼一般来回折腾了快一个小时才渐渐有睡意，半睡半醒之间时洛又想起刚入 FS 给余邃做替补那会儿……

<h1 style="text-align:center">59</h1>

时洛刚入 FS 给余邃做替补那会儿，每天自由时间充裕，FS 对他也没别的要求，能把饮水机看好了不让修空调的给拉走就行。

高考后 FS 解散前，时洛有段时间闲得难受，无聊的时候频繁搜索同余邃有关的话题。

其中某个软件里有个同余邃有关的话题很醒目，题目叫：《和明星选手 Whisper 交往会是一种什么样的体验》。

FOG的玩家大多数表示一想就很爽，跟Whisper交往了，那必然是下半生吃喝不愁，钱随便花，白赚了棵摇钱树，Whisper要什么就有什么，谈恋爱自然是全程快乐。据说余神的父母还是搞学术的，那将来的孩子智商必然也低不了，真是哪儿哪儿都合适，怎么想都稳赚不赔。

　　余邃自己的粉丝就冷静多了，在经过一番美好的畅想后理智地判断，排除公众人物、舆论中心这些负面条件，真跟余邃交往了也不会太轻松。

　　想想职业选手那可怖的训练时间表，再想想余邃创下的断网整整半年的纪录，这就足以吓退大部分人了。

　　就看Whisper往日训练起来不要命，心无旁骛不受一点儿外界干扰的样子，可以判断出这人完全可以断情绝爱。

　　就算真交往了，每个赛季常规赛一开始，这人基本就消失了，等人家打完常规赛、季后赛，进了世界赛再打完世界赛后，交往对象找都找不着了。

　　最最要命的，余神的外号是什么？余渣男。

　　消失一个赛季后回来一句"我如果不努力，你会很狼狈"，瞬间又把你哄得心软，被渣男渣没事，被渣了还忍不住被哄回去，最能伤人。

　　就算还有人不死心，觉得Whisper不会像对待粉丝一样地对待交往对象，那再想想这人的经历呢？

　　粉了Whisper这么多年，看过他偶尔游戏里喷人，听过他直播的时候损队友，见过他赛前用垃圾话气死别队，唯独没听过这人跟谁腻歪过几句或者说过几句软话。

　　十五岁入行，出道后一路被人捧着长到了十九岁，半点恋爱经验也没有，就这种少爷能会谈恋爱吗？能知道怎么考虑恋人的感受吗？能知道怎么照顾人吗？

　　粉丝的一顿剖析鞭辟入里，路人纷纷点赞，感觉"鲁迅"说得很对，电子竞技，没有爱情。谈恋爱找Whisper就是给自己找不痛快，他太渣了。

　　当时的时洛也被唬住了。

　　这么久过去了，也不知那个一度被推送到首页的问题还在不在。如果还在，时洛很想去回复一下——

　　Whisper一点儿也不渣，他真的很好。

　　非常好。

往常时洛都是中午十二点准时出宿舍下楼吃早饭。昨日出于特殊原因，时洛早上天蒙蒙亮了才真睡着，下午一点多才醒过来。这个点儿给他们基地做饭的阿姨都下班了，时洛估计是没饭吃了，不等他去给自己泡方便面，在一楼看报纸的老乔提醒他道："你让余邃帮你叫外卖了？给你放在保温箱里呢，记得吃。"

时洛面部表情管理还 OK，酷酷的，不动声色地默认了是自己叫的外卖。

吃了早饭或者说是午饭，时洛上楼去训练室，余邃、宸火、Puppy 都已经在了。

下午是练习赛时间，约的是韩国战队。训练时间余邃倒是一切如常，游戏中该怎么打还是怎么打，并没有多照顾时洛，该卖时洛的时候还是卖，该抢时洛人头的时候还是抢。

中间有次余邃抢人头抢得太脏了，Puppy 忍不住意有所指道："余神，这一刀下去，你很可能赢了比赛输了人。"

状况外的宸火同仇敌忾跟着怒道："输了谁？输了我吗？是的！余邃你再不给我套盾，你马上就输了我了啊啊啊啊啊啊……我是真的要死了！！！"

余邃默不作声，手速飞快地给宸火套了个盾让他闭嘴。

一旁被余邃抢了人头的时洛自己倒没说什么，真会在练习赛里给自己特殊照顾，那就不是余邃了。

时洛最喜欢的就是游戏里六亲不认的 Whisper。

Puppy 阴阳怪气地拱火不成，忍不住哼哼："你是不是软柿子啊……都这样了也不给你开小灶，你还不生气……"

当然，这只是在训练赛里。

晚上过了十点，四人开始自由训练。

新的一个月要凑新的直播时长，宸火和 Puppy 都开了直播混时长，余邃和时洛没开。

不是余邃不想，是时洛死活拦住了。

原因无他，时洛实在不敢让人看余邃的部分天秀操作。

在国服双排虽然打的是高分局，但总归和练习赛或正规比赛是没法比的。路人之间没连麦，也不是长久磨合的队友，打得要松散许多，平时训练不能玩的套路也敢玩了。

在时洛残血的时候用身体给时洛当盾什么的都已是小儿科了，余邃仗着自己手法逆天，卡着对方走位，总能在不让对方反杀的情况下留对方一层血皮，把人头让给时洛。

同余邃双排，只要己方赢了，MVP 一般都是时洛的。

有一局游戏里最夸张，余邃、时洛这边一共收了对面 24 个人头，24 个人头全是时洛的。

一晚上打到最后，时洛都恨不得捂脸了。

上赛季国服第一突击手，让上赛季欧服第一医疗师"带妹"了。

别的男生一般还会显摆几句，"看哥这个操作""我来 Carry（指电子游戏中的输出），你去逛街""你挂机等赢就行"。

余邃没有，俩人双排都没连麦，余邃更不可能在游戏里打字，全程跟往常一样，一言不发，安静得如在图书馆。

余邃的意思很明白：我知道你厉害，不用我带，之所以这么玩，就是因为在哄小朋友开心。

第一医疗师温柔起来太磨人。时洛是医疗师出身，知道这种极限操作下对手速和预判的要求有多苛刻，不是时洛有滤镜，而是余邃这基本就是计算机级别的操作了。

时洛越是明白，就越是觉得余邃厉害，越是觉得他厉害，就越腿软。

最后还是时洛自己受不了，主动跟余邃私聊打字："……队长，收了神通吧。"

游戏客户端内好友聊天界面，余邃打字——

【Whisper】："？"

【Evil】："训练一天了，晚上双排，你……放松随便打吧。"

【Whisper】："挺放松的。"

【Evil】："……"

【Evil】："这种操作还放松？！"

【Whisper】："嗯。"

【Evil】："……当年果然应该转职的。"

【Whisper】："？"

【Evil】："职业天花板太高了。"

【Whisper】："对我评价这么高？"

【Evil】："是事实……"

时洛真的不是因为太崇拜余邃才夸他的。以前时洛没什么机会同余邃双排，自余邃回国后这种机会才多了起来，平时看余邃在赛场上如何逆天都只是看比赛层面上的，更细节的东西只有真正与他同处一局才能了解到。时洛还算自负，但也越来越认可，余邃的医疗师确实是职业天花板，还是完全看不到顶的那种。

这样的余邃，让时洛没法不崇拜。

训练时间，不是想这些的时候，时洛深呼吸了一下，收了收那些乌七八糟的心思，打字。

【Evil】："开会儿直播吧。"

【Evil】："开直播的时候你别……别这样了。"

【Whisper】："什么样？"

【Evil】："……"

【Evil】："……说不出口，别问了，你肯定知道。"

【Whisper】："抱歉，不知道。"

时洛左手离开键盘，揉了一下已经红透了的耳朵。

时洛抬头微微侧身，越过电脑显示器看看不远处表情如常的余邃，磨牙，这个人……

时洛深呼吸了一下，打字。

【Evil】："……别把我当 Evil。"

【Whisper】："那当什么？"

【Evil】："当我是宸火好了。"

【Whisper】："OK，送你一张宸火体验卡。"

两人一起开了直播，继续双排。

进了新的一局，时洛瞬间后悔了。

宸火的日子，是真的水深火热。

余邃说到做到，自己打自己的，完全当时洛不存在，就当单排来打，能赢就行，队友什么的全是工具。

时洛自作自受，掉血了自己回转生石补，命没了自己跑路。

看直播的粉丝不了解情况，不知道前几天双排时还相敬如宾的二人组是怎么了，纷纷发弹幕表示担心。

这是咋了咋了？几天没来看直播，这俩人出什么事了？

……我有点慌。

时神刚才就在余神身边被打了，余神当没看见！

这是没交流吗？虽然都没开摄像头，但我听这个背景音，这俩人明明都在基地训练室啊，怎么都不说话？

别瞎猜了，他俩打路人局本来就不交流。

这不是瞎猜，是真的有事吧？

+1，别粉饰太平了，这肯定是有矛盾了。

……我开始害怕了，这俩人谁能说点儿什么吗？

害怕+1，不是真的吵架了吧？

凉了，不是都已经说开了吗？这又是怎么了？

求谁给个痛快，告诉我他俩没冷战，我受不了再一次了啊啊啊啊啊……

余邈和时洛自己打自己的，谁也没看弹幕，直播间里的粉丝只能听到键盘声，越听心越凉，无数可怕的猜测已经成形，直到——

直到这一局游戏结束。

蹲守时洛直播间的时洛粉丝清晰地听到，由时洛的麦克风传出了另一个人隐隐含笑的声音。

"宸火体验卡，开心吗？"

"知道我平时和你双排，对你多好了吗？"

60

余邈的声音从时洛直播间里传出来，时洛直播间直接炸了锅。

哭了，有生之年，我居然能在 Evil 直播间听到余神的声音……放在两个月前，杀了我，我也不会信的。

看时神直播，必须有个好心脏来承受人生的起起伏伏……

吓唬我们好玩吗好玩吗好玩吗？

粉这个队我真是操碎了心……

粉这个队太难了，日常担心医师和突击手关系不和谐。

看直播不是来看技术的？粉丝们整天都在担心什么玩意儿？

是来看技术的，顺便希望选手关系和谐不行？

我们粉自己的战队，担心自己的战队还有错了？

不怪粉丝敏感，Whisper 的战队太容易出事，我余神战队运实在不行。

不怪粉丝敏感 +1。

不怪粉丝敏感 +2，原 FS 这几个人战队运都不行，日常心惊胆战，觉得分分钟又会出个幺蛾子散队。

不怪粉丝敏感 +3，我总感觉这俩人气氛不对，说不上来，就是怪怪的。

细说起来真的有点怪……余神对 Evil 的态度一直很迷，当年自损八百狠心把 Evil 留下的是他，现在对 Evil 处处双标的也是他。

你余神对我们时崽的态度一直很迷，从两年前就是。

别问，问就是舐犊情深。

别问，问就是对亲自带入行的选手的特别关照。

别问，问就是 Free 这个战队的队友情只存在于余神和时崽之间。

时洛匆匆看了一眼弹幕，咳了一下，点了"继续排队"。

另一边余邃也点了。余邃有意逗时洛玩，接下来的双排还是自己玩自己的，宸火体验卡一张一张不要钱地送。时洛磨牙，想让余邃奶自己又不好意思，要求余邃不要把自己当 Evil 的是他，不让余邃在直播时对自己太好的也是他，人家老实照做了而已，反反复复倒显得自己矫情。

时洛自己作的死自己扛，每一局就当自己没医疗师，负重训练，时洛不得不也开始各种极限操作。另一边余邃杀得开心，两人这样双排了六七局，竟奇迹般地保持了连胜，排名又往前冲了一段。

"耽误大家一点时间啊。"十二点半的时候周火进了训练室，"我这就睡去了，提前跟大家说一下后天的安排和最近的一件小事。开直播的麻烦关一下摄像头和麦克风，就一会儿。"

众人依言照做，摘了耳机，眼睛依旧在电脑屏幕上，一心二用，并不耽误。

"余邃、时洛，你俩没闹矛盾吧？"周火先关切地问道，"我刚看了一眼时洛的直播间，怎么有人说你俩吵架了？"

时洛脸有些热，含糊道："没有，闹着玩呢。"

"那就行，一个是后天……哦，不，过了十二点，已经是明天了。"周火拍拍头，"明天和 NSN 的常规赛。NSN 场馆就在 S 市，也不远，倒不用早起了，但还是要注意休息，头一天晚上不许睡太晚。本赛季第一次和强队碰头，不能轻忽。论坛上的人已经开始摆龙门阵了，一通专业分析搞得我都要信了。NSN 的粉丝和咱们的粉丝暗中都较着劲呢，大家努努力，最好是能保持咱们的连胜。

"常规赛开赛这么长时间了，现在看来，上赛季冠军 Saint 还是稳的。常规赛决定季后赛，季后赛决定世界赛名额，只有两个名额，Saint 保持现在的状态，拿下来不难，剩下的一个不是 NSN，估计就是咱们了。建队头一年，不该有那么大的野心，但是不用我说，是选手就想去世界赛，大家心里都有数。"

周火说罢又道："还有就是……"

周火叹气道："我先跟你们说了，免得你们自己听了更生气。圣剑战队，就在刚才，把之前和咱们赛区约训练赛的事全说了。被人跨海教育了，论坛里骂你们骂得有多难听，可想而知了。"

"没提咱们，他们也没脸提。"周火满脸无奈，"起因也很简单，在咱们之后，圣剑就老实了几天，然后接着把咱们赛区的战队挨个约了一遍，全胜。"

宸火失笑："一个一个全约了？他们有病吧？"

"他们发了条推特，配图是解锁了在中国赛区全胜成就。"周火摊手，无奈道，"他们也没说错，我们确实没赢他们，而且……有一说一，那天如果真的打下去，咱们赢的概率也不大。"

时洛冷声道："不然再约一次？"

"我这边并不想再约，当然我的意见是其次，圣剑那边也明确表示不想再约了。上次我冷嘲热讽了他们经理之后，圣剑表示他们还有的磨合，在磨合后才会考虑继续。"周火看看几人，耸耸肩，"行吧，我当然也给咱们找场子了，说我们也是重组战队，要磨合，还有个选手没有世界赛经验。"

唯一没有世界赛经验的时洛没说话，开枪收了个人头。

Puppy 琢磨了一下，觉得不太对，扭头看向周火："不是……为什么圣剑放个屁咱们这边都知道？他们 说，论坛就瞬间知道并开骂了？"

"重点来了。"周火看了时洛一眼，余光又扫向余邃，道，"好巧不巧，圣剑发推特的前一个小时，NSN 的狙击手 ROD 发了条微博，庆祝他女朋友生日，配图是他跟他女朋友吹蜡烛。"

老乔咂舌:"完了,捅马蜂窝了。"

"不要跟喷子们讲道理,即使ROD澄清了,他们不是今天跟圣剑约的练习赛,他这一个月也就请了这一次假。但喷子们不管,你们输了比赛就是没好好打,没好好打就是不想赢。为什么不想赢?满脑子全是谈恋爱呗。"

周火苦笑:"有逻辑吗?没逻辑。那有人信吗?太多了。

"赛区全灭,玩家本来就觉得憋屈,想着找地方发泄呢,ROD也是倒霉,正撞在枪口上,他的微博已经被爆破了。

"所以……"

周火并未再看余邃和时洛,好像只是随口一提:"我就是提醒一下大家,最近最好不要发日常微博,特别是和娱乐有关的,最要命的是不要突然公开自己和谁交往了。玩家们的火还没消下去,咱们不去当炮灰。如果最近一定要发微博,就尽量发和训练有关的。我和其他几个交好的战队经理也通了气,挨打要立正,我们确实被人教育了,最近就老实点,俱乐部的官博也会尽量多发一下你们刻苦训练的微博,缓和一下气氛。"

周火看了一下离他最近的宸火的显示器:"直播弹幕不用看,带节奏的少不了,直播的时候也别提这个。今天太晚了,这拨节奏还没真酝酿起来,明天白天讨论的必然更多,咱们不惹这麻烦啊。"

周火又意有所指道:"真有什么和训练比赛无关的,又很想公开的内容,也先压着吧,等过了这拨节奏再公开。"

时洛知道周火是好心,直接道:"清楚。"

周火笑笑:"那就行了,大家好好训练,别被影响啊。"

电竞圈里一向如此,赢了吹,输了喷,没有用爱感化那一套。没了成绩被骂都是应该的,大家早就习惯了,也没觉得如何,依旧自己打自己的。

到了两点钟的时候,老乔如往常一般推开训练室的大门高声提醒了一句:"排队的取消,还在打的打完别再排了,睡觉去!"

时洛同余邃刚好结束了一场,时洛摘了耳机没再排队,但并没有关机。

时洛扫了Puppy和宸火一眼,Puppy取消了排队关机走了,宸火随机排到了万重山的小君,俩人正杀得痛快。

时洛点开《消消乐》,有一下没一下地点着。

时洛啪啪啪地吹着口香糖泡泡。

另一边的余邃关了游戏客户端，关机前看时洛在玩自闭《消消乐》，瞬间明白时洛在想什么。余邃眼中闪过一抹不易被察觉的笑意，同样没关机，随手清理桌面上几个没用的复盘文件。

时洛手速很快，玩了十局《消消乐》后看看宸火，他那一局还没打完。

时洛皱眉："还没打完？"

"嗯？"宸火扭头看看时洛，困惑不解，"没打完啊，不是……你等我做什么？"

时洛烦躁地继续玩《消消乐》没说话，心道我疯了，大半夜的不睡觉，等你。

坐在一边已经在玩手机的余邃轻声笑了一下。

时洛看着自己的电脑屏幕，听着余邃那声轻笑耳朵稍稍红了。

自己在想什么，余邃心知肚明。

二楼训练室出门就是选手宿舍，再往里走是老乔和周火的宿舍，一层楼住着六个人，除了周火，全是精力旺盛的夜猫子。

每天两点下机，点外卖的点外卖，上楼下楼拿水果的拿水果，进进出出全是眼睛。只有训练室，这些人这个点儿出去了绝不会回来。

时洛从昨日就憋着劲儿等这个时候，奈何这屋里还有个人！

时洛又玩了两局《消消乐》，宸火还没打完。

"你到底行不行？！"时洛忍无可忍，看着宸火道，"你……这样，你起来！我替你打。"

"为什么啊？"宸火吓了一跳，满脑子问号，"你给人代打有瘾？之前给余邃打了一局还不够，还要染指我？"

"我不。"宸火一边打一边拒绝道，"跟你明说了，我这号是我小老婆，还是我失而复得的小老婆。我单身二十一年，长这么大，陪我时间最长的就是这个号了，别人都不能碰。"

宸火有理有据："更别说我号还是个女号！让你上了，你听听这话对吗？"

时洛怔了一下："谁的号不是自己小老婆？不都是吗？这怎么了？余邃的号也被我上过，怎么了？！"

"怎么？你说怎么！"宸火护着自己的键盘，掷地有声，"他的号不干净了！脏！"

还在玩手机的某医疗师看着手机屏幕，并不反驳，点点头："嗯，我脏了。"

"你上别人号有瘾,你偷着干代练去啊,职业选手,上赛季国服第一突击手,你要干代练,那不得月入百万?"宸火操控着自己的"小老婆",嘟嘟囔囔,"别总打我小老婆的主意,我好好打完这局至少能拿五分,冲分不易,你别捣乱啊。"

时洛被宸火气得肺疼,再看看一旁坐得稳稳当当的余渣男,心头冒火,心烦道:"看你打得费劲才要帮你,不用拉倒。"

时洛关机闷头回自己宿舍了,宸火放下心来,还在小声臆测:"没揣好心,我用大腿都能料到他想干吗,时洛绝对是想让我掉分,小崽子一直就针对我。"

已决定在下次双排里放生宸火的余邃没说什么,起身也回了自己宿舍。经过宸火身边时,余邃随手按了宸火的连发开枪键。

乓乓乓一阵枪响,宸火瞬间暴露位置。宸火一边对余邃破口大骂,一边慌忙找掩体。

61

翌日,要出发去NSN的保姆车上,某突击手脸色极差,独自坐在车厢最后排,靠在一边不理人,鸭舌帽扣下来盖住了半张脸,只露着个下巴。

"Evil怎么了?"周火爬上车,清点了每个选手的外设包后,看着时洛这副样子担心地问道,"昨晚没休息好?几点睡的?不是说了今天要打NSN,让你们早点睡吗?"

鸭舌帽后时洛闷声道:"三点半……不晚。"

"哦,那还行。"周火放下心,坐下来,仍在困惑,扭头问道,"那你这是怎么了?不舒服?"

不等余邃开口替时洛解围,宸火把自己外设包放好后冷笑:"想知道?要不要我告诉你?"

Puppy意外地看向宸火:"他的事……你知道?"

"我都懒得说。"宸火瞥了时洛一眼,哼哼,"昨晚不知道憋什么坏水,非要上我小号,让我给赶走了,估计回去后越想越气,睡不着了吧,呵……活该。"

时洛:"……"

时洛一句话也不想解释,继续闭眼假寐。

"都两点了,他不走,余邃也不走,俩人跟有病一样,坐那儿看着我打最后一局,你说有这么神经病的吗?"宸火难以理解,"都是突击手,时洛想偷学我的技术就算了,余邃你看什么热闹呢?偷学就偷学吧,学了还想实操一下,那我能忍?我那号冰清玉洁、一尘不染的,能让这种烫头、染发、穿耳洞的小崽子碰?"

宸火一开口,周火就明白是怎么回事了,他想笑又不敢笑,生生憋着:"然后呢?"

"然后把他轰走了啊,还有余邃。"宸火撇嘴,"余邃走的时候还装手滑碰了我的键盘……没一个好东西!"

Puppy 怜悯地看看宸火,感叹:"余邃居然没拔你电源……火,真的,你真是凭着自己一身好本事给自己人生增加难度的。"

宸火不懂 Puppy 的意思,还要再问,被周火打岔岔过去了。

周火回头看看一脸青春期不满的时洛,努力憋笑。

身为经理,周火起先是需要余邃和时洛关系破冰来让战队粉丝放心,而后又需要这俩明星选手关系再亲近一点方便他制造话题,现在这样,周火非常满意。

抵达 NSN 比赛场馆,NSN 的主场,放在平时,场馆内外都能被 NSN 战队灯牌和选手个人灯牌围了,但今天没有。

NSN 粉丝们没在场馆外等 NSN 战队的保姆车,几乎全部直接过了安检进了内场,不喧哗、不吵闹,心事重重,都在低头看手机。

宸火永远比别人慢一拍,进后台的时候左右看看道:"今天怎么这么安静?"

"答案在论坛,但不建议你看,特别是赛前。"周火催促几人去休息室,"我去给你们打卡,你们先去休息室。"

周火说的话向来没什么震慑性,几个人晃进休息室,包括老乔,都坐下来拿起手机刷起了论坛。

昨日的事果然发酵起来了。

时洛点开平时讨论度最高的电竞论坛,一个个醒目的标题直接撑在了脸上——

《NSN 下午被欧洲圣剑剃了平头 0:2 带走,狙击手 ROD 晚上去给女朋友庆生,这可真棒棒》

《年年盼你们夺冠,年年不出成绩,谈个头的恋爱》

《NSN今年是不是又没希望了》

《喷,给我往死里喷,不喷不清醒》

《服了,还有给ROD洗的,等着看NSN今天和Free的常规赛,到底是不是ROD拖后腿了,比赛场上看呗》

老乔放下手机,唏嘘:"ROD女朋友的微博已经被喷得清空了,我了解内情,说句公道话,ROD跟他女朋友从初中起就认识,是真的青梅竹马,人家女朋友也不是什么蹭热度的网红,这都在一起好几年了,ROD也不是刚谈恋爱,为了女朋友突然失了智,这……"

"你知道没用啊。"Puppy翻翻论坛,慢吞吞道,"NSN的经理自己都出来说了,人家俩好了很多年,他们官博明晃晃地发公告了,你看有人理吗?"

宸火摇摇头:"你跟喷子有啥可说的,都是被圣剑刺激到了,找个人撒气而已……ROD就是不小心撞上了枪口。"

宸火刷了刷微博,失笑:"ROD的粉丝都在私信我,让我们抬一手……"

老乔警告地看了宸火一眼:"别想乱七八糟的。"

"知道,这些小可爱发私信前难道不去查一查的吗?连FS咱们都能手刃了,还能放过NSN?"宸火叹气,"我就是觉得NSN有点惨,十二支战队,全让圣剑屠了,现在只有他们背了这口锅,嗐……兄弟点儿有点背啊。"

余邃放下手机:"正常发挥,少考虑有的没的。"

"得令。"Puppy把手机丢到一边,悠悠道,"就是苦了ROD大兄弟了,好死不死,谁让只有他有女朋友呢,还正好请假出去,这运气没谁了……"

上场不能带手机,宸火将手机递给了老乔:"辛苦ROD,替兄弟们抗压了。"

大家都将手机放到了一边,只有时洛还在眉头紧锁地刷论坛。

"别看了。"余邃看了时洛一眼,"去拿自己的外设。"

时洛好似没听到,手指飞快地从屏幕滑过,脸色越来越不好看。

时洛看着论坛骂ROD的话,总感觉每一句都是说余邃的。

两年前全网黑余邃的记忆太深刻,那种满腹冤屈却无从反驳的感觉根深蒂固,扎根在时洛记忆里,时不时地就能被勾起,让时洛有点透不过气来的感觉。

招谁惹谁了?

Free哪天如果也输了比赛,余邃也要被这样喷?

凭什么？

没有哪个战队能一场比赛不输的，只要输了就总要有人出来背锅。

凭什么？难道背锅的那个人就活该吗？

时洛脸色极差，论坛每个帖子里的ROD被他自动替换成了余邃，越看心越沉。

"Evil。"

时洛怔了一下，倏然抬头，反应过来刚才是余邃在叫自己。

余邃面无表情地看着时洛，再次提醒："去拿你的外设。"

时洛深呼吸了一下，把手机随手丢在桌上，起身拉开了自己的外设包。

老乔本能地打圆场，笑了一下："时洛多看会儿八卦而已，行了行了，外设没问题就等着裁判过来确认信息。"

不多时，联赛官方的裁判来确认双方信息，余邃签了字，老乔问道："NSN狙击手是谁上？"

裁判也知道这场风波，明白老乔的意思，低声道："ROD，NSN今天没带替补过来。"

Puppy轻声道："头铁啊小朋友，希望能好好发挥。"

Puppy往常爱阴阳怪气，但这次是真心盼着ROD能好好发挥，堵上喷子的嘴。

可事与愿违。

被喷了一个晚上一个白天，是个人就会被影响。上场时ROD的脸色就不太对，黑眼圈重得遮都遮不住不说，嘴唇也没什么颜色，整个人表情灰败，额间皱起，隐隐带着火气。

整个比赛场馆比往日都压抑，NSN粉丝有点弄巧成拙，选手们戴上隔音耳机之前，NSN的粉丝们还一起高喊了几声"ROD加油"，果不其然，ROD听了这加油声，脸色更差了。

比赛开始，NSN没再尝试让瓦瓦玩刺客医疗，在Whisper面前，谁的刺客医疗都不够看，瓦瓦继续做保姆。NSN不知是不是在照顾ROD，整体打得非常保守，并不同Free正面交锋，每次碰头都非常谨慎。

Free几人都是得寸进尺的好手，NSN前期把优势让了出来，余邃、宸火、时洛这三个强力前排自然不会客气，干脆利索地清理出了一片NSN的场地。

NSN很明显是想打消耗战，同圣剑那日和Free的练习赛一样，通过前期示弱来保留经济，试图在后期打经济战。Free最怕的确实也是这个，只是……

这前提是拖到Free的整体经济无以为继的时候。

原本NSN还勉强维持得住，且战且退。但比赛进行到第十五分钟的时候，ROD因为一个失误被Puppy猜中了位置，Puppy一枪狙掉了ROD，NSN瞬间没了后方把控全局的眼睛，两个前排突击手和医疗师躲闪不及，被Free全灭。战局瞬间没了悬念，NSN四人全灭，等复活的时间里被Free几人几乎清干净了地图毒雾，Puppy都不再守后排了，直接过来撑脸输出，三下五除二，不给NSN任何喘息之机，直接拿下了比赛。

第一局比赛被Free顺利拿下，这局NSN若要"分锅"，妥妥的就是ROD的锅。

不过，失误谁都会有，谁也不是Whisper，每场里总要有几次小失误，第一局还勉强能圆过去。

可第二局就不行了。

ROD心态似乎是崩了，如果第一局他只是不小心有了个小失误，那第二局他基本就算是全程白送了。从开始到结束，失误不断，操作变形，几次误判Free前排位置，每次开枪几乎都是在自暴位置，全程被同职业的Puppy压制得死死的，偏偏他还不死心，非常想扭转战局，频频开枪狙人，然后次次都被Free抓住位置。

第二局比赛二十分钟就结束了，Free没任何悬念地赢下了比赛。

一场BO3快速结束，时洛摘了隔音耳机，脸上没半分快意。

时洛不是没跟ROD打过，ROD今天操作这么辣眼，完全是被网上的喷子影响了。

宸火摘了耳机，小声嘀咕道："想到他会崩，但没想到会崩得这么难看。别说雪耻之战了，他这完全坐实了自己是因为谈恋爱而失了智啊。"

轻松地在常规赛啃下了NSN，Puppy也没多开心，揉了揉耳朵："这种比赛打得太没意思了。"

余邃倒是一切如常，签了裁判递给队长的确认卡，拆了自己的键盘和鼠标："去接受采访了。"

时洛满腹心事，仍看着电脑屏幕。

每局游戏结束后都会弹出记录着每个选手这局击杀数的数据面板，ROD这局0杀、8次被杀。

一个后排狙击手打出了这个成绩，基本可以判为团队毒瘤了。

时洛心中发沉，总感觉这数据面板是自己的。

"时洛、时洛？时洛？！"

场馆太喧闹，满腹心事的时洛一句也没听到，还在看着电脑屏幕，直到余邃拍了他的肩膀。

时洛如梦初醒，才发现队友都在看自己，采访席早已准备好，主持人也正困惑地看向自己的方向。

时洛咬牙，他今天走神太多次了。

时洛飞速地拿起自己的外设，皱眉跟着队友去了采访席。

NSN 的主场，NSN 却打成了这样，主持人也讪讪的，没提什么敏感话题，匆匆问了几句就结束了，时洛满怀心事地跟着队友去了休息室。

准备了许多天的一场比赛潦草收场，周火也索然无味，笑着道贺了几句，刚问了一句"要去哪儿吃"，余邃放下自己的外设道："去哪儿都行，你们先走，我跟时洛有几句话说。"

62

周火愣了一下，忙点头："好好好，你们聊、你们聊，走了。"

宸火幸灾乐祸："从早上开始状态就不对，活该被留堂！"

Puppy 糟心地看着宸火，推着他出门："你可闭嘴吧。"

几人吵吵嚷嚷地出了休息室，周火替两人带上了门。

时洛深呼吸了一下，自己理亏，没什么可说的。

他今天在场上的状态确实不行，要不是有 ROD 这个倒霉鬼顶着，今天状态最差、被玩家骂的就是他了。

这要是还在 IAC，赵峰必然也会找他谈话。Free 这边情况特殊，俱乐部并没有所谓的管理层，周火又不敢怎么管他们，谁出了状况，也只好由余邃来处理了。

时洛宁愿被周火骂也不想让余邃来训自己，他心烦得要命，想抽根烟，但抽着烟挨训好像过于嚣张了，容易激化矛盾，还显得自己态度不够端正。时洛皱眉，坐在桌子上拿起口香糖，用力按出了几粒丢在嘴里，闷头嚼着口香糖等着。

时洛垂着头，心里烦，不想等余邃训自己，于是主动承认错误，沉着脸，硬邦邦道："明知道会被影响我还是看了论坛，然后果然被影响了，总感觉下一个要被喷的就是……就是我。比赛的时候看ROD那么魂不守舍的，我总感觉我回头也会那样，他状态越是差，我受到的影响越是大，中间走了好几次神，然后……"

时洛胡乱抓了一把头发："然后就打成这样了。"

时洛低头，等着挨训。

半分钟过去了，余邃还是没说话。

时洛最怕的就是余邃一句话也不说，硬着头皮抬头瞄了余邃一眼，发现余邃嘴角竟带了一丝笑意。

时洛迟钝地看着余邃："你……"

时洛尴尬道："你不说什么吗？"

"你自己都知道问题了，我还有什么要说的？"余邃语气轻松，"事情本来就很简单，你也分析了，现在的情况就是你自己抗不住压，心态有点崩了，仅此而已。"

时洛自己当然明白，但被余邃这么直白地说出来还是觉得讪讪的，低声道："那……"

余邃干脆道："自己调节。"

时洛一怔。

"你不是第一天入行，遇到突发情况该怎么调节，早就不用我手把手教了，这又不是第一次。"余邃平静地看着时洛，"我叛出赛区的时候，那么大的节奏你都扛下来了，还能处理不了这个？"

时洛抿了抿嘴唇，不自在道："我当然……"

"我很想把你当新人一样，像两年前似的，什么细节都讲给你听，牵着你一步一步地来，但……"余邃眼中的遗憾一闪而过，他继续道，"你不是新人了，入行两年的职业选手，还是扛过那么多次大节奏的，我怎么能小看你？"

时洛愣了一下，回想之前经历过的种种人生崩溃状况，再看看眼前这点小事，确实不值一提。

"你完全能处理好，我不想指手画脚，那是对你两年职业生涯的不尊重。"余邃直视着时洛，转而一笑，"时神，在IAC的时候你连心理辅导师都用不着，你会扛不住这个？还是……"

余邃顿了一下，问道："在装脆弱？"

时洛耳朵一红，从余邃的角度来看，自己确实很像是故意在装脆弱。

这么一说，时洛更尴尬了。

"最近几天又没睡好，所以脑子转不动了。"时洛脸微微一红，低声快速道，"放在平时，我用不了五分钟就能调节好了。"

时洛深呼吸了一下，抬眸看看余邃，心中的纷扰几乎一扫而空。

当年余邃出走这样的事自己都挺过来了，还有什么可怕的？

爱喷就喷，自己问心无愧，怕什么？

替余邃操心更是没必要，正如余邃方才所说，什么都挺过来了，还能怕这个？

矫情不矫情？

时洛心中有点惭愧，余邃并没有小看自己，倒是自己小看了余邃。

他根本不会在乎。

时洛情绪完全平复下来，不太好意思道："一时脑抽，现在没事了。"

时洛看了一眼休息室里的钟表，清了清嗓子："走吧，他们一会儿要等急了。"

"口香糖。"余邃并不着急，提醒时洛道，"一会儿出去，粉丝肯定会拍照，含着口香糖不礼貌。"

时洛左右看看，想拿张纸巾把口香糖吐了，好死不死，老乔那个勤俭持家的，刚才走的时候顺手牵羊把休息室里准备的抽纸拿走了。

余邃也扫了室内一眼，屋里一张纸也没有，余邃随手把桌上放着的周火带来的海报拿了起来，唰地撕了一角下来。

时洛："……"

余邃动作自然地递给时洛："吐。"

"要是被发现了……你至少要被罚两万。"时洛声音很低，不太自在地把口香糖吐在了余邃手里的纸上，"身为职业选手，无故损毁Whisper选手的宣传海报。"

余邃莞尔："去找官方举报吧。"说着顺手拿起时洛和自己的外设包，"走了。"

虽然说情绪已平复了下来，但出了休息室，穿过仍举着灯牌等着他们俩的粉丝，随着工作人员走去地下车库，上了Free战队的保姆车，坐好后车子发动时，时洛看上去依然有些浑浑噩噩。

等跟拍人员把摄像机收好后，余邃坐好，将手探到时洛队服袖口里，一笔一画地写字。

63

在去饭馆的路上，仗着天已黑透，车里不能开灯，没人看得清，余邃在时洛手心写写画画，一开始还是写中文，过了一会儿转而开始写字母。

时洛一直没看余邃，他左手搭在自己左腿边上给余邃写字，右手枕在脑后，看着窗外，表情酷得不行不行的，手里痒痒的。

时洛察觉到余邃在写字母，在心里默默吐槽，这年头，英语不过四级还不懂了？

时洛还在大学休学状态，干了这一行，确实还没机会去上大学考四级，但他好歹是一个学霸，日常英语还是能懂的，他用心感觉着，在心里念着余邃写的每个字母，但……

时洛蹙眉扭头看了余邃一眼，满脸困惑。

余邃写的是什么东西？这组起来都不是单词啊……

透过从车窗打进来的朦胧灯光，时洛看见余邃垂眸看着自己的手心，写得很认真。

余邃自顾自地继续写，指尖滑动的速度更快了。时洛不信这个邪，凝神感觉了一下，片刻后压低声音恼道："德语？"

余邃笑而不语，默认了。

时洛低声皱眉道："我又不懂德语！"

余邃快速地写完最后两个词，轻声道："就因为你不懂才写的。"

时洛眉毛皱起，不等他再问，余邃在他手心写道："我想说的话不方便用中文写。"

时洛扭头重新看向窗外，动了动，心里无数弹幕疯狂飘过。

白去了欧洲赛区两年，也没见他师夷长技以制夷，在德国待了两年，就是去学德语、学怎么欺负人了吗？！

这车厢里，余邃、宸火、Puppy三个人都会德语，为什么只有余邃这么优秀？！

自己为什么只被宸火"言传身教"了几句德语骂人的话，没学点别的？！

事非经过不知难，书到用时方恨少。

余邃到底说的是什么啊啊啊……

自己已经成年了，什么大风大浪没见识过？余邃到底想说什么惊世骇俗之语以至于没法用中文写？

时洛把侧脸蹭在了冰凉的玻璃上，在心里第一千零一次感念余邃的粉丝真是慧眼如炬，在余邃十五岁时就看出了这人将来是个妥妥的渣男。

这人得亏是进了电竞和尚庙，真放他去了别的圈子，不知道要祸害身边多少善男信女。

时洛把牙咬得咯吱咯吱响，不适地动了动，把额头也贴在了车窗玻璃上。

半小时后，车子终于到了周火订好位的饭馆。

宸火头一个下车，抬头看了一眼："这不是个会馆吗？"

"是会馆啊，他家做的菜特别好吃，位置不太好订，我还是半个月前给你们订的呢。"周火苦笑，"我原本觉得今天打NSN是一场硬仗，不管赢了输了，都得请你们吃顿好的，坐下聊聊，总结一下近期战队的事儿，没想到今天打得这么没头没脑，根本就不值得出来吃一顿……不过订都订了，订金都交了，吃吧。"

说起NSN来众人也是哭笑不得，进了会所，去包间的路上，众人还遇到了Saint战队，还有以战战队的几人。

今天常规赛有两场，除了Free和NSN的比赛，还有Saint和以战的比赛。Saint没什么悬念地也是2：0带走了以战，不过人家两支战队队员关系一向最好，下了赛场都是兄弟，打完比赛直接一起出来吃饭了。

Saint的天使剑脾气好、性格好，和谁关系都不错，天使剑跟余邃、时洛几个还有点交情，见他们来了就迎过来，关心道："ROD还好吧？"

余邃淡淡道："不好，心态崩了，今天两局打得很差。"

时洛低头看自己的鞋，低声道："……还差点带崩了我。"

天使剑失笑："跟你有什么关系？"

时洛没法说实话，敷衍道："我心软，看不了别人被喷。"

时洛话音未落，其他队的几个选手嗤笑了起来，时洛皱眉道："爱信不信。"

"我们经理应该跟周火说了。"天使剑提醒道，"最近都低调点，别惹事，别被人带节奏，圣剑那边嘴太欠了，明显就是在搞咱们赛区的心态，玩得太脏了，别被影响。"

余邃点头："你们也是。"

天使剑点点头，又看向时洛，温柔一笑："当你说的是真的吧，你要是被

ROD 影响了，自己早点调节，月底就要跟你们打常规赛了，别被我们拿首杀。"

常规赛至今保持连胜成绩的只有 Saint 和 Free，月底常规赛上碰头，必然有一个战队要破了不败金身，时洛点头："知道了，有空双排。"

"有 Whisper 了，你还会跟我双排？"天使剑笑笑，"我们跟以战订的楼上的房间，先走了。"

"找我也行啊。"宸火忙插话跟天使剑嚷嚷道，"记得啊！"

天使剑笑着点点头，跟着两个战队的人走了。

"唉……"宸火看着天使剑的背影叹息，"余邈，多看看，多学学，人家这才叫医疗师，人家这才是奶妈小哥哥，你又是什么？"

"我是小爷爷。"余邈推了宸火一把，"走了。"

寸土寸金的地段，贴心热情的服务，人均"5000+"的餐食，本该在这个会馆好好休息会儿、玩会儿的，但被赛区紧张的气氛影响，谁也没了享受的心情。几人吃得飞快，中间老乔还催道："上菜能不能快点？别摆盘了，也别让这个鬼子厨师用法语一道道菜讲解了，听不懂。先上米饭，我们着急吃饱了走。"

宸火叹气："是，我现在看见鬼子就心烦，让这厨师休息去吧。"

侍应生尴尬地微笑，果然给几人拿了米饭来。几人闷头扒饭，吃食堂的饭一般风卷残云，吃完饭，不等法国大厨们出来合影，结账走人。

侍应生满心崩溃，还想留一留，同这几个毛头小子介绍一下这里的厨师履历有多厉害，同他们合影的机会有多难得。时洛心里有事，一心想快点回基地，避开侍应生："找我们合影要收费，不合了。"

周火职业病犯了，顺口提醒道："是的，想要合影，记得买票看比赛去后台排队，谢谢支持。老乔，不要再拿人家纸巾了！走了。"

侍应生满脸凌乱，头次遇见来这边火烧屁股似的单纯吃饭的客人，侍应生勉强维持着礼貌，送几人出了门。

Free 这边吃得飞快，Saint 和以战那边也差不离，出门的时候在奢华璀璨的会所大厅又遇见了，众人招呼了一声，各自上了保姆车走了。

众人吃过饭，餐后甜点都没尝，全回基地训练了，已不能更敬业了，但好死不死，还是出了事。

Free 的车回了基地不到十分钟，几个人还在各自房间冲澡的时候，周火的手机催命似的响了起来。

周火以为NSN那边又出什么事了，感慨地拿起手机来，自言自语："就谈了个恋爱而已，到底是多大的罪过，还有完没完了？我看这些人就是……"

Free的日常宣发小哥给周火发了一条微信消息，是一个链接，周火一看标题，两眼一黑。

《真棒棒，为什么本土赛区战队没一个扛得住人家圣剑？让我们看看咱们选手们平常都在过什么酒池肉林的生活》。

周火敏感地预想到是他们今天去那家死贵死贵的会馆被拍下来了，不过这个好处理，自己出来背锅说是战队非要犒劳选手就是了。周火压下心头不安，点开了帖子，血压瞬间增高——

帖子点开，入眼是一片穿着清凉的网红脸，背景正是他们今天吃饭的那家会所。

图片足有二十张，周火飞速下翻，下面的图片越发露骨。中间有一张微博截图，是一个小网红的，内容大致是感谢什么总邀请她们来参加派对，看到哥哥们很开心。

老乔正在捡沙发上几个队员胡乱扔的外套，见周火脸色不对，凑过来道："又怎么了？"

老乔定睛一看，哑然："我真是……"

周火正在看后面几张图片，图片中几个女孩子在合影，背后站着几个人，正是余邃、时洛、天使剑，和咋咋呼呼招呼天使剑的宸火，还有几个选手。

老乔咽了一下口水："这……还……说得清吗？"

周火痛苦地拍了拍自己的额头："有点难……"

周火退出帖子，看了看自己快要爆炸的微信，飞速依次点开看了看内容，血压再次飙升，气不打一处来："不知道哪个老总在开派对，拉了好几车的姑娘过去，正好跟咱们撞上了，还好死不死被拍下来了！"

"这些人有病啊！"会馆是周火订的，他这会儿愧悔交加，"他们非要去那家做什么？！现在论坛都说我们选手也去了他们那什么盛宴，说咱们选手天天没事儿就混这种场子，我是被驴踢了吗，非要给你们订这种地方……"

"关你什么事？"老乔打断周火，"先别着急！又不是咱们一个战队被拍了！天使剑他们怎么说？"

"他们基地远，估计还没到基地，没发现。"周火一脑门子官司，脑子乱得要死，急得肝疼，"说了最近不要再惹事儿，我阴沟里翻船，居然自己给他们带了一拨节奏，我……"

"你先别着急，没人怪你！"老乔这些年跟着余邃也没少被喷，比周火淡定点，"我叫他们去。"

周火平日打理战队最是小心，从来没出过差池，自己这边是第一次出意外。他手机又是一振，又有人给他发了一张图过来，周火看了，眼睛瞬间布满血丝："圣剑他们是跟咱们杠上了是不是？他们刚发了条推特，配图是他们选手训练的图片，说他们不懂什么叫会馆，我……"

"怎么了？"时洛冲澡最快，他下楼看了两人一眼，"谁发推特了？"

周火气得头晕，深呼吸两下，把手机递给时洛，自己扶着沙发坐了下来。

时洛一边擦头发一边看周火的手机，今天刚被余邃开过小会，时洛这会儿冷静得很，慢慢地看着一条条的微信消息，脸色并没有什么变化。

余邃的话言犹在耳。

"时神，在 IAC 的时候你连心理辅导师都用不着，你会扛不住这个？"

时洛冷着脸，他才不会让自己像 ROD 似的被影响。

圣剑最近一连串的小动作太恶心了，见风使舵跟风喷的黑子也有点过了。

时洛将手机交还给周火："拉个群，把 Saint 和以战拉进来，来，刚一拨喷子。"

<h2 style="text-align:center">64</h2>

有 ROD 的事在前，会馆的照片一出来，基本是点了各大论坛的炸药桶。

这年头职业选手是越来越好当了，混就完事儿了。

明白为什么好几年没成绩了，之前还能赖 FS 被拆队了，现在看，呵呵，是选手自己不想赢吧。

别人就算了，以战刚输了常规赛也去玩？这群人是真的放弃了，是吧？

就这状态，被人家欧洲圣剑灭了全赛区不意外啊。

合理猜测，圣剑前两年那么强，是因为有 Whisper，还是因为人家俱乐部管理严格，本身就 NB？

Whisper自己都去会馆玩了，还能证明什么？这块遮羞布也该扯下来了吧？真以为Whisper回国了，咱们赛区就强了？

本来很喜欢这几个战队的，现在看……你们开心就好。

NSN翻车就算了，Saint和Free居然也是这样，是我瞎了眼。

信了俱乐部都是和尚庙的是自己白痴吧？余邈从出道起就那么多女粉，说一直单身，骗鬼呢？天使剑是出了名的暖男，绝对也撩过不少。宸火八百年前就吹自己交往过不下十个女朋友。Evil？呵，主播出身的能有什么好东西，肯定更会玩了。

这些选手的女友粉也该梦醒了吧？

别问，问就是整天都在训练，不这么说，怎么骗粉丝呢？

别问，问就是明年我们会继续努力，然后继续心安理得地混。

论坛的喷子们借题发挥，说得越来越难听，选手的粉丝自然要喷回去，于是更热闹了。时洛刷新论坛一次就卡一次，骂帖层出不穷，人身攻击的太多了，论坛管理员删都删不过来。

周火缓了口气后也开始刷帖子，他有些迟疑，选手能冲动，他不能，选手身为公众人物，走路不小心踩到了屎，有时候冷处理好过二次传谣。就好似上次那个小主播蹭余邈热度，周火是绝不可能正面澄清什么的，躲都来不及。

周火平日最善于处理这些问题，但今天的事算是他惹出来的，他清楚自己这会儿急火攻心，脑子不太清楚，不太敢做决定。

周火看看时洛，尴尬道："刚才吃饭的小票还在，上面是有付款时间的。我拍张照片发个微博，证明咱们单纯吃顿饭就回来了，然后就不回应了，咱们别闹大了，行不行？"

时洛摇头："不。"

周火心急，正好余邈冲过凉下楼来了。

时洛坐在一旁抽烟，抬眸看了余邈一眼，见他又没吹头发，便将自己肩膀上搭着的毛巾丢给了他。

余邈顺手接了过来擦了擦头发，老乔分毫没看出什么不对，将会馆的事跟余邈说了个大概。

"这群喷子惹着小时神了。"老乔把周火的手机递给余邈，也在犹豫，"他要把天使剑他们都拉来,头铁一拨,你……你什么意思?"

余邃正翻着那个爆料嘲讽帖,闻言抬头看了时洛一眼,眼中闪过一抹笑意。

十分钟后,Saint 和以战的队员被拉进了周火临时建的群里。

【Saint-天使剑】:"……我没撩过粉丝。"

【Saint-幻觉】:"我去他们的,我们队长是暖男还有错了?!"

【Saint·经理】:"我必须说一下,我们战队的选手从来没沾过这些事儿,今天纯粹是意外。"

【Free-英俊宸火】:"喷子跟你讲理?我五百年前的'口嗨'都被翻出来了。"

【Saint-幻觉】:"老子肺要气炸了!上个月我妈四十岁生日我都没时间回家一趟!老子会浪费时间去玩?"

【以战-经理】:"我们是刚输了比赛,但比赛有赢就有输。我们的成绩是不行,但我们的选手不能因为成绩不行就不吃饭了吧?"

【教练·乔】:"好了好了,都明白。"

【以战-经理】:"帖子出来,我们选手全自闭了,输了比赛被喷,应该的,但因为这破事也太冤了吧。"

周火发了一张图片。

【经理·周】:"我的意思是我来发一下刚才吃饭结账的小票,给大家看一下结账的时间,别的就不多说了。天使剑,你那小票还在吗?"

【Saint-天使剑】:"在。"

【Saint·经理】:"在我这里,我马上拍照!"

【Saint·经理】:"好的好的,你们先发,我跟着发,以战官博转我们的就行了,幸好留着小票,圆满。"

【以战-经理】:"圆满。"

【经理·周】:"圆满。"

【Free-Evil】:"我不同意。"

【经理·周】:"……"

【以战-经理】:"Evil?"

【Saint·经理】:"不是,你……你想做什么?"

【Free-Evil】:"不用官博发,我自己发,不用工作人员给我文案,我自己想说什么就说什么。"

【以战-经理】:"呃……也不用这么刚吧?"

【Saint·经理】:"太刚了吧。"

【经理·周】:"时洛,真的,听我一句,没必要。"

【以战-经理】:"对对,没必要,虽然我们也气得想杀人,但真没必要给你们选手再惹麻烦。今天也是咱们倒霉,澄清一句就得了。"

【Saint·经理】:"是,这个还是让我们来处理,你们该训练就训练,别管了。"

【经理·周】:"我们经理来澄清,有脑子的人自然就能明白,当然就不喷了。"

【Free-Evil】:"不喷了就完事儿了?"

【Free-Evil】:"为什么每次都是不喷了就可以完事了?"

【Free-Evil】:"这之前骂我们的,就当没这回事了?凭什么?"

【Saint-幻觉】:"凭什么?"

【Saint·经理】:"???"

【Saint·经理】:"幻觉,你跟着凑什么热闹?!"

【Saint-幻觉】:"刚那些人骂我的时候,我妈都被他们骂过了,他们不喷就完事了?有人会跟我妈道歉吗?!"

【经理·周】:"……"

【Saint·经理】:"……"

【Saint-天使剑】:"我也不同意。"

【Saint·经理】:"?"

【Saint·经理】:"不是,天使剑,你们怎么回事?"

【Free-英俊宸火】:"我这次听时洛的。"

【Free-Puppy】:"我这次也听时洛的。"

【Free-英俊宸火】:"老子是真大风大浪里蹚过的,以前忌惮着余邃的事,不愿意多惹麻烦,现在还有什么可怕的?"

【Free-Puppy】:"+1,我们不惹事,但不怕事。"

【经理·周】:"……"

【经理·周】:"Whisper,你说句话啊!!!"

【Free-Whisper】:"?"

【Free-Whisper】:"我一直听时洛的啊。"

【经理·周】:"你们……"

【以战-经理】:"余邈,你们别了吧。"

【Saint·经理】:"你们今天都怎么了?别搞我们啊!!!周火,你管管你们选手!别带着我们选手一起疯!"

【经理·周】:"我要是管得住,今天就没这个群了……"

【Free-Evil】:"差点被上午论坛里的一拨节奏影响了,我不想被这群喷子带着走了。"

【Free-Evil】:"本来就不该被这些人干扰,我顶得住就顶,顶不住是我废物,没什么可躲可害怕的。"

Free基地,只有余邈和时洛在基地一楼,余邈看着群里时洛说的话,一笑:"你是终于想通了?"

时洛还在打字,发完最后一条,抓了一把已经干透了的头发,低声道:"不止。"

时洛看了余邈一眼,顿了一下,轻声道:"前几天畏首畏尾,总觉得以后得谨言慎行,不然一不小心就会拖累你。好不容易才把你洗白了,不能因为我再被人黑。"

余邈闻言心里一暖,目光温柔地看着时洛:"现在呢?"

"现在想通了。"时洛把手机锁屏,"我不该小看自己,更不该小看你。

"只要认真比赛了,问心无愧,有什么可怕的?被喷了,再喷回去就是了。

"还不让选手谈恋爱了?不让出去吃饭了?谁规定的?

"ROD倒是小心处理了,只让战队经理解释,处理得够温和了,喷子们饶过他了吗?"

"不该因为怕被喷就忘了我是谁。"时洛看向余邈,冷着脸道,"喷一次队友一万块钱,我都照喷不误,我就是这种人。

"不委曲求全,不受这种气。"

余邈看着蹲坐在沙发上的时洛,一瞬间仿佛看到了当年还在做主播的时洛。

永远冷着脸,一副不好惹的样子。

满身是刺,永远防备着所有人,等真的走近了,才能发现这个小孩儿私下有多少招人喜欢的小动作。

这样的时洛,一直以来都让余邈挪不开眼。

时洛见余邈不说话,表情犹豫:"你……"

"我当然跟你一样。"余邈嗤笑,"全员恶人,是白叫的吗?"

五分钟后，时洛首先发了个人微博。

@ Free-Evil："没玩，就算玩了，别人也管不着。还想喷的当面来，我们练练，不敢当面喷的全部反弹，不惯这破毛病。"

周火那边见劝不动了，没办法，忙跟着发了官博，将他们在会馆吃饭的小票晒了出来做证。

证据一出，风向瞬间变了。

被喷子们带了节奏的正常玩家总归是多的，看出来这可能真是一场误会，冷静下来，偷偷将论坛上自己回复的帖子删了，微博上之前喷选手的评论也能删的删，删不掉的暗戳戳地道了歉。

小票的证据还是硬的，更别提到这会儿了会馆那边的聚会还没结束，之前发微博曝了余邃、时洛几人照片的网红还在发自拍。到底是去参加网红派对的，还是偶然碰见的，一想就明白。

喷子们站不住脚了，不再揪着选手去会馆的事，不过须臾，将炮口转向时洛——

你这什么语气？公众人物就是这么说话的？

厉害了，平时在直播间喷人还不够爽，喷到这里来了。

成绩没有，脾气不小。

世界赛都没进过的人，不知道一直牛个什么劲儿。

但不等喷子们对时洛集中安排火力，真参加过世界赛的天使剑马上也发了微博。

@ Saint- 天使剑："没玩、没撩、没招惹过粉丝，我也不想惯着这破毛病了，昚三个战队全部队员做证，没有任何人做过任何抹黑电竞行业职业道德的事。脾气好是对正常人的，不是对喷子的。"

幻觉随之也发了微博："所以现在有人会对之前网暴我的事道歉吗？喷子们？"

几人一发微博，不说别人，三个战队自己的粉丝都愣了。

平时有什么节奏，能很快平息是万幸，能有证据解释清楚那是俱乐部走运，现在是什么情况？平息了，解释清楚以后，原来选手还可以再喷回去的吗？！

可以这么爽的吗？不怕被说态度不好吗？

当然，等Free剩余几个人发微博后，没人再去纠结之前几个选手态度不好了，因为态度最差的永远在最后面。

@Free-Puppy："原来打过世界赛的人就可以态度不好了？好的，冤枉我、喷我的都是脑子有病。"

@Free-宸火："打过世界赛还拿过世界赛奖杯的人又怎么说？喷子们，我可以隔空喷你们了吗？"

@Free-Whisper："被打脸是有瘾吗？"

周火原本畏首畏尾，毕竟是头一次带这种全员不怕死的战队。现在木已成舟，微博都发了，周火索性跟着爽了一把，直接点名"艾特"了这次事件中浑水摸鱼，妄图破坏别人赛区心态的圣剑——

@Free电子竞技俱乐部："@圣剑，贵战队到底是多怕我们赛区，一天天地顶着时差关心我们选手吃喝拉撒？"

周火微博一发，Saint和以战俱乐部瞬间跟着转发，NSN姗姗来迟，也跟着转发了一拨。不到半个小时，圣剑迅速删除了推特上之前嘲讽中国选手去会馆的推文。

65

这是个最差的圈子，也是个最好的圈子。

论起吵架、争论的强度，电竞圈绝对能以绝对优势栖身众圈第一梯队。

电竞圈内部掐架互喷向来激烈，哪怕是喜欢的战队和选手，只要状态不对或是输了比赛，网友也是照喷不误。搞起心态来也很有一手，用选手的失误操作来给选手起外号，选手赛前专门去选手直播间刷选手以前的经历……这些都是最普通的操作。

抗压能力稍差一点的选手被喷子喷得心态崩溃也是常有的事，好比刚刚输了比赛的ROD。

时洛一向不觉得这有什么，若真是由于输了比赛或是操作出了问题被粉丝喷，时洛是不会说什么的，自己理亏或是自己确实技不如人的时候，时洛绝不会撑回去。

若明明没做错什么，却频频被破坏心态，这口气就咽不下去了。

圈里的铁律是赢了吹，输了指责，大家既然都认可这种特殊的文化氛围，就别再玩双标了。既然我输了比赛的时候你能指责我，你冤枉我的时候我也能骂回去。

自己圈里的事按照自己圈里的规矩办，大家都别假模假式地装好人了，这样很好。

"喷子们整天不都在说让各大战队别玩饭圈那一套吗？今天就真的不玩那一套了，互喷呗。"老乔刷着微博挺满意，"反正我们选手赚的钱不是喷子给的，骂就骂了。这还有专门来咱们官博说要脱粉的，哈……装什么粉丝呢，脱粉就脱粉，没粉丝了是不让打世界赛还是怎么的？吓唬谁呢？"

Puppy 一脸无所谓："老子原本就没几个粉丝，要脱就脱吧。"

"别信那些喷子的。"宸火挑眉，美滋滋道，"穷嚷嚷的都是那些无脑喷子，发完微博以后，我的粉丝数还涨了呢。"

"是，要是平时谁突然撑一句，肯定会成为众矢之的，但这次不怕呀。"周火本来还畏首畏尾，但现在看着成效不错，也非常满意，"选手们一起撑回去了，喷子都蒙了，不知道该去喷谁。"

周火的手机振个不停，不断有其他战队管理层人员发消息给他，周火乐不可支："好几支战队都在给我们发感谢信，感谢咱们头铁，感谢咱们出头肃清电竞圈里的不良风气，也对……本来就不该惯着这些捕风捉影、造谣生事的，选手们每天训练得这么辛苦，凭什么背这口锅？"

"细想一下，这事儿确实应该咱们来挑头做。"周火感叹，"不是我自夸，现在本土赛区这十几支战队里，咱们战队虽然最新，但论起选手资历来，咱们不说是最硬的也差不多了吧？咱们战队的选手还是最不怕挨喷的，这时候也就咱们能顶上了。这次的事办得不错，我们后续会引导一下话题，咱们占理，可以顺利公关过去。"

"当然可以。"老乔摆摆自己手里的手机，笑道，"最新消息，NSN 也发微博了，他们把 ROD 最近一个月的训练内容和训练时间安排全发了出来，选手账号后台都是有记录的，到底是划水谈恋爱了还是在努力应战，有脑子的都看得清。"

宸火也在刷微博，钦羡道："ROD 自己也发微博了，承认比赛失误了，做了检讨，但他说和他女朋友很好，不会分手。"

老乔唏嘘："他应该也调整好情绪了，可以啊，顶过来了就行。"

周火去论坛刷了刷，看着喷子们气得跳脚却毫无办法的样子满心快意，感叹："有一说一，我带你们这一群选手，压力真的大，但就有这一点好，全员大心脏，坑自己人坑得狠，坑外人坑得更狠，给你们当经理是真的爽。"

说起"坑自己人坑得狠"，宸火瞬间被转移了注意力，愤愤地瞪了余邃一眼，哼哼着坐到一边继续刷微博了。

余邃最平静，撑不撑回去在他看来都差不多，整件事情带给余邃最大的乐趣是观察小时神的小暴脾气。余邃明显感觉到，自打时洛回到 Free 后，渐渐有点长回去的趋势，脾气越来越像两人初识那会儿。

耍小心思的时候像，一脸不耐烦、吃不了一点儿亏的样子更像。

当年暴躁书嘴不干净，时洛就能把暴躁书按在火锅店的洗手池里揍得爬都爬不起来，现在又怎么忍得了喷子们毫无凭据的抹黑？

不过还是变了一些的。

现在的时神身为成熟的职业选手，总不会再和别人在火锅店的洗手间里真身互搏去碰职业高压线了。线下改到线上，但杀伤力不减当年。

时洛正蹲在沙发上跟残存的几个胡搅蛮缠的黑粉私信互喷，神情专注，都顾不上同训练室里其他人说话。

其他几人调侃够了，见余邃神情专注，一动不动，顺着余邃的视线看过去，就是认真得宛若在高考，正在和人激情对喷的时洛。

"心疼和他对喷的人。"Puppy 喝了一口茶，摇摇头，"真想好心告诉那些喷子一声啊，我们老 FS 这几个人，除了在季岩寒身上栽过跟头，长这么大还没真在谁那儿吃过亏呢，论喷人，我们不怕的啊，特别是咱们小时神！他自己就是个大喷子！"

老乔跟着唏嘘："ROD 早年如果也遇到过季岩寒这样的老板，现在也不至于顶不住了。"

宸火跟着叹气："说起季岩寒，我就更想说，为什么还有喷子觉得我们会怕呢？这才哪儿到哪儿？"

宸火端起茶水来喝了一口，摇头："这届喷子不行，当年转去欧洲的时候才是水深火热，现在这算什么！"

"你余神更是早就超然物外了。"Puppy 看着余邃，半酸不苦道，"他甚至都不肯浪费时间去看看别人喷了他什么，他眼里是什么？是正在搞事的时崽！我甚至怀疑这些喷子是来给余邃提供机会的，让他能和时洛回忆往昔，巩固感情！"

余邃莞尔，他确实看都懒得看。

十八层地狱都蹚过，现在还能怕几个小鬼的叫嚣吗？

还是童心未泯，依旧有火力和人对喷的时洛比较吸引余邃。

平时这个时候，老乔是要跟四人一起复盘当日比赛内容的，但今天遇到这事儿，大家都没这个心情了，时间也不早了，老乔让众人休息，自己玩自己的去。

老乔慢吞吞地收拾了一下自己的个人物品，回自己宿舍准备洗洗衣服。宸火乐得不用复盘，自己上小号单排娱乐。Puppy 则去给自己大号冲分。

训练室一角的沙发上，时洛嚼着口香糖，仍在专心输出，余邃则坐到了时洛身边。

余邃低声问道："还喷着呢？"

时洛动了动，他转头看了余邃一眼，一瞬间有点不太自在。

相较余邃的淡泊，时洛就显得有点睚眦必报了。时洛手机屏幕上是微博的私信界面，满屏尽是污言秽语。

骂别人是挺爽的，让自己最崇拜的队长看自己骂得这么难听就不妙了，时洛本能地往沙发里靠了靠，挡了一下自己的手机屏幕，好像上学时怕被人看到自己做坏事，影响自己在别人心目中的形象一般，勉强遮掩道："没，我就是看看别人是怎么喷我的……"

余邃轻不可闻地笑了一声："都是职业选手，都是裸眼 5.3 的视力，瞧不起谁呢？"

时洛磨牙，据传，目前国内职业选手里视力最好的就是 Whisper，尤其是动态视力。方才只是一晃，余邃必然已经都看清楚了。

满满一屏幕的脏话，全是自己这边发过去的，赖都赖不掉。

时洛有点不太好意思，又往里靠了靠，低声含糊道："我就是刚才有点脾气，我不……"

"会推送 ID 吗？"余邃坐好，拿起手机来，低头吩咐道，"把你喷不过来的人的 ID 推送给我，我来。"

时洛："……"

时洛扭头看余邃。

余邃头发方才自然晾干后也没打理，就半乱不乱地搭在肩上。方才递给他的毛巾不知被放到了哪里，余邃披在肩上的队服外套被头发打湿了些，余邃也不在意，外套肩膀处湿了就将领口往后拽拽，现在外套就等于是半挂在他身上的。

余邃这会儿倚在沙发上，一条腿伸长，另一条腿微微屈起，从时洛的角度看过去，余邃身上有股藏不住的痞气。

时洛虽然总容易神化对方，将余邃臆想得太完美了，但像是骗自己去高考、欺负宸火、阴Puppy的事余邃以前也没少干，他怎么就不会喷人了？

这个战队哪有什么好人？

反正余邃也要喷人了，时洛也不用藏了，将几个自己喷不过来的人的ID发给余邃，两人坐在沙发上专心喷人。

余邃还含笑地问了时洛一句："时神，词汇量够吗？"

时洛蹲在沙发上小声道："都是职业选手，都被喷子问候过祖宗，瞧不起谁呢！"

余邃一笑。

身边坐着余邃，时洛喷人都不用心了，时不时地看看余邃，又轻声道："你……喷得过来吗？"

"都是职业选手，都是计算机水平的手速。"余邃打字飞快，"瞧不起谁呢？"

时洛吸了一口气，在心里暗暗感叹，自己和余邃不管是从职业还是从爱好来看，都是非常契合的。

职业级的喷子杀伤力自然是无敌的，俩人在沙发上喷人不过半小时就把之前骂时洛的十几个人喷得气了个半死哑口无言了。余邃活动了一下脖颈："……喷人都这么弱。"

时洛侧眸看余邃，又扫了一眼训练室其他两个队友，见宸火和Puppy都玩得挺专心，胆子大了些。

时洛深呼吸了一下，退出微博界面，当着余邃的面，打开他之前去韩国比赛时下载的翻译App。

余邃看着时洛的动作，开始还不太明白。

待时洛将翻译软件设置成德语模式，又将他的手机输入法也切换成德语模式后，余邃瞬间知道时洛要做什么了。

被带了一拨大节奏险些再陷舆论旋涡，也心平气和、不为所动的余渣男，这会儿看着时洛手机上的翻译软件，耳郭百年难遇地红了。

余邃不太自在地清了清嗓子："你确定你记得住？"

时洛同样压低声音："都是职业选手，都有能记住每一局游戏里两边的资源消耗并精确到个位数的脑子，瞧不起谁呢？"

余邃莞尔，揉了揉脖颈，倚在沙发上看着时洛的手机屏幕。

余邃看着时洛打字，看着时洛一个字母没漏，将早前自己在保姆车上在时洛手心写的德语尽数打了出来。

时洛将字母全数打完，全是德文，他强撑着没按下翻译键，侧头看向余邃，语气不自然道："你、你……怕不怕我翻译过来？"

时洛看着余邃，绞尽脑汁地想该用什么来要挟余邃，让他求自己不要翻译。

"都是职业选手，都是大心脏，没脸没皮，瞧不起谁呢？"

姜还是老的辣，余邃耳朵虽红了，却抬手直接按下时洛手机屏幕上的翻译键。

一秒钟的卡顿后，无数一言难尽的汉字铺满了时洛的手机屏幕。

时洛怔了一下，一秒钟后，时洛左手将手机扣在了沙发上，右手盖在了自己脸上。

这人果然是大心脏，没脸没皮。

余邃倚在沙发上忍笑，声音轻不可闻："小崽子……"

66

一群选手一起搞事，中国赛区联赛官方人员必然是要过问一番的。周火早有防备，第一时间将事情的前因后果一五一十地交代清楚，顺便帮其他几个战队也解释了，选手一没违纪二没犯规，在公众平台撑喷子只是选手个人行为，更是被迫反击，本身没违反联赛任何规定。

但联赛官方还是给 Free、Saint 和以战俱乐部发了官方通知，让俱乐部规范选手行为，禁止俱乐部再扩大影响，劝诫了一番，让俱乐部管理层配合官方，尽量维护选手正面形象。

选手毕竟没真的违纪，官方没法做任何处罚，只能这样不疼不痒地无能警告一下。周火最近大概是跟余邃这群"恶人"混久了，也长了脾气，没了一贯的油滑，回复联赛官方人员时不卑不亢，总之就是本该遵守的肯定会遵守，但不该受的气以后还是不会受。

应付好官方这边，一个发送键按下去，周火神清气爽，怎么想怎么觉得自己也青春了，染头白发也能跟时洛似的喷遍国服无敌手了。

跟基地这边的几个工作人员开了个小会，周火放下心来，让众人各自去休息，他看了看时间，已经是凌晨一点多了。

周火出了一楼会议室，在基地一楼转了一圈，没看见人，只碰见了下楼来等着拿外卖的老乔，周火问道："其他人呢？睡了？"

"不知道啊，我刚洗衣服呢。"老乔挽了挽袖口，"睡衣、内裤，不好意思让阿姨洗，堆了一周，刚刚洗完，怎么了？"

"怎么了？撑了喷子，高兴啊。"周火整了整领口，一笑，"真爽，感觉自己也年轻了好几岁，他们睡呢，还是玩呢？我去汇报一下最终篇，汇报完我也睡去了。"

"不清楚，我洗衣服之前他们还在训练室，宸火和Puppy好像是开机了，不知道在干什么，余邃和Evil在沙发上。"说到这个，老乔皱眉道，"我怎么感觉……余邃和时洛最近总在一块儿？他俩自打和好以后怎么走得比别人更近了呢？"

周火眼中闪过一抹隐秘的笑意："关系好呗，时洛就那脾气，恨余邃的时候就差跟余邃火并，好的时候就差跟余邃随时绑在一起，嘻……这就是青春。"

"行吧。"老乔无所谓地摇摇头，"在FS的时候就是，他就只黏余邃一个。"

外卖员来按门铃了，老乔忙去开门，周火自己上楼找人。

该应对的都应对过了，周火想着跟几个选手说一声，这事儿算是正式过去了。可周火走到二楼依旧听不见人声，几个人的宿舍都悄无声息，周火推开训练室的门一看，四个人无一例外，全在自己机位上。

没人直播，没人玩别的，都如往日一般，自己训练自己的。

原本被几个队员影响，自我感觉良好、感觉自己重回叛逆期的周火站在原地，一时间喉咙居然有点发紧。

就在两个小时前，论坛的喷子还在对这几人冷嘲热讽，说他们在外面鬼混，赛场上混工资，下了赛场一个比一个会玩。

许多玩家不清楚情况，人云亦云，也信了，觉得这群平均年龄刚过二十岁的选手不过就是仗着天分比普通人高一点，轻轻松松地就能拿百万、千万年薪，玩着游戏就把钱赚了，日子过得不要太滋润。

时洛几人都是被喷习惯了的，也是喷人喷习惯了的，硬刚那群脑残没问题，嘴毒起来不输任何人，可这些人没一个会卖惨的。

没一个选手给自己解释过，这千万年薪没那么好拿。

放弃了学业，断了后路。

牺牲了青春，牺牲了健康，牺牲了陪伴家人的时间，牺牲了最美好的恋爱光阴。

来自外界的困扰很多，比赛压力很大，电竞圈里竞争很激烈。

要吃很多苦，要很努力，要比任何人都想赢。

如果不是太想赢，谁会在刚被泼了一身污水，洗都没洗干净时，就暂时压下心头火，连这一两个小时的训练时间都不浪费？

至少周火这种普通人做不到，他没真的身在其中，被气得这会儿都还肝疼，恨不得和喷子们再大战八百回合。

但这些选手就是做到了。

喷过了骂过了，看看还有时间，还是要再训练一会儿。

哪怕教练已经说了可以休息，哪怕只是一两个小时。

周火站在训练室门外，被时洛激起的"中二脑热"冷静了下来，头一次觉得自己战队这一群恶人比任何人都有职业道德。

周火没再进屋打扰众人说官方那边已经结案的事，他在门外给众人拍了几张照片。

官方那边都应付好了，周火本来是想通知众人后再用官博发一条撑喷子的微博做这件事的结尾的，但现在看，是自己格局小了。

周火登录Free官博，配上照片发了条微博。

"撑喷子是认真的，想赢也是认真的。"

微博一发，评论瞬间过千，真心喜欢Free选手的粉丝们彻底扬眉吐气，原本担心Free几人会因为喷人而掉粉的粉丝也不再杞人忧天。

自己喜欢了这么多年的选手永远不会令人失望，说最毒的脏话，打最认真的比赛，不冲突，也不用喷子们来指指点点。

一场风波几天后逐渐平息，虽平白惹了一身腥差点没洗干净是挺倒霉的，但经此一役，周火的管理团队算是彻底同 Free 几个选手磨合成功。

周火不再执迷于经营战队人气，也不再坚持维护选手完美无缺的形象。

"也挺好，免得大家都束手束脚，又不是偶像，就是有态度不好的地方又怎么了，咱们就算这样，粉丝数还是碾压别人啊。"

中午趁着众人吃饭给几人开会的周火放松地道："有咱们'打样'，其他战队也硬气了，我听说 ROD 现在状态完全调节好了，他昨天直播的时候还说呢，盼着和咱们在季后赛再打一场，一定一雪前耻。"

"可以可以。"Puppy 懒懒道，"年轻人，必须多被喷几次才能把心理素质锻炼出来，他被网暴这一次，以后大赛上就不容易再因为压力大而操作变形了，嘻……这次咱们完全是帮 NSN 练兵了，亏了。"

"提醒一句，ROD 和你同龄，就比余邈小一岁，比时洛还大一岁呢。"老乔说着，叹了口气，"惨还是咱们惨，四个现役首发，最大的才二十一岁，基本都是百毒不侵了。"

宸火咬了一口酸黄瓜，跟着叹气："这个世界都对我们做了些什么……"

"好好说话。"时洛皱眉，"别酸溜溜地恶心人。"

"你看，顾影自怜一下都要被喷。"宸火怜惜地摸摸自己的脸，"恶人就不配被人疼惜了吗？"

余邈慢慢地喝了一口粥："不配。"

"训练的事是老乔在管，教练是专业的，给你们配备的数据分析团队也是专业的，这些东西我插不上手就不说了。总之，常规赛二号难打的 NSN 已经莫名其妙地拿下了，下面就是 Saint 了。没多少天了，对 Saint 这赛季的数据分析估计也要给你们了，天使剑目前仍然是第一奶妈医疗，他们的打法其实挺克咱们的，该针对的就针对，该自我补充的就自我补充，我不了解的东西就不多言了。"周火拿着个笔记本写写画画，"战队经营方面也不用大家操心，只说一件事，问问大家的意见。"

周火放下笔记本，看看众人："圣剑。"

"这个战队不知道抽什么风，一直死盯着咱们不放。算起来我已经在官博上骂过他们两次了，梁子是真的结下了，想相安无事也早就不可能了。"周火询问众人，"我想问一下你们这几个原圣剑选手，如果我转过来破坏他们的心态，有可能做到吗？"

老乔意外地看了周火一眼:"了不得啊,你这是被他们几个传染了?"

"是被传染了,也是真的受够这个破战队了,一半一半吧。"周火问道,"反正他们的比赛我不用翻译也能看懂,他们的论坛我也能翻墙看,他们战队不可能一直不失利,他们栽跟头的时候我要是也嘲讽几句,有用吗?"

余邃摇头:"没用。"

Puppy 跟着道:"不可能的,一个是文化差异,他们确实更放得开一点;还有就是他们经营理念不一样,就算有哪个选手心态崩了,也会马上被换掉,对整体没什么干扰。"

"他们针对咱们不奇怪啊。"宸火一边嚼着黄瓜一边看余邃,"余邃没续约,单这一件事就把他们得罪透了,我和 Puppy 一起跟着回国,这账估计也被算到余邃头上了,他们高层都挺记仇的。"

周火皱眉道:"是光高层恶心吗?他们选手也恶心,之前轮天使剑和瓦瓦的事还记得吗?他们选手还把轮咱们赛区医疗师的截图发到自己推特上耀武扬威,什么玩意儿!"

"这事儿我知道。"时洛咬了一口油条,"等拿下世界赛名额,要是能碰上他们,可以跟那几个选手约一把删号战。"

余邃眼睛微微一亮,侧眸看向时洛,笑了一下。

宸火倒吸一口冷气,上下看看时洛:"Evil,咱们倒不至于玩这么大。"

时洛抽过纸巾擦了擦嘴:"我自己约,你不用参与。"

周火一脸茫然,看向自己身边的老乔:"什么叫删号战?"

"黑话。"老乔一笑,"一看就是黑网吧混出来的……"

老乔放下勺子,给周火解释道:"删号战,老早之前一些玩家玩的,在游戏里因为各种原因有了深仇大恨,完全解不开的那种,有人会约一个生死局,赢了的没事,输了的玩家删除账号。"

"养一个账号不容易,充值买皮肤花多少钱就不说了,很多皮肤都是绝版的,现在你有钱也买不着啊,还有每个季度自己一局一局打下来的战绩,那都是铁勋章啊。"老乔看向时洛,"职业选手的账号价值就更不用说了,从钱上来说,他们充值都没数,给自己小老婆花钱都是闭眼砸,一个个充值几万都算少的,不说这些,情感记忆呢?"

"个人账号上可是记着他们加过的每个好友,还有和好友在游戏内的每一句聊天记录，他们的好友基本也都是职业选手，不少还是退役了的，游戏内任何记录都不清空的，那不都是回忆？还有每局比赛的记录，选手将来退役了看看，这就是自己打下的江山啊！"老乔回想自己退役前的点滴，感叹，"几个月前刚建队那会儿，官方那么照顾余邃，什么帮助都愿意提供，余邃什么都没要，只跟官方开了一次口，就是要我们当年注销的账号，你以为是为什么？"

周火僵在原地，看向时洛，干笑了一下："那……确实没必要玩这么大。"

"无所谓，早先就想约一次，只是那会儿……"时洛顿了一下，没往下说。

周火没反应过来，好奇道："之前想跟谁约？"

余邃眸子一动，看向时洛："我吧。"

时洛左右看看，没说话，默认了。

宸火笑得拍桌："不说我都忘了，咱们赛区第一个被轮的医疗师是咱们洛洛啊。哎，不是我拱火，真的，时洛，你当年转职之前真该跟余邃约一次，你俩谁删号，我都开心！"

余邃定定地看着时洛："……为什么没约？"

时洛看了余邃一眼，静了片刻含糊道："那会儿咱俩都是新号，删了也没意思。"

余邃心知这不是答案，忌讳着桌上旁人，没再追问。说完正事，众人各自散了，时洛独自去露台抽烟，余邃跟了过去。

67

二楼走廊里阿姨在拖地，余邃跟阿姨打了声招呼，站在靠近露台的玻璃门前倚着墙看手机。

阿姨看了露台上的时洛一眼，用上海话念叨了几句小小年纪总是吸烟对肺不好，余邃赞同地点头："是，回头我说他。"

阿姨很快拖好了走廊，拎着拖把和水桶去一楼了，余邃这才转身推门走到露台上。

时洛微微眯着眼趴在露台栏杆上，嘴里的一根烟快抽完了，余邃走过去从后面把时洛嘴里的烟拿到手里，丢到了露台的烟灰缸里。

余邃距时洛很近，时洛下意识回头看了一眼，见二楼走廊空空如也才重新靠回栏杆上。

"怕什么？看见就看见了。"余邃靠在时洛身边，顿了片刻轻声道，"刚才，也是故意让我自责吗？"

"这次真不是。"时洛有点尴尬，解释道，"本来没想提的，没留神……反正这次不是故意的。"

余邃点头重复道："这次不是故意的……"

余邃忍笑："所以是承认了，以前是故意破坏我心态的？"

时洛不自在地揪了一根仙人掌的刺："早就承认了，别问了……至少现在不想让你自责。"

余邃再次抓住重点："至少现在？"

"你现在对我这么好……舍不得跟你作死。"时洛拿着仙人掌的盆将它转了半圈，继续揪仙人掌另一面的刺，表情酷酷的，说出来的话却有点腻人，"等你回头对我不好了，再跟你翻旧账。"

余邃静静地听着，心口微微疼了一下。

"所以以前每次故意说让我自责的话的时候，都是……"余邃轻声道，"你觉得我对你不好的时候？我原来有那么多次对你不好吗？"

时洛抿了抿嘴唇，没反驳，过了一小会儿低声道："你之前要把我送去NSN，我总不可能还感激你吧？唉，说了不翻旧账了……别说了。"

"稍微翻一下，不用管我。"余邃也不想提两年前的种种，但凡是同时洛有关的，余邃全部都想了解，"之前为什么没跟我约删号战？"

时洛说的理由没那么站得住脚，当时俩人都换了新战队，都换了新号，但真打删号战也足够伤筋动骨了。

职业选手删号实际操作起来很麻烦，删号后要向游戏官方申请新的职业账号，还要说清楚自己上一个账号是出现了什么问题才被弃用，"我跟人约了删号战然后很丢人地输了，现在号被人家删了，请官方再给我一个选手账号"这种理由要是真被提交到官方，基本就是那种可以瞬间传遍四大赛区，让游戏官方总部都震惊的新闻。

凭着余邃对时洛的了解，这种自杀式报复，完全是时洛能做出来的。

余邃打职业近六年了，时洛是他见过的处理问题最狠最绝的选手。

余邃看着时洛："我当时那么对你，你还是不忍心吗？"

"不是，我当时是……"时洛不住手地祸害着那株仙人掌，吭哧半晌，含糊道，"知道打不赢你。"

余邂："……"

时洛眉头紧皱："要是十拿九稳能打赢你，早就跟你约删号战了，可当时……确实打不赢。

"技不如人，被你轮了三十几次已经够丢人了，约了删号战再被你把号删了……太丢脸了。"

"最可恨的是你当时还在圣剑，圣剑管理层看我打得这么差，肯定特别庆幸没把我一起买过去。"时洛逐条分析，恹恹道，"我是疯起来连自己都坑，但这个确实不合算，我当时就算被气疯了，也不至于……你笑什么？！"

余邂尽力忍着，但马上就要忍不住了。

时洛实在太可爱了。

时洛脸有点红，烦躁道："说了别问……都是丢人的事，一点儿也不想说，而且……"

余邂认真地看着时洛："而且什么？"

"以你的脾气，FS都能屠，大概率不会对我放水。"时洛低声道，"删号战里一点儿也不留情，干脆利索地把我抬走了，我可能先缓不过来……"

余邂莞尔，时洛确实把自己看得透透的。

余邂开口，刚要再说什么，露台的门被敲响了。

"做什么呢？"老乔经过露台，见两人在露台上站着，敲了敲露台的玻璃门，将玻璃门推开道，"约的练习赛马上开始了，开机了。"

"走了。"

余邂好似在招呼时洛，当着老乔的面揽了一下时洛的肩膀，两人各自整了一下披在身上的队服外套，去了训练室。

没有常规赛的一天，依旧是高强度的训练。Saint那边看来是在全力备战和Free的常规赛了，天使剑直接给老乔发了消息，常规赛碰头之前不再同Free约练习赛了，他不想再暴露战术。国内难啃的战队除了Saint就是NSN了，老乔下午约了NSN，晚上约了北美队，下午五个小时、晚上五个小时。

连续十个小时打下来，中间就休息了半个小时，还是在吃饭，周火有点看不下去，晚上众人同北美队结束练习赛后，周火去训练室道："晚上就别太高强度地训练了，要么复盘，要么直播娱乐一下。"

周火是同老乔说的，老乔点点头："复盘先不用，耽误时间，我跟数据分析师们先看一下视频，总结好问题后明天一起说，你们直播娱乐吧。"

这个月都还没怎么混过时长，众人也没什么异议，纷纷揉揉肩膀，稍微整理了一下仪表准备直播。

自然，所谓的整理仪表也就是，时洛将挽到肩膀上的T恤短袖撸下来，宸火把被头罩式耳机压得乱糟糟的头发胡乱抓一抓。

宸火边抓头发边抱怨："就你一个人开摄像头，全队都得陪着你背着偶像包袱，你就不能不开？"

"不能。"Puppy 懒懒道，"我直播间的人气就是靠着这个摄像头撑起来的，来我直播间的基本都是想通过我的摄像头看你们的，关了，你们的粉丝就全跑了……呵，给低人气选手一点儿活路行不行？"

周火本要走，闻言转头道："怕人气低就别干巴巴地直播啊，你们也双排一下。"

"饶了我吧。"Puppy 想也不想道，满脸抗拒，"平时为了磨合双排就双排了，这已经磨合十个小时了，再双排，容易打起来，我是一眼也不想看他们几个的ID了。"

"我就说连着约两场练习赛不行，强度太大，你们自己不听啊。"周火无奈，他看了旁边的时洛一眼，心中一动，道："哎！不然你们玩点儿别的。"

时洛偏头看向周火："玩什么？"

"玩你今天说的那个删号战，我替你们发微博预热去，人气绝对有了。"周火越想越合适，"咱们的自定义服务器里不是可以玩 1V1 模式吗？你们可以这么打啊。"

"你……"时洛难以置信地看着周火，"你是头一天知道删号战，太兴奋了，想要看看吗？自己队内有什么血海深仇要打删号战？"

宸火警惕地看向周火："我也不玩，我还不至于为了直播间人气杀老婆。"

"不删号……想什么呢。"周火哭笑不得，"你们脑子里能不能别都是打打杀杀？赌点儿别的，输了的不用删号，请一顿外卖啊这种。"

周火一摊手："这样你们放松了，Puppy 的直播间人气有了，一会儿的夜宵也有了。"

"成成成，来来来。"说到人气，Puppy眼睛一亮，挺愿意，"只有我开摄像头，来我直播间的人肯定最多，来玩来玩。"

宸火一听不用删号也点头："行啊，输了大不了请你们吃一顿外卖呗。"

周火看向时洛，意有所指："玩不玩？也不一定是夜宵啊，哪吃得了那么多夜宵，也能赌点儿别的。"

周火把"别的"两个字咬得尤其重，时洛眸子微微一亮，没再反驳，默认同意了。

周火最后看向余邃，一想余邃的职业，为难道："呃……余邃这……医疗师没法单挑吧？"

余邃倒很干脆："没事，一样的。"

"痛快！"队员全票同意了，周火非常满意，这还是Free建队以来头一次进行娱乐活动，周火挺高兴，"我发个微博当作纪念，不容易、不容易，老乔你拉个自定义地图，把他们放进去。"

老乔也想看热闹，点头在他的电脑上登录Free战队自己的服务器，建了1V1地图。

老乔把四人全拉进了地图，扭头催促周火："你微博发好了没？"

"好了、好了。"周火急匆匆地修改了一下标点符号，"发了，来来来……"

周火用官博发了通知，几人直播间人气瞬间暴增。

"玩车轮战吧。"老乔点了"随机"，"头一组是随机的，接下来是车轮战，赢了的自己点人，赌注就是赢了的人让输了的做一件事，别太过就行。"

"他们有数。"周火催促道，"快点开始。"

老乔道："已经点了，等系统随机抓取。"

周火兴致颇高，伸着脖子看着老乔的屏幕，等了半分钟后，系统自动抓取结果显示了出来：时洛和Puppy。

"啧……"Puppy咂舌，"职业限制啊，我一个狙击手，哪儿打得过他。"

时洛没说话，倒计时后直接出了转生石。

自定义服中的1V1模式下双方地图是没有毒雾的，两边视线皆是一马平川，选手藏在掩体后，杀了对方，这一局就算结束了。

"打不了、打不了。"Puppy不住摇头，叨叨个没完，"也没法升级装备，这原始狙又不能连发，一枪过去还得上子弹，有这个工夫，人家早把我突突死了，这没法打……"

　　Puppy 看似消极怠工，嘴里不住念叨着没法打，眼神却十分专注，他开镜锁定了时洛的位置，在时洛准备往前摸的时候，稳、准、狠，乓的一枪打了过去。

　　可惜时洛反应太快，一个走位避开了要害，Puppy 预判完全到位，却也只打中了时洛的胳膊。

　　宸火也在地图里，可以看 OB 视角，忍不住道："……脏还是我 Puppy 脏。"

　　Puppy 惋惜地抽了一口气，他一枪不中就要重新上子弹，换子弹的时候就是无威胁状态，他这边枪声一响，那边时洛都不用再找掩体，1.5 秒之间什么都不用怕，朝着他走直线都行。

　　但没办法，突击手这个职业本来就灵活机动一点，时洛年纪小，正值反应速度最快的年纪，想抓他实在太难，好在受职业限制，突击枪一时还扫不过来，Puppy 至少还能再打五枪。Puppy 屏息静气，不再说话，掐着时洛往自己这边摸的时间，放了第二枪、第三枪、第四枪……

　　后三枪全空，第五枪的时候 Puppy 已在时洛的射程内，第五枪 Puppy 击中了时洛的腿，将时洛打得只剩一层血皮，但时洛还是剩了一层血皮。

　　时洛已摸到了近点，在这个距离下，Puppy 根本扛不住时洛，也没那个时间上子弹，Puppy 认命，双手离开了键盘。

　　时洛一梭子子弹下去干脆利索地收掉了 Puppy 的人头："跳跳蛙，重辣，两碗米饭。"

　　时洛的直播间弹幕上已经笑疯，粉丝们刷了满屏的"666"。

　　Puppy 摇摇头，打开手机外卖软件，叹气："其他人吃什么？点……"

　　众人都点了自己的夜宵，老乔从后台恢复地图原始状态："行了，恢复好了，下一个。"

　　周火也美滋滋地从 Puppy 那儿蹭了一顿外卖，抬头看向时洛。

　　时洛退出了地图。

　　众人一愣，不等别人发问，时洛登上了自己早在两年前就弃用的医疗师号。

　　时洛道："下一个，Whisper。"

图书在版编目（CIP）数据

FOG 迷雾之中 / 漫漫何其多著 . — 广州 : 广东旅游出版社 , 2021.8（2025.7 重印）
ISBN 978-7-5570-2414-7

Ⅰ . ① F… Ⅱ . ①漫… Ⅲ . ①长篇小说—中国—当代 Ⅳ . ① I247.5

中国版本图书馆 CIP 数据核字 (2020) 第 267875 号

FOG 迷雾之中
FOG MIWU ZHI ZHONG

出 版 人：刘志松
责任编辑：梅哲坤
责任技编：冼志良
责任校对：李瑞苑

广东旅游出版社出版发行
地址：广州市荔湾区沙面北街 71 号首、二层
邮编：510130
电话：020-87347732（总编室） 020-87348887（销售热线）
投稿邮箱：2026542779@qq.com
印刷：嘉业印刷（天津）有限公司
（地址：天津市静海经济开发区北区银海道 48 号）
开本：700 毫米 ×980 毫米 1/16
字数：388 千
印张：23.75
版次：2021 年 8 月第 1 版
印次：2025 年 7 月第 17 次印刷
定价：55.00 元

【版权所有 侵权必究】

如发现图书质量问题，可联系调换。质量投诉电话：010-82069336